O DIÁRIO SECRETO DE LIZZIE BENNET

BERNIE SU e KATE RORICK

O DIÁRIO SECRETO DE LIZZIE BENNET

Tradução
Cláudia Mello Belhassof

1ª edição

Rio de Janeiro-RJ / Campinas-SP, 2014

VERUS
EDITORA

Editora: Raïssa Castro
Coordenadora editorial: Ana Paula Gomes
Copidesque: Maria Lúcia A. Maier
Revisão: Aline Marques
Capa: adaptação da original (© Marlyn Dantes)
Fotos da capa: cortesia da Pemberley Digital
Background e ilustrações da capa: © Shutterstock
Ilustrações do miolo: cortesia dos autores
Projeto gráfico: André S. Tavares da Silva

Título original: *The Secret Diary of Lizzie Bennet*

ISBN: 978-85-7686-341-0

Copyright © Pemberley Digital, LLC, 2014
Todos os direitos reservados.
Edição publicada mediante acordo com Touchstone, divisão da Simon & Schuster, Inc.

Tradução © Verus Editora, 2014
Direitos reservados em língua portuguesa, no Brasil, por Verus Editora. Nenhuma parte desta obra pode ser reproduzida ou transmitida por qualquer forma e/ou quaisquer meios (eletrônico ou mecânico, incluindo fotocópia e gravação) ou arquivada em qualquer sistema ou banco de dados sem permissão escrita da editora.

Verus Editora Ltda.
Rua Benedicto Aristides Ribeiro, 41, Jd. Santa Genebra II, Campinas/SP, 13084-753
Fone/Fax: (19) 3249-0001 | www.veruseditora.com.br

CIP-BRASIL. CATALOGAÇÃO NA FONTE
SINDICATO NACIONAL DOS EDITORES DE LIVROS, RJ

S931d

Su, Bernie
  O diário secreto de Lizzie Bennet / Bernie Su, Kate Rorick ; tradução Cláudia Mello Belhassof. - 1. ed. - Campinas, SP : Verus, 2014.
  il. ; 23 cm.

  Tradução de: The Secret Diary of Lizzie Bennet
  ISBN 978-85-7686-341-0

  1. Romance americano. I. Rorick, Kate. II. Belhassof, Cláudia Mello. III. Título.

14-15495

CDD: 813
CDU: 821.111-3

Revisado conforme o novo acordo ortográfico

Impresso no Brasil pelo Sistema Cameron da Divisão Gráfica da
DISTRIBUIDORA RECORD DE SERVIÇOS DE IMPRENSA S.A.

Para os fãs,
e para todos que um dia amaram uma Lizzie e um Darcy

SÁBADO, 7 DE ABRIL

"É uma verdade universalmente conhecida que um homem solteiro com uma grande fortuna deve estar à procura de uma esposa."

Minha mãe me deu uma camiseta com essa frase.

Foi aí que eu tive a ideia. Bom, aí e nos quatro anos anteriores de faculdade e nos dois anos de pós-graduação, estudando comunicação de massa com foco em novas mídias. Agora, quase no último ano da pós-graduação, entre tentar descobrir como transformar meu curso numa profissão e conseguir viver enquanto pago a montanha de empréstimos estudantis, minha mãe me deu uma camiseta que, na cabeça dela, vai resolver todos os meus problemas (melhor dizendo, os dela).

Pior ainda, ela tentou me obrigar a vestir a camiseta. Para ir à aula.

Curioso para saber como minha mãe poderia *obrigar* uma garota de vinte e quatro anos, que se veste sozinha tecnicamente há décadas, a vestir certa roupa? Então você não conhece minha mãe. Nem sua natureza dissimulada. Eu tinha conseguido manter a camiseta enterrada numa gaveta desde o Natal, mas aí aconteceu uma tomada de controle radical da lavanderia. Isso é tudo que vou dizer.

Por sorte, consegui evitar esse horror da moda guardando minha bolsa de ginástica na minha mesa de estudos na faculdade, o que me permitiu trocar aquela camiseta ofensiva, mas limpa, por outra enorme, não ofensiva e fedorenta. Foi uma situação do tipo cruz e espada.

A única pessoa que me viu com a camiseta ofensiva com essa frase aleatória (falando nisso, não tenho a menor ideia de quem disse essa frase, mas, seja quem for, espero que essa pessoa estivesse tentando ser sarcástica) foi minha colega de estudos e companheira de turma, Charlotte Lu.

— Tomada de controle radical da lavanderia? — ela perguntou deliberadamente.

Já falei que também somos melhores amigas?

Eu nem pensei na camiseta até mais tarde naquele dia, quando Charlotte e eu estávamos liderando o grupo de discussões de introdução à comunicação. De alguma forma, a conversa saiu de promoções cruzadas em plataformas de mídias sociais e sua eficácia relativa para como atingir diferentes gerações através da comunicação de massa.

Conforme a discussão seguia, Charlotte disse o seguinte:

— Bom, a dificuldade de atingir diferentes gerações por meio de *qualquer* plataforma sempre esteve na mensagem em si.

— Hum... você pode elaborar essa ideia? — perguntei, esperando que ela tivesse algum ás na manga para levar a discussão de volta para o assunto da aula.

— Pensa na camiseta que a sua mãe te deu, por exemplo. — Fiquei muito feliz, nesse momento, por não estar vestindo a camiseta, porque isso teria feito trinta calouros de dezoito anos encararem meus peitos. Depois de repetir a frase da camiseta para a turma, ela continuou: — Sua mãe e, consequentemente, várias pessoas da geração dela têm um pensamento totalmente diferente sobre como deve ser o seu futuro. Portanto a comunicação com eles é prejudicada por mais do que a plataforma: é a mensagem em si.

Traduzindo, meu plano para minha futura felicidade envolve muito trabalho e criatividade; o plano da minha mãe para minha futura felicidade inclui casar com um cara rico. E, aparentemente, todos os solteiros ricos por aí estão simplesmente *morrendo de vontade* de assumir essa tarefa.

Mais tarde, eu estava conversando com a dra. Gardiner e falei da camiseta e do que Charlotte disse em aula. A dra. Gardiner riu e achou que isso era um poço fundo de conflito.

Sim, um "poço fundo de conflito" é um modo excelente de descrever as interações com minha mãe.

— Talvez explorar se mensagens e plataformas distintas podem coexistir, do mesmo jeito que pessoas distintas existem na mesma casa, deva ser parte do seu projeto de tese — refletiu a dra. Gardiner.

Ah, sim. O temido projeto de fim de semestre para a aula de hipermediação em novas mídias da dra. Gardiner. Era para ser um grande projeto multimídia, e eu estava com dificuldade para encontrar uma ideia. Além do mais, a dra. Gardiner também era minha orientadora — o que significa que ela estava há meses me cutucando para *também* definir qual seria o tema da minha tese, em cima do qual eu passaria todo o próximo ano.

Um projeto gigantesco e esmagador de cada vez, eu implorara. E fui para casa a fim de pensar nas possibilidades do projeto menor, porém mais urgente, de fim de semestre.

Quando cheguei, ouvi minha mãe perturbar meu resignado pai porque alguém tinha comprado aquela casa enorme em Netherfield (um novo condomínio de mansões, com a maior casa da colina levando o nome do empreendimento todo) e que essa pessoa provavelmente era homem, rico e solteiro.

E minha mãe queria ter a preferência.

Não para ela, é claro. Mas para mim ou para minhas irmãs, Lydia e Jane. Qualquer uma de nós serviria; ela não foi específica. Sério, dependendo do valor líquido do cara, ela provavelmente estaria disposta a fazer um negócio do tipo duas-pelo-preço-de-uma. Ou três.

Isso me fez decidir. O fato de minha mãe ter um conceito tão baixo sobre quem são suas filhas e em que sociedade vivemos hoje em dia, a ponto de estar preparada para nos enfeitar e nos fazer desfilar para um estranho como debutantes no primeiro baile só porque ele era rico... O fato de ela estar tão desesperada para conhecer esse estranho a ponto de perturbar meu pai — numa das poucas ocasiões em que ele chega do escritório antes de escurecer — para fazer uma visita aos novos vizinhos como se ele fosse do comitê local de boas-vindas... O fato de ela não ter a menor ideia do que eu faço ou estudo, e dizer para as pessoas: "Ela gosta de falar, talvez acabe em algum programa de tevê matinal!"...

Bom, talvez *exista* um jeito de mostrar ao mundo as "mensagens" distintas que tenho sido obrigada a ouvir por tempo demais. E usar uma plataforma de novas mídias para fazer isso.

Então, foi isso que decidi fazer para a aula da dra. Gardiner. Vou tentar explicar minha mãe e minha vida para o mundo todo. Via novas mídias.

Depois de conversas com Charlotte, eu criei algumas regras e escolhas estilísticas que acho que vão funcionar.

Parece óbvio, mas decidi fazer um videoblog. Eu falando com a câmera. Simples e direto. Não acho que vou conseguir captar os momentos de veracidade necessários para um documentário, já que não tenho dinheiro para pagar uma equipe e preciso passar metade do tempo em sala de aula. Sou fã dos Vlogbrothers e de outros vídeos nesse estilo, então não pode ser muito difícil de produzir, certo?

Claro, constância é fundamental. Decidimos publicar vídeos no YouTube duas vezes por semana: segundas e quintas, sem exceção. Mesmo quando eu não tiver nada para falar, os vídeos serão publicados. Parte do projeto é escavar o "poço profundo" e me tornar uma criadora constante de conteúdo.

— Mas sobre *o que* eu vou falar? — perguntei a Charlotte, enquanto detalhávamos a ideia.

— Você sempre teve assunto — ela me lembrou.

— Mas só eu diante da câmera por cinco minutos? — perguntei. — Sem nada acontecendo? Eu poderia contar coisas que aconteceram, mas isso também é chato.

— Ué, faça com que *não* seja chato — a Char disse. — Quando você estiver contando os eventos, faça uma encenação. Com fantasias.

— Fantasias? — perguntei. A dra. Gardiner falou dessa teoria em sala de aula na última semana. — Tipo me vestir como a minha mãe e o meu pai conversando sobre o cara solteiro e rico que se mudou para Netherfield?

— Por que não?

Por que não, realmente. Então, roubei o roupão do meu pai e um velho chapéu de igreja da minha mãe e estou treinando o sotaque do sul para imitar minha mãe. Todas as interações pertinentes que acontecerem antes da filmagem serão reencenadas desse jeito, por meio do que estou chamando de Teatro de Fantasias.

Vou tentar apresentar as interações da forma mais fiel possível, mas também vou fazer isso pelo meu ponto de vista. No entanto, não vou deixar que o tom da minha perspectiva afete a veracidade do conteúdo.

Isso quer dizer que não vou inventar coisas. Tudo que eu publicar online realmente aconteceu. Afinal, estamos aqui para contar a verdade.

Obviamente, eu também vou ter de apresentar uma documentação para o projeto. Um registro das minhas impressões sobre o ato de fazer um vlog de longa duração e como a plataforma funciona para a mensagem. E uma expressão das minhas frustrações ocasionais. Acho que o fato de eu manter um diário a vida toda finalmente vai resultar em mais do que uma síndrome do túnel carpal!

E é isso. Tenho certeza de que vou criar outras regras conforme progredir, mas, por enquanto, é hora de ver se eu consigo fazer um vídeo. A faculdade me emprestou uma câmera, eu tenho um monte de cartões de memória em cima da mesa, e Charlotte foi obrigada... quer dizer, *se ofereceu* para me ajudar na filmagem e na edição.

Então, aqui vamos nós! Vamos fazer um vlog!

SEGUNDA-FEIRA, 9 DE ABRIL

— O que você acha? — perguntei a Charlotte, enquanto me inclinava sobre seu ombro para ver a filmagem no computador dela.

Apesar de esse ser o meu projeto para a aula da dra. Gardiner, estou usando minha melhor amiga. Especificamente, seu software de edição e seu talento para editar. (Há um motivo para ela ser a monitora preferida de todos os alunos do primeiro ano nas baias de edição da faculdade. Ela sabe o que faz.)

— Acho que está bom — ela respondeu. — Pela milésima vez. Então, vamos lá.

O dedo dela parou sobre o botão de upload.

— Espera! — soltei. — Ainda acho que estou usando maquiagem demais. E que tal...

Charlotte me olhou de canto de olho.

— Você quer refilmar tudo?

— Meu Deus, não.

Filmar o primeiro vídeo — que terminou aos três minutos e vinte segundos — foi muito mais difícil do que eu imaginei. Pensar no que falar, escrever a introdução, procurar fantasias, escrever a parte em que eu me vestia como a minha mãe e intimidar Charlotte para interpretar meu pai... Sem contar as quatrocentas vezes em que enrolei a língua e tivemos que refilmar alguma coisa que eu disse, e o vídeo de três minutos levou quase cinco horas para fazer.

— Então a gente pega mais leve na maquiagem da próxima vez. — Char me lançou um olhar impaciente. — Mas agora é segunda de manhã, e você disse pra dra. Gardiner que ia publicar o primeiro vídeo hoje. Além do mais, temos aula daqui a trinta minutos. Vou apertar o botão.

— Mas...

— Lizzie, parte de ter um vlog é *colocar o vídeo no ar*.

Eu sei. Quer dizer, eu *sei* que a comunicação é uma troca e, para ela realmente acontecer, tem que haver um início. Mas a Char estava prestes a colocar minha vida toda — meu quarto, meus pais, minhas irmãs, minha maquiagem ruim — à mostra. Com um clique do mouse. Isso era meio estressante.

Mas Charlotte, como sempre, estava certa. A gente não podia ficar o dia todo no meu quarto fazendo ajustes. Às vezes você precisa simplesmente desapegar. Respirei fundo e acenei rapidamente para Charlotte. E, alguns segundos depois, meu vídeo estava online.

— E aí, está pronta pra ir? — ela perguntou, fechando o computador. E isso foi tudo.

É muito estranho. Eu sabia que não devia ter nenhum comentário ainda, mas tudo que eu queria fazer era encarar a tela, esperando alguma coisa acontecer na internet. Não tenho grandes expectativas. E ficaria chocada se alguém de fora do meu programa de estudos da faculdade visse o vídeo. Mas, quando você coloca sua vida no ar para consumo público, não dá para não se preocupar com as reações.

No entanto, a melhor coisa que eu podia fazer naquele momento era ir para a aula, ser obrigada a ficar offline e não pensar naquilo por algumas horas. Comecei a arrumar minha bolsa.

— AI, MEU DEUS, VOCÊ FEZ MESMO ISSO! VAI SER TÃO LEGAL! — Exatamente três minutos e vinte segundos depois de publicarmos o vídeo, minha irmã mais nova, Lydia, saiu correndo de seu quarto, do outro lado do corredor, e entrou voando pela minha porta, me impedindo de sair. (E, sim, esse diálogo foi exatamente assim. Eu não me esqueci de nada.)

— Adorei, principalmente a parte que fala de mim. Vai ser tão legal!

— Você já disse isso — resmunguei. — O que é que vai ser tão legal?

— Seu videoblog, *dã*! Sério, ele pode até fazer você ser um pouquinho menos ridícula. Principalmente se você continuar falando de mim.

— Lydia, como você sabia que eu tinha publicado?

— Porque, *dã*, eu recebo um aviso no celular quando você publica alguma coisa. — Lydia olhou para nós duas como se fôssemos burras. O que, nesse caso, acho que a gente meio que era.

É *claro* que Lydia ia ser a primeira pessoa a ver o vídeo. Ela foi a primeira (além de Charlotte) a descobrir sobre o vlog, quando entrou no meu quarto no momento em que eu estava filmando para contar que o estranho esquivo que comprou a casa em Netherfield é jovem, solteiro e se chama Bing Lee. Eu não poderia me importar menos, mas Lydia se enfiou no meu projeto e na minha câmera.

Essa é a definição perfeita de Lydia. Ela é um rolo compressor hiperativo e fotogênico. E, como a caçula da família, sempre consegue o que quer.

— A mamãe vai *surtar* quando descobrir. Ah, e você devia total ficar longe do balcão de maquiagem, irmã. Ou pelo menos deixar essa parte pras pessoas que não moram na biblioteca e sabem o que fica bem em, tipo, humanos.

— Hum, sobre a mamãe... — eu disse, tentando tirar a atenção da minha irmã do celular, no qual ela provavelmente estava mandando e-mails ou mensagens de texto ou tuitando alguma coisa sobre meu exagero no lápis labial. — Eu prefiro não contar pra eles. Pra mamãe e pro papai, quero dizer.

— Ah, é mesmo? — Ela estava com uma expressão que eu conhecia bem demais. — E o que eu ganho com isso?

— Lydia, a gente precisa ir, se você quiser que eu te deixe na escola antes de ir pro trabalho... Ah, oi, Charlotte, que bom te ver! — E agora minha irmã mais velha, Jane, entrou. Sério, meu quarto minúsculo era pequeno demais para tanta gente.

— Oi, Jane — Charlotte respondeu. — Tudo certo?

— Tudo ótimo! — Jane deu um sorriso iluminado. — Eu adoro a segunda-feira, você não? A gente encontra todo mundo de volta no escritório e conta o que fez no fim de semana. Como foi seu fim de semana?

— Bom... — Charlotte disse — eu fiquei aqui, ajudando a Lizzie...

Não existe uma alma mais gentil e mais solícita que minha irmã Jane. Ela sabe muito bem o que Charlotte fez no fim de semana — passou a maior parte do tempo aqui, neste mesmo quarto. Mas Jane, mesmo assim, foi educada e pareceu verdadeiramente interessada no que Charlotte ia dizer.

Acho que sua bondade extrema evoluiu naturalmente ao longo dos últimos vinte e seis anos, como um mecanismo de defesa para sua beleza. Você pode querer odiar Jane por ser tão linda, mas isso é muito difícil quando ela fez biscoitos e chá para você.

Por exemplo: quando eu estava no oitavo ano do ensino fundamental, decidi desprezar Jane por ser uma aluna linda e sofisticada do ensino médio, e Lydia por ser feliz, despreocupada e geralmente conseguir o que queria. (O que eu posso dizer? Eu estava passando por uma fase esquisita — é normal — e cansada de ser a filha do meio.) Minha irritação com Jane durou umas seis horas ao todo, quando chegamos da escola e ela me ensinou a fazer uma trança lateral no cabelo.

Minha irritação com Lydia ainda permanece.

— É mesmo, vocês estavam fazendo o vídeo! — Jane disse. — A Lydia me mostrou. Lizzie, é incrível, muito divertido.

— Sério? — perguntei. — Você acha que eu estava bem? A maquiagem?

Jane piscou para mim duas vezes.

— Hum... — Bom, isso respondia à pergunta. — Sabe, você devia usar aquela blusa marrom na próxima vez... Ela faz sua pele brilhar.

Jane trabalha para uma empresa de design naquilo que consideramos nosso pequeno centro da cidade. Eles fazem muitas coisas de design — decoração de interiores, móveis etc. —, mas Jane trabalha no departamento de moda. Ela é a única pessoa que eu conheço que pode pegar um vestido de ficar em casa comprado num brechó e transformar em algo que poderia ser usado numa cerimônia de premiação. Então, se eu confio na opinião de alguém sobre moda, é na dela. Mas...

— Eu usaria, mas tem alguma coisa errada com os botões... As casas estão largas.

— Ah, eu posso consertar isso — Jane disse, dispensando meus argumentos. Ela abriu minha gaveta e encontrou a blusa. Então se virou para Lydia. — Está pronta? Se eu correr, consigo te deixar na aula de história da arte.

A Jane não corre.

— Ai, história da arte é tão chato. O professor só fica falando arrastado e apontando com aquela caneta de laser pro pinto de estátuas velhas. Um pervertido.

— Eu estava falando pra Lydia — interrompi, nos trazendo de volta para algo mais pertinente que a genitália de estátuas velhas — que não acho uma boa ideia contar pra mamãe e pro papai sobre os meus vídeos.

O projeto é registrar minha vida em casa em novas mídias, e eu não vou conseguir fazer isso direito se... Além do mais, só vai durar algumas semanas. — Sinto os dentes rangerem ao ver o brilho nos olhos de Lydia. — Por favor.

— E mais uma vez eu pergunto... — Lydia dá um sorriso forçado. — O que eu ganho com isso?

Essa pergunta me obriga a sacar as armas de irmã mais velha.

— Ah, não sei — reflito. — Talvez eu não conte pro papai sobre aquela caixa de identidades falsas debaixo da sua cama.

Nós nos encaramos. Lydia tem só vinte anos. Esse fato não é muito conhecido na comunidade de bares locais.

— Tá bom — ela cede. — A mamãe e o papai iam estragar a diversão mesmo.

— Ótimo! — Charlotte diz, feliz da vida. — Agora a gente pode ir pra aula e/ou pro trabalho?

Enquanto saímos do meu quarto, Jane fala baixo comigo:

— Lizzie, tem certeza sobre a mamãe e o papai? Se eles descobrirem...

— Por favor — repito, com um olhar de aprovação para Charlotte. — Você sabe quantas horas de vídeo são publicadas no YouTube a cada minuto? Ninguém nunca vai ver isso.

— Ha! — Lydia riu. — Não tenha tanta certeza, minha nerd irmã mais velha. *Eu* estou no seu vídeo, e estou *destinada* a ser famosa.

SÁBADO, 14 DE ABRIL

Quando volto para casa depois de passar horas no escritório com a dra. Gardiner, eu me sinto um pouco melhor. Fiquei nervosa depois que o segundo vídeo foi publicado. (Esse só levou quatro horas para fazer, então... progresso!) Recebemos algumas visualizações — alguns milhares, na verdade. Não chega nem aos pés do vídeo "Charlie mordeu meu dedo", mas eu ainda fico meio chocada de saber que milhares de pessoas deram uma olhadinha na minha vida. E aparentemente voltaram para olhar de novo.

As pessoas na internet devem estar muito entediadas.

E, até agora, a maior parte do feedback foi positiva. Mas fiquei meio nervosa pelo jeito como retratei minha família. Especificamente, minha mãe e meu pai.

— Você está sendo sincera sobre como eles interagem com você? — perguntou a dra. Gardiner.

— Estou, mas...

— Mas o quê?

E essa é a questão. Desde que Jane demonstrou essa preocupação, isso está na minha cabeça. Estou sendo cruel demais? Especialmente considerando que meus pais não sabem dos vídeos. Não preciso do consentimento deles para retratar os dois, só se forem aparecer diante da câmera, o que NÃO vai acontecer. Ainda assim, eles são meus pais. Minhas frustrações com eles provavelmente são muito normais. Até alguém publicar um vídeo sobre elas para o mundo todo ver. A lente de aumento da opinião pública distorce tudo.

Mas a dra. Gardiner me lembrou que ser sincera ao retratar minha vida é tudo que eu posso fazer — e, na verdade, é a ideia do projeto. Então, saí do escritório dela me sentindo um pouco mais confiante, depois fui para casa e encontrei o que, aparentemente, era o Fim do Mundo (marca registrada da minha mãe).

— Seu pai é o motivo para nenhuma de vocês conseguir se casar! — Minha mãe estava na cozinha, resmungando essa revelação para Jane, que ouvia com a graciosidade de sempre, enquanto a ajudava a preparar o almoço. — Ele nem foi se apresentar para o novo vizinho!

Ah, sim. O novo vizinho. Esse Fim do Mundo atual já dura cerca de uma semana — eu quase tinha esquecido, com as aulas e os vídeos. Mas minha mãe está obcecada em conhecer Bing Lee e colocar uma das filhas diante dele. Então, você poderia achar que ela simplesmente iria até lá e se apresentaria, mas não. Não é assim que minha mãe funciona.

Talvez porque ela saiba que pode ser meio assustadora para os não iniciados.

Será que ela tem tanta autocrítica assim?

— Não somos exatamente vizinhos, mãe — tentei. A casa em questão fica a pelo menos vinte minutos de distância, do outro lado da cidade. O lado bacana. O lado das mansões.

— E é por isso que eu não posso fazer as apresentações! — minha mãe disse, entre soluços. — Se fosse mais perto, eu poderia simplesmente andar até lá com um prato de boas-vindas cheio de frios e queijos. Mas preciso do seu pai para fazer isso, e ele não me ajuda! Estou desolada!

Às vezes minha mãe acha que estamos no século XIX. E que ela é Scarlett O'Hara.

Só consegui revirar os olhos e recuar devagar, porque, pela expressão no rosto dela, qualquer outra coisa seria implicância. Fui até meu pai.

— Ei, pai, obrigada por ser o motivo de eu nunca conseguir me casar — eu disse, parada na porta do escritório.

— Por nada, Lizzie. Qualquer coisa que eu possa fazer para ajudar — ele respondeu de trás do jornal.

— Você podia simplesmente se apresentar para esse tal de Bing Lee e acabar com a tortura da mamãe, sabia? — Outro lamento veio da cozinha. — E com a nossa. Por outro lado, a gente podia fazer uma viagem no tempo para o século XXI e aí nós mesmas podíamos nos apresentar. Ah, olha só! — Olhei para o relógio de pulso. — Já estamos no século XXI!

— Você vai estragar a minha diversão? — Há um brilho nos olhos dele. É um brilho parecido com o da Lydia quando apronta alguma coisa.

Agora, por mais que isso tudo pareça bobo, se meu pai era contra a ideia de se apresentar, poderia simplesmente dizer isso de uma vez, e minha mãe teria começado a bolar um novo plano para Bing Lee cair nas garras de uma de suas filhas (ou, melhor dizendo, nas dela). Mas, pelo fato de isso estar durando tanto, combinado com aquele brilhinho nos olhos e com o que parecia ser um sorriso malicioso, eu sabia que alguma coisa estava acontecendo.

— Pai... é possível que você *já tenha* conhecido o Bing Lee?

Ele deu de ombros.

— *Pai...*

— Tá bom — ele suspirou. — É possível que eu estivesse no clube outro dia, e é possível que o jovem sr. Bing Lee por acaso estivesse lá para preencher uma ficha de sócio. Também é possível que eu tenha aproveitado a oportunidade para me apresentar e dizer que tenho três filhas mais ou menos da idade dele.

Meus olhos ficaram arregalados.

— Você não fez isso. Você vendeu a gente, embrulhou pra presente, exatamente como a mamãe quer?

— Não embrulhei vocês para presente... Pode acreditar que eu tenho um tiquinho mais de tato que a sua mãe. — Ele sorriu para mim de um jeito malicioso.

— O que você estava fazendo no clube? — Meus pais têm uma noite de bridge toda semana no clube, mas é às segundas-feiras.

— Cancelando nossa associação — meu pai respondeu. — Agora que vocês estão todas adultas e não fazem mais aulas de tênis, a gente quase não usa.

Certo. Exceto pelo bridge às segundas-feiras. Então isso não é estranho.

— Bom... Como ele é? O Bing? — perguntei. Ei, ele é o assunto da minha família há uma semana, tenho o direito de estar um pouco curiosa.

— Você vai descobrir por conta própria no próximo fim de semana. Ele vai estar no casamento da Ellen Gibson. Parece que ele estudou com o noivo.

19

Certo. O noivo da Ellen Gibson estudou em Harvard. Portanto, Bing Lee estudou em Harvard. Quando minha mãe descobriu isso, Bing Lee passou de ótimo pretendente para o unicórnio/fênix/centauro mítico que ela sempre desejou que aparecesse na vida das filhas.

— Tá bom — eu disse, sentando ao lado do meu pai. — Por quanto tempo você planeja manter isso escondido da mamãe?

— Não muito. Achei que podia soltar de repente no meio do casamento.

— Pai, eu sei que você gosta de irritar a mamãe, mas você também gosta de infernos nucleares pós-apocalípticos? Porque é isso que essa casa vai virar se você não contar para ela. Logo.

— Não faço ideia do significado de metade dessa frase, mas entendi o que você quis dizer. — Meu pai se levantou da poltrona com um suspiro.

— E, se o seu pai não se importa o suficiente com vocês para se apresentar ao Bing Lee, nós provavelmente não vamos conhecer o rapaz até ele se casar com a Charlotte Lu! — minha mãe resmungou, ao mesmo tempo em que esmagava nozes-pecã com um martelo de madeira. Cozinhar acalma minha mãe. Comemos bem nesta casa.

— Lamento ouvir isso — meu pai disse. — Se eu soubesse que estava estragando a felicidade futura da Charlotte, não teria me apresentado ao Bing Lee no outro dia.

Enquanto minha mãe gritava e berrava e pressionava meu pai para obter mais informações, tudo que eu podia fazer era observá-los fazendo essa dancinha — meu pai pegando no pé da minha mãe, minha mãe ficando irritada e depois feliz — que eles fazem provavelmente desde que se conheceram. Isso me fez sorrir.

E aí eu percebi que a dra. Gardiner tem razão.

Essa é a minha família. Se eu não puder ser sincera em relação a eles, não serei sincera sobre mim. Essa é a minha vida, com todos os defeitos. E é isso que eu vou publicar por aí.

TERÇA-FEIRA, 17 DE ABRIL

Minha mãe atingiu um nível totalmente novo de maluquice.

Achei que, com a notícia de que íamos conhecer Bing Lee no casamento do fim de semana, ela ficaria satisfeita. Mas não, agora o boato é que ele vai levar convidados ao casamento dos Gibson, então deve ter uma namorada. Ou várias namoradas. Ela está surtando com isso. De novo: minha mãe atingiu um nível totalmente novo de maluquice.

Eu estava dirigindo até a biblioteca (observação paralela: graças a Deus tenho as manhãs livres às terças-feiras. Não fosse por isso, eu não saberia quando ia documentar ou pensar nas ideias para o vlog. O fim do semestre está se aproximando rapidamente, e minha carga de trabalho reflete isso) e vi minha mãe dando a volta para entrar no condomínio Netherfield. Isso me deixou perplexa. Ela está dirigindo pelo local. Tentando ter uma visão rápida do homem em si e de quem quer que esteja com ele, para descobrir se é possível arrancá-lo das garras dessa pessoa.

Ela nem conhece o cara! Ele pode ser legal, claro. Mas também pode ser péssimo... um viciado sem rumo ou, pior ainda, um esnobe da costa Leste com um vício paralisante em esquiar nas montanhas. Ainda assim, ela já o nomeou como genro. E é isso que me preocupa mais. Eu andava oscilando entre sentir pena do Bing Lee e sentir pena de nós, meninas Bennet, mas o fato de minha mãe estar mais que disposta a prender uma de nós a ele sem nunca ter tido uma conversa com o cara significa que ela não está pensando no que pode nos fazer felizes. Só no que pode fazê-la feliz e possivelmente deixar uma de nós em segurança.

Seja como for, é melhor o Bing Lee apertar o cinto de segurança no casamento do fim de semana. Ele ainda não sabe, mas vai ser uma viagem cheia de emoções.

SEXTA-FEIRA, 20 DE ABRIL

— Ai, meu Deus. Lizzie, você viu isso? — Charlotte perguntou, parando de repente na minha mesa de estudos na faculdade. Eu estava fazendo um trabalho para o curso de teorias avançadas de crítica midiática. Pelo menos deveria. O que eu realmente estava fazendo era conversar no iChat com Lydia, que andava contaminada com a maluquice da minha mãe, especulando sobre os convidados do Bing Lee. No entanto, especular parecia algo sem sentido. Lydia já tinha xeretado, como sempre, e descoberto que os convidados eram a irmã dele e um cara chamado Darcy. Que — se esse for seu primeiro nome — soa como uma heroína de Judy Blume, mas estou fugindo do assunto.

Charlotte recebeu um "Shhh" dos outros alunos da pós-graduação, mas, pela primeira vez, não se importou.

— Viu o quê?

— Seus *números*. — Ela se inclinou sobre meu ombro e abriu a internet.

Na tela estava meu canal do YouTube. E ela apontou o número de visualizações. Que simplesmente tinha aumentado de repente para sessenta mil. Por vídeo.

— Ai, meu Deus! — Agora foi minha vez de levar um "Shhh".

— Ah, calem a boca — Charlotte disse para o pessoal mandando a gente calar a boca. — Alguma coisa está acontecendo de verdade.

— Não achei que ia funcionar — eu disse.

— O que não ia funcionar?

— Eu... eu mandei e-mail para algumas pessoas. E tuitei. Vloggers. E pedi pra darem uma olhada. — No fundo, eu esperava que eles vissem os vídeos e adorassem tanto que recomendassem para seus espectadores, mas não achei que fosse funcionar. Foi um tiro no escuro.

Ai, meu Deus.

— Com quem você falou? — Charlotte perguntou, mas seus dedos já estavam voando e bisbilhotando meu e-mail e meu feed do Twitter.

— Hank Green?! — ela soltou um grito agudo. Depois... — A *Felicia Day* tuitou sobre seus vídeos?

— Não achei que ia funcionar — repeti baixinho.

— Lizzie, você é um sucesso! Você tem um público de verdade agora!

— Tenho um público de verdade — repeti. — E eles vão querer mais vídeos. — Meu estômago revirou. — *Bons* vídeos. Ai, meu Deus, Char, e se eu não tiver mais nada pra dizer? E se eu não tiver nenhum assunto?

Ela me deu um sorriso afetado.

— Eu te conheço desde que você nasceu, Lizzie. Nunca aconteceu de você não ter alguma coisa pra dizer.

— Mas... eu sou tão desinteressante.

Essa é uma triste verdade. Lydia não está totalmente errada em relação a mim. Eu sou bem nerd. Leio livros e escrevo trabalhos para a faculdade. Sou (de um jeito irritante) eternamente solteira. Posso ter um ponto de vista para expressar, mas mesmo assim... não são coisas que geram um conteúdo atraente.

— Como é que eu mantenho o interesse das pessoas daqui a cinco, dez vídeos?

— Você está pensando demais — Charlotte disse, e essa é sua versão de consolar alguém. — Não se preocupe com os cinco ou dez próximos vídeos, se preocupe com o próximo. E, com o casamento dos Gibson amanhã, você deve ter alguma coisa pelo menos um pouco interessante pra dizer na segunda-feira.

Respirei fundo algumas vezes. Esqueci a conversa no iChat com Lydia e o trabalho de teorias avançadas de crítica midiática. Charlotte estava certa. Tenho que me concentrar no próximo vídeo. E, se eu conheço minha mãe, pelo menos o casamento dos Gibson vai render alguma coisa interessante para comentar.

23

DOMINGO, 22 DE ABRIL

São mais ou menos duas da manhã e, se eu fosse esperta, estaria dormindo. Melhor dizendo, se minha melhor amiga não estivesse bêbada e fazendo seu bolso me ligar, eu estaria dormindo. Mas acabei de receber uma ligação da Charlotte que foi mais ou menos assim:

(*ruído distorcido*) ... "Ou eu estou bêbada ou essa festa foi um fracasso num filme do Fellini." ... (*mais ruído distorcido*) ... "Por que o meu celular está aceso?" (BIPE)

Para ser honesta, eu não estava dormindo de qualquer maneira, já que chegamos do casamento dos Gibson tipo uma hora atrás. Minha mãe, neste exato momento, está num estado de completa felicidade (ou letargia — letargia feliz). Porque, de acordo com seu monólogo alegre no caminho para casa, toda sua dor e suas armações valeram a pena, já que o sr. Bing Lee, um tipo rico, bonito e o novo feliz proprietário de uma casa, agora conheceu e ficou impressionado com uma de suas filhas.

Especificamente, a Jane.

Eu, no entanto, estou num estado de irritação desenfreada por causa de uma pessoa.

Especificamente, William Darcy.

Mas estou me adiantando aos fatos.

A cerimônia do casamento foi linda. Ao ar livre, à tarde. Por que morar numa cidade entediante da costa central da Califórnia se não for aproveitar o clima para suas núpcias? Nossa amiga de longa data, Ellen, jurou amar, honrar e aceitar o novo marido em seu plano de saúde do trabalho até que a morte os separe, enquanto a mãe dela fungou o tempo todo durante a cerimônia — só um pouco mais suave que os lamentos da minha mãe. (Observação: Ellen Gibson estudou na mesma turma que a Jane desde o primeiro ano, e nossas mães cortavam fatias de laranja juntas para o treino de futebol. Minha mãe mal consegue manter a cabeça erguida na frente da sra. Gibson agora, já que suas filhas continuam tragicamente solteiras.)

Evidentemente, durante toda a cerimônia, minha mãe ficou esticando o pescoço pela nave da igreja para encarar melhor Bing Lee e seus acompanhantes. Por sorte ele não percebeu, mas seu amigo excessivamente alto e arrogante, sim. Ele franziu a testa para nós por baixo de sua boina de jornaleiro ridiculamente hipster. Se bem que, agora, não tenho muita certeza se foi um franzido de testa. Pelo que vi do cara a noite inteira, seu rosto simplesmente é daquele jeito.

Independentemente disso, os recém-casados se beijaram, a música de encerramento tocou e era hora de festejar! Mas, antes mesmo que conseguíssemos chegar até o carro para ir ao lindo restaurante com vista para a cidade, onde haveria a recepção, minha mãe empurrou a Jane e a Lydia (e, tudo bem, eu fui junto) até o Bing, conseguindo a apresentação pela qual tanto ansiava.

— Você deve ser o sr. Lee! Ou é sr. Bing? Sei que alguns países colocam o sobrenome na frente, mas nunca sei quais!

Sim. Isso aconteceu de verdade.

Por sorte, o cavalheiro em questão apenas sorriu, se apresentou e apertou a mão da minha mãe. Depois, desviou os olhos para Jane.

E não tirou mais.

— Oi, eu sou o Bing — disse ele.

— E eu sou a Jane — disse ela. — Muito prazer.

— O prazer é meu.

E ficaram parados ali. Basicamente, apertando as mãos. Até alguém atrás do Bing pigarrear.

Alguém usando uma boina de jornaleiro. E uma gravata-borboleta. (Posso perdoar a gravata-borboleta, mas, sério, quem usa uma boina de jornaleiro para ir a um casamento?)

— Essa é minha irmã, Caroline, e esse é meu amigo, William Darcy.

— Oi... — Caroline Lee disse devagar e de um jeito arrastado, mas educado. Enquanto o amigo deles, Darcy, era um pouco chegado ao lado hipster, Caroline era um pouco chegada ao lado meu-cabelo-tem-um--brilho-perfeito-e-meus-óculos-Prada-não-são-lindos?. Mas pelo menos ela teve a decência de dizer "oi".

— Bing, o motorista não vai conseguir sair se a gente não liberar a passagem — Darcy disse.

Que encantador.

— Certo — Bing respondeu, o que finalmente o levou a soltar a mão da Jane e perceber que a gente também estava ali. — Vejo vocês na recepção?

Minha mãe não conseguiu chegar à recepção rápido o suficiente. Ela fez meu pai costurar entre os carros, ultrapassar dois sinais de "pare" e quase provocar um acidente só para que ela chegasse à mesa de cartões primeiro e mudasse tudo para Jane sentar a apenas uma mesa de distância de Bing e cia.

Enquanto isso, fiquei feliz por sentar perto da Charlotte.

— Percebi que a sua mãe finalmente conseguiu encurralar o esquivo Bing Lee depois da cerimônia — ela disse, entre mordidas em um bolinho de siri.

Devo dizer que os Gibson realmente sabem dar uma festa. Era um salão lindo, com candelabros, marcadores de mesa da velha Hollywood, um trio de jazz perto da pista de dança e comida insanamente deliciosa, como evidenciado pela dedicação da Char aos bolinhos de siri.

Meus olhos imediatamente foram para a mesa onde Bing estava sentado. Ou, melhor dizendo, onde ele estava inclinado em direção à mesa ao lado, conversando com a Jane. Ela corou e sorriu.

— E parece que ele já escolheu sua Bennet preferida — Charlotte observou. — A Jane realmente encantou o cara.

— A Jane realmente encanta todo mundo — retruquei.

— É, mas talvez ela também esteja encantada dessa vez.

Continuei observando. Houve muitos momentos de corar e sorrir e fazer sinais com a cabeça entre os dois. Mas...

— Minha irmã não vai se encantar imediatamente por um cara que a minha mãe escolheu para ela. Ela é inteligente demais pra isso.

Mas Charlotte simplesmente sacudiu os ombros e deu mais um gole na vodca tônica.

— Aposto alguns drinques que ela vai passar a noite toda conversando com ele.

— As bebidas são de graça — observei. E Lydia já estava estacionada no bar.

— É por isso que nós vamos conseguir manter a aposta. A cada hora que ela passar com ele, você pega uma bebida pra mim. A cada hora que eles passarem separados, eu pego uma pra você.

— Combinado.

Bem nesse momento, Darcy se inclinou e disse alguma coisa para Bing, que desviou a atenção da Jane e desfez o sorriso do rosto. Como se tivesse recebido uma advertência.

— Pelo menos a Jane atraiu alguém educado — resmunguei. — E não o amigo dele. Qual é a do cara, afinal?

— Quem? O tal William Darcy? — Charlotte perguntou. — De acordo com a minha mãe, ele é um velho amigo de escola do Bing. Parece que ele herdou e administra uma empresa de entretenimento com sede em San Francisco.

— Ah, sim, San Francisco, o bastião do entretenimento. — (Tenho um humor sarcástico.) — E, por "administrar", imagino que você queira dizer que ele folheia relatórios trimestrais entre um daiquíri e outro na praia.

— Ele é meio pálido pra ser rato de praia. — (O humor da Charlotte pode ser ainda mais sarcástico que o meu.) — E meio sério demais pra ser um investidor. Além disso, considere-se com sorte porque a sua mãe não está de olho nesse cara também. Os Darcy valem o dobro dos Lee.

Olhei para Charlotte.

— Como você sabe disso?

— A sra. Lu também gostaria que eu me casasse com um homem rico. — Ela deu um último gole na bebida e estendeu o copo vazio para mim. — Ah, olha, o Bing está conversando com a Jane de novo. Por que você não vai pegar uma vodca tônica pra mim antecipadamente?

Charlotte estava certa sobre Bing e Jane. Eles passaram a noite toda conversando. E, quando não estavam conversando, estavam dançando.

Mas ela estava errada sobre outra coisa. Minha mãe *estava* de olho em William Darcy. Vi no instante em que aconteceu. Ela estava sentada com a sra. Lu, tagarelando sem parar, com os olhos no Bing e na Jane. E aí eu vi minha mãe *socar o ar*, num gesto de triunfo. A sra. Lu, não satisfeita, se inclinou e sussurrou alguma coisa no ouvido da minha mãe.

Os olhos dela imediatamente correram para onde William Darcy estava, de pé, encostado numa parede, franzindo a testa (claro) e digitando no celular.

Depois, os olhos dela dispararam na minha direção.

Foi aí que eu decidi me esconder. Encontrei um cantinho agradável numa parede distante, com uma sombra decente. Com alguma sorte, minha mãe não ia conseguir me encontrar e, em vez disso, ia tentar formar um par entre ele e a Lydia, que estava se esfregando em dois caras diferentes na pista de dança.

Evidentemente, não tenho sorte.

Eu estava bem feliz no meu canto. Observei Jane e Bing dançarem. Observei minha mãe tentar falar com Darcy e ser totalmente ignorada. E aí... observei minha mãe marchar até os noivos com olhos de aço e sussurrar alguma coisa no ouvido dos dois.

— Muito bem, pessoal! — gritou a sra. Gibson. — Hora de jogar o buquê!

Ai, meu santo Deus.

Essa é a parte mais desprezada por todas as pessoas livres em qualquer casamento. Era melhor colocar todos os solteiros num cercadinho para sermos avaliados como animais no zoológico: "Olhem! Solteiros no mundo selvagem!"

Mas senti os olhos da minha mãe lançando espadas na minha direção. Eu seria deserdada se não participasse.

Encontrei Charlotte na multidão de mulheres jovens relutantes. Demos de ombro por compaixão.

A Jane ficou ao meu lado.

— Oi! Não é uma festa maravilhosa? — Ela estava radiante. Se a paixão fosse radioativa, ela seria Marie Curie. — Estou tão feliz. Pela Ellen e pelo Stuart — esclareceu.

— Ah, a Ellen e o Stuart são tão fofos juntos que chega a ser nojento — Lydia exclamou do meu outro lado. — Mas o Stu tem os amigos *mais gostosos*. Com qual deles você acha que eu devo me enfiar no carro?

Ela acenou para os dois caras embriagados com quem estava dançando.

Como só havia cinquenta por cento de chance de ela estar brincando, abri a boca para dizer alguma coisa que pudesse convencer minha irmã a não transar com um cara aleatório no carro em que todas nós íamos para casa, quando, pelo canto do olho, vi um buquê de peônias vindo direto na minha cara.

Levantar as mãos foi uma reação natural para me defender.

Então, lá estava eu, com o buquê na mão e um monte de mulheres solteiras ao meu redor, aliviadas e batendo palmas. Percebi minha mãe na multidão além. Ela estava mostrando os dois dedões de aprovação para a noiva.

O que vinha a seguir: os caras. Uma chance para adivinhar qual pária social estava o mais longe possível da multidão, mas, mesmo assim, recebeu no peito um tiro de estilingue da cinta-liga.

William Darcy.

Cruzamos olhares. Ele parecia carrancudo. Para ser honesta, tenho certeza que eu também.

Quando a música voltou e a pista de dança ficou livre para essa terrível tradição, eu realmente estava meio com pena do William Darcy. Ele estava claramente desconfortável. Ele não dançava bem — meio que se balançava no ritmo da música e me mantinha à distância de um braço, como um aluno do sétimo ano, com o queixo encolhido feito uma tartaruga tentando se esconder. (Não sou em hipótese alguma uma dançarina profissional, mas gosto de me divertir girando na pista e derrotando a Lydia no Just Dance.) Ele também fez o possível para evitar meus olhos. Talvez fosse só um pouco tímido. Afinal, Bing parecia divertido e extrovertido, e Darcy é amigo dele, então deve ter alguma coisa a mais no cara, certo?

Errado.

Tentei conversar um pouco para quebrar o gelo.

— A festa está incrível, não acha?

— Se você está dizendo.

Uau. Tudo bem.

— Bom, é o que consideramos incrível na nossa cidadezinha. Está gostando daqui até agora?

— Não muito.

Uau. Que bom que você tem a mente aberta e é tolerante com a minha cidade natal, seu engomadinho.

— Você... — Procurei alguma coisa, qualquer coisa. — ... gosta de dançar?

— Não se eu puder evitar.

— Você gosta de alguma coisa? — Não consegui evitar a pergunta.

Isso fez o cara olhar para mim. Ele estava chocado, mas, ei, pelo menos rolou uma reação.

— Olha, eu estou tentando — eu disse —, mas esse era basicamente todo o meu repertório de conversa informal. Então, ou você joga a bola de volta pro meu campo, ou a gente fica balançando aqui em silêncio pelos dois minutos restantes dessa música. — Esperei. — A escolha é sua.

Ele não disse nada.

E eu não sei por quê. Qual é a dificuldade de perguntar a alguém de que tipo de filme a pessoa gosta ou o que estuda na faculdade? Uma conversinha básica? Aparentemente, para Darcy, se rebaixar a conversar com uma dançarina ocasional, moradora de uma cidadezinha do interior, que reconhece todo o trabalho árduo que Ellen e a sra. Gibson empenharam num casamento como aquele, era um conceito muito degradante.

Então, ele simplesmente baixou o queixo ainda mais e deixou a música acabar.

— Obrigado — disse, depois de parar abruptamente quando a música terminou.

Não, Darcy, *eu* é que agradeço por acabar com o sofrimento dessa dança.

Nós nos separamos. Por sorte, a banda começou outra música, e o resto dos convidados voltou à pista de dança, disfarçando o constrangimento. E tenho que admitir que foi mesmo meio constrangedor. O fato de ele nem fingir ser educado? Ótimo jeito de me fazer sentir uma troll desvalorizada.

Mas encontrei Charlotte em meu adorado canto sombreado perto da parede, e ela deu um jeito de fazer com que eu me sentisse melhor sobre a coisa toda: riu da situação.

— Essa foi a dança mais desajeitada do mundo — ela disse. — Pior do que a sua dança de casamento com o Ricky Collins no segundo ano.

— Verdade. Pelo menos o Ricky estava animado. Se bem que seria legal se ele tivesse tomado uma vacina contra piolho antes de encostar em mim.

Charlotte riu tanto que ficou tonta.

— Uau... — Ela fechou os olhos. — O salão está girando.

— É, acho que já chega de vodca tônica por enquanto. Se bem que você ganhou a aposta. Sem dúvida.

— É. Mal posso esperar pra ser convidada pro casamento da Jane e do Bing. — Ela deu um sorriso afetado. Depois ficou verde.

— Vamos tomar um ar fresco? — perguntei. Não falei isso para ela, mas a ideia da Jane casando com o Bing por insistência da minha mãe também me fez querer ficar verde.

Do lado de fora, Charlotte respirou fundo e devagar algumas vezes. O verde sumiu de seu rosto. Estávamos quase voltando para dentro quando do ouvi duas vozes conhecidas virando a esquina.

— Podemos ir pra casa, por favor? — Darcy pediu.

— Ah, não foi tão ruim assim. Você não pode tentar se divertir? Um pouco? — Bing respondeu.

— Numa cidade que não sabe a diferença entre uma Barney's e uma JCPenney? Não vejo como.

— Bom, você podia tentar dançar de novo.

— Sim, porque deu muito certo da última vez.

— Não foi tão ruim. — Houve um silêncio, e imaginei um olhar cínico trocado entre os dois, que espelhava o olhar cínico trocado entre mim e Charlotte.

— Escuta, você está se divertindo — Darcy disse. — De alguma forma, você conseguiu encontrar a única garota bonita dessa cidade. Volta lá pra dentro e continua dançando com a Jane Bennet. Eu vou pra casa e mando o motorista voltar pra te pegar.

— Ah, não faz isso — Bing disse. — Fica mais um pouco. Quero te apresentar pra Jane. Do jeito certo. Você vai gostar dela. Ela é... Eu nunca conheci ninguém como ela.

Eu tinha que dar crédito ao Bing por isso. Quer ele seja bom o suficiente para ela ou não, ele tem bom gosto.

— Nunca conheci ninguém que sorri tanto.

Esse era o encanto do Darcy. Encontrar problema em *sorrisos.*

— E quer saber? — Bing continuou, ignorando a atitude do amigo. — A irmã dela, a Lizzie, também é bem bonita. Aposto que, se você convidasse a garota pra dançar de novo, ela diria sim. Vamos repetir?

Antes mesmo de eu conseguir pensar se dançaria com ele de novo, senti o escárnio gelado do Darcy vindo em ondas, virando a esquina e me deixando com frio.

— Lizzie Bennet é... Ela não é ruim, eu acho. Dá pro gasto. Mas por que eu me incomodaria em dançar com ela quando ninguém mais está fazendo isso?

Meu queixo caiu em silêncio. O da Charlotte também. Quer dizer, sério. Quem esse cara pensa que é? Eu realmente não ouvi o que foi dito em seguida, por causa da raiva que inundou meus ouvidos, mas Bing deve ter feito alguma mágica com Darcy (ou, mais provável, sabe os podres dele) e o fez voltar para a festa.

— Uau — Charlotte disse.

— E pensar que eu estava começando a achar que tinha sido dura demais com ele.

— Bom, pelo menos você tem uma vantagem com a sua mãe. Tudo que você precisa é contar essa conversinha pra ela, e ela nunca mais vai te incomodar de novo sobre casar com a fortuna do Darcy.

E, basicamente, esse foi o casamento dos Gibson. Charlotte ficou bem tonta pelo resto da noite, mas segurou a onda. Deixei-a em boas mãos, com a mãe, a irmã mais nova, Maria, e um copão de água com gelo. Lydia dançou demais e não alternou a bebida pesada com água, por isso acabou vomitando nos arbustos do lado de fora (bem perto de onde Charlotte quase vomitou), e foi mais ou menos nessa hora que a família Bennet decidiu voltar para casa. Minha mãe tentou convencer Jane a ficar com Bing e fazer com que ele a levasse para casa (*na limusine dele*), mas a Jane também já estava bem cansada nessa hora.

Cansada, mas sorrindo. Muito.

Minha mãe cacarejou durante todo o caminho de volta sobre ver a Jane e o Bing dançando juntos. Disse que era o dia mais feliz da vida dela. E isso resume minha mãe para você.

Mas Charlotte estava certa. Minha mãe logo deixou de gostar do Darcy. Ela o achou muito rude quando tentou falar com ele antes da Dança Mais Constrangedora do Mundo (marca registrada de Charlotte Lu). Dei a ela uma versão truncada da nossa conversa enquanto dançávamos, ou da falta de conversa. Guardei para mim o que ouvimos do lado de fora. Minha mãe pode ser meio hiperfocada em casamento, mas também é mãe coruja. Não mexa com suas filhotas. E não as insulte sob nenhuma circunstância.

Charlotte também estava certa sobre outra coisa. Pelo menos eu tenho muito assunto para o vlog de amanhã. Se bem que, considerando a quantidade de vodca tônica que eu peguei para ela (e a discagem de bolso com a voz embolada), pode ser que eu precise fazer esse vídeo sem minha melhor amiga. Ela vai precisar dormir para esquecer a vitória.

* * *

P.S.: Antes de eu ir para a cama, dei uma olhada preguiçosa no celular. O Bing e a Jane tinham começado a seguir um ao outro no Twitter. A Jane só segue a família e assuntos de moda no Twitter.

Eu conheço minha irmã. E não sei como me sinto a respeito disso.

TERÇA-FEIRA, 24 DE ABRIL

Estou me sentindo meio... mal hoje. É difícil explicar, mas tenho uma sensação incontrolável de desconforto.

É isso que acontece quando a Charlotte viaja.

Ela me ligou ontem, depois de publicar o último vídeo, e me pediu para cobrir sua falta no grupo de discussão dessa semana — aconteceu uma emergência familiar que ela precisava resolver. Como melhor amiga do mundo, vou assumir todas as suas responsabilidades de aluna (felizmente, ainda tenho o período de estudo nas terças de manhã), ao mesmo tempo em que faço os vídeos sozinha.

Pensando pelo lado positivo, o último vídeo que eu publiquei teve o maior número de visualizações até agora — provavelmente uma combinação do fato de que eu provoquei sem dó a Jane sobre ela ter conhecido o Bing no casamento e do fato de que eu acidentalmente mostrei um close dos meus peitos (obrigada mais uma vez por estar de ressaca, Charlotte).

E acho que é por isso que tenho me sentido mal ultimamente. Não pelos meus peitos, mas pela Jane e pela provocação sem dó. Ela simplesmente está tão... feliz. E, sim, a Jane normalmente já é bem feliz. Mas agora é diferente — pelo menos para mim, já que eu conheço tão bem minha irmã. Ela está com um brilho interior e fica vermelha com muita rapidez. E parece cantarolar baixinho.

Estou errada em achar que é um pouco rápido? Ela *acabou* de conhecer o Bing. Há menos de três dias. Tem muita coisa que a gente ainda não sabe sobre ele para Jane ficar pensando tanto no cara.

Mas não conte isso para minha mãe. Ela já casou os dois. E, apesar de Jane normalmente ter presença de espírito para impedir delicadamente a imaginação da minha mãe de acelerar como um trem de carga desgovernado, dessa vez ela simplesmente está... indo na onda.

Hoje de manhã, por exemplo. A Jane estava atrasada para o trabalho, um emprego que ela ADORA, mas nem piscou quando minha mãe a impediu de sair porta afora e perguntou se ela sabia qual era o prato favorito do Bing.

— Não. Nós ainda não falamos de comida — Jane disse. E, pelo seu olhar, percebi que ela estava se perguntando se devia saber de que tipo de comida ele gosta.

— Bom, me avise quando souber — minha mãe disse. — Quero testar algumas receitas antes que ele venha jantar aqui.

— Uau... O Bing vem jantar aqui? — perguntei.

— Bom, não... ainda não — minha mãe revelou. Depois lançou um olhar tímido e zombeteiro para Jane. — Mas mais cedo ou mais tarde ele vem comer aqui. Jantar. Café da manhã. Ação de Graças.

Tudo que eu queria fazer era dar um tapa na testa e implorar à minha mãe para esperar um pouco, mas Jane simplesmente deu uma risadinha, balançou a cabeça e se despediu a caminho da porta.

Devo lembrar a você que Jane e Bing se conheceram três dias atrás. Tudo que eles fizeram desde esse dia foi trocar algumas mensagens de texto. E minha mãe já está pronta para receber o cara na nossa família.

Eu me pergunto o que a Jane está pensando. Será que ela está sendo influenciada pela minha mãe? A mesma mãe que está tão ansiosa por um potencial genro rico a ponto de ficar cega para todos os seus defeitos (quaisquer que sejam) e empurrar a filha para um relacionamento que ainda não existe?

Fico imaginando o que aconteceria se não fôssemos obrigadas a morar na casa dos nossos pais.

"Obrigadas" talvez seja uma palavra muito forte, mas as circunstâncias certamente exigem isso. A Jane não ganha o suficiente em seu primeiro emprego para pagar os empréstimos estudantis em atraso, quanto mais para pagar aluguel e contas em algum lugar. Ela tem sorte de ganhar o bastante para manter seu carro vagabundo funcionando.

E eu voltei para casa quando, depois de quatro anos morando sozinha durante a faculdade, fui aceita na pós-graduação com o melhor programa de comunicações... perto da casa dos meus pais (por sorte, meu carro não é tanto uma lata-velha — comprei do meu pai quando fui para a faculdade, com o dinheiro de três anos de empregos de verão). Considerando os empréstimos estudantis que eu já tinha acumulado, troquei minha independência por uma certa ajuda.

Tenho mais um ano antes de precisar começar a pagar a maravilhosa educação que minha paixão por estudar e aprender me proporcionou, e essa ideia me deixa apavorada.

Como a Lydia estuda na faculdade comunitária, suas despesas são bem menores, mas ela ainda não ganha nenhum dinheiro — só gasta. (Ela também não tem carro e precisa dividir um com minha mãe e implorar carona dos outros.) Em algumas partes do mundo, nós seríamos largadas à própria sorte no instante em que nos tornássemos maiores de idade, então é muito bom que nossos pais deixem a gente continuar morando em casa.

Mas e se não morássemos? Se pudéssemos ser adultas na realidade como somos na idade, talvez a Jane não estivesse levando o Bing tão a sério. Talvez ela simplesmente deixasse as coisas soltas com ele, sem o lembrete constante das expectativas da nossa mãe. Sem a pressão de cinco adultos vivendo um em cima do outro com apenas um banheiro e inevitavelmente se metendo nos assuntos alheios o tempo todo.

Às vezes parece uma prisão. Mas é a prisão que eu conheço.

Por isso a provocação sem dó no último vídeo. (Às vezes eu posso ser passivo-agressiva. Herdei algumas coisas da minha mãe.) Eu realmente devia pedir desculpa. E realmente devia ter a mente mais aberta em relação ao Bing. A Jane sabe o que sente, certo?

Mas, por outro lado, a Jane é bem mais forte do que aparenta. Quando comecei a provocar minha irmã sobre o Bing, ela começou a me provocar sobre o Darcy e, agora, as pessoas que comentam meus vídeos só querem que eu fale sobre isso. Elas acham que eu "conheci" alguém no casamento. Alguém que minha mãe um dia pode convidar para um jantar, um café da manhã e um almoço de Ação de Graças.

Haha, não. Sinto muito, espectadores. Eu simplesmente vou ter que contar a eles o que o Darcy disse de mim para o Bing e expor sua idiotice claramente. Isso vai acabar com a ilusão geral. E, não, eu não estou nem um pouco preocupada por questionar o caráter de um idiota na internet. Afinal, só vou contar o que realmente aconteceu.

SÁBADO, 28 DE ABRIL

Comentário de *****: Lizzie, sua imitação do Darcy é hilária! Mais, por favor!
Comentário de *****: O Darcy não pode ser tão ruim. Sério?
Comentário de *****: Mais Darcy! Hahahaha!

Caramba, mais Darcy? Isso é tudo que eles querem? Que eu fale de um casamento que aconteceu uma semana atrás? Acontecem outras coisas na minha vida, sabiam? Eu tenho aulas, as provas finais estão chegando e... tá bom, acho que só outras coisas de estudo — mas isso é importante para mim! O Darcy certamente *não é* importante para mim.

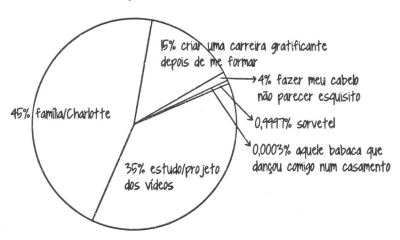

Sinceramente, eu preferiria me esquecer dele. Espero e rezo para que nossos caminhos se cruzem o mínimo possível enquanto ele estiver hospedado na casa do Bing e nenhuma vez depois. Mas aí eu penso no público — até que grande (e crescendo!) — que eu estranhamente tenho agora. Será que eu deixei bem claro para eles como ele foi desagradável?

Afinal, eu ainda não detalhei em vídeo a Dança Mais Constrangedora do Mundo (marca registrada da Charlotte Lu, mas que vou roubar). Claro que isso faria o público perceber como ele é desagradável. Ou será que isso só vai alimentar as feras? E será que eu quero alimentar as feras?

Argh, eu queria que a Charlotte estivesse aqui. Ela ia ajudar.

... Tá bom. Vocês querem mais Darcy, pessoal? Pois vão ter.

TERÇA-FEIRA, 1º DE MAIO

Minha Charlotte está de volta! Fui buscar minha amiga na rodoviária hoje. Ela estava em Fresno (na gloriosa Fresno!) na última semana.

— Por que Fresno? — perguntei no instante em que ela entrou no meu carro, lhe dando um abraço. — Por que você me abandonou numa hora de necessidade?

— Você quer dizer por que eu te abandonei na sua hora de necessidade de alguém pra te ajudar a fazer vídeos e fui cuidar da minha tia que foi parar no hospital?

— Bom, quando você fala nesses termos...

A Charlotte tinha um relacionamento próximo com a tia desde que era pequena, e elas se aproximaram ainda mais numa viagem de família para a China, quando a Char tinha oito anos. A tia até ajuda a pagar os estudos dela, e isso é bom, porque a família dela tem uma situação financeira ainda pior do que a minha.

— E como está a tia Vivi?

— Melhor — a Char disse. — Mas o momento não poderia ser pior.

— Como assim?

Ela acenou com a mão, de um jeito indiferente.

— É só que perder aulas tão perto das provas finais não é o ideal, só isso. O que eu preciso fazer pra compensar as faltas, afinal?

Coloquei o nome dela nos trabalhos que foram feitos enquanto ela estava fora. Assumi o grupo de discussão, então, por sorte, ela não vai ter a tarefa chata de dar notas para os trabalhos dos calouros.

Acho que está acontecendo alguma coisa com a Charlotte que ela não quer me contar. Mas, quando ela não quer comentar alguma coisa, não se fala mais nisso. Sério, quando a Char deu o primeiro beijo, no nono ano, ela não me contou. E não foi porque achou que eu ia ficar com inveja — eu tinha dado meu primeiro beijo no ano anterior, num jogo angustiante da garrafa, e esfreguei na cara dela, como estou acostumada a fazer. Ela simplesmente achou que não valia uma conversa. E aí decidiu não conversar sobre o assunto.

Portanto, acho que a Char não foi visitar a tia — uma mulher que, por sinal, sabe quanto os estudos significam para a sobrinha. Caramba, a tal tia a está ajudando a pagar os estudos. De jeito nenhum ela ia concordar em tirar a Charlotte das aulas por uma semana. Não, acho que a Charlotte teve um feriado tórrido com um estranho alto, moreno e bonito. Essa é minha hipótese, pelo menos.

Mas, quando a Char não quer falar de uma coisa, ela simplesmente muda de assunto. E foi o que ela fez, com uma habilidade absurda, antes que eu pudesse perguntar sobre qualquer coisa que estava surgindo na minha mente desconfiada.

— Então, como está o Darcy?

Eu quase saí da estrada.

— O quê?

— O Darcy. Você sabe, o cara sobre quem você fez os três últimos vídeos.

— Eu não fiz isso — protestei, mas foi um protesto fraco, admito.

— Ãhã. Por que você está gastando tanto tempo falando de um cara que encontrou uma vez, num casamento, dez dias atrás?

Minha melhor amiga sabe muito bem como ir ao fundo... de tudo.

— Eu... Os comentários... — tentei. — As pessoas só querem que eu fale dele!

— Os vídeos são *seus*, Lizzie. Se você não quer falar dele, não fale.

— Mas a expectativa do público...

— Você não pode dar tudo que eles querem, Lizzie. Você precisa controlar as coisas que quer postar. Retire esses vídeos do ar e fale sobre o que você quer falar. — A Char olhou para mim, espiando por cima dos óculos escuros. — Agora, se você *quer* falar sobre o Darcy...

— Eu veementemente *não quero*. — Exceto mais uma vez, talvez. Só para esclarecer que eu não quero falar sobre ele, claro.

— Ótimo.

E deixamos o rádio falar mais alto. A melhor coisa de uma melhor amiga é que nem sempre existe uma necessidade absurda de preencher o silêncio. Em vez disso, podemos apenas ficar sentadas no carro e cantar com o rádio, sem nos preocupar com a afinação.

E é na parte incrivelmente alta e impossível de cantar de "Defying Gravity" (não tem nada de errado em adorar músicas populares) que paramos por acaso num sinal vermelho bem em frente ao trabalho da Jane. Eles têm uma vitrine bonita e atraente na rua principal do centro da cidade. (Todas as vezes que eu passo por ali, sinto vontade de enfeitar meu quarto com almofadas bordadas e encher meu armário de roupas da moda.) Jane, sendo a figura mais baixa no totem, faz boa parte do trabalho de ir buscar amostras de tecido e café espresso. E parecia ter acabado de fazer isso, porque a vimos tirar sacolas do porta-malas.

Ou, melhor dizendo, o sr. Bing Lee estava tirando sacolas do carro, ansioso para ajudar. Atrás dele, a uma certa distância, estavam Caroline e Darcy, de cara azeda. A Caroline estava com sacolas de compras. O Bing levantou a mão cheia de tecidos para os amigos, indicando que eles deveriam esperar, e seguiu minha irmã até a loja.

Fiquei observando pelo espelho retrovisor até não conseguir mais ver os dois. Ou melhor, até o sinal ficar verde e o Fiesta atrás de mim buzinar e me fazer arrancar.

— Ele provavelmente encontrou por acaso com ela na calçada — a Charlotte disse.

— Provavelmente — concordei. O que mais um cara rico passeando por uma cidade nova deveria fazer, além de passar pelo pedaço de rua entre a loja de frozen iogurte e o cinema independente que por acaso inclui o trabalho da minha irmã? — Ou será que ele estava perseguindo a Jane?

— Sim, porque você sempre persegue alguém com a sua irmã e o seu amigo a tiracolo.

É, mas... está certo. Ponto para a Charlotte.

— Foi muito legal ele ajudar a Jane a levar tudo pra dentro — ela continuou.

— Ou isso vai atrapalhar o modo como os superiores veem a minha irmã, se ela nem consegue carregar umas sacolas sozinha.

A Charlotte simplesmente me encarou.

— Tentar se agarrar aos detalhes não é a sua cara, Lizzie Bennet.

A questão é que eu não estou tentando me agarrar aos detalhes. Ou, mais precisamente, eu *deveria* estar tentando me agarrar aos detalhes. Se tiver um único detalhe questionável sobre o Bing, eu preciso descobrir — porque minha mãe não vai fazer isso de jeito nenhum. E a Jane... A Jane pensa o melhor de todo mundo. E vai pensar especialmente bem de um cara de quem ela gosta.

Evidentemente, a pergunta óbvia a fazer é o que um cara como o Bing está fazendo numa cidadezinha como a nossa? Ele não deveria estar na cidade grande, fazendo contato com as pessoas que vão pedir para ele fazer plásticas de nariz depois que ele se formar?

Talvez ele esteja buscando uma vida mais idílica.

Talvez esteja tentando escapar de um segredo de família profundamente obscuro.

Ou talvez tenha cometido um crime e esteja fugindo! (Se bem que... quem leva a irmã e o melhor amigo babaca numa fuga?)

Mas, sério, o que faz um cara solteiro de vinte e poucos anos, aparentemente normal, comprar uma casa no meio do nada?

Alguém precisa fazer o papel de advogado do diabo. E esse alguém provavelmente sou eu, no momento. E, sim, até agora o Bing parece legal. Mas quanto um cara pode ser legal tendo um melhor amigo como o Darcy?

SÁBADO, 5 DE MAIO

Se houvesse um benefício em ter minha irmã fazendo os passos iniciais da dança do amor com um cara rico, poderia ser o fato de minha mãe ficar satisfeita com isso. Ela se permitir relaxar, suspirar de alegria profunda e fazer um brinde em comemoração ao fruto de suas maquinações. Mas não.

Isso só significa que ela tem mais tempo para se concentrar nas filhas restantes.

Por exemplo, no jantar ontem à noite.

— Você acha que o Bing tem amigos na faculdade de medicina? — minha mãe perguntou enquanto pegava um pedaço de lasanha que provavelmente levou nove horas para preparar.

— Imagino que sim — meu pai respondeu, sem desviar o olhar do prato. — A maioria dos jovens gosta de interagir com outros jovens que tenham interesses semelhantes, que eu saiba.

— Talvez a Jane possa convencer o Bing a trazer uns amigos para visitar no verão — contemplou minha mãe. Jane saiu para jantar com o tal sr. Lee, e a imaginação da minha mãe está alucinada por causa disso. — Melhores do que aquele William Darcy desagradável — continuou. Ela ainda não tinha perdoado o cara por ter sido grosseiro com ela no casamento (e comigo, se ela soubesse). Acho que essa é uma das pequenas bênçãos da vida.

Minha mãe deixou a última frase suspensa no ar. Encarei a Lydia do outro lado da mesa. Nenhuma de nós queria morder a isca. Meu pai também sabia que não devia fazer isso. Mas, por outro lado, quando foi que minha mãe precisou de estímulo para falar?

— Ele podia dar uma festa. Seria maravilhoso se vocês, meninas, pudessem conhecer um moço simpático. Antes que seja tarde demais.

— Tarde demais? — Lydia bufou. — Mãe, eu tenho *vinte anos*. — Dou um chute nela por baixo da mesa. Esse é o tipo de abertura que minha mãe está procurando.

— Existem pesquisas, Lydia. Ah, sim! Pesquisas. — Ela disse a última palavra com reverência, como se a informação que estava prestes a liberar fosse mudar nossa vida. — Elas dizem que, quando você se forma na faculdade, provavelmente já conheceu seu parceiro de vida.

— Bom, isso certamente aconteceu conosco, querida — disse meu pai, entre garfadas de lasanha.

— Então eu ainda tenho alguns anos. — A Lydia deu um sorriso forçado. — Mas você tá ferrada — ela disse para mim.

Eu sabiamente fiquei em silêncio.

— Quando eu tinha a sua idade, Lizzie, já estava grávida da Jane. O relógio está correndo. Sabia que há mais chance de ser assassinada por um terrorista do que de uma mulher se casar depois dos trinta? — continuou minha mãe, gostando de ter a mesa toda sob seu domínio.

— Sabia que seus dados são ilusórios e que o artigo que você está citando tem trinta anos e já foi refutado dez vezes desde então? — Não resisti. Às vezes, o monstro pesquisador aflora em mim.

Mas minha mãe simplesmente soltou um muxoxo.

— Eu nunca entendi o seu humor, Lizzie.

— Bom, se as minhas opções são ser assassinada por um terrorista ou me casar às pressas com alguém que eu já conheço, na esperança de evitar a solteirice, eu escolho a opção C.

— Opção C?

— Isso. Ter uma carreira de sucesso, uma renda legal e um grupo próximo de amigos solteiros com quem eu possa viajar pelo mundo.

— Você vai me negar os netos? — A voz da minha mãe tremeu com a ameaça de lágrimas. Acho que ela aprendeu a fazer isso na Escola Sulista para Moças.

— Ah, não! — Dei um sorriso irônico para meu pai, que estava tentando controlar o riso. — Depois que eu estiver estabelecida na carreira, tiver quitado meus empréstimos... sempre posso fazer uma inseminação artificial.

Espero minha mãe explodir. Mas, em vez disso, ela respira fundo para se acalmar e continua servindo pedaços de lasanha.

— Você não pode escolher a opção C, Lizzie. — Sua voz ficou baixa, como se estivesse contando uma história de terror ao redor de uma fogueira. — Você sabe que a sua tia Martha entrou na menopausa quando tinha *quarenta anos.*

O negócio é que minha mãe acredita piamente em todos os fatos falsos que declarou no jantar. Ela realmente se preocupa que eu acabe ficando para titia, aos vinte e quatro anos. E perde o sono por causa disso. Por mais que ela esteja distante da realidade, não quero ser o motivo para minha mãe não dormir.

Então, passei a manhã de sábado na biblioteca, pesquisando dados e estatísticas sobre o casamento moderno — e, por acaso, não, aos vinte e quatro anos, eu não estou estatisticamente condenada a morrer triste e sozinha. Na verdade, as chances de eu ter um relacionamento mais sólido e filhos mais estáveis são maiores se eu me casar mais tarde.

Voltei para casa hoje preparada para apresentar esses fatos à minha mãe, na esperança de eles aliviarem seus sentimentos e, talvez, você sabe, fazê-la se afastar pelo menos um pouco do trem do casamento. Mas, antes que eu pudesse me aproximar, a Lydia me impediu de entrar na cozinha.

— Hum, oi, Lizzie. O que você está fazendo?

— Eu ia falar com a mamãe.

— Hum, legal, quer ir no shopping?

— Não. Não quero. — A Lydia estava literalmente na porta da cozinha, bloqueando meu caminho.

— Bom, eu quero. Me leva, tá?

E aí eu ouço um soluço. Não uma coisa curta e disfarçada. Um lamento longo e profundo. O lamento de alguém muito desapontado.

— O que está acontecendo? — perguntei enquanto tentava espiar atrás dela.

— Nada! — Lydia disse, radiante. — Se você me levar no shopping, eu vou com você ver aquele filme inglês chato que você quer ver. Vem, vamos! Agora!

— Mãe? — chamei. — O que aconteceu?

— Não, Lizzie, não entra aí! Confia em mim! — Lydia tentou me puxar para trás. Quando olhei para ela, minha irmã estava com os braços cruzados sobre o peito. — Tá bom, depois não diz que eu não te avisei. O shopping ia ser muito melhor.

Soltei a bolsa no chão e encontrei minha mãe às lágrimas, sentada à mesa da cozinha.

— Mãe, aconteceu alguma coisa?

Eu me ajoelhei ao lado dela, e ela agarrou minha mão.

— Ah, Lizzie, a coisa mais terrível. — Ela respirou fundo. — Cindy Collins, que mora do outro lado da rua... Ela vai passar o verão na Flórida com o namorado novo.

— Táááá... — eu disse. Minha mãe e a sra. Collins eram simpáticas uma com a outra, mas não excepcionalmente próximas.

— Ela veio me pedir... — *fungada* — ... pra gente molhar as plantas até seu filho Ricky chegar na cidade.

— Táááá... — tentei de novo. Charlotte e eu tínhamos estudado com Ricky Collins. Seus pais tinham se divorciado quando a gente estava no fim do ensino fundamental, e eles decidiram que o Ricky ia morar em tempo integral com o pai, já que o sr. Collins se mudou para um bairro com uma escola melhor. Depois disso, só vimos o Ricky algumas semanas nos verões. Mas ele era memorável, no mínimo por ser muito irritante.

— Mas pode demorar um pouco para o Ricky chegar aqui, porque ela disse que ele abriu um negócio... e *acabou de ficar noivo!*

Ai. Ai, caramba.

— Se o filho bundão da Cindy Collins consegue encontrar alguém, tem uma pessoa a menos pra você! — (Eu me encolhi quando ela disse "bundão". Eu não sabia que essa palavra existia no vocabulário dela. Mas momentos desesperados pedem padrões mais baixos, eu acho.) Então minha mãe levou um lenço à boca, horrorizada. — Isso te deixa um passo mais perto da opção C! Ah, Lizzie... Onde foi que eu errei?

Enquanto apertava as têmporas e prometia pegar uma aspirina para minha mãe (e outra para mim), ouvi pneus cantando na frente da garagem.

E lembrei que meu carro estava bloqueando a entrada da garagem, então quem poderia ter saído? Meus olhos voaram para minha bolsa no chão — o conteúdo espalhado, e as chaves não estavam mais ali.

A Lydia tinha roubado meu carro e ido até o shopping. E, enquanto minha mãe soltava mais um lamento desesperado, eu só conseguia desejar ter ido com ela.

TERÇA-FEIRA, 8 DE MAIO

Por mais que os lamentos da minha mãe tenham continuado (e, não, minhas estatísticas cuidadosamente pesquisadas não aliviaram seus medos), cheguei à conclusão de que estou feliz com minhas escolhas de vida. Na verdade, estou muito feliz com elas. Eu prefiro *muito mais* manter a mente nos estudos e não nos garotos. Sinceramente, a opção C não me assusta como à minha mãe. E à Lydia. Trabalhar muito com algo que eu adoro, ter ótimos amigos e conhecer o mundo? Isso me parece uma oportunidade de ouro.

Tudo bem, eu tenho uma dívida debilitante. E claro que eu não vou ter dinheiro para comprar nem uma caixa de sapatos, quanto mais um lugar para morar até eu ter... até nunca. Mas, por outro lado, quem *não* *tem* uma dívida debilitante no momento? Trabalhamos muito para ficar tão endividados, e vamos trabalhar igualmente muito para nos livrar da dívida.

A Charlotte é um exemplo perfeito. Mesmo com a ajuda da tia, ela tem mais dívidas que eu, porque eu tinha uma bolsa de estudos parcial na faculdade. Mas acabei de encontrar com ela saindo da secretaria, onde estava ajeitando as coisas para o verão.

— Você vai fazer *o quê?*

— Vou trabalhar no campus no semestre de verão. No laboratório de edição e nos escritórios administrativos. Acabei de combinar tudo.

— Mas e a sua tese? — Sim, minha faculdade segue uma agenda trimestral, mas o nosso programa de pós-graduação não oferece os cursos que precisamos durante o verão. Então, eles dizem que o intervalo entre o segundo e o terceiro anos da pós-graduação é o melhor momento para mergulhar fundo e fazer o máximo possível do nosso projeto de tese, antes de voltar à loucura das aulas.

— Não vai ser tão ruim. Só vou garantir que um bando de alunos da turma de introdução à edição não destrua os computadores. Vou poder ter acesso aos programas de edição e trabalhar nos meus projetos lá.

Eu devo ter parecido muito cética.

— O trabalho na faculdade me ajuda muito a pagar as despesas com os estudos. E, se eu economizar o suficiente, posso até dedicar mais tempo ao trabalho no outono.

Mais uma vez, tive a impressão de que a Charlotte não estava me contando tudo, mas, de novo, ela não ia contar.

— Bom, tenho planos muito importantes pro verão. Só pra você saber — eu disse.

— Ah, é?

— É. Além da minha tese, aceitei dar aulas particulares de inglês pra alguns alunos do ensino médio. Então, finalmente vou assumir a cadeira confortável na biblioteca. Aquela da mesa grande, pra eu poder espalhar meus papéis. Ficar lá o dia todo.

— Uau. Você realmente sabe viver bem.

Dei de ombros, arrogante.

— É assim que eu vivo.

É, estou feliz com minhas escolhas de vida. Estudo o que eu adoro e tenho ótimos amigos. O que mais alguém poderia querer?

SÁBADO, 12 DE MAIO

Tá bom, tenho de admitir que talvez... *só talvez*... eu tenha sido um pouco crítica em relação a um certo jovem que está passando o verão na nossa cidadezinha. Principalmente com a especulação desenfreada sobre ele estar fugindo, se escondendo naquele condomínio de mansões ou, no mínimo, questionando por que diabos decidiu se mudar para cá.

Mas tenho sorte de minha irmã ser uma pessoa nobre o suficiente para não usar isso contra mim.

Sim, senhoras e senhores (da minha imaginação, porque, sério, quem vai ler isso?), eu posso ter sido um pouco dura demais com Bing Lee.

Tudo começou com as flores. Depois do encontro na semana passada, Bing mandou flores para Jane no trabalho, para ela saber que ele estava pensando nela. Primeiro, ponto para ele por não ter mandado para casa, onde minha mãe teria dado pulinhos ao redor das flores, lido o cartão e provavelmente o emoldurado. Segundo, ele aparentemente tinha visitado o Pinterest da Jane, porque sabia qual era sua flor preferida.

Mas as flores realmente vieram com um cartão, que também tinha um convite para jantar na casa dele. Para a Jane e para mim. Minha mãe, sendo minha mãe, achou que os míticos amigos da faculdade de medicina deviam estar na cidade e, para aumentar as chances de todas as filhas, decidiu tentar enfiar a Lydia no meio (e, por algum motivo, ela mesma também).

Mas o Bing lidou com a situação como um campeão.

Ele agradeceu à minha mãe por levar a Jane e eu até a porta dele e mandou minha mãe e a Lydia embora, prometendo jantar na nossa casa na semana seguinte.

Minha mãe ficou satisfeita, porque finalmente conseguiu a chance prometida de alimentar o Bing Lee. A Lydia pareceu indiferente. De qualquer maneira, ela não estava animada com a ideia de "sentar-beber-um-gole-de-vinho-e-soltar-o-verbo".

Foi um ótimo jantar. E Netherfield é uma casa muito linda. Tenho a sensação de que a Caroline comprou muitas coisas e contratou pintores para fazer a casa parecer mais que a residência de um jovem solteiro. O Bing também foi o anfitrião perfeito — gentil com todo mundo, feliz por ver as pessoas e se desdobrando para deixá-las à vontade.

— Oi, Lizzie — ele me disse quando entramos. — Estou feliz por você ter vindo.

— Estou feliz por você ter me convidado.

— Bom, eu sabia que a Jane ia ficar mais à vontade com outras pessoas ao redor... principalmente você.

— Bing, você organizou um jantar completo só pra fazer a Jane ficar à vontade? — perguntei, enquanto as peças do quebra-cabeça se uniam em minha mente.

— Bom... — Ele ficou vermelho. — Eu também quero conhecer o resto do pessoal.

— Uau — eu disse. — Isso que é dedicação ao seu objeto de paquera.

O Bing pareceu desconfortável (de um jeito masculino), então decidi dar uma folga para ele e mudar de assunto. Mas como eu poderia evitar mudar de assunto para algo que eu queria saber?

— Então, o que fez você decidir se mudar pra cá, afinal? — perguntei.

— Comprar uma casa é uma decisão importante.

Ele deu de ombros.

— Eu disse aos meus pais que era uma forma de investimento. — E acho que esse é o termo dos ricos que significa "tenho meia dúzia de casas e gosto de variar", mas ele continuou: — Mas, sério, eu vim pra festa de despedida de solteiro do Stuart e simplesmente... me apaixonei pelo lugar. Pela cidade. Pelas pessoas.

Não foi surpresa para mim que seus olhos estivessem seguindo a Jane enquanto ela cumprimentava Caroline do outro lado da sala.

— De qualquer maneira, achei que estar aqui seria legal.

E era. Era realmente legal. *Ele* era realmente legal. Depois que o liberei do interrogatório (habilidades herdadas da minha mãe), Bing passou a noite toda perto da Jane. Mas não de um jeito perseguidor. De um jeito "estou verdadeiramente interessado em você e nas suas opiniões". Ele perguntou o que ela achava da casa. Perguntou sua opinião de designer profissional. Não consigo imaginar que isso agradava à Caroline, mas ela não disse nada, apenas sorriu para Jane e concordou animadamente com tudo que ela disse.

Charlotte também estava lá (para o conforto da Jane, mas eu também fiquei feliz por isso), com outras pessoas que a gente conhecia da faculdade, algumas do trabalho da Jane e outras que conhecemos no casamento.

— Parece que o Bing Lee faz amigos com facilidade — a Charlotte me disse.

— É... — observei, o tempo todo mantendo os olhos na Jane e no Bing. A expressão no rosto dele era muito significativa. — Ele realmente gosta dela, né?

— Ãhã — a Charlotte concordou. — E...

— E... acho que eu fui meio dura com ele.

— Ah, você admitiu que errou. — Ela riu para mim de um jeito irônico. — Eu nunca tinha visto isso antes.

Bati no braço dela ao ouvir isso, fazendo-a derramar um pouco da bebida. Que, felizmente, era água. Ela me disse que tinha largado as vodcas tônicas por um tempo.

— Sim, essa é uma daquelas raras ocasiões em que fatores externos talvez estivessem influenciando minha primeira impressão de alguém.

— Traduzindo: você estava errada.

— Sou capaz de mudar de ideia, quando há motivos. — Deixei meus olhos encontrarem a Jane e o Bing de novo, do outro lado da sala. — E eu estava errada em relação ao Bing. E isso é bom, porque a Jane realmente gosta dele.

— Sério? — Charlotte perguntou. — Como você sabe?

— Porque ela me disse — respondi. — E, além do mais, olha só pra ela.

Naquele momento, o Bing sussurrou alguma coisa no ouvido da Jane, e ela riu. Depois ela virou para ouvir alguma coisa que a Caroline disse, tentando prestar tanta atenção nas outras pessoas quanto prestava nele.

— Então talvez ela devesse mostrar isso melhor — a Charlotte disse, franzindo a testa.

— Ela mostra o suficiente — retruquei. — Ela está nessa festa, não está? E vai sentar ao lado dele no jantar.

— A Jane sentaria ao lado de qualquer pessoa que pedisse isso a ela.

— Você acha mesmo? — perguntei. — Por quê? Só porque ela é boazinha?

— Exatamente! Ela é boazinha. E é boazinha com todo mundo. Se ela realmente gosta do Bing, devia demonstrar mais simpatia com ele do que com um estranho aleatório, é só o que estou dizendo.

Na verdade, estou feliz com o modo de agir da Jane. Por mais que eu tenha mudado de ideia sobre o Bing hoje à noite, fico feliz por ela continuar tendo a postura contida de sempre, pelo menos em público. Agir com tranquilidade significa que o relacionamento não vai andar rápido demais, e a Jane pode manter os limites — e se manter fiel a si mesma. Talvez isso vire algo real. Eu só não quero que ela se apaixone com tanta intensidade (com o estímulo da nossa mãe) a ponto de esquecer quem ela é e o que é realmente importante.

O resto da noite foi ótimo. O Bing aparentemente queria grelhar hambúrgueres no quintal dos fundos, mas a Caroline o fez contratar um bufê, e não posso reclamar, porque resultou no melhor crostini que já comi (e eu jamais admitiria isso para minha mãe). A Charlotte terminou conversando com um cara (!) por quarenta minutos, discutindo se a nouvelle vague francesa era superestimada. (Opinião da Charlotte: era.) E algumas pessoas até dançaram no estilo meio embaraçoso de "ei, pessoal, vocês se lembram daqueles passinhos dos anos 80?". Somando tudo, foi uma noite muito boa. Na verdade, o único ruído foi o estraga-prazeres com expressão eternamente amarga conhecido como William Darcy. Mas, ei, a gente já esperava isso, né?

O Darcy passou a maior parte da noite no canto da sala, observando a diversão com desdém. A Caroline às vezes ia até ele, e eles trocavam comentários provavelmente grosseiros e sarcásticos. Mais de uma vez, percebi seus olhos me seguindo, mas ele disfarçava no instante em que eu olhava. Suponho que ele estava se lembrando do horror da nossa dança.

Mas ele tem um ponto positivo: pelo menos, com o Darcy, você sabe com certeza se ele gosta de você. Ou, no meu caso, se ele não gosta. Diferentemente da Jane e do Bing, não tem absolutamente nada para adivinhar ali.

TERÇA-FEIRA, 15 DE MAIO

Comentário de *****: Lizzie, se você pode mudar de ideia sobre o Bing, que tal o Darcy? Ou a Lydia? Caramba, quanta crítica!

Tenho recebido comentários como esse nos meus vídeos ultimamente. E eu sei que não devia ler os comentários nem alimentar os trolls ou coisa parecida — mas o fato é que os comentários são meu canal de comunicação com os espectadores, então eu tenho que ler.

Preciso dizer que a maioria do feedback que recebi foi ótima. Como uma mulher se expondo no YouTube, a verdade é que eu esperava muito mais comentários do tipo "Mostra os peitos!!!!!!!" e "Que nega feia" do que recebi. (A discussão sobre normas de gênero nas novas mídias filtradas pelo anonimato poderia ocupar este diário inteiro, então não vamos falar nisso.) Portanto, eu costumo levar muito a sério os comentários negativos que recebo — como uma crítica construtiva. No entanto...

— Não é um comentário negativo — a dra. Gardiner me disse quando eu a encurralei no almoço ontem.

— Não?

— Não... Está questionando sua apresentação e sua visão de mundo... O tipo exato de troca que se deseja numa comunicação aberta — ela disse. — Na verdade, o que você está fazendo com seu projeto em vídeo é bem empolgante. Não vejo uma comunidade se formar ao redor de uma voz como a sua há muito tempo. Mas você precisa abordar as preocupações da sua comunidade.

O que me fez pensar no que vem a seguir. É só uma ideia por enquanto, e eu não quero pensar demais nisso, mas... e se meus vídeos pudessem ser algo maior do que apenas meu projeto de fim de período?

A dra. Gardiner está certíssima. Para ter um diálogo real com o mundo (que é a questão central deste projeto em vídeo), tenho que ampliar meu estreito ponto de vista.

Porém a questão é que eu não acho que estou sendo crítica demais. Acho que estou sendo bem fiel à vida. Mas como deixar isso claro para as massas sem rosto da internet? Se elas não acreditarem em mim, em quem vão acreditar?

SÁBADO, 19 DE MAIO

Não consegui ir à biblioteca hoje de manhã. Eu estava saindo pela porta quando minha mãe parou na frente da garagem, buzinando como uma maluca e me impedindo de sair.

— Ah, Lizzie, que bom que você ainda está aqui! Pode me ajudar com as compras!

No porta-malas do carro da minha mãe estava o mercado *inteiro*. Ela tinha acabado com o estoque de todos os departamentos.

— Estou indo pra biblioteca, mãe. A Jane ou a Lydia não podem... — tentei, mas foi inútil.

— A Jane teve que trabalhar na loja de design hoje de manhã, e a Lydia ainda está dormindo. Ela ficou estudando até tarde — minha mãe resmungou.

Vamos ser claros. A Lydia não ficou estudando até tarde. Ela ficou acordada até tarde vendo vídeos online de gatinhos. Ela anda obcecada com gatos, ultimamente. Eu ouvi do outro lado do corredor, enquanto tentava dormir.

— Hoje é um dia importante demais pra você ir à biblioteca — minha mãe disse, me dando sacolas cheias de compras. — Temos que passar uma ótima impressão, e isso significa cozinhar tudo com perfeição. Você acabou de ser eleita minha ajudante. Vem!

Se minhas mãos não estivessem lotadas com ridículos dois quilos de cordeiro, eu teria estapeado minha testa. Claro. Hoje é a noite em que Bing e Caroline Lee vêm jantar aqui em casa. Hoje é a noite em que minha mãe vai surtar.

E eu fui "eleita", como ela mesma disse, para ser a pessoa que vai impedir isso de acontecer.

— O que é isso tudo? — perguntou meu pai, saindo do escritório com o jornal na mão.

— É o jantar. — Coloquei as sacolas na mesa da cozinha e saí para pegar outras.

Quando passei, ouvi-o dizer:

— Pra quem?

— Os Lee.

— São só duas pessoas, certo? Não convidamos todos os Lees do mundo, né?

— Ah, querido. — Minha mãe simplesmente riu, afastando as objeções do meu pai com um aceno de mão.

— Quanto você gastou?

— Eu queria ter variedade. A Jane me falou tão pouco sobre o que eles gostam...

— *Quanto?*

O tom da voz do meu pai me chocou. Ele nunca fica irritado. Raramente fica além de perplexo. Tirei rápido as últimas sacolas do porta-malas e voltei para dentro de casa.

— Eu já te disse, Marilyn, a gente não pode sair gastando...

— E eu já te disse, querido. É uma ocasião especial...

— Não pode haver tantas ocasiões especiais! Não podemos continuar desse jeito!

Meus pais não perceberam que eu estava no corredor. Estavam envolvidos demais naquela conversa. E de jeito nenhum eu ia entrar lá naquele momento, então simplesmente deixei as sacolas ali e escapei para o escritório, esperando a discussão acabar.

Não devia levar mais do que alguns instantes, imaginei. E acho que não tinha produtos perecíveis nas sacolas.

É muito estranho ser uma filha adulta e ouvir os pais brigarem. Especialmente quando eles não brigam muito. Ou, pelo menos, não na nossa frente. Parte de mim queria se encolher numa bola, regredir até os sete anos e se esconder, fingir que não estava acontecendo nada. Mas outra parte era esperta demais, curiosa demais para não querer saber qual era o problema.

E acho que essa curiosidade me levou até a mesa do meu pai. E a dar uma olhada na agenda dele. A maior parte era normal — reuniões de trabalho, noite de bridge (agora cancelada). Mas havia uma anotação para a próxima semana, escrita como se fosse a coisa mais normal do mundo: "14h: banco — refinanciar a hipoteca".

Bom, isso pode ser uma coisa normal, né? Não sei muito sobre hipotecas, mas elas são refinanciadas o tempo todo por causa de mudanças nas taxas de juros e coisas assim... eu acho. Mas, juntando essa anotação com o fato de que eles cancelaram a associação no clube... e agora estão conversando sobre quanto ela gastou... parece que as coisas estão começando a se acumular.

O escritório em que meu pai trabalha demitiu cerca de trinta por cento da mão de obra alguns anos atrás. Ele conseguiu manter seu cargo de gerente intermediário, graças a Deus, mas teve que aceitar um corte no salário. Evidentemente, na época, eles acharam que tudo ficaria bem, porque Jane em breve estaria se sustentando e eu estava quase me formando na faculdade, então eles também não teriam que se preocupar comigo. Em vez disso, Jane e eu ainda estamos morando com eles. E meus pais estão tendo conversas sussurradas na cozinha sobre o preço de dois quilos de cordeiro.

Mas aí eu ouvi minha mãe rir de novo, um chilreio que me informou que a breve discordância dos dois tinha acabado.

— Lizzie? Onde estão as outras sacolas? — ela gritou, depois de eu ouvir meu pai andar pelo corredor e fechar a porta do banheiro. (Se meu pai não está no escritório, está no banheiro. Muito tempo atrás, ele nos disse que isso era coisa de homem.)

Colei um sorriso no rosto ao sair do escritório, carregando o resto das compras. Eu não podia mais pensar na questão de dinheiro. Pelo menos, não hoje. Porque minha mãe estava amarrando o avental e começando a flutuar pela cozinha, e ainda nem eram dez horas da manhã.

Achei que, se conseguisse me concentrar em ajudar minha mãe a passar por esse jantar, todo o resto poderia esperar.

— Lizzie, você acha que dá tempo de eu aprender a fazer sushi? Não precisa nem cozinhar, né?

A noite de hoje vai ser dureza.

DOMINGO, 20 DE MAIO

Três da manhã. Não consigo dormir. Não porque eu esteja desperta, mas porque literalmente não tem espaço. A Lydia está ocupando todos os cantos da minha cama de casal não-exatamente-espaçosa. Ah, e quando a Lydia bebe, ela fica agitada. Sério, eu estava quase tentando deitar na cama ao lado dela quando ela chutou loucamente e me deixou com uma saudável mancha roxa na perna.

Devo dizer que a noite não correu nem remotamente conforme o planejado. Ah, o Bing e a Caroline vieram jantar. Ele trouxe uma garrafa de vinho, um gesto simpático. (Mas, pelo jeito como minha mãe o bajulou por isso, alguém poderia pensar que esse tipo de coisa era raro e esquisito, e que a gente não morava perto de toda a região do vale do vinho na Califórnia Central.) E, sim, minha mãe fez comida. E só perguntou uma vez ao Bing e à Caroline se eles se importavam de ela não ter usado molho shoyu. Mas, em algum momento perto dos aperitivos, as coisas começaram a dar errado.

Estávamos todos sentados na sala de estar formal — que, na verdade, é apenas o escritório do meu pai, mas minha mãe o obrigou a esconder todos os papéis e as coisas que estavam sobre a mesa e trazer o sofá "bom" da sala de estar normal para cá. Depois o obrigou a fazer Feng Shui no ambiente todo. (Além disso, devo dizer: eu sei que salas de estar formais são uma relíquia da época em que as pessoas "faziam visitas" umas às outras e ficavam sentadas bebendo chá, mas quando foi que deixamos de ter salas de estar formais? Na década de 80?)

Minha mãe também exigiu que as filhas se vestissem adequadamente. Para minha mãe, adequadamente significa algo próximo a um baile de debutante. Eu não me surpreenderia se ela tivesse sombrinhas de renda escondidas num armário, prontas para serem usadas a qualquer momento. Por sorte, a Jane chegou do trabalho a tempo de levar um pouco de experiência em moda e sanidade à situação, e todas nós ficamos parecendo normais, apesar de um pouco arrumadas em excesso.

— Você está linda — Bing disse para Jane, quando sentou ao lado dela. — Essa roupa é nova?

— Ai, meu Deus, é da coleção de outono do Marc Jacobs? Você tem amostras na loja? — Caroline elogiou, estendendo a mão para tocar na saia.

— Não, na verdade... é um vestido vintage que eu customizei — a Jane respondeu.

Apesar de isso fazer o Bing se iluminar de admiração, não pude evitar perceber que a Caroline soltou o tecido imediatamente.

— Minha Jane consegue fazer um vestido de festa com juta, quando se dedica — minha mãe disse, sentada no braço da poltrona do meu pai. — Ela é muito talentosa. E inteligente. Se ao menos aquele emprego dela valorizasse suas habilidades. Para ser sincera, acho que os chefes dela estão usando a economia como desculpa para pagar mal. Com um pouco mais de dinheiro, imagina o que a Jane poderia fazer... Começar sua própria confecção, morar sozinha. Claro, você não precisa imaginar, Bing, você *sabe*.

— Hum — meu pai interrompeu, pegando a garrafa que o Bing tinha levado. — Vamos experimentar o vinho?

Não importa que conversa meu pai teve com minha mãe mais cedo, deve ter sido algo muito extremo para preocupá-la desse jeito. Porque minha mãe nunca — *nunca* — falaria de dinheiro na frente de pessoas que conheceu há pouco tempo. Especialmente as que ela quer impressionar.

Também era possível que ela tivesse dado uns goles no licor culinário na cozinha. Às vezes, cozinhar em si não é suficiente para acalmá-la.

Mas o Bing não pareceu perceber nada inconveniente e começou uma conversa simpática sobre o vinho com meu pai, disse que tinham comprado numa vinícola local e que talvez ele e a Jane um dia pudessem ir até lá passear.

Em seguida, fomos para a sala de jantar (só temos uma, felizmente), onde minha mãe serviu a todos com... uma variedade internacional de pratos. A noite ainda estava tranquila até esse momento, quando a Lydia decidiu chamar atenção.

Acho que ela estava muito entediada e ninguém estava dando a mínima para ela.

— Então, hum, Bing — ela começou, arrastando a cadeira para perto dele. Como eu era assistente da minha mãe na preparação do jantar, tinha que ficar perto da porta da cozinha e, assim, não pude me posicionar de forma a bloquear da intromissão familiar o lado do Bing que não tinha a Jane. — Você é, tipo, estudante de medicina, né?

— Isso. — O Bing sorriu, meio cauteloso. Afinal, ele já tinha sido minuciosamente questionado sobre seu curso de medicina na UCLA, sua especialidade e o crescimento esquisito do dedão do pé do meu pai.

— Você, tipo, já examina as pessoas?

— Ainda não. Falta um ano para eu poder atender pacientes sozinho.

— Então, como é que você, tipo, pratica? Você... ai, meu Deus, brinca de médico com os outros alunos de medicina? Você teria que, tipo, olhar as partes íntimas deles e tal. Isso seria muito doido. Você teria que ver seus colegas *pelados*. — Os olhos da Lydia se arregalaram. — E eu acabei de ter a *melhor* ideia pra pegar uns caras. — Ela se virou de novo para Bing. — Você tem um estetoscópio? Posso pegar emprestado?

— Na verdade...

— Ai, meu Deus, você consegue imaginar quantos caras vão tirar a camisa se eu simplesmente disser que preciso ouvir o coração deles? Um bom jeito de descobrir se o cara é peludo demais antes de levar pra casa, né? Caroline, você *deve* ter experimentado isso. Não? Bing, por favor, me empresta seu estetoscópio? Por favor? *Por favooooor?*

— Lydia — alertei, dando um chute nela por baixo da mesa.

— O que foi? — ela respondeu com outro chute. — O que foi que eu disse?

Essa é a Lydia. Ela não tem ideia de quando exagerou na conversa em um jantar. Ou na conversa normal. Até minha mãe, que normalmente estimula o entusiasmo da Lydia (afinal, maluca-por-garotos está a um passo de maluca-por-casamento), ficou num tom matizado de rosa.

Rapidamente, tentei ajustar a linha de questionamento da Lydia para algo mais palatável.

— Então, Bing, quando é que você volta pra faculdade?

— Ah. Hum...

— Meu programa de pós-graduação é trimestral — continuei. — Quando as aulas terminarem, em junho, só preciso voltar em outubro.

— E às vezes, no meio de setembro, a Lizzie começa a enlouquecer sem aulas para frequentar e trabalhos para fazer — Jane terminou por mim, me dando um sorriso do outro lado da mesa.

— Normalmente é em agosto — comentei.

— Bom, eu tenho algum tempo — Bing respondeu. Quando a Caroline pigarreou, ele continuou: — Até ter que voltar para a faculdade, quero dizer. E tenho sorte, porque a minha irmã pôde tirar um tempo do trabalho dela pra me ajudar a me estabelecer.

Caroline sorriu para ele com graciosidade.

— E decorar! Na verdade, foi por isso que eu vim: a ideia de decoração do Bing é uma poltrona e uma TV. Além do mais, quem não ia querer pintar uma tela em branco? — ela disse à Jane, que deu um risinho.

— E o Darcy também gosta de decorar? — perguntei. Não consegui evitar.

— Não, decorar não é bem a praia dele. — O Bing riu. — Ele só está passando um tempo aqui comigo. Ele não gosta de trabalhar a distância, mas dá pra ele ir até San Francisco quando precisa.

É, duvido muito. O mais provável é que ele tenha herdado a empresa e ela seja administrada por pessoas que realmente sabem o que estão fazendo, para ele poder tirar folga de várias semanas só para "passar um tempo" com os amigos.

— Mas o que você vai fazer com aquela sua casa maravilhosa? — minha mãe se intrometeu, abanando-se um pouco, a imagem da fragilidade sulista. Ela estava presa à ideia de que o Bing ia voltar para a faculdade, isto é, ia embora antes que ela conseguisse garanti-lo para Jane. — Ela não foi feita para ser uma casa de veraneio. Foi feita para ser uma casa de família, com crianças, cachorros e...

— Meu irmão é um jovem muito ocupado — Caroline interrompeu, salvando todo mundo das indiretas mais abrangentes da minha mãe. — Mas não se preocupe: se tem alguém que consegue combinar o rigor de ser estudante de medicina e depois médico com as alegrias de ser dono de uma casa, esse alguém é o meu irmão.

— Você sabe que existe um excelente programa de medicina aqui...
— minha mãe tentou de novo, mas, felizmente, dessa vez foi interrompida por alguém com um pouco mais de energia.

— Bom, querida, acho que está na hora da sobremesa! — meu pai disse, levantando-se da mesa. — Ela fez alguma coisa especial para hoje à noite, e nem me deixou ver o que era. — E sorriu para os convidados.

— Ah, sim! Vocês todos fiquem aqui, eu volto num instante! — minha mãe disse, radiante, chamando a atenção de volta para o ponto em que ela (leia-se: nós) ficava confortável: a comida. Estava delicioso (o que é de praxe no caso da minha mãe, porque ela realmente sabe cozinhar), mas de um jeito absurdamente elaborado demais (o que não é de praxe, e você vai ver o pavor provocado daqui a um instante).

Minha mãe saiu trotando para a cozinha e, depois de recusar a ajuda de sua assistente designada (eu), voltou com um carrinho.

E um maçarico.

— Bananas flambadas! — ela gritou. — Meninas, foi assim que eu conquistei o seu pai.

Meu pai pareceu meio chocado, mas entrou na brincadeira.

— É, ela estava em treinamento para ser chef de sobremesas num restaurante quando a gente se conheceu. — Houve uma breve pausa. — Trinta anos atrás.

— E eu me lembro exatamente como funciona, querido. — Minha mãe sorriu e ligou o maçarico.

Acho que você pode imaginar o que aconteceu em seguida.

Duvido que algum dia a gente consiga tirar o cheiro de banana queimada das cortinas da sala de jantar.

Depois que apagamos o fogo da toalha de mesa — meu pai segurando o extintor de incêndio e Bing abafando as chamas com uma tampa de panela; gosto de pensar que eles se uniram durante essa pequena crise —, minha mãe parecia pronta para explodir em lágrimas.

Meu pai só precisou dar um olhar de socorro para a ajudante designada começar a agir.

— Jane, tive uma ideia — eu disse. — Por que não saímos pra beber alguma coisa?

— Ah, sim! — ela respondeu, agradecida. — A noite é uma criança.

— Parece uma ótima ideia — Bing aprovou, visivelmente aliviado.

— No Carter's Bar?

— Vou mandar uma mensagem para a Charlotte encontrar a gente lá. — Precisávamos de reforço para superar o trauma do jantar.

— Eu mando um tuíte pro Darcy — Caroline acrescentou, com os dedos já disparados no celular. Eu a vi fazer isso algumas vezes durante o jantar. Ótimo, significa que havia chance de Darcy já estar informado sobre o Grande Fracasso do Jantar Bennet (marca registrada do universo).

Eu tinha tentado fazer um vídeo durante esse jantar, subindo e descendo as escadas para filmar pedacinhos curtos no meu quarto enquanto a refeição saía de controle. (Considerando a quantidade de vezes que eu pedi licença para "ir ao banheiro", só posso imaginar que o Bing e a Caroline devem achar que eu tenho problemas de incontinência.) Eu queria ver se a urgência aumentava a energia dos meus posts (aumentou muito!), mas tive que abandonar a história pela metade para ir ao Carter's.

Onde a segunda metade da noite foi, se você puder acreditar, ainda mais interessante que a primeira.

E, mais uma vez, a Lydia fez sua parte.

No início, as coisas estavam indo bem. A presença da Charlotte e a atmosfera do Carter's ajudaram a normalizar todo mundo. Além disso, o álcool.

Darcy, evidentemente, ficou calado. Mesmo quando estava sentado à mesa conosco. Com a boca fechada e o queixo abaixado, numa expressão de total condenação de tudo que fosse, você sabe, *divertido*.

Noite de sábado, o bar estava lotado, e é claro que a Lydia ia encontrar alguém conhecido.

— Ai, meu Deus, gente, esse é o Ben, da faculdade! Ben, minhas irmãs Lizzie e Jane. — A Lydia arrastou um cara bonito até a nossa mesa.

— Oi, meu nome é David, na verd... — ele disse, estendendo a mão para mim. Mas, antes que ele pudesse terminar, a Lydia interrompeu o cara.

— Bing! O Ben e eu estávamos conversando e decidimos que seria *muito legal* se você desse uma festa. Tipo fim de semestre. Sua casa é perfeita, e a banda do Ben podia tocar.

— Mas eu não tenho uma...

— Tanto faz, eu podia ser a fã mais bonita que você já viu. — A Lydia deu uma olhada de cima a baixo em David-não-Ben. — É uma pena eu não ter trazido meu estetoscópio — suspirou, as palavras começando a embolar. — E aí, o que você acha, Bing?

O Bing já tinha tomado algumas cervejas a essa altura, e eu não o culpava por isso. Afinal, ele sobreviveu ao jantar com minha mãe e tinha um motorista. Mas isso deixava sua necessidade de agradar mais suscetível às pessoas que sempre davam um jeito de conseguir o que queriam. Tipo a Lydia.

— Quer saber? Uma festa é uma excelente ideia, Lydia. Obrigado por sux... sugerir. — E virou um sorriso para Jane. — Você quer ir a uma festa na minha casa?

Ela sorriu de volta para ele, e os dois ficaram perdidos no seu mundinho.

— Oba! — Lydia deu um soco no ar, achando que a concordância bêbada do Bing era uma promessa que ela inevitavelmente o obrigaria a cumprir. Disso eu não tinha dúvida. Depois, seus olhos alcançaram alguma coisa no lado oposto do bar. — Caramba! Quando foi que o Carter's comprou um fliperama? Vem, Ben! Vamos jogar!

— É David... — Mas a Lydia não parecia se importar, enquanto arrastava o cara em direção ao jogo.

Olhei ao redor. Na pressa de sair de casa e chegar aqui, eu não tinha percebido que o Carter's realmente tinha melhorado o local. A mesa de sinuca estava com uma nova cobertura de feltro e, sim, havia um fliperama e...

— Ah, Lizzie — Charlotte disse com os olhos arregalados. — Aquilo é um Just Dance?

Eu amo Just Dance.

— Ai, meu Deus — dei um sorrisinho. — Char, joga comigo.

— Nunca. Não em público.

— Ah, vamos lá!

— Se você quiser passar vergonha, vai em frente. Eu estou bem aqui. Passar vergonha? Até parece. Eu *arraso* no Just Dance.

— Se você quiser, eu... — Darcy pigarreou, mas eu não entendi o resto porque estava procurando moedas na bolsa.

— Não precisa — eu disse, pegando três dólares em moedas, meu dinheiro de emergência para parquímetros. — Eu jogo contra o computador. E arraso. Como sempre.

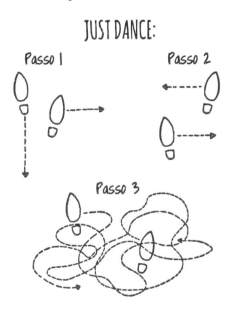

Eu não arrasei.

Em minha defesa, o computador do jogo do Carter's devia ser diferente do computador do jogo em casa, porque ele começou a fazer uns passos totalmente malucos. Será que eu acidentalmente ajustei o jogo para cefalópodes? No entanto, eu me diverti e, quando saí da máquina, estava rindo, e a Charlotte, a Jane e o Bing me aplaudiram assim que terminei.

Mas o Darcy? Não, Darcy tinha ido para a parede. As sombras escuras que são seu habitat natural. Ele estava conversando com Caroline. Charlotte passou por eles, e ela imediatamente calou a boca, por isso eu sei que eles estavam falando de mim e do meu fracasso espetacular. Então olhei bem no fundo dos olhos do Darcy, só para ele saber que eu sabia que ele estava falando de mim.

E o que ele fez?

Começou a digitar no celular. *Fingir* digitar.

A cara dele fazer isso, aquele pequeno esnobe. (Tudo bem, aquele esnobe alto.)

Voltei à mesa em seguida e, depois de rir da minha proeza no Just Dance, falei para a Charlotte o que eu fiz com o Darcy.

— Hum, não era sobre isso que eles estavam falando — ela disse.

— Então o que era? — perguntei.

— Bom, eles estavam falando de você, mas não do jeito que você pensa.

— De que *jeito* eles estavam falando de mim, então? — Será que eles estavam falando alguma coisa pior que minha dança? Será que a alça do meu sutiã estava aparecendo ou minha saia levantou?

Charlotte estava quase respondendo quando o barman, apropriadamente chamado Carter, veio até nossa mesa.

— Ei — ele disse, furioso. — Você precisa tirar a sua irmã daqui ou eu vou chamar a polícia. Este é um espaço público.

A Jane e eu viramos a cabeça, procurando a Lydia. Ela estava perto do fliperama, mas não estava jogando.

Estava quase sem blusa, com a mão dentro da calça do David-não--Ben. Eles pareciam ter se esquecido da existência das outras pessoas.

Jane e eu ficamos de pé, imediatamente sóbrias.

— Ei, Lydia, a gente precisa ir pra casa — eu disse, depois virei para o seu parceiro no crime. — Desculpa, David. — Que, por sua vez, pelo menos pareceu envergonhado com seu estado e com a realidade transgressora de que, sim, ele estava se agarrando com alguém num bar lotado, encostado numa máquina de fliperama.

— Não — ela resmungou.

— Lydia... — tentei, mas ela me empurrou.

— Não! — gritou, hostil. — Quero continuar jogando!

— Bom, suas moedas acabaram, querida — a Jane disse, com sua voz mais simpática. — Tem mais no carro.

A Lydia piscou para Jane.

— O Ben pode ir até o carro também?

O barulho evasivo que a Jane emitiu foi suficiente para fazer a Lydia ir voluntariamente conosco. Nós nos despedimos do Bing e dos outros rapidamente e levamos Lydia para o carro. Eu era a motorista da vez e até deixei o David-não-Ben em casa, no caminho. Por sorte, naquele ponto, a Lydia estava dormindo e não pôde protestar a perda do parceiro de jogo.

Isso é o que mais me preocupa na Lydia. Ela não é uma pessoa que não pensa nos outros. Ela até consegue ser muito meiga, mas é imprudente. E, na maior parte das vezes, é imprudente consigo mesma. Agora ela está em casa, dormindo na minha cama, graças a Deus. Mas e se nós não estivéssemos lá para cuidar dela? E se ela tivesse saído sozinha, encontrado o David e terminado presa, como o Carter ameaçou? Ou terminado no carro do David, e ele levasse minha irmã para casa dirigindo bêbado? Ou se eles terminassem em outro lugar e ela desmaiasse, como fez no carro a caminho de casa — só que, dessa vez, eu e a Jane não estivéssemos lá?

Qualquer coisa poderia ter acontecido com ela. Sim, as mulheres deveriam poder sair e se divertir sem medo das consequências, como os homens — mas a realidade não é essa. Existem muitos babacas idiotas por aí. E meu maior medo é que a Lydia acabe sendo vítima de um deles.

Mas, neste momento, estou cansada, e a Lydia parece estar na parte tranquila do ciclo REM. Então vou abraçar minha irmãzinha e tentar dormir um pouco.

SEXTA-FEIRA, 25 DE MAIO

Estou bem no meio do inferno de estudos e trabalhos do semestre, e este é o momento em que Charlotte resolve me irritar com coisas irritantes. Mais especificamente, o Darcy.

— Estou te falando, ele queria jogar Just Dance com você.

— Eu apenas *dou pro gasto* — eu disse. — Por que ele ia querer jogar Just Dance comigo?

— Não sei. Talvez ele não ache mais que você *dá pro gasto*.

— Não, depois da minha performance, ele deve achar que sou pior.

Charlotte me lançou seu olhar costumeiro de "você-é-uma-idiota". Que é muito parecido com seu rosto normal, mas, depois de anos de estudo, eu sei a diferença.

— Você não ouviu o que ele disse pra Caroline — Charlotte comentou. — Eu ouvi. Ele disse que você ficava bonita dançando. Especialmente seus olhos. Que você tem "olhos legais".

— E isso significa que ele acha que meus olhos são apenas legais. Passáveis — argumentei. — De novo, dou pro gasto.

Ela simplesmente revirou os olhos dessa vez.

— Ou ele estava tentando te elogiar. Ele pode ser só, ah, não sei... tímido?

Essa não era a primeira vez que a Charlotte tentava me convencer que o Darcy era mais que o esnobe rude que eu sei que ele é. Desde aquela noite no Carter's, ela está nessa missão. Mas essa é a Charlotte: sempre procurando uma história onde não existe uma. E era legal ver minha amiga de bom humor. Com muita frequência, nos últimos dias, ela só pensava em trabalho. E a Charlotte normalmente é muito prática, mas essa prática toda estava começando a parecer muito... sarcástica.

Mais uma vez, acho que ela está me escondendo alguma coisa, e isso está começando a me incomodar profundamente.

— Um cara tímido é modesto. Dócil — respondi, continuando o assunto. — O Darcy não é dócil. Ele deixa bem clara a opinião dele.

— Parece que não.

— Char, para, tá? — Não consegui evitar. — Não posso fazer piada com você sobre esse assunto agora. Tenho quatro trabalhos de fim de semestre para entregar essa semana, minha descrição dos vídeos para a aula da dra. Gardiner, três provas para fazer e sessenta artigos para dar nota. Sem falar que as provas finais são daqui a poucas semanas. Não consigo nem pensar no vídeo dessa semana, quanto mais brincar com suas teorias malucas sobre o Darcy.

— Tudo bem. — A Char jogou as mãos para o alto. — Desculpa. Eu sei que essa semana está sendo dura. Também está sendo dura para mim.

— É, mas pelo menos você já entregou todos os seus projetos. Todo aquele tempo extra no laboratório de edição. Arrasou.

Ela me deu um sorriso forçado.

— Faz sentido. Como posso te ajudar?

— Você tem uma máquina do tempo?

— Se eu tivesse, não ia te dar. Seria meu segredo. — Charlotte riu.

— Mas, sério, e se eu fizer o vídeo dessa semana? Posso tirar isso das suas costas, pelo menos.

Eu me senti aliviada.

— Você faria isso? Seria ótimo. Mas eu sei que você não gosta de ser a atração principal na frente da câmera.

— Posso fazer isso uma vez. — Ela deu de ombros. — Além do mais, posso pedir ajuda pra Jane.

— E vocês vão falar sobre o quê?

— Alguma coisa com coesão narrativa. Provavelmente o Bing. Ou algo parecido.

A Char sorriu para mim, e eu retribuí o sorriso, agradecida. Não sei o que eu faria sem minha melhor amiga. Ela sempre me ajuda.

SEXTA-FEIRA, 1º DE JUNHO

Tem alguma coisa rondando a cidade hoje. O ritmo acelerado de expectativa. O gosto amargo da adrenalina na boca. O cheiro fraco, mas distinto, de cloro.

Os... músculos abdominais à mostra.

— Uhuuu! É a Semana da Natação! — a Lydia gritou quando entrou no meu carro.

Ah, não. Agora não. Isso não.

Nossa sonolenta cidade do centro da Califórnia é conhecida por duas coisas: a arquitetura suburbana da época da *Família Dó-Ré-Mi* e o fato de que, em algum momento da década de 70, um nadador olímpico saiu daqui. Ele não era famoso nem nada, acho que ficou em quarto lugar (quase conseguiu uma medalha!) nos duzentos metros do nado de peito. Mas ele (ou ela? não lembro) doou todo o seu dinheiro pós-Olimpíadas para criar um programa de natação e instalações de última geração bem aqui na nossa cidade.

Foi um desastre econômico gigantesco, mas nos deixou com uma piscina absurdamente grande. E os construtores também conseguiram um financiamento público para ela — e é por isso que, durante uma semana, uma vez por ano, nosso vilarejo é invadido por equipes de natação de faculdades de todo o estado, para o bacanal/competição de sunga-e-peitos-depilados conhecido como Semana da Natação.

— Você não está animada? Vai ser demais! Todos esses caras gostosos... — A Lydia olhou para mim por cima dos óculos escuros.

— Na verdade, não. Tenho muito trabalho pra fazer antes do fim do semestre.

— Sabe, eu descobri que meus trabalhos da faculdade ficam muito mais fáceis quando eu vou a festas um pouco antes. Um pouco de cerveja faz meus trabalhos ficarem *muito* melhores. — Ela fez um sinal de positivo com a cabeça, totalmente inocente.

— Eu não descobri isso.

— Argh, a gente precisa te tirar de casa. Você está correndo o risco de se tornar criminosamente chata. Você, eu, o Carter's, todos os melhores nadadores do estado...

— Bom, acho que você não vai ao Carter's tão cedo. Sério. O último incidente no Carter's foi há duas semanas. Eu ainda não me recuperei emocionalmente. Mas a Lydia é uma bola quicante de energia, pronta para ir ir IR!

— Você não pode me impedir.

— Não, mas seus privilégios com o carro ainda estão suspensos. — Por isso eu fui buscá-la na faculdade hoje. — E eu certamente não vou te levar.

— E de quem é a culpa? — A Lydia fez um biquinho.

Eu mal consegui conter o sarcasmo.

— *Sua.*

Ao contrário do que a Lydia gosta de acreditar, nem eu nem a Jane mencionamos para nossa mãe o que aconteceu no Carter's na última vez. Mas essa é uma cidade pequena. As notícias voam. E, pela primeira vez, minha mãe demonstrou algum bom senso e tentou controlar a Lydia deixando-a sem carro.

Na verdade, isso só significa que, agora, a Jane, minha mãe ou eu fazemos papel de motorista da Lydia para todo lado, mas, ei, minha mãe tentou!

— Vocês acham que eu ainda sou criança. — A Lydia balançou a cabeça. — Bom, eu não sou. E você e eu vamos sair e tentar pegar uma carne masculina no Carter's durante a Semana da Natação. Você vai ver.

— Ãhã. Pode continuar tentando se convencer disso.

Posso dizer uma coisa. Entre minha carga de trabalho e o estresse pós-traumático da última vez, o único lugar ao qual eu definitivamente NÃO vou é o Carter's.

TERÇA-FEIRA, 5 DE JUNHO

Fomos ao Carter's.

Em minha defesa, realmente era a melhor opção. A Lydia ia de qualquer jeito — seus privilégios com o carro foram milagrosamente restaurados quando ela mencionou a Semana da Natação para minha mãe, que não se importava em ter um genro atleta aquático — e, pelo menos dessa maneira, eu poderia ficar de olho nela.

E acabou não sendo tão ruim. Caramba, foi até... interessante.

Como você vai perceber, nós chegamos em casa num horário razoável. (Onze da noite! Sem chance de virar abóbora!) Claro que o grupo de sempre de atletas nadadores bebedores de cerveja estava lá — e a Lydia estava no paraíso. E, vamos admitir, ela não estava nem perto da loucura da última vez e ficou bem longe do fliperama.

Mas caminhar por entre a irmandade de caras alcoolizados pode ter valido a pena, porque — será que devo dizer? — possivelmente havia um diamante entre as pedras.

Estávamos no bar há mais ou menos meia hora (Carter, o barman, já tinha me visto, e tivemos uma conversa sem palavras do tipo "Você vai ficar de olho na sua irmã? Tá bom. Vocês têm minha permissão para ficar".) quando o cara que passou por mim cambaleando em direção ao bar esbarrou no meu braço e me fez derramar a bebida no banco que eu estava prestes a ocupar.

— Ei! — veio uma voz do meu outro lado. — Cara, isso foi péssimo.

Mas meu agressor tinha sumido na multidão. Virei e percebi que eu estava encarando um queixo... *perfeito*. Bem definido. Uma leve covinha. Olhando para cima, esse queixo perfeito estava preso a um rosto esculpido, com olhos azuis fantásticos. (Olhando para baixo, esse queixo perfeito estava preso a um pescoço maravilhoso e ombros incríveis, e à barriga mais lisinha que eu já tinha visto pessoalmente. E estava a *centímetros* de mim. Mas estou fugindo do assunto.)

— Desculpa por isso — ele disse.

— Por quê? — perguntei. — Não foi culpa sua.

— Mesmo assim, em nome dos caras em geral... — Ele sorriu para mim. Ai, meu Deus, aquele sorriso. — Posso te pagar outra bebida?

Olhei para o meu copo quase vazio.

— Ah, não precisa.

— Confia em mim, os caras em geral têm muita coisa para compensar. — Ele faz um sinal para o barman e, usando algum tipo de magia, considerando como o lugar estava lotado, eu estava com uma nova bebida em menos de um minuto.

— E o seu banco — ele soltou um muxoxo, percebendo a poça de líquido que se formara ali. — Espera um segundo.

Ele se inclinou, pegou um punhado de guardanapos de papel e passou no assento. Em seguida, depois de secar a maior parte do líquido, colocou o casaco em cima.

— *Voilà* — disse com um floreio.

— Uau — respondi, quando ele me deu a mão para eu sentar. — Você literalmente colocou seu casaco sobre uma poça por mim.

— Vou te contar um segredo — ele se inclinou para perto, sussurrando. — A maioria das roupas de nadadores é à prova d'água.

— Mesmo assim, acho que ninguém coloca roupas, à prova d'água ou não, sobre poças desde a época elizabetana.

— Bom, Elizabeth é minha garota. — Ele me deu um sorrisinho. — Todas as minhas habilidades sociais são tiradas dos caras que cercavam essa moça.

— Isso funciona a meu favor, já que o meu nome é Elizabeth.

— Sério?

— Lizzie. — Estendi a mão para ele apertar. E ele a levou até os lábios. Ah, sim, isso aconteceu de verdade.

— George Wickham. Prazer em te conhecer, Lizzie. Posso me juntar a você, ou esse lugar está reservado pra alguém?

— Não está reservado. Eu vim com a minha irmã.

Apontei para onde a Lydia estava, cercada por vários nadadores. Ela acenou quando me viu e, ao ver George, fez um sinal de positivo com o dedão, apenas um pouco embaraçoso.

— Estou vendo a semelhança da família — George respondeu. — Mas percebo que você é a mais perspicaz das duas.

— Por quê? Só porque não estou cercada por vinte caras?

— Não, porque você está comigo.

Eu ri.

— Não, você não exagera nas suas qualidades.

— Não, eu só diminuo as qualidades dos outros. Pelo menos quando eles estão bêbados, esbarram em garotas bonitas e derramam a bebida delas.

Eu tinha que admitir que esse George Wickham sabia das coisas.

— Quer dizer que você é um dos competidores que estão embelezando a cidade por uma semana? — perguntei.

Ele estremeceu.

— Eu realmente pareço um estudante? Caramba, isso é trágico. Já tenho barba feita, sabia? Leva três semanas pra ficar cheia, mas mesmo assim...

Eu ri, não consegui evitar. A autodepreciação é um dos aspectos mais encantadores dos incrivelmente lindos.

— Não, sou treinador de condicionamento, apareço quando os nadadores têm problemas com a técnica — George respondeu.

— Quer dizer que você é professor.

— Mais ou menos. Um professor sazonal para viagens. Se bem que eu adoraria ficar num lugar por um tempinho, então, se você precisar de ajuda com seu nado livre ou borboleta, é só me avisar.

— Infelizmente, não vou fazer aula de natação esse semestre.

— Uma estudante! — Ele se inclinou sobre a mesa. — Eu sabia que você tinha um toque acadêmico. Então, o que você estuda, boneca?

E talvez isso tivesse alguma coisa a ver com o fato de Jane estar toda feliz e derretida com Bing ultimamente e de ela não ver motivo para eu ficar "eternamente solteira", como a Lydia gosta de dizer, mas acabei gostando da conversa com George Wickham. Não havia pressão. E nenhum motivo para não curtir.

Conversamos sobre meus estudos por um tempo, e contei tudo sobre meu projeto em vídeo. Meus planos para a vida depois de terminar a pós-graduação. Ele me contou tudo sobre ser treinador de natação, sobre moldar jovens atletas — e, enquanto crescia em San Francisco, sobre a vez em que viu uma morsa quando fazia um passeio de barco ao redor da ilha de Alcatraz.

— Mas ela não parecia estar deslocada — ele disse.

— Sério?

— Bom, ela já tinha passado a vida toda atrás das grades.

Quase cuspi minha bebida, mas de um jeito elegante.

— Uau. Essa deve ser a pior piada que eu já ouvi.

— Não, eu consigo pensar em piadas muito piores.

— Ah, não, não precisa se esforçar.

— Bom, me dá seu telefone. — Ele se inclinou para frente e brincou com uma mecha do meu cabelo. — Para o caso de eu pensar numa pior mais tarde.

Sério, como é que alguém pode recusar a promessa de futuras piadas ruins?

Depois de trocarmos números de telefone, já era hora de voltar para casa. (Eu. Tenho. Aulas.) A Lydia foi arrancada do bar com o mínimo de resmungos, e o George nos levou até o carro.

— Tem certeza que está bem para dirigir? — ele perguntou.

— Tenho — respondi. Minha única bebida tinha terminado há mais de uma hora, o que demonstra por quanto tempo eu e George ficamos conversando. — Mas obrigada.

— Então, muito prazer em te conhecer, Lizzie Bennet.

Tenho quase certeza de que, nesse momento, eu fiquei sem fala pelo charme dele.

— Muito prazer em te conhecer também, Georjão! — Lydia gritou para a silhueta que se afastava, apenas um pouco bêbada. — Uau. Um gostosão e não deu em cima de mim, mas ficou totalmente de olho em você. Lizzie Bennet, você pode ter rompido a fase eternamente solteira.

— Ela ofegou e deu um gritinho, agarrando meu braço. — Posso contar pra mamãe que a opção C da inseminação artificial foi eliminada?

* * *

Eu tinha guardado o diário e estava deitando na cama quando meu celular acendeu com uma nova mensagem de texto.

> Só queria saber se você e sua irmã chegaram bem em casa. — GW

Não consegui parar de sorrir ao digitar a resposta:

> Chegamos. Obrigada por nos acompanhar até o carro.

Dois segundos depois, meu celular acendeu de novo.

> Qualquer coisa por você, boneca.

Meu coração acelerou. A expectativa fez meus dedos do pé formigarem.

Boa jogada, George Wickham. Boa jogada.

DOMINGO, 10 DE JUNHO

Se você achou que, com a chegada dos nadadores à nossa piscina de potenciais maridos, minha mãe ia se esquecer do doce relacionamento florescente da Jane e do Bing, pense bem.

Eles já saíram juntos pelo menos meia dúzia de vezes agora — acompanhados ou sozinhos — e são infinitamente meigos um com o outro. Atenciosos. A Jane já começou aquela coisa de que algumas atividades são reservadas para o tempo-com-o-Bing. (Não *essas* atividades. Embora a Lydia especule absurdamente sobre isso.) Mas houve mais de uma ocasião em que eu falei de ir a algum lugar e a Jane respondeu: "Ah, o Bing falou que gosta desse lugar". Se eu chamo a Jane para ir ver um filme, ela responde: "Eu já disse para o Bing que ia ver com ele".

Eles estão namorando. Pode não ser oficial nas redes sociais, pode não ser um amor louco e alucinado como dizem os livros, mas está progredindo do seu jeito hesitante.

Porém as coisas não estão progredindo rápido o suficiente para minha mãe.

Passei o dia todo lidando com seu Plano Intricado para Jane ficar nua na casa do Bing, resultando (como se pode esperar) numa tórrida tarde de paixão pré-nupcial, seguida de um casamento forçado.

O Plano Intricado envolveu:

* Eu ir até o supermercado com minha mãe às quatro da manhã para comprar, com cupons, vagem com molho de cranberry. E gelatina.
* Minha mãe usando uma forma de bolo para fazer a gelatina.
* Minha mãe tentando convencer a Jane de que era uma boa ideia usar um vestido branco, carregar a forma de gelatina até a casa do Bing e ficar encharcada por uma chuva de verão prevista-mas-ainda--não-vista, o que levaria à torridez mencionada anteriormente.

* Meu pai e minha mãe discutindo sobre uma segunda hipoteca no escritório, enquanto eu invadia a cozinha e roubava a forma de gelatina em um prato decorativo.
* Eu quase vomitando por ter comido o negócio todo, com a vagem e tudo, fazendo o plano da minha mãe fracassar.

Tenho certeza que um dia eu vou rir disso tudo. Mas não é hoje.

Por que minha mãe não pode simplesmente deixar as coisas acontecerem no próprio ritmo? Por ela precisa nos pressionar e apressar e forçar uma visão distorcida do que é importante?

Caso em questão: na semana passada, tudo que minha mãe fez foi me perguntar se eu tinha notícias "daquele lindo nadador que você conheceu com a sua irmã". (Sim, a Lydia realmente correu para casa e contou à minha mãe sobre a possível destruição da opção C, um pouco antes de engolir um Red Bull e desmaiar no sofá da sala de estar por doze horas, depois de uma crise de hipoglicemia.) Ela não me perguntou sobre o fato de eu estar perto das maiores provas finais da minha vida. Não me perguntou o que estou fazendo para minha tese nem o esboço de plano que eu tenho para isso.

(O George e eu temos trocado mensagens de texto, mas, como a equipe que ele está treinando atualmente teve que sair correndo da cidade depois da Semana da Natação, eu não o vi mais. Mas ele espera voltar em algum momento deste verão, porque conseguiu alguns clientes particulares no centro de natação.)

Eu sei que já devia estar acostumada com minha mãe. Eu sei que devia simplesmente suspirar e balançar a cabeça com seus surtos. Eu sei que ela ama a gente. Mas pode haver consequências reais. E se essa pressão toda, na verdade, fizer o Bing e a Jane terminarem? E se ela nos pressionar tanto que acabe levando as filhas a uma vida inteira de ressentimentos e um cigarro atrás do outro?

Minha mais recente teoria é que toda sua histeria sobre Bing e Jane é induzida pelo medo. E não um medo de que nós nunca vamos nos casar e gerar netos para ela manipular. Mas medo de coisas maiores, coisas que não podem ser resolvidas por um plano intricado.

Afinal, minha mãe não frequenta mais o clube de bridge. Em vez disso, ela participa de um clube online de cupons e começou a insistir que a gente deve pechinchar quando não tiver ninguém conhecido por perto. (Nota mental: minha mãe parece ter se tornado mais esperta na internet. Preciso descobrir um jeito de bloquear seus dispositivos de busca para ela não encontrar meus vídeos.)

E aquela briga que eu ouvi sem querer ontem sobre uma segunda hipoteca da casa. Acho que a reunião no banco, que eu vi na agenda do meu pai, não foi muito boa. Meus pais são todos sorrisos na nossa frente, mas o estresse deles se manifesta de jeitos diferentes.

Meu pai poda demais seus bonsais.

Minha mãe tenta casar as filhas.

Talvez porque ela queira ver alguma coisa progredindo numa direção positiva. E eu não a culpo por isso. Mas, se meus pais começaram a brigar por causa de dinheiro, isso só vai piorar antes de melhorar.

E a parte sensível para mim é: eu incluí tudo isso no meu próximo vídeo. A insanidade da minha mãe, o plano intricado e as questões de dinheiro. Filmei ontem e vou publicar amanhã.

Eu nunca falei dos problemas financeiros da minha família online. E, sinceramente, nunca fiquei tão nervosa por publicar alguma coisa desde o primeiro vídeo. Será que é real demais? As pessoas gostam das banalidades, das palhaçadas da Lydia, do romance entre Bing e Jane, das implicâncias com Darcy. Mas, se é para ser sincera... isso é o que está acontecendo agora na minha vida. É isso que invade meu cérebro antes de dormir, quando eu deveria estar preocupada com as provas finais e os trabalhos do semestre e quando é que George Wickham vai voltar à cidade.

Então é sobre isso que eu devo falar.

QUINTA-FEIRA, 14 DE JUNHO

Chega de lápis! Chega de livros! Chega de olhares de aprovação e validação dos professores por um trabalho bem feito!

Pelo menos, até o outono.

As provas finais terminaram, e eu posso respirar aliviada por alguns dias, pelo menos. Mas não por muito tempo, porque tenho que começar a trabalhar na minha tese!

Se bem que, na verdade, eu já comecei.

— Dra. Gardiner! — Encurralei minha professora do lado de fora de seu escritório, quando ela estava indo embora, provavelmente pelo resto do verão.

— Lizzie — ela respondeu. — Adorei seu trabalho sobre as experiências com seus vídeos e a interação com o público. Um trabalho de altíssimo nível.

— É sobre isso que eu queria falar com você. Quero continuar meu projeto em vídeo... mas como minha tese.

A dra. Gardiner ergueu uma sobrancelha. Espero que um dia, quando eu for elevada ao reino da alta academia, eu aprenda os segredos da sobrancelha arrogante.

— E qual seria seu foco?

— Vou abordar todos os aspectos do projeto: os modelos de produção e distribuição, o que funciona e o que não funciona em termos de engajar o público e transmitir uma mensagem, o processo de formação da marca, bem como o caráter e o impacto psicológico de falar sobre questões pessoais num fórum público cada vez mais popular.

A dra. Gardiner pareceu pensar no assunto por um segundo.

— Seus vídeos têm ímpeto, mas o mais importante é que têm mensagem. Especialmente o mais recente, em que você foi honesta sobre os apuros financeiros da sua família. Teve ressonância e profundidade.

Eu me senti corar. Primeiro, de alívio por saber que eu tinha tomado a decisão certa ao publicar o último vídeo, depois com a percepção assustadora de que a dra. Gardiner estava assistindo aos meus vídeos — bem depois de eu ter entregado meu trabalho sobre o projeto.

— Você também pode pensar em ir à VidCon — ela mencionou. — Para conseguir a perspectiva de outros videobloggers sobre os dados.

— A Charlotte e eu estamos falando nesse assunto; a gente quer muito ir. — VidCon é uma convenção gigantesca sobre vídeos na web, e seria uma oportunidade incrível de conhecer pessoas nesse novo setor. E, por sorte, é na Califórnia, a poucas horas de distância de carro.

— Está bem. Vou aprovar o assunto da tese — declarou a dra. Gardiner.

Devo admitir que soltei um gritinho agudo.

— Mas... — Ela levantou a mão, interrompendo minha alegria. — Quero lhe dar um alerta. Você vai deixar pessoas estranhas entrarem na sua vida, no seu mundo, por praticamente um ano inteiro. E os seus vídeos ficaram mais populares do que qualquer um de nós esperava.

Até aqui, eu já publiquei vinte vídeos e tenho mais de cem mil visualizações em cada. São dois milhões de visualizações. E a gente até ganhou um dinheirinho com a publicidade do YouTube. Não muito, mas talvez o suficiente para pagar as entradas da VidCon.

Então, sim, eu diria que ultrapassamos as expectativas.

— Você precisa ter cuidado com o que publica e prestar atenção em como isso afeta as pessoas que você envolve — continuou a dra. Gardiner. — Suas irmãs, a Charlotte Lu... até mesmo as pessoas sobre as quais você fala, mas não vemos. Você não está mais lidando com questões teóricas. São pessoas de verdade. Haverá consequências, algumas boas, outras nem tanto, por expor a vida delas através das suas lentes.

— Mas você acabou de dizer que, quando eu falei de uma coisa real, os problemas financeiros da minha família, os vídeos ganharam profundidade e ressonância.

— É verdade. Você ainda precisa ser sincera. Mas também tem que descobrir até onde deve ir o contrato que você tem com o seu público. — Ela sorriu para mim. — É uma linha muito tênue, e você vai ter que descobrir por conta própria.

Agradeci à dra. Gardiner e lhe desejei um ótimo verão antes de ir embora.

No caminho para casa, pensei no que a dra. Gardiner disse. E ela está certa. O que eu faço e digo nos vídeos afetou a mim e às pessoas ao redor. Para pessoas como a Jane e a Lydia, isso significa alguma notoriedade — mas eu nunca colocaria nos vídeos alguma coisa que elas não quisessem expor. E a Lydia especialmente não parece se importar com a notoriedade. Na verdade, ela está aproveitando. Ela conseguiu muitos seguidores no Twitter depois que eu comecei com os vídeos. Caramba, depois do vídeo que ela publicou POR CONTA PRÓPRIA hoje de manhã com a Charlotte (e pode acreditar que eu vou ter uma conversinha com as duas sobre isso mais tarde), até a nova gatinha da Lydia, Kitty, está ganhando um número recorde de seguidores no Twitter.

É meio surreal.

De minha parte, é impressionante perceber que minha professora continua assistindo aos meus vídeos e vai saber tudo sobre a minha vida no próximo ano. Tudo. Assim como meus colegas de turma — é preocupante entrar numa sala de aula e perceber que todo mundo ali já te viu de pijama porque você já usou um na frente das câmeras. E tem muita gente sem rosto que também sabe da minha vida. Isso faz parte de ter uma mensagem com a qual as pessoas se envolvem.

Mas essas pessoas sem rosto têm me apoiado muito. O feedback, os comentários, têm sido imensamente gratificantes. É meio como alguém dizer que, sim, talvez eu tenha sido feita para esse setor. Talvez minha voz tenha alguma importância no grande cenário das coisas.

Tenho muitas ambições e sonhos em relação ao que eu quero fazer da minha vida: quero poder afetar as mudanças. Transformar, pelo menos, meu cantinho do mundo em algo melhor, de alguma forma. Inspirar e ser inspirada. (Eu também gostaria de encontrar um jeito de ser paga por isso.) Pode parecer bobo e grandioso, e nem um pouco parecido com o pensamento prático que dizem que minha geração precisa, superar nossa falta de oportunidades de emprego e nossa crença de que somos especiais. Mas é assim que eu penso. E, toda vez que alguém faz contato comigo online e diz que gosta dos meus vídeos e que eles o fazem se sentir menos sozinho, eu meio que acho que estou conseguindo.

Então, eu *tenho* um contrato com meu público e, apesar dos alertas bem-intencionados, preciso honrar esse contrato.

Preciso ser o mais verdadeira e aberta possível com meus seguidores. E espero que eles continuem me assistindo.

TERÇA-FEIRA, 19 DE JUNHO

Um dos aspectos mais agradáveis das férias de verão é não ter horário para nada. Ah, acredite em mim, ainda estou trabalhando muito, mas não estou presa a uma estrutura rígida de sala de aula. Em vez disso, meus únicos parâmetros para fazer trabalhos são os horários da biblioteca. Portanto, posso dormir até um pouco mais tarde, curtir uma xícara de café sem pressa... e pegar a correspondência.

Eu *adoro* pegar a correspondência. É uma maluquice minha. É tão mais gratificante do que verificar a caixa de entrada de e-mails, porque você tem que esperar. O carteiro tem que levar as mensagens até você. Será que é uma carta de um amigo ou parente? Um cheque que vai resolver todos os seus problemas?

Não. Geralmente, são apenas contas e catálogos, mas eu tenho esperança de receber uma correspondência de verdade uma vez na vida!

E hoje fui recompensada pelos meus esforços, porque chegou uma carta... num papel timbrado. Com um endereço de resposta em Netherfield.

— Lydia — chamei, entrando devagar no quarto dela. Tudo bem, talvez eu tenha invadido e forçado minha irmã a sair da cama. — Isso é o que eu estou pensando?

Morta de sono, ela pegou o envelope da minha mão. Quando leu o endereço de resposta, sorriu e o abriu.

— Lydia!

— Que foi? Está endereçado às Irmãs Bennet. Eu também sou uma irmã Bennet. — Ela leu o cartão. — Convite formal, muito bacana. Vai ser o máximo.

— Não acredito que o Bing realmente vai dar uma festa só porque você pediu.

— Ei, existem benefícios em extrair promessas das pessoas quando elas estão altinhas e depois ficar na rua delas até elas chegarem em casa e casualmente dar de cara com elas e exigir que elas cumpram suas promessas.

É difícil argumentar com essa lógica.

— Mesmo assim, não vamos contar pra mamãe — eu disse. — Pelo menos por um tempo. Quanto mais ela demorar para saber da festa, menos tempo vai ter de armar esquemas.

Ela deu de ombros, estendendo o cartão para mim e então pulando da cama como um mico alucinado depois de comer muito açúcar.

— Tanto faz. Ah! Mas eu conto pra Jane! — Ela ficou contemplativa. — O que eu vou fazer a Jane vestir?

— O que você vai *fazer* a Jane vestir? — perguntei. — Ela sabe muito bem escolher as próprias roupas.

— Pra, tipo, trabalhar e parecer elegante ou algo assim. Nessa festa... a Jane vai aumentar o apelo sexual.

— Vai?

— Quando *eu* terminar com ela. — Lydia piscou e saiu porta afora, e eu a ouvi murmurar uma música no estilo dubstep no caminho para o banheiro.

Não estou preocupada com a roupa da Jane. Ela é bem melhor em controlar/concordar com a Lydia do que o resto de nós — até mesmo os nossos pais. Ela só vai vestir o que quiser. Mas tenho que admitir que estou meio com medo dessa festa.

A Jane e o Bing estão se entendendo bem, mas isso pode ser um pouco... exclusivo. Eles podem estar na bolha particular dos dois. E tenho certeza que a festa vai ser ótima, mas, com George Wickham fora da cidade, não tem ninguém lá que eu esteja ansiosa para encontrar. Além de tudo, não sei como contribuir para nenhuma conversa. Vamos encarar os fatos: Bing — apesar de ser ótimo e aberto — e os amigos dele atraem um certo tipo de gente. Os ricos e motivados. Quem vai estar nessa festa? Não apenas gente local, como eu. Talvez amigos da faculdade de medicina. Colegas do ensino preparatório e de Harvard. Amigos ricos da família. O grupinho de elite da Caroline. Darcy.

Qual é o seu assunto numa festa quando você está nas férias de verão, não tem emprego e seu futuro é incerto? É uma receita para passar vergonha.

Mas, passando vergonha ou não, quando você recebe um convite num cartão com letras em relevo, não pode ignorar. Sou suficientemente filha da minha mãe para saber disso.

QUARTA-FEIRA, 27 DE JUNHO

Nós vamos à VidCon! A Charlotte conseguiu. De algum jeito, ela entrou em contato com eles, mostrou nossos vídeos e nossas visualizações, e eles mandaram convites!

E não só para nós. Mandaram também para Jane — e para Lydia.

A Jane está feliz de ir — está feliz em conhecer pessoas que gostam dos vídeos, e vai se encontrar com o pessoal da sede da empresa dela em LA, só para conhecer o local e ficar cara a cara com algumas das pessoas com quem ela fala por telefone todos os dias.

A Lydia também está feliz em conhecer pessoas que gostam dos vídeos... e em ver se consegue fazer essas pessoas pagarem bebidas para ela durante a convenção.

Não vou falar num painel nem nada assim (sobre o que eu falaria, afinal? Como aumentar a insanidade da sua mãe por causa de centavos e gifs animados ocasionais?), mas vou tentar aprender o máximo possível (metade da programação é para pessoas que querem fazer vídeos, não apenas assistir) e espero conhecer algumas pessoas legais.

— A gente devia levar umas roupas profissionais também — Charlotte disse, vasculhando meu armário e pegando meu único terninho — Precisamos estar apresentáveis.

— Apresentáveis? Não somos moleques de rua.

— Essa não é apenas uma oportunidade para aprender. Vai ser uma oportunidade de fazer networking. Muitas empresas de novas mídias vão estar lá. E, daqui a um ano, estaremos procurando emprego. Provavelmente nessas mesmas empresas de novas mídias. — Ela pegou uma jaqueta jeans que eu não usava desde o sétimo ano. — Que tal isso?

— Não. A Jane me mata.

— Ah, a Jane sobreviveu à sua mãe com força suficiente pra te matar?

— Por pouco — soltei.

A festa do Bing passou sem dificuldades. E foi mais agradável do que eu pensava. Eu não devia ter me preocupado — claro que os amigos do

Bing são tão legais quanto ele (com uma certa exceção notável), e ninguém quis falar da vida real; a gente preferiu falar de música e arte e do meme mais recente da internet. Então, obviamente, meu surto de nervosismo foi apenas um lapso momentâneo no drama hereditário.

O drama *real* foi o fato de que a Jane não voltou para casa com a gente. Ela não voltou para casa até a manhã seguinte.

E minha mãe ficou *furiosa*.

Não porque a Jane não chegou em casa até de manhã, mas porque ela voltou para casa.

O que minha mãe queria? Que um encontro que dura até de manhã fosse um pedido inequívoco de casamento? Estou até chocada que ela não tenha embalado os pertences da Jane e os colocado no porta-malas do carro para levar até Netherfield.

Mas, quando a Jane voltou para casa, depois de dizer que não estava noiva nem grávida nem ia morar com o Bing, minha mãe simplesmente pressionou os lábios e foi para a cozinha, sem querer olhar nem falar com a filha. Ela simplesmente mudou de assunto, dizendo que os armários estavam parecendo ultrapassados.

O que minha mãe não percebeu é que a Jane voltou para casa... diferente.

Ela estava mais leve, de algum jeito. Brilhando. E, não, não era um brilho que vem do sexo. Porque, de acordo com ela, eles não transaram:

> Passei a noite em claro com o Bing. Só conversamos. Foi perfeito. Estou tomando café com ele. Falo com você mais tarde.

Era mais como se todos os pequenos passos que ela estava dando com o Bing — a dança hesitante de conhecer e gostar dele — tivessem levado até isso. Ela não estava mais se apaixonando lentamente. Tinha acontecido. Ela já estava lá.

Eu conseguia ouvir a Jane através da parede compartilhada dos nossos quartos. Ela estava falando no telefone com o Bing, contando o que estava colocando na mala para ir à VidCon. Estava rindo. A voz dela estava rindo. O que aconteceu naquela noite deixou tudo mais profundo. Pelo menos para a Jane. Suponho que para o Bing também. Ai, meu Deus. Acho que testemunhei minha irmã se apaixonando. Estranhamente, não consigo evitar me sentir um pouco... triste. Mas não sei por quê. A Jane está apaixonada! A Jane está feliz! Isso é fantástico! Mas também significa uma mudança. A Jane não pertence mais só a nós.

Mas eu não podia ficar triste naquele momento. Porque eu estava escolhendo os painéis que queria ver na programação da VidCon no meu notebook, e a Charlotte estava pegando no meu armário um terninho azul-pavão realmente pavoroso que minha mãe me deu na formatura da faculdade. (Porque toda jovem adequada precisa de um terninho azul-pavão para "as entrevistas, querida. Queremos que você fique linda nas entrevistas — especialmente se o entrevistador for um homem bonito e bem-sucedido".)

— Não! — exclamei, horrorizada. — A menos que você queira que as potenciais oportunidades de networking pensem que eu viajei no tempo e vim da década de 70.

— Ei, contanto que as potenciais oportunidades de networking lembrem de você. — A Charlotte deu um risinho e jogou o terninho na pilha.

— Você é tão má quanto a minha mãe.

— Eu consigo viver com isso.

Eu ri. Está vendo? É difícil ficar triste quando, amanhã, a essa hora, nós estaremos na VidCon!

SÁBADO, 30 DE JUNHO

A VidCon foi Fantástica! E, sim, o F maiúsculo é intencional.

Aprendi muito. Conheci pessoas — pessoas! — que assistem aos meus vídeos. Eu vi um show do Driftless Pony Club e morri de rir quando a Hannah Hart se apresentou.

EU CONHECI O HANK GREEN.

E não foi só diversão e jogos e tietagem com os videobloggers e comprar camisetas não-irônicas-e-portanto-irônicas no salão de exposições. Como a Charlotte disse, nós realmente "assistimos a alguns painéis educativos e participamos de eventos de networking". Os painéis do setor foram todos sobre como aumentar e manter o público — como usar melhor as ferramentas disponíveis (parece que todo mundo está trabalhando com pouco dinheiro na internet) e como fazer um marketing mais eficaz. Aprendemos sobre o futuro do storytelling com a Loose-Fishery, a maior empresa de transmídia que existe, e vimos uma palestra sobre plataformas de multicomunicação com o designer de uma empresa de apps chamada Pemberley Digital. E eu sei que, para os leigos (na verdade, a Lydia, que acampou no corredor e fez sua própria miniestação de autógrafos até os organizadores do evento a mandarem parar), parece chato, mas eu fiquei profundamente intrigada. E a Charlotte? A Charlotte estava *fascinada*.

Apesar da estranheza impressionante de conhecer pessoas que assistem aos meus vídeos na vida real — e *gostam* deles —, conhecemos várias pessoas que administram suas próprias empresas, que ficaram entusiasmadas por conversar conosco sobre o que estávamos fazendo e como fazíamos. Pegamos cartões de visita até cansar. ("Até cansar" é o termo técnico.) A Charlotte até conseguiu que a gente fosse conhecer os escritórios do YouTube em Los Angeles, no caminho de volta para casa.

Tenho tanta, tanta sorte de fazer parte dessa comunidade ridiculamente esquisita e maravilhosa.

Mas nem todos os encontros foram cheios de entusiasmo e experiências de aprendizado. Houve um momento especialmente inesperado que não foi maravilhoso — apenas esquisito.

Afinal, não é todo dia que seu marido do segundo ano chega para você durante a filmagem e exige que você o chame de "sr. Collins".

Isso mesmo, Ricky Collins, o garoto convulsivo que fez o papel de Mágico da Noz na nossa peça do ensino fundamental sobre alimentação e conseguiu cair do palco, decidiu se tornar criador de conteúdo em vídeos para a web. Ah, e conseguiu enganar alguém para dar dinheiro a ele. Se bem que, pelo que eu vi, ele não sabe muita coisa sobre vídeos para a web — mas tudo bem, ele provavelmente tem "pessoas" para isso. Pessoas que o chamam de sr. Collins.

Além disso, ele parece ter desenvolvido um gosto por palavras polissílabas. Acho que é isso que acontece quando alguém perde o concurso de soletração numa idade impressionável para a sempre impressionante Charlotte Lu. E ele estava bem-vestido demais para a conferência. Vídeos para a web pedem pessoas usando blazer, calça jeans e camiseta com estampa descolada, não um terno grande demais de uma loja de departamentos. (Se bem que esse é o tipo de homem que gostaria de um terninho azul-pavão numa mulher. Pena que ele está noivo.)

Fiquei tão chocada com ele que meio que dispensei o cara. A Charlotte diz que eu devia ter sido mais simpática. Mais aberta e politicamente consciente. Afinal, ele é um cara com investidores e uma empresa no nosso setor. Mas é meio difícil quando o garoto chato que morava na sua rua esbarra nos seus vídeos e exige que você o trate como se ele fosse o lorde da mansão.

Mas chega de falar do Ricky Collins. Duvido que nossos caminhos estejam destinados a se cruzar muito no futuro. Foi para isso que inventaram o Facebook: para manter a uma distância segura pessoas das quais você não quer se lembrar.

No momento, estamos indo para casa... só que não temos uma casa para onde ir.

Sem brincadeira.

Quando Jane voltou para casa depois da noite perfeita com Bing e minha mãe "decidiu" que os armários da cozinha estavam ultrapassados, ela aparentemente ficou inspirada a reformar a cozinha toda. E justificou dizendo que isso vai aumentar o valor do imóvel — o que me deixa nervosa, porque meus pais realmente estão pensando em vendê-lo —, mas eu sei que os motivos dela são mais profundos. Mais distorcidos e tortuosos.

Ela está usando essa reforma para tirar todas nós de casa... e inteligentemente deduziu que, ao saber das nossas dificuldades, o Bing ia oferecer à Jane um lugar para ficar.

Então, pelas próximas duas semanas, o Bing e a Jane vão morar sob o mesmo teto, aparentemente para poupar a Jane de ter que viajar durante uma hora da casa da prima Mary para ir trabalhar. Mas todos nós sabemos o motivo real. E estou feliz por fazer minha pequena parte para impedir isso.

O que minha mãe não contava era que, quando a Jane pedisse, o Bing ficaria feliz de estender o convite para mim.

Então, em vez de ficar apertada no bangalô de dois quartos da Mary e da tia Martha com meus pais, a Lydia e sua gata, vou ter minha própria suíte enquanto faço companhia aos dois pombinhos.

Mal posso esperar para ver a cara da minha mãe quando a gente contar.

Mas agora, em vez de ir para casa e relaxar depois desses últimos dias malucos, exaustivos e de ai-meu-Deus-eu-não-andava-tanto-assim-há-anos, vamos voltar para casa e passar a semana que vem tirando tudo da cozinha e encaixotando o que aparecer pela frente.

Ainda bem que já filmamos os vídeos da próxima semana aqui na VidCon.

... Ai, não. Como é que eu vou filmar meus vídeos quando estiver hospedada em Netherfield?

SEGUNDA-FEIRA, 9 DE JULHO

Ai, meu Deus. A Jane acabou de evitar um infarto — achei que eu tinha te perdido! Meu diário! Meu precioso. Achei que, de algum jeito, ao encaixotar as coisas (e, sério, do jeito que minha mãe fez a gente encaixotar a casa, dava para imaginar que a gente ia para um safári de seis meses, e não passar duas semanas incomodando amigos e parentes perto de casa), meu querido diário tinha ficado perdido na confusão. Eu tinha certeza que meu pobre livrinho, com todos os seus segredos, tinha sido acidentalmente deixado para trás e ido parar nas mãos de um dos empreiteiros, que ia ler e me ridicularizar secretamente para sempre. Ou, pior — ele *tinha* sido encaixotado e ido parar nas mãos erradas aqui.

Quando chegamos a Netherfield no sábado (embora a obra na nossa casa só começasse hoje, minha mãe queria que nós — melhor dizendo, a Jane — tivéssemos tempo para "nos adaptar" na nossa casa-longe-de--casa), Bing, Darcy e Caroline estavam nos esperando na porta.

— Oi — a Jane disse para o Bing, sorrindo.

— Oi — o Bing disse para a Jane, sorrindo também.

Isso poderia ter continuado por horas, se alguém não tivesse pigarreado com sensatez.

— Hum, estamos muito felizes de vocês estarem aqui — o Bing disse, saindo da nuvem de amor. — Vou levar vocês até seus quartos. Ah, podem deixar as malas aqui, alguém vai levar.

— Ah, não, de jeito nenhum... — Mas todos já estavam entrando sem mim.

Naquele momento, não pensei no diário, possivelmente enfiado numa mala. Só me maravilhei com a ideia de que, em algum lugar, escondido nos fundos daquela casa ecoante naquele condomínio de mansões, havia alguém cujo trabalho seria carregar e desfazer nossas malas. Como se fôssemos aristocratas visitando o Palácio de Buckingham. Então, na verdade, eu estava pensando em como era vergonhoso o fato de eu ter jogado meu cesto de roupas sujas dentro da mala e ter que pedir a esse alguém sem nome para não lavar minhas roupas e me deixar fazer isso. E depois pedir para me mostrar onde ficava a lavanderia.

Netherfield é maravilhosa, tenho certeza que não preciso descrever. Passamos a manhã na piscina, curtindo o brunch de sábado e a companhia do Bing. A Caroline também foi muito educada e receptiva. O Darcy... estava lá.

Quando a Jane e eu finalmente fomos levadas de volta para a *nossa ala particular* da casa (tecnicamente não tinha sido construída especificamente para nós, e sim como uma ala de hóspedes genérica, mas caramba!), descobrimos que nossas coisas tinham realmente sido tiradas das malas, e minhas roupas sujas de fato tinham sido levadas para lavar (tomada de controle radical da lavanderia que nada, eu me rendi antes de saber que havia uma guerra). Mas, olhando minhas coisas, percebi que estava faltando algo. E aí me dei conta de que era o meu diário.

O pânico se instalou. Eu nunca tinha ficado sem meu diário. Meu meio de expressar meus sentimentos mais particulares e mantê-los em segurança. Meus vídeos — eles estavam no ar para consumo público. Tinham um filtro. Meu diário envolve todo o resto.

Meu cérebro foi rapidamente até o empreiteiro, e voltei em casa hoje de manhã para ver se conseguia encontrar o diário — mas a casa estava um desastre, e eu nem podia entrar sem um capacete, com todas as coisas sendo derrubadas e transportadas para dentro.

Quando eu estava na biblioteca fazendo uma pesquisa, me lembrei do alguém sem rosto e sem nome que tinha desfeito as nossas malas. E aí pensei no meu querido diário, perdido nas entranhas de Netherfield, caindo no quarto errado, nas mãos do Bing ou do *Darcy*.

Não consegui pesquisar muito depois disso.

Voltei a Netherfield e comecei a vasculhar o quarto. Foi aí que a Jane me salvou.

— O que você está fazendo? — ela perguntou, vindo até a porta, corada e linda depois de um dia difícil no escritório (na verdade, "corada" é o máximo que Jane Bennet fica em termos de bagunçada/cansada/irritada).

— Não consigo encontrar meu diário — respondi. — Sei que coloquei na mala. Pelo menos acho que coloquei.

— Colocou. Na verdade, você me deu pra eu colocar, lembra?

Levantei a cabeça.

— Dei?

— Deu. — Ela sorriu e acenou para eu ir até o quarto dela. — Você precisava de mais espaço pra câmera e outras coisas na sua mala, então eu coloquei seus livros na minha.

Ah, sim, meu equipamento de filmagem. A faculdade me emprestou durante o verão. Mas, se alguém aqui por acaso vir (ou seja: o Bing ou o Darcy), a Charlotte e eu inventamos uma história — vou dizer que estou mandando cartas em vídeo para ela, como experiência para uma das nossas aulas de comunicação. Porque as faculdades realmente dão crédito por essas coisas, hoje em dia.

A Jane foi até uma mesinha no quarto dela, pegou uma mochila e vasculhou.

— Incluindo um diário vermelho.

E agora você está nas minhas mãos, e eu me sinto normal de novo.

Você pode imaginar se alguém tivesse lido? Já é difícil tentar ter privacidade aqui — mesmo sendo uma casa tão grande, ela parece extremamente lotada. Principalmente, como o Bing está sendo tão educado e receptivo e tentando fazer a gente se sentir em casa, é impossível *não* se sentir em casa. Mas e se alguém tivesse encontrado meu diário e lido todos os meus pensamentos e sentimentos mais profundos sobre a minha família? Sobre o meu futuro? Seria como expor uma ferida.

Quer dizer, eu ainda estou chocada com as implicações de a Caroline saber dos meus vídeos.

Sim. Essa é a grande notícia.

Eu estava gravando um vídeo ontem, e ela entrou e descobriu minha armação das "Cartas para Charlotte". Aparentemente, ao contrário de todas as outras pessoas dessa casa, a Caroline sabe usar o Google, descobriu os vídeos um tempo atrás e tem acompanhado todos eles.

O lado bom:

1. Ela não contou dos vídeos para o Bing. (Graças a Deus.)
2. Ela não contou dos vídeos para o Darcy. (GRAÇAS A DEUS.)
3. Ela não achou esquisitos o foco e a especulação pesados sobre Bing/Jane que os vídeos assumiram até agora.

A parte não tão boa:

1. Não sei se tem um lado negativo nisso. A Caroline poderia ter ficado muito irritada, e com razão, mas estava notavelmente tranquila com tudo. Ela entrou na frente da câmera, querendo aparecer no vídeo — até concordando com minhas opiniões sobre o Darcy. Ela me disse que, "apesar de ele ser meu amigo, às vezes eu simplesmente quero sacudi-lo".
2. No entanto, estou um pouco desconfortável. Afinal, essa é a primeira vez que alguém mencionado nos vídeos descobre sobre eles. E eu não sou exatamente conhecida pela delicadeza. Por outro lado, a Caroline também não. E ela levou numa boa.
3. E acho que é isso que está me incomodando mais nessa situação. A Caroline sempre pareceu meio arrogante comigo, do tipo "sorrisinho falso". Mas ela tem sido ótima em relação a nos hospedar e está totalmente à vontade com meu projeto. Será que eu a julguei mal, do mesmo jeito que fiz com o Bing? (Daqui a pouco, você vai me dizer que eu também julguei mal o Darcy — e não. Isso eu vejo com muita clareza.)

Talvez eu realmente tenha julgado mal a Caroline. Mas isso só pode ser uma coisa boa, porque minha opinião inicial não foi muito simpática. E é um certo alívio a Caroline saber dos vídeos. Isso vai deixar as duas semanas aqui em Netherfield bem mais confortáveis.

SEXTA-FEIRA, 13 DE JULHO

Então, a vida em Netherfield é assim:

Acordo cedo, porque o sono nunca foi tão bom com lençóis de algodão egípcio de três mil fios.

Desço para a sala de café da manhã (sim, tem uma sala só para isso) e encontro um bufê já arrumado com café bem quentinho (e lattes!) e todos os tipos de ovos com bacon já conhecidos e ainda desconhecidos.

Fico não-tão-secretamente feliz por ser a primeira a descer, porque isso significa que posso sair de casa para a biblioteca sem ter que passar pela conversa fiada de quatro pessoas diferentes me perguntarem quatro vezes separadas se eu dormi bem. Além do mais, eu gosto de ler as notícias no celular enquanto bebo um mocha latte. Sou a versão do século XXI do meu pai.

Estou na minha leitura matinal das notícias há apenas dezessete segundos quando minha solidão é interrompida pelo outro morador de Netherfield que acorda cedo e que aparentemente estava na academia da casa, a julgar pela roupa nada presunçosa: Darcy.

Se ele ficou surpreso ao me ver, não demonstrou. Num esforço para ser educada e em respeito à nossa coabitação forçada, eu o cumprimento.

— Bom dia — digo.

— Bom dia — ele responde. Depois de um momento constrangedor, continua: — Dormiu bem?

— Muito bem — respondo. — E você?

— Também. — Ele faz um sinal de positivo com a cabeça. Depois de mais um instante me encarando, como se não conseguisse entender como eu tenho coragem de existir, ele pega uma xícara de café e sai da sala.

Leio um pouco sobre as notícias mundiais e depois sobre celebridades e seus hábitos no Twitter, terminando o latte. Depois, pego minha bolsa e vou para a biblioteca, perdendo por pouco a felicidade sonolenta mas de olhos brilhantes da Jane e do Bing se cumprimentando na sala de café da manhã.

Estudo. Dou aulas de reforço. Estudo.

Volto para casa e encontro uma noite já preparada de diversão, que pode ser um filme no cinema privativo da casa, uma refeição cinco estrelas preparada pelo chef pessoal da casa ou um teste beta de uma nova geração de videogame que só será lançada daqui a um ano. (Não sei como o Darcy conseguiu isso. Nem por quê. A Caroline diz que deve ser para o trabalho, mas, na minha cabeça, ele não faz muita coisa além de trabalhar em planilhas no computador enquanto o resto de nós se diverte um pouco. O que significa que eu estava errada sobre ele ser um investidor sem responsabilidades. Na verdade, ele é um workaholic chato e conservador sem personalidade.)

Vou para a cama. Sobre um novo jogo de lençóis de algodão egípcio, porque Deus me livre de dormir no mesmo lençol duas noites seguidas.

Tento não perceber quando o Bing escapa para o quarto da minha irmã no meio da noite e dá para ouvir os risinhos dela.

Até agora, repita tudo isso cinco vezes.

Não estou reclamando — afinal, isso é MUITO melhor que morar com minha mãe, meu pai e a Lydia na casa da tia Martha e da prima Mary —, mas eu definitivamente sou a vela no passeio do casal Bing e Jane. A Caroline e o Darcy também são velas, mas pelo menos já estavam aqui antes. Eles têm direitos de invasores.

Então eu fujo sempre que posso. Na maior parte do tempo, para a biblioteca, para dar aulas de reforço ou trabalhar na documentação dos meus vídeos para minha tese (mais uma vez, estou feliz pelos meus hábitos de escrita prolífica — este diário vai ser muito útil). Mas eu ando meio sozinha, porque, infelizmente, o verão de turnos duplos da Charlotte nas baias de edição e nos escritórios de administração já começou, e ela está trabalhando mais do que nunca. Na verdade, essa tarde foi a primeira que ela conseguiu escapar por tempo suficiente para a gente conversar tomando um café.

— Ai, meu Deus, que saudade de você! — gritei quando vi minha querida Charlotte entrar na cafeteria. Abracei minha melhor amiga, sem querer soltar.

— Também senti saudade de você — a Charlotte ofegou. — Mas agora estou com saudade de respirar.

Eu a soltei.

— E aí, como você está? — perguntei. — Me conta tudo.

É estranho, mas a Charlotte e eu nunca precisamos nos atualizar sobre a vida uma da outra. Mesmo sem a gente se ver durante uma semana, continuamos mandando mensagens de texto e no Twitter, e ela continua editando meus vídeos. Mas isso não é a mesma coisa que falar ao vivo ou, mais provavelmente, viver tudo juntas em tempo real.

Ela me contou tudo sobre o trabalho, sobre a irmã mais nova (que está surtando com as últimas novidades de *Doctor Who* e me faz desejar que minha irmã mais nova fosse um pouco mais parecida com a Maria — como resolver um problema como a Lydia?), e eu contei tudo sobre Netherfield.

— Está tudo bem. O Bing é ótimo...

— Claro.

— E até a Caroline está sendo legal.

— Ãhã — a Charlotte disse, sem conseguir esconder seu ceticismo. — Se você está falando...

— Ei, você viu o vídeo de segunda-feira. — Afinal, foi ela que editou.

— Verdade. E ela foi muito compreensiva com os vídeos.

— Então, qual é o problema?

— Não sei. — Charlotte deu de ombros. — Só acho que a Caroline sempre tem um motivo para fazer as coisas. Incluindo ser legal.

— Bom, talvez o motivo dela seja que a Jane e o Bing estão ficando sérios — comentei, dando à Caroline o benefício da dúvida que eu, admito, não tinha dado antes. — E ela quer que ele seja feliz. Você devia ver o modo como eles ficam juntos: a Jane pega um resfriadinho e o Bing simplesmente quer envolver minha irmã em cashmere e dar sopinha até ela melhorar.

— Ah, eu vi — respondeu a Charlotte. — Afinal, você filmou os dois.

Filmei mesmo. O vídeo que eu publiquei ontem incluía o sr. Bing Lee. A Jane estava realmente filmando uma carta em vídeo para Charlotte — e não apenas usando isso como desculpa para o caso de alguém interromper. E — pasmem! — o Bing interrompeu. Eles ficaram insuportavelmente fofos juntos, na filmagem, por uns três minutos.

Então, sem o conhecimento deles, eu publiquei.

— E o Bing realmente não sabe? — Charlotte perguntou.

— Não tem ideia — respondi, sorrindo. Mas o rosto dela estava meio preocupado. — Bom, como eu podia não publicar? — justifiquei. — Estamos falando do Bing nos vídeos há tanto tempo... Nos comentários, todo mundo ficava pedindo para ver o cara! — E, estranhamente, eles também têm fascinação por ver o Darcy. Mas isso nunca vai acontecer.

— Não te culpo — a Charlotte disse, dali a algum tempo. — Foi bom *demais* para não publicar. E a resposta foi fantástica, então que se danem os limites éticos!

Espera, o quê?

— Limites éticos? — perguntei.

— Sobre mostrar alguém nos seus vídeos, alguém que não tem nem ideia que eles existem. Ou que a vida amorosa dele é a diversão de milhares de pessoas.

Hum. Eu realmente não tinha pensado por esse ângulo. Eu só pensei que o Bing e a Jane juntos eram fofos demais para descartar.

E aí comecei a ter aquela sensação de buraco no estômago. Aquela que aparece quando talvez você tenha feito uma coisa errada e só tenha percebido agora. Como se você cortasse alguém na direção, mas não percebesse na hora. Ou como se você violasse terrivelmente a privacidade de alguém.

— Então, vamos pedir? — Charlotte perguntou. — Tenho vinte minutos até meu próximo turno nas baias de edição e preciso de cafeína.

Enquanto ela chamava o barista, eu não conseguia impedir uma única frase de ecoar várias vezes na minha cabeça. *Ai, caramba, o que foi que eu fiz?*

QUARTA-FEIRA, 18 DE JULHO

Mal consigo esperar para sair daqui. Não que eu não goste — é impossível não gostar de um lugar que tem margaritas à beira da piscina toda noite e a visita de um massagista duas vezes por semana. Mas a Jane e eu estamos aqui há quase quinze dias, e eu dou um pulo toda vez que meu celular apita, achando que são meus pais dizendo que a casa está pronta e que é hora de voltar para lá.

Minha impaciência para ir embora não se baseia no meu dilema ético de colocar online a adorabilidade do Bing, felizmente. A Caroline me fez sentir bem melhor sobre essa questão, porque ela diz que ele sabia que a câmera estava ligada, graças à armação de "mandar cartas em vídeo para a Charlotte", e que, como ele não se preocupou de ela ver o vídeo, já estava pronto para consumo semipúblico.

Além do mais, o Bing parece não prestar muita atenção na maioria das coisas não relacionadas à Jane, de qualquer maneira.

Ainda estou meio preocupada, mas também tenho que pensar no meu público e na sinceridade do meu projeto em vídeo. E, no mínimo, isso vai gerar um ponto interessante para análise na minha tese.

E não estou impaciente porque estou com saudade da minha família. Como eu posso sentir saudade da minha família quando minha mãe me liga todo dia para saber sobre a Jane e o Bing (claro, como se eu fosse contar para ela que encontrei a Jane saindo do quarto dele de pijama ontem de manhã) e a Lydia está fazendo seus próprios vídeos?

É isso mesmo. A Lydia está fazendo vídeos. Que tipo de monstro eu criei?

Na verdade, não são ruins. Eu vi alguns. São... fofos. Acho. A Lydia parece estar torturando a prima Mary, explorando o amor da internet por gatos e sendo ela mesma, um ser exagerado e movido a estimulantes. É engraçado, mas é bobo. Como uma comédia leve e purpurinada. Não exatamente substancial.

Não, minha impaciência pode se apoiar no lugar de sempre: nos ombros cobertos por cachecol de um certo William Darcy.

Mas agora chegou a um novo nível.

Porque, ontem à noite, o Darcy nos apresentou sua Lista.

Todos nós nos reunimos na "sala da família" como sempre, mas meio que nos separamos para fazer coisas diferentes. O Bing e a Caroline estavam tentando ensinar a Jane a jogar um jogo de cartas, mas ela nunca queria insultar ninguém ao não escolher a carta da pessoa, e isso gerou crises de riso.

— Esse jogo precisa de mais gente. — A Caroline suspirou. — Darcy?

Mas ele simplesmente recuou mais o queixo e manteve os olhos no computador. Como eu disse anteriormente, o Darcy não costuma participar em nada que envolva diversão, por isso ele tinha voltado às suas planilhas e ao seu cachecol hipster cuidadosamente arrumado.

Sim, ele estava usando cachecol. No verão. Na Califórnia. Dentro de casa.

— Lizzie? — A Caroline virou para mim. — Por que você não se junta a nós? Ah, mas você não gosta desse tipo de jogo, né? Você gosta mais de videogame?

— Gosto de todo tipo de jogo — respondi e levantei meu livro. — Mas, infelizmente, tenho que terminar isso.

— *Anna Karenina*? — Jane perguntou. — Lizzie, você já leu esse livro umas dez vezes.

— Eu sei, mas vou dar aula de reforço para uma aluna e preciso relembrar para ensinar a ela.

Acho que a maior indicação de que vivemos numa cultura extremamente competitiva é que os alunos que buscam aulas de reforço nem sempre estão procurando acompanhar as aulas, e sim buscando uma vantagem sobre os outros. Esse é o caso da maioria dos alunos para quem dou aulas de reforço. A aluna mencionada vai frequentar a turma de literatura avançada no outono e, no nosso distrito universitário, literatura avançada significa Tolstói. Então, em vez de passar o verão na praia e tendo uma vida social, ela está passando esse tempo na biblioteca comigo, tentando ser a primeira da turma.

102

— O pessoal agora lê Tolstói no ensino médio. — Bing sacudiu a cabeça. — Cara, todo mundo tem que ser tão perfeito hoje em dia. Deve ser exaustivo.

Eu me vejo sorrindo, pensando na minha aluna.

— Especialmente as meninas.

— Ah, as meninas sempre vão ter vantagem sobre os meninos quando se trata de eficiência. — Bing levantou as mãos. — Não vou nem discutir.

— Não conheço tantas mulheres eficientes — Caroline comentou.

— Sério, somos poucas e espalhadas.

— Do que você está falando? — Bing argumentou. — Todas as mulheres que eu conheci aqui são eficientes. Darcy, me ajuda.

A cabeça do Darcy nem levantou do computador.

— Sinto muito, mas tenho que ficar do lado da Caroline nessa questão.

Ela ficou orgulhosa.

— Viu? Eu te falei.

— Ah, vamos lá. As mulheres daqui têm graça e estilo. — Ele olhou para Jane nesse momento, e vi minha irmã corar. — Elas são engraçadas e agradáveis e conseguem calcular o saldo no talão de cheques. O que mais você quer?

— O problema é esse. O nível estabelecido é muito baixo. Algumas mulheres são consideradas eficientes se souberem dar gorjeta ao garçom e forem à academia duas vezes por semana. A julgar pelas mulheres que eu conheço, duvido que exista meia dúzia que realmente controle a própria vida com eficiência — o Darcy disse.

Sinto o sangue ferver só de lembrar dele falando isso.

— Então você deve ter uma opinião muito firme sobre o que constitui alguém eficiente.

Ele me olhou diretamente.

— Tenho.

— Ah — Caroline disse, sem perceber que estávamos nos encarando. — Tipo o quê, Darcy?

E aí ele começou a recitar sua Lista.

— Uma pessoa eficiente é alguém financeiramente responsável... e interessada em arte e cultura, além dos filmes-padrão de Hollywood ou da música pop. Alguém em forma e que se cuida. E também cuida dos outros, sendo educada e tendo uma natureza caridosa. Mas deve ser seletiva com as pessoas com quem passa seu tempo. Educação é importante, então ela deve ter, ou pelo menos estar buscando, um diploma avançado na faculdade, e fluência em mais de um idioma é muito importante nesse período. Assim como estar atualizada com assuntos gerais, e não estou falando de quem fez o que no reality show do momento. Esse não é um talento que deve ser buscado. — Ele fez uma pausa e pareceu pensar por um instante. — Ah, e ela deve ler muito, especialmente os clássicos.

Não sei o que foi mais fantástico: o fato de o Darcy me dizer tantas palavras de uma só vez ou o fato de ele estar falando sério.

A gente ouve falar de caras que têm exigências. A gente lê artigos sobre eles colocarem essas exigências em seus perfis de sites de encontros e depois ficarem chocados porque não conseguem conhecer ninguém... e a gente ri muito da raivinha deles. Mas eu nunca tinha conhecido um cara com esse tipo de lista. Ou, pelo menos, nunca tinha conhecido um cara disposto a admitir isso.

— Você disse que conhece seis mulheres que se encaixam nesses padrões? — perguntei diretamente.

— Eu disse que duvido que eu conheça seis.

— Imagino que você não conheça nenhuma.

— Eu conheço! — A Caroline aumentou a voz. — A Gigi, irmã do Darcy...

— Não existe nenhuma mulher no mundo que cumpra todas as exigências dessa lista. Na verdade — meus olhos foram até meu livro —, só consigo pensar na Anna Karenina. E ela é uma personagem de ficção.

— Anna Karenina? — Darcy perguntou, cético.

— Tolstói descreveu a mulher perfeita. Elegante, refinada, esperta nos círculos sociais. Na verdade, ela era a *sua* mulher perfeita. Até ousar ser ela mesma.

— E isso não funcionou muito bem pra ela, não é?

Senti os cantos da boca ficarem tensos.

— Não. Mas eu gosto de pensar que as mulheres não têm mais o hábito de viver e morrer pelo que as pessoas pensam delas.

Antes que Darcy pudesse responder, Caroline interrompeu, com a voz excessivamente iluminada:

— Ai, isso é tão chato. Bing, distribua mais uma rodada de cartas... ou, melhor ainda, quem quer um drinque? Tenho uma ótima receita de daiquiri com suco orgânico!

O Darcy pareceu feliz de volta para o seu computador, e eu fiquei feliz de encerrar o assunto. Mas isso não significa que consegui ler.

Não pude evitar repassar a lista na minha cabeça. Tentando imaginar a pessoa que passaria no teste. Certamente não seria eu. E, sinceramente, acho que eu tinha três — talvez — de todas as onze exigências.

Estou buscando um diploma avançado e leio muito. Quando se trata de linguagem, sou quase fluente em HTML. Mas o resto...

Jane é a caridosa e agradável. Eu tenho pavio curto, sou rápida demais na hora de ser sarcástica.

Quanto aos exercícios, não jogo tênis há anos.

Minha situação de empréstimos estudantis revela minha responsabilidade financeira.

Embora eu não seja fã da maioria dos reality shows, adoro *Top Chef*.

E quer saber? Às vezes eu gosto de ver o mais recente estouro de bilheteria com um pacotão de pipoca. Então pode me processar!

A lista do Darcy é absurda. Inatingível pelos padrões humanos — masculinos ou femininos. Mas, aparentemente, ele foi criado para esperar, no mínimo, a Mulher Maravilha como esposa em potencial.

E o que assusta é que ele provavelmente vai conseguir uma cópia razoável. Existe uma bolha de privilégios ilusórios na qual vivem as pessoas como o Darcy, então ele provavelmente vai encontrar alguém que queira tanto o status que ele tem a oferecer que vai se dobrar como um pretzel tentando marcar todos os itens da sua Lista.

É isso que o dinheiro dele vai comprar. Uma mulher perfeita, mas vazia.

A noite passada só fez solidificar minha opinião sobre o Darcy, e me deixou feliz porque nossas duas semanas de hospedagem vão terminar a qualquer momento.

Mal posso esperar para ir embora daqui.

SÁBADO, 21 DE JULHO

Ainda estamos aqui.

A reforma foi estendida. De acordo com minha mãe, e todos os programas de reforma que eu já vi, isso é normal. Sempre leva mais tempo do que o empreiteiro calculou.

Mas não consigo evitar a frustração com o fato de que *ainda estamos aqui.* Ainda temos que usar sutiã por baixo do pijama quando saímos do quarto. Ainda não temos permissão para servir uma tigela de cereais com passas no café da manhã a caminho da porta, para a cozinheira não achar que detestamos sua mistura de quinoa com cranberries. E ainda somos obrigadas a fazer atividades em grupo, para promover... sei lá. Uma tolerância maior por um certo idiota?

Não me entenda mal, o Bing e a Caroline são ótimos, mas tem um limite para o tempo que uma pessoa consegue se comportar de modo absolutamente perfeito sem se tornar psicótica.

Decidi passar o mínimo de tempo possível em Netherfield e, nos últimos dois dias, certamente consegui. Tenho minha cadeira confortável na biblioteca para trabalhar na tese e dar aula de reforço. Amarrei a Charlotte para obter mais vinte minutos de café e papo. E até fui ao cinema sozinha, comi um balde de pipoca e vi explosões gratuitas (seguidas de um drama de época britânico para limpar o paladar).

Mas os fins de semana são difíceis. Às vezes eu preciso de um dia para recarregar o cérebro. Além do mais, os fins de semana são a folga da Jane, e ela quer que eu fique com todo mundo em Netherfield — e é difícil dizer não para ela.

Mas é claro que, nos fins de semana, o Darcy também não tem para onde ir.

Hoje, curtimos uma tarde de preguiça. Eu estava na sala da família ajudando a Jane a fazer um pacote de lembranças para a Lydia. Todo mundo estava lá. A Caroline estava lendo seu iPad despreocupada, enquanto o Bing fingia tentar encontrar um jogo de futebol americano universitário na TV, mas estava concentrado demais em ver o que a Jane estava colocando no pacote para zapear entre os canais. Eu fiquei encarregada de enrolar as fitas. A Jane sabe que meus talentos artesanais são limitados e que me saio melhor quando me dão um trabalho manual básico.

O Darcy, claro, estava no canto mais distante possível da sala, digitando no notebook, como sempre.

— Nossa, quantos adesivos brilhantes de unicórnio — Bing disse, vendo as pilhas de adesivos colocadas no pacote.

— É, não consegui resistir. Todos têm a cara da Lydia. — A Jane franziu o nariz enquanto colocava tudo na caixa, com alguns batons e um sino de brinquedo para a Kitty. — Sinto falta da minha irmãzinha.

Meus olhos encontraram os da Jane. Acho que eu também sinto. Falta uma certa quantidade de caos e hiperatividade alucinada por garotos na minha vida nas últimas duas semanas.

— Falando em irmãs mais novas... — A Caroline se levantou num pulo, levando o iPad até o Bing. — Você viu o novo fundo do Twitter da Gigi? Foi ela que fez.

Bing deu uma olhada e mostrou para Jane.

— Muito bonito — a Jane disse. — Ela tem um olho bom para cores.

— Olho bom? — Caroline zombou. — A Gigi Darcy é *muuuito* talentosa. — Ela foi até o Darcy, no lado mais distante da sala, se inclinou sobre o teclado e digitou o endereço da web. — Viu? Estou em *êxtase*!

Ele suspirou.

— Eu já tinha visto. É muito bom.

— Você está escrevendo um e-mail pra Gigi? Diz a ela que eu adorei o novo fundo. É tão fofo!

— Vou falar para ela te ligar. Tenho certeza que eu não faria justiça ao seu entusiasmo.

Ainda estou meio perdida em relação à amizade da Caroline com o Darcy. Quando está com ele, ela não sai do seu pé — tenta fazer o cara se aproximar e ficar com a gente, jogar, elogiar o cabelo dela (que parece uma cortina de seda preta — como eu faço para o meu cabelo ficar assim?). Mas, quando está comigo, e especialmente nos vídeos, ela adora estimular minhas implicâncias com o Darcy. É como se ela não me deixasse manter minha opinião sobre ele guardada; ela quer que todo mundo saiba.

Talvez ela só esteja sendo uma boa anfitriã para o amigo do irmão. E expressando sua frustração com ele quando está comigo.

Mas, naquele momento, ela estava pendurada no braço da poltrona dele, tentando fazer o cara se aproximar do grupo. E ele parecia determinado a não fazer isso.

— Essa sua irmã vai fazer coisas maravilhosas. — A Caroline ofegou. — Tipo... ah! Talvez ela crie uma linha própria de bolsas! Você devia sugerir isso para ela.

— Não sei se a minha irmã tem muito interesse em bolsas. Acho que essa sugestão ficaria melhor vinda de você.

E voltou a digitar.

— Você é tão dedicado ao trabalho. Não consigo me concentrar quando estou fora do escritório.

— Ainda bem que você não tem o meu emprego.

Mais digitação.

— Nossa, você digita rápido — observou Caroline.

— Pelo contrário. Digito devagar, se for comparar.

— É? — Ela sorriu para ele. — Comparar com o quê?

— Com pessoas que não pensam no que falam. Elas simplesmente deixam tudo sair.

Bing soltou uma risada.

— Não se ofenda, Caroline. Essa foi pra mim. O Darcy responde meus e-mails corrigindo os erros de digitação. Larga esse notebook, cara. Ninguém mais está trabalhando. Isso é esquisito.

— Era por isso que eu estava trabalhando no meu quarto, até você insistir para eu descer. A única coisa estranha é você achar que não seria esquisito — Darcy disse.

— Achei que você precisava de uma pausa.

— Achou errado. — O Darcy voltou ao computador por um instante, depois levantou a cabeça de novo. — Quanto aos seus erros de digitação, você vai ser médico, Bing. É importante ser claro.

— Verdade. — O Bing sorriu e piscou para a Jane. — São poucas letras de diferença entre "Advair" e "Advil".

A Jane deu um risinho. Tenho que admitir que eu também. Todas as críticas que o Darcy fazia eram ignoradas pelo Bing.

Mas Darcy continuou sério.

— Não é só isso. Você podia ser menos... efusivo.

— É verdade. — A Caroline suspirou. — Meu irmão sempre disse o que estava pensando, sem nenhum filtro.

— E não acho que isso seja ruim — Bing retrucou.

— Nem eu — acrescentou Jane, toda meiga.

— Claro que não, Bing, você acha que é algo para se orgulhar — reprovou o Darcy. — Todos os erros de digitação e autocorreções ilegíveis são uma medalha de honra. Significa que você pensa tão rápido que não pode se incomodar em ter cuidado. E essa falta de cuidado deixa você vulnerável a ser usado.

Usado. Ele não precisou olhar para nós quando disse, mas eu sabia que ele estava falando de mim e da Jane *usando* o Bing enquanto a nossa casa está sendo reformada. Consegui não rosnar.

— Então, basicamente, o que você está dizendo é que o Bing é aberto demais e legal demais? — Caroline ergueu uma sobrancelha.

— Não existe isso. — A Jane apertou a mão do Bing, mas recuou um pouco. Aquela conversa estava ficando um pouco agressiva demais para ela, apesar de Bing ainda estar sorrindo.

— Tem uma pessoa nesta sala que estuda comunicações — Darcy disse abruptamente. — Talvez a gente possa perguntar a ela o que é melhor. — Ele manteve os olhos no computador, mas parou de digitar.

Todo mundo olhou para mim. Engoli em seco. Depois, dei minha opinião sincera.

— Acho que, entre as duas opções, ser uma pessoa aberta certamente é melhor.

O Darcy olhou para mim, e ficamos nos encarando.

— Moderação demais na comunicação é tão ruim quanto nenhuma. Se você for cuidadoso demais, nunca vai dizer o que sente de verdade. Ou sentir o que diz.

— Obrigado, Lizzie — disse o Bing. — E o que eu quero dizer agora é que acho que a gente devia visitar aquela vinícola que vimos outro dia. Agora que a Jane sarou do resfriado, podemos ir todos. O que vocês acham?

A Jane sorriu para ele, muito mais confortável com a mudança de assunto. A Caroline concordou totalmente com o plano da vinícola, falando sobre viajar com a capota do conversível aberta e planejando o que ia pedir para a cozinheira fazer para levar no piquenique. Enquanto isso, Darcy sustentou meu olhar por mais um longo segundo, até voltar para o teclado.

TERÇA-FEIRA, 24 DE JULHO

Quase no fim da terceira semana na Casa dos Lee, também conhecida como Netherfield, as coisas só ficaram mais esquisitas.

Hoje à noite, a Caroline me pediu para dar uma volta na sala.

Ela comprou uma pulseira fitness que apita quando ela fica sentada por muito tempo. O objetivo é estimular o movimento e a saúde. Se bem que o motivo para Caroline de repente ter decidido ficar em boa forma física está além do meu conhecimento: ela já é uma deusa macrobiótica.

Enfim, cheguei à sala íntima (ou será que era a sala de estar? Eu me lembro do Bing chamando de outra coisa, mas não sei do quê. São tantas salas!), e o Darcy e a Caroline estavam lá. Ele estava no computador — não vamos ficar chocados — enquanto ela falava com ele.

— ... disse que ser aberto é melhor, então ela obviamente não se importaria. Sua casa ficaria repleta de cunhadas. — Caroline estava falando isso para um Darcy concentrado no computador e com os lábios pressionados.

— Sobre o que vocês estão falando?

— Ah, Lizzie! Venha se juntar a nós! — Caroline gritou, pulando e acenando para que eu me aproximasse.

— A Jane e o Bing ainda não voltaram? — perguntei. O Bing tinha adquirido o hábito de dirigir com a Jane para o trabalho de manhã e à noite. Só que, como ele não trabalhava, basicamente levava a Jane para todo lado. Isso dava aos dois um tempo juntos, muito necessário, e muitas vezes eles pegavam o caminho mais longo para casa, passeando por estradas campestres e dirigindo até a costa para ver o pôr do sol. Vou supor que isso não é um eufemismo, porque estamos falando da Jane. Ela realmente gosta de um bom pôr do sol.

Entrei e sentei ao lado da Caroline.

— Então, Lizzie... — ela começou.

— Então... Caroline.

— Como foi o seu dia?

— Ótimo — respondi, escapando da sua jogada de cabelo. Ela parecia estar com uma postura estranha. Como se estivesse tentando mostrar que era melhor que os outros. — Eu... terminei *Anna Karenina* com a minha aluna. Vamos começar *Guerra e paz*. — Eu também estava muito feliz comigo mesma porque tinha terminado o rascunho bruto da estrutura da minha tese. Se bem que eu não falo muito da minha tese na frente de ninguém daqui, já que existe a possibilidade de eu ter que explicar. O que significa que eu teria que contar a eles dos vídeos, e isso não ia terminar bem.

— Que bom pra você e que bom pra sua aluna!

— Obrigada — eu disse. — Bom, eu preciso ler. — De novo. Mais um pouco.

— Não deixe a nossa presença te afastar — Darcy resmungou de trás do computador. — Se quiser ler aqui, não vamos te incomodar.

— Claro! — Caroline concordou imediatamente. — O Darcy tem trabalho pra fazer, e eu também. Vai ser tipo... uma sessão de estudos.

E, com esse convite sedutor, sentei no sofá e comecei a ler.

Darcy voltou a digitar e a ignorar tudo.

Mas a Caroline não começou a trabalhar com a mesma facilidade. Qualquer que fosse o seu trabalho, duvido que envolvesse o Twitter, que foi o que eu vi na tela quando espiei por sobre seu ombro.

— Ai, meu Deus, Darcy, você precisa ver essa foto horrível de bebê que o nosso amigo publicou.

Ele não levantou o olhar.

Caroline soltou um suspiro, encontrando meu olhar com um sorriso frustrado. Acho que o Darcy a estava perturbando o dia todo.

— Isso não é divertido? — ela perguntou para ninguém específico, rompendo o silêncio de novo. — Não consigo imaginar um jeito melhor de passar a tarde nesta cidade.

Sorri para ela, tentando ser simpática, mas logo voltei a ler. O único som do ambiente era o tec-tec das teclas do Darcy. (Ele digita com muita força. Deve comprar teclados em dúzias.) Até, claro, a pulseira da Caroline apitar.

— Ah! — ela exclamou, levantando-se num pulo. — Hora de andar! Então começou a andar por toda a sala, num círculo amplo. Era meio estranho, mas as pessoas fazem coisas estranhíssimas para ficar em forma.

— Lizzie! — Ela se aproximou de mim. — Vem comigo! Vem, é muito bom se mexer depois de ficar sentada por tanto tempo. Vamos dar uma volta na sala.

Um pedido ligeiramente esquisito, mas, por outro lado, ninguém quer parecer bobo sozinho. Então eu pensei que diabos e me juntei a ela em mais um círculo ao redor da sala.

— Eu sabia — ela sussurrou para mim. — Eu sabia que, se nós duas começássemos a andar, o Darcy ia ter que parar de ser tão grosseiro e tirar os olhos das "tarefas" dele.

Dei uma olhada de relance para ele. Sim, pela primeira vez naquela noite, ele havia desviado os olhos do computador e estava nos observando. Na verdade, tinha até fechado o computador.

— Quer se juntar a nós, Darcy? — a Caroline perguntou com doçura quando passou por ele.

— Não, obrigado.

— Por que não? Vai ser bom pra você.

— Porque estou percebendo seus motivos, Caroline.

— Motivos? — ela perguntou, ofegante. — Eu? Lizzie, do que ele está falando?

— Tenho certeza que eu não sei — respondi, tentando ficar de fora.

— Vocês duas estão juntas para compartilhar segredos ou sabem que essa caminhada sem rumo pela sala serve para se exibir. — Ele entrelaçou os dedos sobre o notebook fechado. — Se for a primeira opção, eu vou atrapalhar. Se for a segunda... a visão daqui está ótima.

Espera... O Darcy acabou de dizer que estava analisando a gente? Não sei se eu deveria me sentir insultada, elogiada ou chocada... Decidi optar por ficar chocada. Chocada por ele ter fechado o computador. Chocada por ele ter falado uma coisa ligeiramente maliciosa. Chocada porque ele estava olhando para mim quando falou isso.

Aparentemente, não fui a única que se sentiu chocada, porque o queixo da Caroline caiu, e ela deu um gritinho.

— Darcy! Como você pode dizer uma coisa dessas?!

— Eu só estava sendo sincero. Dizendo o que eu sinto.

Bom, eu também podia dizer o que estava sentindo.

— É meio pretensioso você achar que íamos nos exibir pra você.

— É mesmo! — Caroline concordou. (Apesar de ela meio que ter admitido para mim que a ideia era realmente essa.) — A gente vai ter que te punir por isso.

Eu realmente queria ter rido dele. Sério, a arrogância dele era tão cômica que alguém provocar o cara talvez o fizesse baixar um pouco a bola e ficar mais suportável. No entanto, não foi isso que eu fiz.

— Não vamos fazer isso — eu disse rapidamente, tentando afastar Caroline. — Afinal, só ia alimentar a vaidade e o orgulho dele.

— Você quer dizer que vaidade e orgulho são pontos negativos? — O Darcy inclinou a cabeça de lado, a boca assumindo o franzido característico.

— Só estou sendo sincera.

Ele pareceu pensar por um instante.

— A vaidade não é um dos meus pontos negativos.

Optei por não apontar sua afinidade com a estética hipster exemplificada pelas boinas de jornaleiro e os cachecóis usados dentro de casa.

— Mas o orgulho é — eu disse, desistindo da enganação de andar num círculo e parando diretamente na frente dele.

— O orgulho não é um ponto negativo. O orgulho é conquistado.

— Conquistado? — Cruzei os braços sobre o peito, sem acreditar no que estava ouvindo.

— É legitimamente permitido alguém ter orgulho de seu trabalho árduo e de seu sucesso.

— E desdenhar daqueles que se recusam a ter os mesmos padrões? Ele deu de ombros.

— Costumo estar mais que disposto a dar às pessoas o benefício da dúvida no início, mas, sim... quando elas perdem a minha boa opinião, não tem volta. É para sempre.

— Então você é perfeito. E não tem defeitos — eu disse, sarcástica.

— Exceto pelo maldito mau humor, que combina com a arrogância e com o orgulho. Pelo menos tudo combina em você.

— Eu nunca falei nada disso. Para alguém que prefere a abertura à moderação na comunicação, você parece muito disposta a entender errado tudo que estou dizendo.

— Não dá para entender mal *de propósito*. Um mal-entendido, por sua natureza, não tem intenção...

— Bing! Jane! — Caroline gritou, ouvindo o barulho da porta da frente com seu sonar de morcego. — Bem na hora, estamos famintos!

E, com isso, ela agarrou meu braço e me arrastou para fora da sala para encontrar o Bing e a Jane no saguão.

— Ai, meu Deus... Mal posso esperar para ver seu vídeo sobre essa discussão — Caroline sussurrou para mim, toda alegre, quando saímos da sala. Mas eu não estava sentindo isso.

Talvez a gente esteja aqui há muito tempo, talvez minha frustração com Darcy tenha chegado a um ponto em que eu posso pegar fogo de raiva ou posso deixar pra lá, mas, sinceramente, aquela briguinha não foi nada incomum para ele. Sei que ele é um arrogante. Sei que não nos damos bem. Esses são fatos concretos.

Por que continuar batendo na mesma tecla?

SÁBADO, 28 DE JULHO

Isso está ficando ridículo. Ter que ficar aqui. Mas minha mãe diz que os empreiteiros continuam encontrando coisas para mexer, adiando a data do término. Na verdade, ela também parece bem chateada com a situação. Então, em vez de estar no meu quarto, confortável e feliz, tenho que jogar uma nova rodada do jogo Mais um Sábado, Mais um Encontro Casual com Darcy.

O encontro casual de hoje aconteceu na sala de recreação. (Que não deve ser confundida com o lounge, a sala da família, a sala íntima, a sala de estar, o cinema ou o conservatório.) Eu precisava de uma TV de tela grande. Como parte do trabalho para minha tese, quero comparar e contrastar meus vídeos com os de outros videobloggers, então eu precisava assistir a uns filmes online numa tela grande para poder analisar direito.

Eu poderia ter usado a TV do lounge, mas a Jane e o Bing estavam lá. Eles teriam sido absolutamente receptivos, mas eu não queria incomodar. Eles pareciam tão felizes juntos. Estavam vendo algum programa de moda, a Jane com as pernas sobre as do Bing, e os dois dando risinhos por causa de alguma piada interna contada em um volume que só eles podiam ouvir.

O Bing parecia estar numa bolha de felicidade. E a Jane... A Jane parecia estar em casa. Como se aqui fosse seu lugar.

Eu não ia interromper essa cena, então fui para a sala de recreação, onde encontrei Darcy ajoelhado perto do console de entretenimento.

— Ah, desculpa — eu disse e me virei para sair.

— Não, tudo bem. Eu já terminei. — Ele se levantou, e eu fiquei onde estava. Houve aquele impasse constrangedor obrigatório. Por fim, ele quebrou o silêncio limpando a garganta. — Você precisa de alguma coisa?

— Só da televisão — respondi. Como ele não se mexeu ou, você sabe, não fez nada, expliquei: — Preciso passar uma coisa do meu computador na tela. Coisa da tese.

Ele fez um sinal de positivo com a cabeça.

— Posso te ajudar com isso.

— Não, tudo bem, eu consigo... — Mas, antes que eu pudesse falar mais alguma coisa, ele já tinha pegado o cabo para o computador (meu computador é velho e ultrapassado demais para fazer um streaming sem fio) e enfiado na entrada certa da TV.

E depois me deu.

— Obrigada — murmurei. Conectei o computador e abri um vídeo de música inócuo. Só para confirmar que a conexão estava funcionando. Eu não ia abrir nenhum vídeo que fosse minimamente relacionado à tese na frente dele. Isso levaria a perguntas sobre o assunto da tese e... pois é. Não quero que meus vídeos sejam conhecidos. (Por sorte, a maioria dos meus vídeos e dos arquivos associados não estava nesse notebook, mas num HD separado. Eu sei como manter meus assuntos em segredo.)

Apertei play. Uma música pop animada encheu o ambiente.

— A imagem e o som estão bons? — ele perguntou.

Fiz que sim com a cabeça. Ele remexeu os pés e pigarreou.

— Ei, já que você é ligada em assuntos de áudio e vídeo, o que você acha desses alto-falantes? Eles têm um sistema de distribuição em duzentos e setenta graus, proporcionando um som realmente estereoscópico.

— Sua voz ficou excessivamente prepotente. Como se estivesse prestes a provar que ele era o máximo. — Eu que instalei.

Tentei não revirar os olhos.

— A qualidade do som? Medíocre, na melhor das hipóteses. — E era mesmo. Mas isso podia ter mais a ver com o fato de que eu estava tocando um vídeo online do que com as caixas de som, mas tudo que eu possa fazer para baixar um pouquinho a bola dele vale a pena.

— Ah, é. Verdade. — Ele fez sinal de positivo com a cabeça, sem querer ser criticado. — Você já ouviu um gramofone tocando? Tem um som muito interessante. Na verdade, eu prefiro a autenticidade e a sensação rústica dele a de caixas de som enormes como essas... O gramofone é mais pessoal.

— Se você está dizendo... — Foi tudo que consegui comentar. Eu não entendia por que ele ainda estava parado ali, vendo garotos britânicos cantarem sua única música de sucesso para garotas bem iluminadas e excessivamente emotivas na tela.

— Essa música é... sugestiva. Ouvi dizer que é popular. Boa para dançar.

Bom, o que eu devia falar depois disso? Então só fiz um sinal de positivo com a cabeça e continuei a assistir.

— Você gosta desse tipo de música, não é? Foi o que a Caroline disse. Não que a gente converse sobre você, mas... — Ele soltou a respiração, incapaz de fazer outros comentários sobre o que ele obviamente achava uma atrocidade acústica apresentada na tela. — É, hum, música dançante.

Como eu não respondi, ele repetiu, um pouco mais alto:

— Eu disse que essa música... é muito boa para dançar. Não é?

— Ah, eu ouvi da primeira vez — eu disse. — Mas não sei como responder. Ou você quer que eu admita que gosto dessa música, pra você poder zombar de mim por gostar dela e por gostar de dançar, ou você quer ver se consegue me fazer rejeitar alguma coisa que eu gosto só pra não provocar a sua ira.

— Essa... não foi minha intenção.

— Ah, nem vem. Eu sei que você só está dizendo isso para poder ridicularizar os meus gostos. Eu prefiro não te dar esse prazer, então pode me odiar de qualquer maneira. Se tiver coragem.

Darcy colocou as mãos nos bolsos e afastou o olhar. Depois falou com tanta suavidade que achei que eu não tinha ouvido direito:

— Eu não teria coragem de te odiar.

Ouvi alguém pigarrear atrás de nós.

— Oi, Lizzie — a Jane disse da porta, com a mão entrelaçada na do Bing. — Viemos ver se você queria usar a TV do lounge.

— Jane — sibilei, fechando o notebook e indo em direção a ela. — Há quanto tempo vocês estão aí?

— Tempo suficiente. —Bing sorriu para mim, e Jane ergueu a sobrancelha de um jeito conspiratório.

Sério, entre a superequipe Jane/Bing e os encontros casuais constantes com o Darcy, mal posso esperar para voltar para casa.

Por favor, por favor, que seja logo.

SEGUNDA-FEIRA, 30 DE JULHO

Sem nennum motivo, a Jane está agindo de um jeito meio estranho. Apesar de ela estar muito feliz aqui em Netherfield (sim, ainda estamos aqui. Meu Deus, isso nunca vai acabar. Vamos ter que nos mudar para cá... o que significaria que o plano intricado da minha mãe funcionou, e eu não posso deixar isso acontecer. Isso só ia encorajá-la), de repente ela ficou um pouco... retraída. Só percebi porque conheço muito bem os Diversos Humores de Jane Bennet (marca registrada da Charlotte), mas um sinal importante foi quando ela pediu ao Bing para deixar que ela mesma dirigisse até o trabalho hoje de manhã. O passeio de fim de tarde para ver o pôr do sol foi cancelado, e ele ficou triste o dia todo.

Tentei conversar com ela sobre isso hoje à noite, mas ela só disse que estava com um pouco de saudade de casa. O que certamente não pareceu ser verdade ontem.

Embora eu normalmente admire um bom mistério, acho que devia dar um pouco de espaço para Jane nessa situação. Deus sabe que ela pode estar falando a verdade. Afinal, todos nós temos limites. E o fato de a Jane ter aguentado até agora é uma prova da sua boa natureza.

QUARTA-FEIRA, 1º DE AGOSTO

Estamos em casa! Voltamos fugidas! Hoje de manhã, a Jane passou de carro pela nossa casa e encontrou o empreiteiro, que disse que poderíamos ter voltado UMA SEMANA atrás. Então, a Jane e eu fugimos correndo de Netherfield e voltamos para nossa casa recém-reformada.

Que se parece muito com a nossa casa anterior, não reformada. Sério, nem mesmo os armários da cozinha, que aparentemente agrediram minha mãe a ponto de ela inventar esse esquema, foram trocados.

Não contamos à minha mãe, nem ao meu pai, nem à Lydia que íamos voltar para casa até ligarmos para eles do telefone fixo, algumas horas depois de nos instalarmos. Foi uma conversa divertida.

— LIZZIE, O QUE VOCÊS ESTÃO FAZENDO NESSA CASA, PELO AMOR DE DEUS, NOSSO SENHOR? — A voz da minha mãe atingiu um tom que apenas cachorros e filhas eram capazes de ouvir.

— A gente mora aqui, mãe, esqueceu?

— Essa... essa casa não está pronta! É perigoso vocês ficarem aí! Você e a Jane devem voltar pra casa do Bing agora mesmo! Diz pra eles que vocês se enganaram e que a casa ainda não está pronta...

— Bom, isso vai ser difícil, porque já desfizemos as malas.

— Lizzie! Você! Isso é! Eu...! — As frases da minha mãe se transformaram numa série de gritinhos agudos, até eu ouvir um barulho e, de repente, meu pai estava na linha.

— Bom, Lizzie, é verdade que a casa está tranquila? — meu pai perguntou.

— Sim, exceto pela geladeira vazia, está tudo normal — respondi. — A Jane e eu vamos pedir uma pizza pro jantar.

— Excelente. Abacaxi na minha. Vemos vocês daqui a algumas horas.

Antes de ele desligar, ouvi o início do lamento fúnebre de desespero da minha mãe.

— Como foi? — a Jane perguntou quando saiu do quarto dela.

— O papai quer abacaxi na pizza dele. Dê graças a Deus porque não somos a Lydia e não vamos ser obrigadas a estar no carro com a mamãe no caminho de volta para casa.

Levantei o olhar. A Jane estava sorrindo, mas tinha os olhos úmidos.

— Jane? — perguntei, preocupada. — Você andou chorando?

— Não — ela me garantiu, abanando os olhos para secar. — Eu... Eu só estou feliz de voltar para casa. Você não?

Considerando que, se eu precisasse aguentar mais uma noite do Darcy me encarando, ia fazer alguma coisa violenta e, ao voltar para casa, consegui escapar de ser condenada criminalmente? Sim. Estou muito feliz de estar em casa.

Mas esse não era o motivo dos olhos inchados da Jane nem das suas fungadas. E, quando ela recostou a cabeça na porta do banheiro, decidi pressionar minha irmã.

— Jane... — chamei, me aproximando com cuidado. — O que foi? Tem alguma coisa errada?

— Não tem nada errado, Lizzie — ela respondeu. — Eu só estou... muito aliviada.

— Com o quê?

— Eu finalmente fiquei menstruada.

QUARTA-FEIRA, 1º DE AGOSTO — DE NOVO

É tarde da noite, e a casa finalmente se acalmou. *Eu* finalmente me acalmei. Porque enfim tive chance de conversar com a Jane.

Claro que eu queria fazer um interrogatório imediatamente depois da declaração UAU que ela tinha feito. Mas infelizmente ela fez a declaração pouco antes de uma batida na porta. A Charlotte tinha visto os nossos carros na entrada ao passar e tinha voltado para ver se estávamos em casa. E eu teria continuado se fosse só a Charlotte, mas ela estava com a irmã mais nova, Maria, que me prendeu numa conversa sobre a última temporada de *Doctor Who*. E a pizza chegou. E minha mãe, meu pai e a Lydia chegaram.

Minha mãe, claro, não ficou feliz de nos encontrar em casa com a pizza na mão, mas ela também sabia que a farsa tinha acabado e, por isso, cedeu ao fato de querermos voltar a morar em casa, com a quantidade esperada de decepção.

Mal sabia ela.

Tivemos que arrumar a casa. (Metade das coisas da cozinha estava nos quartos. Eu não precisava ser acordada no dia seguinte pela minha mãe procurando a máquina de waffle.) Então, depois de pôr em dia as novidades da família, descobrir a confusão que a Lydia aprontou enquanto estava longe — aparentemente, os adesivos que a Jane mandou para ela foram úteis —, fazer trabalho braçal e desfazer as malas, todos se despediram para dormir e eu finalmente fiquei sozinha com a Jane de novo.

— Não é nada de mais, Lizzie — ela sussurrou, enfiada entre travesseiros na própria cama.

— Me desculpa, mas eu acho que é algo de mais, sim... ou poderia ter sido — respondi, e sem sussurrar, o que fez a Jane me mandar falar baixo. — Desculpa.

— Só para você saber, a gente sempre tomou cuidado — ela disse.

— Eu nunca pensaria o contrário — afirmei. O Bing estuda medicina. Claro que ele insistiria em tomar cuidado. E a Jane é a Jane. Ela pensa demais em si mesma e nos outros para ser arrebatada por uma paixão sem camisinha.

— Mas eu estava esperando ficar menstruada no domingo e, como não desceu, fiquei meio preocupada.

Meio preocupada. Preocupada o suficiente para decidir, na segunda-feira, que ia sozinha para o trabalho, deixando Bing no vácuo. Preocupada o suficiente para, hoje de manhã, passar pela nossa casa para ver se a gente precisava ficar mais tempo em Netherfield.

— Mas não importa, agora — ela continuou. — Porque não tenho nada com que me preocupar.

— O que você teria feito? — perguntei depois de um instante. — Se... A Jane olhou para a janela.

— Estou muito feliz por não ter que pensar nisso.

— O que o Bing disse? — perguntei. — Ele tentou te pressionar ou...

— Não. Claro que não. — Ela mordeu o lábio. — Eu não contei para ele.

Pisquei, surpresa.

— E vai contar?

— Acho que não... Acho que ele não ia conseguir processar isso agora. — Antes que eu pudesse perguntar o que ela queria dizer com isso, ela deu de ombros. — Além do mais, não tem nada para contar. Fiquei meio preocupada por setenta e duas... não, quarenta e oito horas. Só isso.

Mas o Bing tinha notado a preocupação. Ele me perguntou a respeito. Eu disfarcei dizendo que a boa natureza da Jane por ser obrigada a ser hóspede na casa de outra pessoa estava se esgotando, mas acho que eu só estava projetando nela meus sentimentos com a duração excessiva da nossa estadia. Eu devia ter percebido que seria necessário muito mais que isso para preocupar a imperturbável Jane.

— Eu entendo — comentei. — Eu também teria surtado. Isso definitivamente não é o que eu quero da vida: engravidar ainda solteira e morando com a mamãe.

A Jane sorriu, mas depois balançou a cabeça.

— Não foi isso que me assustou, Lizzie. Quer dizer, não é isso que eu quero da vida também. Pelo menos não agora. Talvez daqui a uns dois anos... — Ela deixou o pensamento enfraquecer, antes de sacudir a cabeça para afastar a ideia. — No momento, eu quero trabalhar e conhecer lugares e pessoas interessantes. Mas o que me assustou mais foi... se *fosse* para acontecer, eu queria que acontecesse com o Bing.

— Queria?

— É. — Ela deu um largo sorriso, admitindo para mim seu segredo mais profundo. — Ele é tão... Ele simplesmente se encaixa. Faz sentido?

Fiz que sim com a cabeça, porque não estava conseguindo falar.

— Então, se acontecesse, seria assustador e mudaria *tudo*, mas também seria legal, porque seríamos nós dois passando por isso juntos. — Ela fungou um pouco, os olhos ficando molhados de novo. — Eu não percebi que podia acontecer tão rápido. Esse... sentimento. E isso me assustou um pouco.

Uau. A Jane está amando. Todos os olhares, toda a especulação que eu estava animadamente fazendo, não eram nada em comparação com essa confissão. Ela ama o Bing. Nem mesmo quarenta e oito horas de preocupação poderiam acabar com isso. Na verdade, só fizeram aumentar.

Eu não tinha uma resposta (o que é muito esquisito para mim), então simplesmente me inclinei e abracei minha irmã.

— Espero que não seja um abraço de pena — ela disse no meu ombro.

— Não, é um abraço de felicidade — respondi. — Estou feliz pelos seus sentimentos pelo Bing, e muito feliz porque suas quarenta e oito horas de preocupação terminaram.

Ela deu um risinho.

— Eu também.

Ficamos assim por um tempo e só nos separamos quando o celular dela tocou.

— É o Bing — ela disse, olhando para a tela. — Ele provavelmente só quer dizer boa noite.

Não perguntei de novo se ela ia contar para ele. A Jane já tinha tomado uma decisão em relação a isso.

— Vou deixar vocês dois sozinhos, então — eu disse, saindo da cama. — Boa noite.

— Boa noite, Lizzie. — Ela sorriu. — Você pode me fazer um favor?

— Qualquer coisa — respondi, já com a mão na maçaneta.

— Não... não conta para ninguém sobre isso, tá? — ela pediu, com o telefone ainda tocando na mão.

— Claro que não! — respondi. Se eu contasse para alguém... minha mãe ia surtar e começar a planejar o casamento. A Lydia ia contar para o mundo inteiro. Não tenho certeza nem se poderia confiar na Charlotte em relação a esse assunto, e eu confio nela para tudo.

E nem pensar em falar nisso nos meus vídeos. O mundo não precisa saber de todos os detalhes das irmãs Bennet. Algumas coisas são pessoais demais, importantes demais para o consumo de massa.

— Só... finge que isso nunca aconteceu — ela disse. — Porque, na verdade, não aconteceu.

Fiz que sim com a cabeça. Quando fechei a porta atrás de mim, ouvi a voz da Jane se suavizar de amor quando atendeu o telefone.

— Oi, Bing... Também estou com saudade...

SEGUNDA-FEIRA, 6 DE AGOSTO

Já estamos em casa há alguns dias e conseguimos voltar a uma certa normalidade. A Charlotte e eu passamos o fim de semana todo juntas — eu nunca tinha pensado muito nisso, mas a nossa amizade realmente se apoia no fato de a gente morar na mesma rua e poder se encontrar em horários estranhos por causa disso. Chega de encontros rápidos na cafeteria. Chega de conversar via webcam. A gente simplesmente aparece na casa uma da outra, como filhas postiças das nossas famílias.

Não consigo imaginar o que aconteceria se uma de nós se mudasse para longe da outra. O que é mais assustador ainda, porque pode acontecer relativamente cedo. Estamos arrumando nossos horários para o último ano da pós-graduação — a matrícula é na próxima semana. Mais um ano e, depois... o mundo real.

Mas, neste momento, estou feliz por estar de volta ao meu mundo real.

Lydia, evidentemente, ainda é a Lydia — borbulhando por causa de suas aventuras com a Mary e investigando a Jane para saber os detalhes do mês que ela passou com o Bing. A Jane está lidando bem com a coisa — as quarenta e oito horas de preocupação se desmanchando lentamente, enquanto os vinte e oito dias anteriores de maravilha continuam fortes em sua mente. Para mim, no entanto, a sensação ardente de saudade da minha irmã mais nova e de curtir sua energia se esgotou em dois dias, e agora voltei a ficar mais ou menos perplexa com ela, balançando a cabeça de um jeito melancólico com seus surtos.

Minha mãe está de volta a seu eu normal: murmurando, cozinhando, fazendo perguntas passivo-agressivas sobre a vida amorosa das filhas. Isso só pode significar uma coisa. Que ela atualmente está pensando no próximo Plano Intricado. E tenho quase certeza que estou envolvida nele.

Assim como Ricky Collins.

Sim, meu prometido do segundo ano e recente encontro casual desagradável na VidCon apareceu na nossa porta no sábado. Ele está na cidade para ajudar a mãe a se mudar — ela decidiu que gosta da Flórida e que é o lugar perfeito para se aposentar. Como ela deixou as chaves de casa com meus pais, para eles ajudarem a ficar de olho no local, faz muito sentido ele passar aqui em casa primeiro.

Faz menos sentido o fato de minha mãe dar um abraço apertado no cara e convidá-lo para jantar. Mas, quando vê um jovem na idade de casar — noivo ou não —, ela não o deixa escapar de vista.

E, é claro, ela fez o Ricky sentar do meu lado.

— Bom, vocês dois têm taaanta coisa em comum — minha mãe disse enquanto servia sua famosa torta de carne inglesa. — Você está estudando... alguma coisa de comunicações, e o Ricky, ah, me desculpa, o *sr.* Collins tem uma empresa que trabalha com comunicações... — E deu um risinho como se fosse adolescente. — Claro que vocês vão encontrar *milhões* de coisas para conversar.

É nessas horas que eu adoro meu pai. Porque ele tem tato, e o cuidado de saber quando usá-lo.

E quando não usá-lo.

— Então, acho que devemos te parabenizar pelo recente noivado, senhor... hum, Ricky — disse meu pai, ganhando um olhar da minha mãe e um pedaço especialmente pequeno de torta.

— Ah, sim! Obrigado, sr. Bennet. Estou extremamente satisfeito porque minha querida noiva concordou em ser minha companheira para a vida toda — Ricky disse de um jeito tão alegre que pedacinhos de purê de batata foram parar na sua barba ao estilo George Lucas. (A definição de uma barba ao estilo George Lucas é aquela que indica uma maturidade que as feições infantis ou o aspecto inocente de uma pessoa podem contrariar. Ver também: falta de queixo.)

— Isso é tão meigo. — A Jane sorriu. — Como foi que vocês se conheceram?

— Nós nos conhecemos entre as sinapses elétricas da rede mundial de computadores! Foi uma experiência incrivelmente animadora e educativa pra mim, e eu gosto de pensar que foi assim para nós dois. Isso nos permitiu o tempo livre para conhecer um ao outro num nível íntimo sem as pressões sociais da interatividade pessoal.

Então ele conheceu a noiva online. Não é algo muito estranho nos dias de hoje e, como Ricky Collins pode ser demais para aguentar ao vivo, fazia muito sentido. Só que...

— Gosto de pensar que, na ocasião auspiciosa em que finalmente ficaremos frente a frente, teremos avançado tanto na nossa conexão pessoal que haverá pouca coisa necessária a dizer um para o outro.

— Espera... — A Lydia aumentou a voz. — Quer dizer que... vocês, tipo, não *se conheceram* ainda? De verdade?

O Ricky ficou furioso.

— Gosto de pensar que o encontro da nossa mente harmoniosa pela internet é, como você disse, "de verdade". Mas, se você está perguntando se nos conhecemos ao vivo, a resposta é não.

— Ai. Meu. Deus. — Ela deu um risinho abafado, pegando o celular. — Preciso ligar pra todo mundo que eu conheço.

Dei um tapa na mão dela e obriguei minha irmã a se acalmar.

— Tenho certeza que existe um motivo perfeitamente lógico para... eles não terem se conhecido ainda. — Apesar de eu não conseguir pensar num motivo no momento. Sério, como é que alguém pode saber se quer passar o resto da vida com uma pessoa se os dois ainda não ficaram juntos no mesmo ambiente?

Mas o Ricky se iluminou e virou o sorriso animado para mim.

— De fato existe, srta. Bennet! Minha noiva e eu infelizmente moramos a uma certa distância: eu lutando nas águas dos subúrbios do Vale do Silício, e minha noiva nas planícies selvagens e desertas ao norte de Winnipeg, em Manitoba! Somando isso ao trabalho árduo e à dedicação que preciso investir no crescimento da minha empresa, a Collins & Collins, encontrar tempo para viajar até o outro tem sido um desafio maior do que esperávamos.

Está vendo o que eu disse sobre ele ser um pouco exagerado ao vivo?

— Viu, Lydia — eu disse, tentando ser gentil. — Perfeitamente...

— E como minha principal investidora, a estimada Catherine De Bourgh, sempre disse, "o trabalho deve vir em primeiro lugar!", especialmente porque estou gastando o dinheiro dela para isso.

— Catherine De Bourgh! — minha mãe exclamou, exagerada. — Só pelo nome dá para perceber que é alguém importante... Que sorte a sua ela ter se interessado pela sua empresa.

— Sorte, de fato! — Ricky respondeu. — Ela é a mais prestativa de todos os capitalistas de risco! Ela me deu conselhos inestimáveis em todos os aspectos do meu negócio: quem contratar, o que produzir, onde alugar um escritório. Ela é a mais gloriosa mentora.

— Hum, claro — meu pai disse, pigarreando. — E o que a sua empresa faz? Collins & Collins, certo?

— Sim, o pequeno estipêndio que meu pai me deixou em testamento para investir na faculdade foi usado para financiar inicialmente a empresa, por isso eu achei que seria uma homenagem adequada dar o nome dele ao empreendimento.

— Mas o que ela *faz*?

— Ah! Produzimos conteúdo em áudio e vídeo voltado ao consumo por streaming, basicamente. Ou pelo menos vamos produzir.

— Vão? — perguntei. — Vocês ainda não começaram?

— Infelizmente, não tenho nem pessoal nem infraestrutura ainda, mas espero ter em breve. Vamos começar a produzir vídeos educativos de tarefas caseiras básicas mas complicadas para parceiros corporativos que fabricam produtos para o lar. Depois, com o tempo, vamos nos aventurar no mundo lucrativo dos reality shows de televisão! Embora eles sejam meio aculturados, como diz Catherine De Bourgh, "vender ao menor denominador comum é parte essencial de qualquer empreendimento que dá dinheiro"!

Então. Ele produz — ou vai produzir — vídeos corporativos idiotas do tipo "como fazer" com o objetivo de chegar aos reality shows da televisão. Só consigo pensar que, pelo aparente amor de sua capitalista de risco pelo menor denominador comum, os títulos serão algo do tipo *Gordos na Ilha Magra* ou *Noivas Malucas Acumuladoras*. Mas, em vez de desanimar com essas revelações, minha mãe simplesmente se inclinou e colocou a mão sobre a do Ricky, um gesto consumado de afeto (ou um gesto de "não vou te soltar").

— Quanta ambição! Abrir a própria empresa, ganhar dinheiro... E produzir áudio e vídeo! Não consigo entender a criatividade dos jovens de hoje. Você consegue, Lizzie?

— Bom, é claro que a srta. Lizzie consegue — Ricky respondeu antes de mim. — Afinal, ela é bem versada no campo dos vídeos online.

— É? — minha mãe perguntou, visivelmente confusa. Senti um arrepio subindo pelas costas. — Bem, eu sei que ela está estudando isso e tal...

— Sim, claro, os estudos. Mas também tem o projeto que ela e a srta. Lu estão desenvolvendo para...

— Ricky! — exclamei. — Quer dizer, hum, sr. Collins. Isso é meio... isso é chato. Então, me conta...

— Devo discordar, srta. Bennet! Você é...

— Meu Deus, Ricky — a Lydia interrompeu. — Ninguém quer ouvir sobre esse *trabalho* que a Lizzie está escrevendo durante o verão inteiro. Confie em mim: se a Lizzie diz que é chato, é porque é MUITO chato. Mas sabe o que *não* é chato? Ir ao Carter's! Não vamos lá há séculos!

— Carter's? Se eu me lembro bem, não é um lugar que serve bebidas alcoólicas? — O Ricky parecia horrorizado. — E você não é menor de idade?

— Ah, hum, eles não vendem bebidas pra mim — ela respondeu, com um olhar dissimulado para os nossos pais. — Eu só jogo os videogames.

— Mesmo assim, como diz minha capitalista de risco Catherine De Bourgh, "a juventude de hoje deve ficar vigilante se não quiser ter morte cerebral diante de todos os estimulantes e prazeres que puderem encontrar".

Conforme o Ricky tagarelava, principalmente sobre Catherine De Bourgh, um pouco sobre a noiva e, felizmente, sem tocar de novo no assunto dos meus vídeos, dei uma olhada para minha mãe. Ela parecia derrotada, mas não fora dessa briga específica.

No entanto, eu só conseguia balançar a cabeça e suspirar. Sinto muito, mãe. Mas o Rick está noivo e, mesmo que não estivesse, ele é meio extasiado demais por essa empresa obscura de vídeos online e por sua benfeitora arrogante para me notar.

Mais sorte na próxima vez.

SEXTA-FEIRA, 10 DE AGOSTO

Minha mãe não é do tipo que desiste tão fácil, ao que parece.

E daí que o Ricky está noivo? E daí que ele é um idiota polissílabo? Ele está aqui, é tecnicamente solteiro, e ela tem a única coisa para a qual ele não consegue dizer não.

Comida.

Quando está em dúvida, minha mãe arrasa com o livro de receitas.

Felizmente, ela desistiu do salmão e do cordeiro, poupando meu pai de um aneurisma induzido pelas finanças. Mas ela consegue fazer coisas fantásticas simplesmente com carne e batatas. Até agora, já comemos escondidinho de carne, torta de carne com maçã e queijo cheddar, espaguete com almôndegas caseiras e um repeteco mais bem-sucedido das bananas flambadas (a Lydia me disse que ela praticou na casa da tia Martha). Se minha mãe tinha alguma objeção a ter sido limitada à parte mais barata do espectro das carnes, ela não disse nada.

E o Ricky, pobre alma, mordeu a isca alegremente. Ele tem sido nosso convidado para jantar todas as noites essa semana. O argumento da minha mãe é que ele está na mesma rua e deve ficar tão cansado depois de empacotar a casa da mãe o dia todo que precisa se alimentar bem. Acho até justo... se alguma vez eu tivesse *visto* o Ricky fazer algum trabalho pesado. A maior parte das vezes, quando passo de carro pela casa da mãe dele no caminho para a biblioteca, eu o vejo sentado numa espreguiçadeira do lado de fora, falando ao telefone, enquanto rapazes com o uniforme de uma empresa de mudanças e com cintas que protegem a coluna fazem todo o trabalho duro. (Vamos agradecer pelo fato de a Lydia não ter sentido necessidade de passar por ali, ou ela atrapalharia totalmente o trabalho dos caras.) Esqueça o trabalho árduo, eu nunca vi o Ricky sem o terno grande demais.

E ele sempre vai até a nossa casa, com a aparente intenção específica de falar comigo. De se meter na minha vida — que inferno, de invadir o meu quarto! E eu não entendo isso. Não a parte básica da educação, embora eu também não entenda isso, mas esse negócio de ele estar sempre me rodeando. A Charlotte diz que devíamos ser mais simpáticas e talvez tentar aprender um pouco com ele — afinal, de todas as pessoas que conhecemos na VidCon, o Ricky é o único que está aqui. E eu nem entrei em contato com ele, como fiz com todo mundo de quem eu peguei cartões de visita. Ele simplesmente... apareceu.

No entanto, não sei o que eu poderia aprender com o Ricky... afinal, ele nunca fez um vídeo para a web, pelo que eu sei. Ele decidiu trabalhar com conteúdo online porque acha que é um mercado amplamente inexplorado — não porque gosta ou entende do assunto. Daí o desejo de criar vídeos corporativos e reality shows ruins para a TV.

Mas talvez seja o contrário. Talvez ele queira aprender sobre vídeos para a web comigo — afinal, ele sabe dos meus vídeos. Felizmente, com a intervenção da Lydia e uma discreta conversa depois do jantar, conseguimos fazer o Ricky não mencionar mais os vídeos na frente dos meus pais, mas agora... agora ele meio que acha que faz parte desse grande segredo.

Primeiro Caroline, agora Ricky Collins. As pessoas mais bizarras descobriram meus vídeos. Eu realmente não sei como me sentir a respeito disso, exceto que o Ricky nunca pareceu perceber que eu (e minha mãe) o chamamos de bundão nos vídeos. O que é bom, eu acho.

Eu só queria descobrir o que ele quer de mim. De nós. Além de várias refeições elaboradas que minha mãe produz durante horas e depois nos obriga a ficar na mesa até que o último prato seja servido, acompanhado de uma conversa dolorosamente educada. Quem mais fala é o Ricky, e principalmente sobre Catherine De Bourgh.

Eu queria descobrir isso antes que minha mãe leve a família à falência com suas refeições elaboradas. Eu espionei outra reunião sobre a hipoteca na agenda do meu pai (sim, eu adquiri o hábito de vasculhar a mesa do meu pai, e daí?) e, com isso e a reforma, fico preocupada de a falência chegar mais cedo do que eu imagino.

SEGUNDA-FEIRA, 13 DE AGOSTO

> Oi, boneca, quanto tempo! O que rola de novo por aí?
> — GW

Meu celular se iluminou como uma árvore de Natal hoje de manhã. A Kitty estava dormindo no meu peito e me encarou com raiva quando a tirei dali. Se a Kitty estava aqui, isso significava que a Lydia tinha acordado muito cedo naquela manhã para pegar o ônibus para a faculdade comunitária e escolher as matérias. Ela tinha sido obrigada a usar o transporte público desde que ficou entediada e decidiu aprender a fazer papel machê, deixando uma réplica em tamanho real de seu velho pônei, sr. Wuffles, no banco de trás do carro da minha mãe, onde ele derreteu.

Minha mãe não ficou feliz.

Nem a Kitty, quando a empurrei do peito para pegar o celular.

> Você deve estar dormindo, mas eu não podia esperar pra te contar que vou passar de novo pela sua área — espero que em breve! — GW

Meu coração acelerou um pouco. Fazia algum tempo que eu não tinha notícias de George Wickham. O emprego o fez sair da cidade, e ele se voltou para outras coisas, assim como eu. Verdade seja dita, eu não pensava muito nele... exceto uma ocasional lembrança sobre seus ombros surpreendentemente charmosos. Mas agora... ele estava me mandando mensagens de texto de novo. Interessante.

> Agora você está me ignorando, né? Só porque eu faço piadas ruins com morsas? — GW

Não consegui evitar que um sorriso se espalhasse pelo meu rosto.

> Não, é que você precisa dar tempo a uma garota para ela se recompor de manhã. :)

(Coloquei o emoticon de sorriso para reforçar. Mas depois me preocupei porque devia ter colocado uma piscada de olho.)

> Eu te peguei MESMO na cama, não foi? Uau, não pensei que você fosse do tipo preguiçosa. Minhas ideias preconcebidas estão sendo desafiadas.

> São oito da manhã. E você está acordado. As *minhas* ideias preconcebidas estão sendo desafiadas.

> O melhor horário na piscina é de manhã. Ninguém fica me encarando porque estou de sunga. Posso simplesmente nadar e não me preocupar em ser objetificado.

E agora eu estava imaginando o cara de sunga. Como foi que meu quarto ficou tão quente?

> Sinto a sua dor.

> Ah, é? Você também está de sunga e pronta pra mergulhar na água gelada?

> Não. Pijama de manga comprida coberto de pelo de gato.

> Sexy...

Ora, ora, ora. George Wickham estava mandando mensagens de novo, possivelmente voltando à cidade. Isso poderia ser uma ótima distração para a chateação eterna de Ricky Collins.

DOMINGO, 19 DE AGOSTO

— Tem certeza que quer colocar isso online?

A Charlotte se inclinou por sobre meu ombro, observando a reprodução do vídeo que eu tinha gravado hoje. Estou me balançando para frente e para trás, tamanho é meu choque e minha raiva. No vídeo de amanhã, eu ia contar como minha mãe é maluca e está tentando me empurrar para o Ricky — droga, ela até falou em eu ser "parceira" dele, o que, eca... quando, de repente, o próprio Ricky estava fazendo a mesma proposta.

Enquanto eu gravava o vídeo.

Sim, eu recebi uma proposta do sr. Ricky Collins. Na frente das câmeras.

Só que ele não pediu minha mão em casamento (suas mãos já estão ocupadas com sua ainda desconhecida noiva canadense), mas nos negócios.

Ele me pediu para ser sócia dele na Collins & Collins.

Aparentemente, esse era o objetivo dele ao vir aqui. Empacotar a casa da mãe era uma desculpa. Mas sua principal investidora, Catherine De Bourgh, tinha aconselhado o Ricky a conseguir um sócio, supostamente alguém que conhecesse essa "loucura de vídeos na internet e como monetizá-los". O Ricky, depois de encontrar por acaso comigo e com a Charlotte na VidCon — e ficar impressionado com a quantidade de visualizações dos meus vídeos (ele até pediu para ver minhas estatísticas, o que me pareceu meio invasivo, tipo quando você vai ao médico, ele pega seu endereço e depois pergunta quanto você paga de aluguel. Mas estou fugindo do assunto) —, decidiu que eu seria a pessoa perfeita para... como foi que ele disse? "Compartilhar essa parte importante da minha vida."

Alguém devia mostrar meus vídeos para a noiva dele. Seriam educativos.

De qualquer maneira, a falta de experiência e de conhecimento do Ricky em matéria de vídeos para a internet só é superada pela falta de respeito que ele tem por mim, se o jeito como ele me fez essa proposta quer dizer alguma coisa.

Primeiro, ele disse que minha falta de conexões no setor era um obstáculo.

Em seguida, disse que ele teria de compensar minha falta de tino comercial.

Depois, disse que eu teria de desistir da pós-graduação e que, embora isso fosse um enorme sacrifício (para ele — não ter um sócio com pós-graduação seria vergonhoso), ele estava disposto a aceitar.

Tudo isso... em troca da oportunidade de fazer vídeos corporativos do tipo "como fazer" com a perspectiva esperançosa de fazer reality shows ruins para a TV.

Meu estômago revirou enquanto eu o ouvia falar. E a única coisa que eu pude fazer foi escutar, porque ele, como sempre, não me deixou dar uma palavra. Por fim, eu tive que interromper — bom, gritar com ele.

Eu disse não. Ele precisou ouvir isso algumas vezes para entender, achando que eu estava negociando, então ele me ofereceu benefícios, um bônus contratual e envelopes pardos cada vez maiores de remuneração corporativa e...

Eu não podia fazer isso. Talvez, se eu conseguisse engolir o Ricky ou engolir seu modelo de negócio, eu tivesse pensado no assunto — mas não aguento nenhum dos dois. Então despachei o cara, com todo vigor e empenho que consegui.

— Sou bem conectado, financiado e estou lhe oferecendo um cargo respeitável. — Ele se enfureceu. — Por mais que você seja charmosa, provavelmente ninguém jamais vai lhe oferecer alguma coisa comparável, com suas conexões e sua formação acadêmica.

Leia-se: Eu estava recusando a melhor, se não única, oferta que vou receber e estava destruindo minha vida ao fazer isso.

Há momentos em que você precisa ser reservada. Circunspecta. E há momentos em que você precisa jogar o cara para fora do seu quarto — que ele invadiu sem pedir.

Ah, não, espera — isso não é verdade. Ele pediu permissão para entrar no meu quarto e interromper tudo com sua proposta insistente. Só que pediu à minha mãe.

Tenho certeza de que minha mãe está nesse esquema há algum tempo. Ela deve ter descoberto as intenções dele em relação a mim — isso certamente explica todas aquelas pistas que ela deu sobre "formar uma parceria" (eca de novo).

Também explica por que ela estava me esperando lá embaixo, na escada, depois que o Ricky saiu.

— Lizzie! O que você está fazendo? Acabei de ver o sr. Collins, e ele disse que te ofereceu um emprego, eu dei parabéns para ele e para você... e aí ele disse que os parabéns teriam que esperar até ele te convencer a mudar de ideia! O que você disse para ele? — ela perguntou, mal deixando meu pé tocar o último degrau.

— Eu disse não pro *Ricky*, mãe.

Ela me olhou como se eu tivesse admitido ter matado um pinguim.

— Pois vá atrás dele agora e diga que mudou de ideia!

— Não, mãe. Eu não quero trabalhar para ele.

— NÃO ME IMPORTA! — ela gritou. Depois disso, houve mais gritos incoerentes, pontuados apenas pelas palavras: — Espere só o seu pai chegar em casa! — E a ocasional fungada e a ameaça de ir até o outro lado da rua e trazer Ricky Collins de volta.

Eu meio que desejei que a Jane entrasse pela porta. Sua presença, e provavelmente a do Bing, teria acalmado um pouco o drama exagerado da minha mãe. Desde que voltamos para casa, Jane e Bing parecem ter voltado a ficar bem — o pequeno obstáculo da nossa estadia prolongada (e outras coisas) tinha ficado para trás. Ele até voltou a levá-la para o trabalho — mas, como não estávamos mais em Netherfield, eles pararam de chamar de "carona" e passaram a chamar de "carona solidária".

Caramba, eu teria ficado feliz se a *Lydia* entrasse pela porta. Mas ela tinha uma capacidade misteriosa de sentir quando o drama da minha mãe poderia estar presente e de ficar longe.

Por fim, o que encerrou a situação — ou, melhor dizendo, colocou um pouco de razão nela — foi a chegada do meu pai em casa.

Ele foi rapidamente atacado pela minha mãe.

— Minha querida, não consigo entender uma palavra do que você está dizendo. Deixe pelo menos eu soltar a minha pasta. — Ele foi até o escritório, e minha mãe e eu fomos atrás.

— Sua geniosa filha do meio decidiu que prefere não aceitar um emprego na área dela, trabalhando para um homem respeitável, com dinheiro e conexões — resmungou minha mãe.

— O que ela quer dizer é que eu prefiro não abrir mão do meu diploma nem dos meus sonhos de ter uma carreira gratificante e influenciar o mundo em troca de fazer vídeos corporativos para o Ricky Collins!

Meu pai olhou para a gente.

— Ricky Collins. O bundão?

— Não, querido — esclareceu minha mãe por entre os dentes. — O jovem simpático que tem uma empresa e ofereceu sociedade à sua filha. E ela não quer dar uma chance!

— Não entendo por que você quer tanto que eu trabalhe pra ele! — soltei, finalmente perdendo a paciência. — Definitivamente isso não me ajuda a encontrar um marido, e é só com isso que você costuma se preocupar!

— Porque, com ou sem marido, esse é o primeiro passo! — gritou minha mãe, e seus olhos estavam ficando irritados. — Não importa se vai escolher a opção A ou a opção C, você precisa começar em algum lugar.

Eu estava tão chocada que tenho certeza que meu queixo caiu. O do meu pai também. Minha mãe aumenta o tom de voz o tempo todo, mas isso era diferente. Isso era... frio. E sincero.

— Meu Deus, estou tão cansada de todo mundo da sua geração esperar alguma coisa perfeita! — ela continuou, começando a andar de um lado para o outro. — Sua irmã Jane trabalha naquele emprego sem graça por um mísero salário, quando poderia fazer algo mais fácil que pagasse melhor, gerasse menos estresse e ainda deixasse tempo para ela envolver o Bing. Deus sabe o que a Lydia vai fazer, mas ela não vai escolher uma coisa que não tem certeza se quer. E você acha que seus ideais são tão preciosos que, quando você sai para o mundo, tudo tem que ser exatamente como na sua cabeça. Bom, não vai ser. Você vai ter que trabalhar por isso. E aceitar um emprego decente, por mais que você não ache digno, é o primeiro passo.

Ela se virou para o meu pai.

— Você sabe que eu estou certa. Você sabe que uma das meninas sair de casa e se sustentar seria uma dádiva de Deus. Então converse com a sua filha e explique isso pra ela. — Depois, saiu da sala pisando fundo.

E o negócio era que... minha mãe *estava* certa. Ela estava certa sobre eu querer o emprego perfeito quando sair da pós. Certa sobre eu ser idealista — talvez idealista demais. Mas eu não tinha pensado no alívio que seria para meus pais. Sair de casa — uma boca a menos para alimentar. A reunião sobre a hipoteca do meu pai na semana passada. Minha mãe destruindo a cozinha para deixar tudo arrumado para poder vender, se for necessário. O clube dos cupons substituindo o clube de bridge.

Meu Deus, eu estava sendo egoísta demais? Senti os olhos arderem... e minha determinação se abalar.

— Bom, Lizzie. Parece que você tem uma decisão a tomar — disse meu pai com um suspiro.

— Pai... se você me disser para aceitar esse emprego, eu aceito.

Ele simplesmente ficou me olhando por um instante, pensativo.

— Você quer esse emprego?

— Não! — Funguei. — Seria horrível. Mas se você precisar que eu...

— Então não se atreva.

Suas palavras saíram com violência; com mais violência do que eu já tinha ouvido na minha vida toda.

— Os problemas financeiros meus e da sua mãe são nossos. Você não tem que carregar esse fardo. Você terá o seu próprio assim que seus empréstimos estudantis vencerem, então não se preocupe com a gente.

— Mas...

— Você tem sonhos, Lizzie. — Ele colocou uma das mãos no meu ombro. — Metas. Agora é o momento de perseguir esses sonhos. Não deixe seus sonhos esperando. Porque, se você fizer isso, em breve estará na meia-idade, com três filhos, trabalhando apenas para pagar as contas. E você vai ter esquecido quais eram esses sonhos.

Abracei meu pai. Por muito tempo e com muita força, do jeito que os pais merecem. Depois ele disse que cuidaria da minha mãe e que talvez eu devesse ir jantar na casa da Charlotte. Tirei meu cartão de memória da câmera e fui até a casa dela.

— Lizzie — Charlotte disse de novo, me cutucando no ombro. — Tem certeza que quer publicar isso?

Eu entendo sua hesitação. Essa é a primeira vez que algo realmente *aconteceu* nos meus vídeos. Não era eu falando sobre um assunto depois de um fato. Não era uma encenação. Era uma coisa bruta e real. Até um pouco cruel demais.

Mas eu já tinha tomado minha decisão. Não vou abrir mão dos meus sonhos pelo Ricky Collins. Não pelo seu salário-base, seus pacotes de benefícios ou seu bônus contratual. E, ao colocar minha decisão na web, do meu jeito, estou mantendo essa decisão.

— Absoluta — respondi. E apertei o botão.

TERÇA-FEIRA, 21 DE AGOSTO

Minha mãe é incansável. Não importa o que eu e meu pai dissemos a ela, não importa quanto a Jane tente aplacá-la, ela não aceita "não" como resposta. E está estimulando o Ricky a fazer o mesmo.

— Ah, srta. Bennet! — ele disse, praticamente me atacando, no curto espaço de tempo enquanto eu saía do carro e entrava em casa. — Aí está você! Tive medo de você perder o nosso compromisso.

— Nós tínhamos um compromisso? — tive que perguntar.

— Sim! Sua mãe disse que você ficaria feliz em me ajudar a empacotar as últimas caixas da casa da minha mãe. — Ele balançou as sobrancelhas. Sim. Balançou.

— Não, Ricky. — Essa deve ter sido a quadragésima sétima vez que eu disse "não" para ele, não que isso não esteja claro pela sua insistência. — Além do mais, você não contratou uma empresa de mudança?

— Infelizmente, os homens contratados para a tarefa não aceitam bem as instruções, e mais de uma vez provocaram a minha ira colocando roupas de mesa com roupas de banho... Eles não se dignaram a aparecer hoje.

Isso explicaria por que eu vi minha mãe levando gelatina de cranberry com vagem para os homens da mudança ontem. Eles provavelmente estavam em casa com dor de barriga.

— Portanto, sua mãe ofereceu os seus serviços! — o Ricky continuou. — E talvez, nesse meio-tempo, eu consiga te convencer dos aspectos mais elaborados de trabalhar na Collins & Collins. Estou inclinado a acreditar que isso é possível e vai te beneficiar.

Tudo que eu posso dizer é: graças a Deus pela Charlotte. Assim que fechou a porta do lado do passageiro, ela deu a volta e se colocou entre mim e o Ricky. Pensando bem, isso pode ter sido mais para proteger a ele que a mim. Eu estava bem horrorizada. E você não ia gostar de mim quando eu fico horrorizada.

— Na verdade, sr. Collins, a Lizzie e eu acabamos de vir da matrícula — ela começou, colocando calmamente a mão no meu braço. — Então, ela tem muita coisa para fazer. Mas eu estou livre. E... posso ajudar.

— Mas a sra. Bennet disse...

— A sra. Bennet não sabia que o... túnel carpal da Lizzie está incomodando de novo, graças ao preenchimento de tantos formulários. Mas não tem nada que eu ame mais do que... carregar caixas pesadas. O dia todo.

A Charlotte realmente sabe como dar apoio a alguém da equipe. Esse foi um sacrifício no nível de mártir.

— Não se preocupe, ele vai embora logo — ela sussurrou para mim.

Enquanto eu observava a Charlotte conduzindo o Ricky de volta para a casa dele, não consegui evitar de me sentir um pouco sobrecarregada com tudo. As aulas começando de novo daqui a pouco mais de um mês, a proposta do Ricky, a briga dos meus pais sobre esse assunto. Além do mais, aquele último vídeo que eu publiquei certamente impressionou. Estou recebendo muitas mensagens no Twitter e comentários.

Talvez eu precise tirar uma folga — do que eu puder, de qualquer maneira. Diminuir um pouco o ritmo, ficar fora da internet por uma semana, mais ou menos. Só até as coisas se acalmarem e eu me sentir normal de novo.

DOMINGO, 26 DE AGOSTO

Acabei de chegar em casa depois de passar um dia resolvendo coisas na rua com meu pai — e só com meu pai, felizmente, já que as reclamações passivo-agressivas da minha mãe atingiram novos níveis de loucura do sul — e encontrei a Charlotte no meu quarto.

— Oi! — eu disse, vendo minha amiga sentada ali, folheando um livreto e alguns papéis que estavam num envelope pardo grande. — O que você está fazendo aqui?

Ela pareceu surpresa ao me ver. Apesar de ser o meu quarto. Rapidamente juntou todos os papéis e se levantou.

— Eu ia fazer o seu vídeo hoje, lembra?

— Eu já te agradeci por isso?

Sério, a Char pegou meu desejo de descansar um pouco e tornou realidade. Eu não precisava me preocupar em filmar hoje, então passei o dia todo fora de casa, longe do estresse da minha mãe e do Ricky. Isso me permitiu ficar preocupada com outras coisas, como o último ano na faculdade e minha proposta formal de tese, cujo prazo era cedo demais para eu querer pensar nisso.

— Então, qual foi o assunto do vídeo? — perguntei. Afinal, os vídeos são meus; é bom ficar por dentro.

— Na verdade, o Ricky veio aqui e me ajudou — ela respondeu.

— E eu já te agradeci por *isso?* — A Charlotte basicamente se prendeu ao Ricky na última semana. Ela deve ter colocado um rastreador no celular dele, porque, sempre que ele aparecia na nossa porta, ela estava lá, pronta para afastar o cara. — Se bem que eu não tenho certeza de como me sinto por ele ter estado no meu quarto outra vez. Ele não xeretou em nada, né?

— Não. Lizzie, eu preciso conversar com você sobre uma coisa — a Char disse, segurando os papéis na frente, como um escudo.

— O quê? Tá tudo bem? — perguntei, sentando na cama.

— Tá. Mais ou menos. É sobre o emprego que o Ricky te ofereceu.

— Ai, meu Deus, você também, não — resmunguei, afundando a cabeça nas mãos. — Por favor, não tenta me convencer a aceitar. Não consigo lidar com isso vindo da minha melhor amiga. Me apoia nessa.

— Não, não é isso. Ele não vai te oferecer de novo.

— Ah, que bom — suspirei, aliviada.

A Charlotte olhou para os papéis na mão, para o envelope pardo. Um envelope pardo que, de repente, me pareceu muito familiar.

— Ele ofereceu o emprego para mim — ela disse simplesmente.

"Chocada" não é suficiente para o que eu estava sentindo.

— E o que foi que você respondeu?

— Eu disse que precisava pensar.

— Que bom. — Expirei. — Mas você não precisa realmente pensar, né? Foi só um jeito de acalmar o cara.

— Não. Eu não preciso pensar — ela disse, sem conseguir me olhar nos olhos. — Vou aceitar.

TERÇA-FEIRA, 28 DE AGOSTO

Estou calma. Estou calma estou calma estou calma. Na verdade, fiquei calma durante os últimos dois dias. Eu disse à Charlotte que entendia, mas que ela devia pensar um pouco mais no assunto. Que aceitar a oferta de emprego do Ricky vai alterar irrevogavelmente o curso da vida dela, e abandonar a pós faltando apenas um ano para conseguir o diploma do mestrado é algo de que ela pode muito bem se arrepender no futuro.

A Charlotte ouviu, fez que sim com a cabeça e depois pegou o envelope pardo maligno e foi para casa. Para pensar no assunto. Ou foi isso que eu achei.

O que ela realmente fez foi ligar para Ricky Collins e aceitar a oferta.

Então, decidi que ia conversar com ela sobre isso. Com calma. Racionalmente.

— Como você pôde? — eu disse quando a Charlotte apareceu hoje para gravar o próximo vídeo e, eu esperava, para explicar tudo.

— Lizzie, a decisão é minha. E eu já tomei.

— NÃO ME IMPORTA! — berrei.

— Uau. — Ela piscou para mim. — Tá parecendo a sua mãe.

Estreitei os olhos.

— Você não pode aceitar o emprego, Char. Você simplesmente... não pode. É ridículo.

— Por que é ridículo? — ela perguntou. — Eu *vou* aceitar o emprego. Eu tenho que fazer isso. Eu preciso.

— Você não precisa.

— Preciso, sim!

— É pelo dinheiro? Eu sei que está apertado agora, mas só falta um ano, e você tem a sua tia pra te ajudar e...

— A tia Vivi não pode mais me ajudar.

Meus olhos voaram para o rosto dela.

— O quê? — A Char era a favorita da tia. Ela sempre ajudou com a educação da Charlotte. Não era muito, mas era alguma coisa.

— Sabe uns meses atrás, quando ela ficou doente? Ela caiu da escada. Quebrou o quadril.

— Ai, meu Deus.

— Ela está bem, mas não pôde trabalhar por um tempo. E tinha muitas contas para pagar. Então eu falei pra ela não se preocupar mais com a minha faculdade.

— Charlotte...

— E, se eu sair do apartamento, a minha tia pode ficar com o meu quarto e morar com a minha mãe e a Maria.

Senti pena dela, de verdade. Ela está numa posição mais difícil que a minha. Mas...

— A sua família quer que você sacrifique a sua educação por esse emprego? Pra facilitar a vida deles?

— Não, mas...

— Então não faz isso! — Abracei a Charlotte. — Você tem dois empregos e tem empréstimos estudantis pra *conseguir o mestrado*. Se você sair da pós, vai continuar devendo esse dinheiro e não vai ter o diploma para conseguir pagar.

— Para que serve o diploma, de qualquer maneira? — ela me perguntou. — Foi você que disse que estamos destinadas ao desemprego. Que inferno, pelo menos é um emprego na nossa área!

— Mas não é o que você quer fazer! — Eu sabia que estava gritando, mas não me importava. — Você tem sonhos... metas!

— Lizzie, neste momento, meu maior sonho é a minha mãe não ter que encarar um emprego de chapeira numa lanchonete aos setenta e cinco anos. — Charlotte jogou as mãos para o alto.

— Não é isso que eles querem pra você! Não é isso que *eu* quero pra você! — implorei. — Charlotte, se você aceitar esse emprego, eu nunca mais vou falar com você.

Então meus olhos foram para a câmera. Tudo pronto para gravar. E minha mente se dirigiu à única coisa que eu podia fazer.

Joguei os braços ao redor da Charlotte e a fiz parar.

— O que você está fazendo? — ela perguntou.

— Se a sua família não consegue te impedir e eu não consigo te impedir, talvez *eles* consigam — afirmei e liguei a câmera.

SEXTA-FEIRA, 31 DE AGOSTO

Não funcionou.
A Charlotte foi embora.
Ela desistiu do mestrado, dos vídeos e da melhor amiga.
Não sei mais o que fazer

TERÇA-FEIRA, 4 DE SETEMBRO

Quando eu não sei o que fazer, a Lydia sabe.

Sim, a Lydia.

Eu andava me escondendo pela casa, fugindo da minha mãe, cujos olhares de desprezo e atitude passivo-agressiva podem ser surpreendentemente cruéis depois das primeiras dez interações. Meu pai faz o possível para acalmar minha mãe, e a Jane sempre me traz chá.

Eu só queria evitar a vida por um tempo. Porque, se eu encarasse o que tinha acontecido, a Charlotte realmente teria ido embora e eu realmente teria sido uma péssima melhor amiga por não ver as coisas pela perspectiva dela.

Mas eu ainda não consigo acreditar que ela fez isso. Abriu mão de seu sonho de produzir documentários para ser a número dois na empresa do Ricky Collins. Confortável ou não, ela ainda assim está se privando disso — só que de um jeito diferente.

De qualquer maneira, éramos apenas eu e meus pensamentos melancólicos sobre esse assunto até a Lydia entrar de repente e insistir para irmos ao Carter's como distração. O interessante é que a Jane também estava por trás desse plano, se oferecendo para ligar para o Bing e para a Caroline irem junto. Mas o golpe de misericórdia que me tirou da calça de moletom e me fez sair de casa foi o fato de George Wickham ter me mandado um e-mail dizendo que estava de volta à cidade e me esperando com uma cerveja geladíssima na mão.

Isso sim é distração.

Juro por Deus: aquele homem era perfeito para um comercial sobre os efeitos benéficos de passar seis horas por dia mergulhado em cloro. No instante em que entramos, ele desviou o olhar da garota com quem estava conversando e concentrou seus olhos azul-bebê com raio laser em mim.

— Oi, boneca. — Ele sorriu quando nos aproximamos e me envolveu num abraço de urso. — E as irmãs bonecas!

— Oi, George — a Lydia disse, se enfiando na frente, ou melhor, enfiando os peitos na frente. Pelo menos ele já conhecia a Lydia. Gosto de pensar que ela não mostra as penas imediatamente para estranhos.

— Oi, Lydia. — Ele piscou para ela. — Vai dar problema hoje à noite?

— Você está se oferecendo?

— Tá bom, chega de bancar a Lolita — eu disse, curtindo a sensação do braço do George na minha cintura.

— E essa deve ser a simpática Jane. — Ele então ligou seu charme, levando a mão dela aos lábios, num exemplo de galanteio.

— Muito prazer — a Jane disse. — Ouvi falar muito de você.

— Ah, é? — Ele então olhou para mim, todo paquerador. — Bom, estou feliz por ser digno de menção.

— Digno? — A Lydia bufou. — Você é a coisa mais interessante que aconteceu com a Lizzie em, tipo, *anos*.

— Lydia... — alertou a Jane.

— Ei, olha, uma mesa livre! — A Lydia apontou e nos arrastou para lá. — Vocês seguram a mesa e eu pego as bebidas!

Ela contornou a multidão da noite de sábado e tentou abrir caminho com o cotovelo até o bar, sem muito sucesso. Nós, as Bennet, herdamos a estrutura delicada da nossa mãe.

— Vou ajudar — ofereceu o George, enquanto puxava a cadeira para mim (!!). — E a primeira rodada é por minha conta.

Quando ele se afastou, a Jane olhou nos meus olhos.

— Bom, eu certamente estou percebendo o que você viu nele.

— Ele é demais, não é?

— Bonito.

— E charmoso — completei. — Se ele fosse rico, a gente acertaria a aposta tripla da mamãe.

— Não deixe ela ouvir você falar isso; a essa altura, ela pode estar disposta a aceitar duas de três. — A Jane riu. Depois sua sobrancelha ridiculamente perfeita demonstrou confusão. — Espera, isso significa que você está pensando no George... em longo prazo? Acertar a aposta tripla da mamãe?

— Meu Deus, não! — respondi imediatamente. — A gente andou trocando mensagens. Você não pode pensar em ninguém no longo prazo quando a comunicação é limitada pelo plano de dados. — Mas... — Ele é interessante. — Sorri.

O negócio é que a Lydia não estava totalmente errada. O George é *realmente* a coisa mais interessante que me aconteceu em anos... pelo menos em termos de homens. Não deixo as pessoas se aproximarem de mim com facilidade. Eu simplesmente não sou assim. A Jane fica amiga de todo mundo cinco minutos depois de conhecer, e a Lydia se agarra às pessoas com o fervor de um esquilo que comeu açúcar demais. Mas eu sempre fui meio reservada. Meio desconfiada, eu acho. Então, o fato de eu estar conversando com um cara, gostando de um cara, deixando um cara pagar uma rodada de bebidas para mim e para minhas irmãs, é meio que importante.

Enquanto eu estava observando a coisa importante que, neste momento, estava inclinada sobre o bar e mostrando uma... calça jeans incrivelmente perfeita, o celular da Jane apitou.

— Ah, não — ela disse, se encurvando toda.

— O que foi? — perguntei.

— O Bing não vai poder vir — ela suspirou. — Mas a Caroline disse que está a caminho.

— Ah, que chato, vocês dois não se veem há séculos.

— Eu sei. As aulas dele vão começar em breve, e o trabalho está me exigindo muitas horas extras, o que significa que não posso pegar carona com ele... — Ela deu de ombros, deixando a situação de lado. Mas eu tinha que pensar no assunto. A faculdade do Bing é em Los Angeles. O que ia acontecer quando ele tivesse que voltar para lá? Um relacionamento a distância? A Jane fazendo viagens frequentes pela I-5 nos fins de semana? Ele realmente parecia gostar daqui; será que ia pedir transferência?

— Com licença — um cara da mesa ao lado se inclinou para nós —, nós não estudamos juntos no ensino médio?

A Jane se virou, surpresa.

— Acho que sim. Que bom te ver!

Ela e o cara começaram a conversar, e ele nos apresentou aos amigos da própria mesa. Era assim que estávamos quando a Caroline e o Darcy entraram pela porta.

Argh.

Eu não via o Darcy em carne e osso desde que a Jane e eu saímos de Netherfield. Ele não parecia ter piorado. Na verdade, ele... sorriu para mim. *Sorriu.*

Acho que eu devo ter dado em troca algo vagamente parecido com um sorriso, porque, enquanto a Caroline foi dar um beijo aéreo na Jane, sentando ao lado dela, o Darcy veio sentar ao meu lado.

— Olá, Lizzie.

— Olá. — Sim, eu tenho a capacidade de mascarar meus sentimentos e ser educada. — Como você está?

— Estou bem — disse ele, com a postura totalmente perfeita. Sério, até a gravata-borboleta estava com as pontas esticadas. Era ridículo. — E você?

— Ótima.

— Hum, como estão seus alunos? Aqueles para quem você dá aulas de reforço?

— Bem — respondi. — Embora, para a maioria, as aulas já tenham começado, então nossas sessões terminaram.

— Ah. Então você não está mais dando aula para eles?

— Não, eu só dou aulas de reforço no verão, por causa da minha carga de trabalho na pós-graduação. — Que vai recomeçar em breve. E não terei mais minha parceira no crime, mas vamos pensar nisso depois.

— Ah, que pena — disse o Darcy. — Não porque você não vai... Quer dizer, é... Eu simplesmente acho interessante o que você ensina. Só isso.

— O que eu ensino? — perguntei, um pouco confusa pela falta de articulação dele. Normalmente, ele sabe qual é a coisa mais sarcástica a dizer o tempo todo. — Você quer dizer inglês?

— Sim. Especialmente para alguém que estuda comunicação.

— Estou estudando comunicação de massa na pós-graduação, mas minha graduação é em letras — eu disse, na defensiva. — Se eu não entendesse o suficiente de literatura, meus antigos professores não me recomendariam para os alunos deles.

— Não foi isso que eu quis dizer — ele explicou rapidamente. — Só que isso deve te dar uma perspectiva esclarecedora sobre... Tolstói.

— Tolstói?

— É! Eu estava pensando em quando você disse que Tolstói achava Shakespeare um péssimo dramaturgo e que, como estudante de comunicação, você deve...

Darcy parou de falar no meio da frase. Seus olhos se detiveram em alguma coisa — ou alguém — atrás de mim. Eu me virei, e George estava parado ali, com quatro cervejas na mão.

— Aqui está, boneca — ele disse, colocando as cervejas na mesa à minha frente. — Comprei a mesma que você bebeu da última vez.

O mais fantástico é que o George disse e fez tudo isso com os olhos travados no Darcy.

Sabe quando eu disse que tenho a capacidade de mascarar meus sentimentos e ser educada? Sabe quem não tem?

O Darcy.

E, naquele instante, eu consegui ler tudo no rosto dele.

— Desculpa — ele disse, com o queixo travado. — Preciso ir.

Depois... ele simplesmente se levantou e saiu do bar.

— Darcy, espera! — a Caroline gritou, claramente desconcertada. — Hum... estou de carona com ele. Desculpa, Jane, te vejo mais tarde? — E, sem se inclinar para beijar o ar, ela saiu porta afora atrás dele.

De todas as coisas esquisitas que o Darcy já fez na minha presença, essa foi, de longe, a mais esquisita.

E George Wickham é a causa dessa esquisitice. Pela expressão no rosto do George, ele também não ficou feliz de ver o Darcy.

— O que foi isso? — perguntei baixinho.

— Nada — ele respondeu, pegando o lugar vago do Darcy ao meu lado.

— Eu não chamaria isso de nada — retruquei.

— William Darcy e eu temos... uma história. Só isso. — Ele olhou para as cervejas na nossa frente. — Mas não vamos deixar esse cara estragar a nossa noite! Quero ouvir tudo que você andou aprontando desde que eu fui embora.

Se o George não queria falar no assunto, tudo bem; eu não ia forçar a barra. Mas obviamente minha curiosidade foi atiçada. Como não seria, com uma declaração tão enigmática?

A Jane pode dizer que minha curiosidade foi um pouco atiçada *demais*, porque eu fiz um vídeo tarde da noite (não desse tipo, eca) sobre o assunto. Mas, caramba, isso é interessante demais para ignorar.

O George conhece o Darcy.

O Darcy conhece o George.

E, a julgar por suas ações, o Darcy odeia o George.

Não consigo evitar — sou curiosa por natureza. E, com minha velha cópia do DVD de *A pequena espiã* como testemunha, vou até o fundo desse assunto.

* * *

Eu tinha acabado de fechar este diário quando a campainha tocou. Felizmente, minha mãe não estava em casa, porque eu só posso imaginar o surto que ela teria ao ver o sr. George Wickham do outro lado da porta.

— Ei — ele disse. — Eu estava pensando em ir à praia hoje. E achei que talvez pudesse ter uma guia turística local. Alguém que conhece os melhores lugares. — E deu um largo sorriso. — Interessada?

George Wickham na praia? De sunga? Por favor.

— Vou pegar meu maiô. — E corri escada acima.

Tenho que admitir: o George está na cidade há três dias e as coisas já estão bem mais interessantes por aqui.

DOMINGO, 9 DE SETEMBRO

O George acabou de sair do meu quarto. Eu estava gravando um vídeo, ele ficou curioso, então eu o deixei aparecer na frente da câmera hoje. Mas o que eu descobri... vira de cabeça para baixo tudo que eu sabia sobre o Darcy e confirma que ele é uma pessoa pior do que eu achava que fosse.

O George e eu saímos quase todos os dias na última semana. Ele só começa com os alunos de natação na segunda-feira, e minhas aulas não se iniciam tão cedo, então é melhor aproveitar ao máximo, certo?

E tem sido *ótimo*. *Ele* tem sido ótimo. Sei que pode parecer meio rápido, mas... eu gosto dele. Ele é divertido e ridiculamente gostoso e charmoso. Só que eu acho que ele nunca leu nenhum livro mais longo do que uma revista *Men's Health,* mas desde quando interesses e gostos em comum são a base para bons relacionamentos? O que aconteceu com "os opostos se atraem"?

Se a Charlotte estivesse aqui, ela estaria surtando por eu estar me envolvendo demais com ele, mas 1) ela não está aqui e 2) não estou tão envolvida. Estamos mantendo tudo bem casual. Indo casualmente à praia. Casualmente saindo para o cinema. Casualmente nos agarrando no banco traseiro do meu carro, como adolescentes ridículos que não têm dinheiro para pagar um quarto de hotel. (Se bem que a gente realmente não tem, na verdade. Além do mais, ele tem colegas de quarto e eu moro com meus pais, então não é de surpreender que eu nunca namore.)

Mas não vejo nada de errado em curtir um pouco. As aulas vão começar em breve, minha vida será consumida pelo meu último ano, e minha tese e depois conseguir um emprego/provavelmente me mudar/ vida real vão tomar conta de tudo. Se eu pretendia me divertir, a hora era agora.

O George é um ótimo parceiro para isso. E ele me ouve. Ele se interessa por mim. E foi por isso que, quando ele disse que queria me ver gravando um vídeo, eu o deixei aparecer na câmera.

E também achei que seria um bom momento para colocar o George na berlinda e perguntar tudo sobre o drama com o Darcy no Carter's outro dia. Ei — eu esperei pacientemente durante *uma semana* para saber a resposta. Isso revela um nível de maturidade que eu desconhecia. Talvez eu *realmente* esteja pronta para o mundo real.

De qualquer maneira... enquanto a gente estava filmando, eu perguntei a ele. Sobre a "história" que ele tem com o Darcy. Ele foi bem reticente, especialmente enquanto a câmera estava ligada. Então, eu desliguei.

— Escuta — ele disse —, eu não quero contar histórias da escola nem denegrir alguém que não está aqui para se defender. Mas, sinceramente, o Darcy não tem muita defesa para o que fez.

— Se você está preocupado em afastar um dos meus amigos, não fique — eu disse rapidamente. — Só conhecemos o Darcy porque a Jane está namorando um amigo dele, mas isso não significa que ele é amigo dela e certamente não significa que é meu amigo.

— Ele também não é mais meu amigo — ele respondeu.

— Há quanto tempo vocês se conhecem? — perguntei.

— Praticamente a vida toda.

Uau. Por essa eu não esperava. O que deve ter ficado claro no meu rosto, porque o George continuou.

— Eu sei. É difícil de acreditar. Mas houve uma época em que éramos melhores amigos. Minha mãe era governanta dos pais dele. Quando o meu pai abandonou a gente, minha mãe e eu nos mudamos para um apartamento na propriedade do Darcy, e o sr. Darcy meio que me colocou sob a proteção dele.

Eu não sabia que a mãe dele era governanta nem que o pai dele tinha abandonado a família. Ele disse isso de um jeito casual, mas percebi que ele estava triste, por baixo de todo o charme e dos sorrisos. Eu só queria abraçar o George, mas o deixei falar.

— Eu e o William crescemos juntos, sempre grudados, brincando de guerra no bosque, coisas de meninos — ele continuou. — Eu era praticamente o segundo filho dos Darcy. Tanto que o sr. Darcy prometeu que ia pagar minha faculdade. Enfim, minha mãe se aposentou quando eu tinha dezesseis anos, e nós nos mudamos do pequeno apartamento. Darcy e eu não nos víamos mais o tempo todo, mas ainda éramos próximos. Pelo menos eu achei que fôssemos. E aí... o sr. e a sra. Darcy morreram num acidente de carro.

— Ai, meu Deus — eu disse baixinho. Senti pena dele. E, na verdade, também senti pena do Darcy. Isso meio que explica por que ele é tão fechado. Mas não alivia o que o George disse em seguida.

— Tentei ficar ao lado do meu amigo, mas ele me cortou. Por fim, era hora de ir pra faculdade, e eu consegui uma ótima, com um programa incrível de natação. Mas, quando fui até o Darcy e lembrei a ele da promessa do pai, ele me disse não.

— Ele disse não? — pisquei, meio chocada, apesar de estar esperando algo do tipo. — Assim, do nada?

— Assim, do nada. — George fez que sim com a cabeça. — Eu não acreditei. Mas o Darcy... ele tinha se tornado muito frio e esnobe. Ele não queria mais brincar com o filho da governanta.

— E aí... o que você fez? — perguntei.

— O que eu *podia* fazer? — ele respondeu. — Não havia nada por escrito, então eu não podia me proteger judicialmente. E foi isso que o Darcy me disse em muitas palavras. Aí, eu me inscrevi para receber auxílio, ajuda financeira, até que consegui uma pequena bolsa de estudos pela natação. Não era grande coisa, mas ajudou. Ainda assim, com tudo isso, eu só tinha dinheiro para um ano de faculdade. Eu tive que abandonar e inventar uma carreira de treinador de natação.

— Uau — exclamei depois de um instante. — Eu simplesmente... uau. Eu realmente não sei como processar isso.

— Posso te confessar uma coisa? — ele disse, colocando a mão sobre a minha. — Eu tenho visto seus vídeos.

— Bom, eu sei — respondi. — Já que você quis aparecer num deles e tal.

— Não só recentemente. Você me contou deles na primeira vez que nos encontramos, e eu fui olhar. Eles eram tão legais e viciantes que eu continuei assistindo, e aí você falou de um cara chamado Darcy. Eu não achei que o seu Darcy e o meu Darcy podiam ser a mesma pessoa. Porque o Darcy que você descrevia não combinava com as lembranças do amigo com quem eu costumava correr pelo bosque quando criança. Mas era. E agora vejo que ele só piorou com o tempo.

— A primeira vez que você viu o Darcy desde os dezoito anos foi agora, no Carter's? — perguntei.

— Não. Eu o vi uma ou duas vezes, mas só por um minuto. A irmã dele, a Gigi, também. Ela era uma menina tão agradável, mas, na última vez que a vi, estava ficando muito parecida com o irmão. — Seus olhos encontraram os meus, e eu me derreti numa poça. — Mas ainda foi meio chocante ver o cara lá com você.

— Não comigo — corrigi rapidamente. — Jesus, ele deve ter saído correndo do bar naquela noite de vergonha pelo que fez com você.

— Não sei por que ele saiu do bar, mas não foi por vergonha. Isso significaria que ele sentiu culpa. Que inferno, que ele sentiu alguma coisa por ter arruinado a minha vida.

— George, você precisa me deixar contar isso para os espectadores. O Darcy não merece andar por aí sem culpa. O mundo precisa saber que tipo de pessoa ele é.

Ele pareceu pensar no assunto.

— Bom, você pode contar pra eles se quiser, mas precisa se proteger. Os Darcy têm muitos advogados e, se eles descobrirem e decidirem te processar...

— Acho que podemos contornar isso — respondi.

Então ligamos de novo a câmera e contamos na internet uma "história hipotética" sobre dois garotos que cresceram juntos e um traiu o outro. Daí, depois que a Lydia entrou e derramou água no George — executando um plano intricado digno da nossa mãe para fazer o cara tirar a camisa —, ele me deu um beijo de despedida, e marcamos de nos encontrar para almoçar no dia seguinte.

Ainda estou com muita dificuldade para processar o que o George me contou. Estou disposta a acreditar em muitas coisas ruins sobre o Darcy, depois de testemunhar pessoalmente como ele é terrível, mas isso? Isso não é apenas ser ofensivo e grosseiro. É afetar negativamente a vida de uma pessoa. Como é que alguém consegue fazer isso? Especialmente com alguém que ele chamava de amigo.

Eu meio que desejei que a Charlotte estivesse aqui — apesar de ainda estar chateada com ela por ter desistido do seu sonho. Seria bom ter a perspectiva de outra pessoa, e ela sempre foi meus olhos e ouvidos confiáveis. Mas quer saber? Ela provavelmente faria o papel de advogada do diabo e justificaria as ações do Darcy ou diminuiria o George por fazer dos músculos uma prioridade na vida. E não é isso que eu quero nesse momento. Quero alguém para sentir raiva comigo.

E, além do mais, como eu disse antes, a Charlotte definitivamente não está mais aqui.

TERÇA-FEIRA, 11 DE SETEMBRO

Está muito silencioso na biblioteca hoje. Que é, suponho, como deveria ser. Não tenho mais alunos de reforço; todos eles voltaram às aulas. As minhas ainda não começaram; só em outubro. A questão é que eu gostaria de uma distração na forma de aulas monótonas agora. Isso me faz desejar que o currículo do meu curso tivesse oferecido durante o verão as últimas aulas de que preciso para me formar, só para eu não ter que ficar sozinha e pensar, neste exato momento.

Mas dias como o de hoje levam à reflexão. Especialmente dias com essa data.

Então eu *deveria* estar refletindo. Mas o problema é que eu deveria estar refletindo sobre coisas mais substanciais. Sobre a situação do mundo, os sacrifícios que fazemos pelos nossos privilégios e a esperança de paz. Em vez disso, estou pensando em meninos.

Muito iluminada, Lizzie.

Especificamente, estou pensando em George Wickham e William Darcy. Não é difícil, para mim, encaixar o que o George me contou no Darcy que eu conheci — muito pelo contrário, na verdade. O problema é que é difícil encaixar *qualquer pessoa* fazendo uma coisa tão terrível com outra sem que ela seja um vilão de desenho animado com mania de enrolar o bigode. Como é que ele, que destruiu a vida de um amigo por capricho, pode ao menos existir entre nós, pessoas mais civilizadas, apesar de comuns?

O George não falou mais no assunto desde então. Saímos juntos ontem, e ele estava no seu papel normal de "tudo é maravilhoso", mas às vezes ficava calado e olhava para o nada, e eu percebia que ele estava pensando no assunto. Perguntei a ele, que fez um comentário autodepreciativo sobre como sua vida estava arruinada, mas seu sorriso não chegou aos olhos.

Não sei se o George pensa nisso nos últimos — o quê, oito, dez anos? — ou se ele só ficou todo mexido porque viu o Darcy na cidade. Mas,

159

de qualquer maneira, é algo que ainda o incomoda e que eu não posso corrigir.

Talvez eu o confronte sobre esse assunto. O Darcy, quero dizer. Afinal, o aniversário do Bing é no próximo fim de semana — uma ótima oportunidade para uma interação forçada com o estraga-prazeres preferido de todo mundo. Mas também promete ser uma festa fantástica. Se bem que eu não sei se a Caroline sabe dar uma festa que não seja fantástica. Só que dessa vez o Bing não convidou só o "pessoal jovem", mas também os nossos pais. A Caroline disse que os pais dela estão vindo até a cidade, bem como outros parentes e vários amigos do Bing da faculdade.

Ai, meu Deus — acabei de perceber... e se esse for o jeito do Bing de apresentar a Jane para os pais? E apresentar os pais dele para os nossos? E se for um casamento secreto que ele e a Jane planejaram esse tempo todo?!?

Não. Não, isso não é possível. Baixou minha mãe em mim por um segundo, só isso. Além do mais, a Jane teria me contado. Ela realmente não consegue guardar um segredo, especialmente um desses. Tudo que ela disse foi que está ansiosa com a festa porque ela e o Bing não têm tido muitas oportunidades de ficarem juntos ultimamente, porque ele tem viajado para reuniões da faculdade de medicina (é verdade que eu não sei nada sobre faculdade de medicina, mas não sabia que envolvia tantas viagens) e a Jane está trabalhando em dobro, infelizmente suspendendo a Carona Mais Fofa do Mundo (marca registrada minha, porque eu sou boba assim).

Mas é o seguinte: se eu permiti que a ideia de "conhecer os pais/casamento-surpresa" passasse pelo meu cérebro, você SABE que minha mãe agarrou essa ideia com a ferocidade de um buldogue. Talvez eu devesse levar reforços para a festa, só para distrair minha mãe de seu plano intricado.

Eu podia pedir para o George ser meu acompanhante. Ele é uma distração sólida do tipo possível-genro. Mas será que ele ia querer, já que o Darcy vai estar lá?

Na verdade, estou indo pelo caminho errado. Pelo fato de ter sido o Darcy que saiu envergonhado do Carter's, pode ser que ele evite a festa se o George estiver lá. Se bem que isso significa que eu não teria o prazer de confrontar o Darcy em relação às queixas do George (se eu tiver coragem para fazer isso, o que não é garantido), mas eu teria o prazer de dançar uma música lenta com o cara ridiculamente gostoso com quem estou saindo.

Bom, eis um assunto sobre o qual vale a pena refletir.

DOMINGO, 16 DE SETEMBRO

Mais uma festa, mais um registro no diário às duas da manhã. E mais um motivo para eu não conseguir dormir. E, não, a Lydia não desmaiou na minha cama por beber demais, nem a Jane passou a noite fora com o Bing. Não, dessa vez minhas ansiedades estão apenas sobre meus ombros. Porque apenas às duas da manhã posso me perguntar o que há de tão errado comigo que um cara perfeitamente legal me daria um bolo?

O George não foi à festa hoje à noite. E acho que eu teria entendido se ele tivesse avisado, mas ele não só não apareceu como também não ligou nem me mandou uma mensagem para avisar que não ia. Se ele não quisesse ir, podia ter me falado. Em vez disso, ele falou que não perderia a festa por nada neste mundo, com ou sem Darcy.

Eu ainda não tive notícias dele e, acredite, eu mandei o máximo de mensagens permitidas a alguém com um pouco de dignidade (quatro) para saber o que tinha acontecido.

Depois fiquei pensando: E se aconteceu alguma coisa? E se ele sofreu um acidente de carro ou caiu e está em coma? E se ele estiver ferido e incapaz de pedir ajuda?

Foi quando a voz da Lydia apareceu na minha cabeça e me disse que eu tinha levado um bolo. Só que não era a voz dela na minha cabeça. Era a voz dela de verdade, ao meu lado na festa.

— É melhor o Georjão ter uma boa desculpa pra te abandonar, porque nenhuma Bennet deve aceitar um sumiço. Nem mesmo a Bennet mais boba — disse a Lydia, enquanto colocava uma bebida na minha mão. Como ela conseguiu me trazer uma bebida enquanto já estava carregando duas para ela eu não sei, mas a Lydia tem umas habilidades ocultas.

— Só consigo pensar em um motivo — eu disse, e meus olhos encontraram o Darcy parado de um jeito esquisito do outro lado da sala reservada aos pais.

162

Era claro que dar uma festa com gente de vinte e poucos anos e seus pais de cinquenta e poucos seria a receita para algo esquisito, e uma solução para isso podia ser utilizar a vastidão ecoante de Netherfield e dar duas festas. O grupo mais velho ficou praticamente só no lounge e na área do pátio, onde um trio de jazz (acho que era o mesmo do casamento dos Gibson) estava instalado para aqueles que queriam dançar um foxtrote, enquanto nós, jovens, tínhamos um ambiente de boate com um DJ na sala de recreação e na área do porão reformado.

Todos nos reunimos na hora do bolo.

Era meio como aquelas festas que dávamos no oitavo ano, em que as crianças viam um filme e comiam pizza no escritório do meu pai e os pais bebiam vinho na cozinha e fofocavam. Mas numa escala absurdamente diferente.

Enfim, estava ficando cada vez mais tarde, e eu tinha ido para o andar de cima, para a área reservada aos pais, principalmente porque tinha visão direta da porta da frente. Eu tinha acabado de mandar a quarta mensagem para o George quando a Lydia apareceu do meu lado.

— Ai, cara de Darcy. — A Lydia fez uma careta, percebendo minha linha de visão. — Por que estou com a sensação de que você já está planejando a próxima maldade que vai dizer sobre ele na internet?

— Você me conhece bem demais — respondi.

— Ei, eu te apoio totalmente nessa — disse ela. — Quer dizer, se o *Darcy* é o motivo de não termos a visão de George Wickham suado dançando no andar de baixo... e fica quente demais, e ele tira a camisa...

— Foco no assunto, Lydia — eu disse.

— Tá, tanto faz. Enfim, se a culpa é do Darcy, cai em cima dele com força total. Deus sabe que você entende disso.

Não perguntei o que a Lydia quis dizer com essas palavras.

— O que você está fazendo aqui em cima, afinal? — perguntei. — Você não devia estar no andar de baixo, se esfregando em um dos colegas de faculdade do Bing?

— Claro — ela respondeu. — Mas eu tinha que subir aqui e encontrar você ou a Jane.

— Por quê? O que aconteceu? — Meu radar imediatamente começou a apitar. Olhei ao redor no lounge. Nada da minha mãe. Ah, não. Em minha preocupação com o George, eu perdi minha mãe de vista!

— Nada de mais — a Lydia respondeu. — Só, você sabe, a mamãe passeando pela festa dos jovens. Conversando com as pessoas. Falando pra todo mundo sobre os preparativos para o casamento.

— Ai, meu Deus, você impediu?

— Impedir? Eu fiz um vídeo! — A Lydia estendeu o celular e me mostrou uma filmagem da minha mãe ligeiramente bêbada conversando com alguns corretores de valores muito novinhos sobre ela ser "a inevitável futura sogra do anfitrião" e "vocês têm algum conselho de investimento para quando o casal se ajeitar?".

— Ai, meu Deus — gemi.

— Eu sei! — Ela riu. — É uma droga o papai ter aparecido pra impedir a mamãe, mas eu definitivamente vou publicar a primeira parte no YouTube. Só pro nosso público saber que a gente não exagera sobre a mamãe.

— Primeiro, o público é meu, e segundo... posso ver isso um instante? — pedi com delicadeza.

A Lydia me deu o celular e eu *acidentalmente* apertei o botão de apagar.

— Ah, olha, apagou. Desculpa, Lyds — eu disse, devolvendo o celular.

— Não acredito que você fez isso!

— Claro que acredita — respondi. — Pensa bem. O que a Jane ia dizer se visse esse vídeo publicado online?

— Hum — ela respondeu, obviamente sem ter pensado nos sentimentos e na vergonha da Jane. — Onde está a Jane, afinal? Não a vi a noite toda.

— Acho que um dos amigos do Bing bebeu demais. Eu vi a Jane e a Caroline ajudando o cara no corredor.

Acho que a Jane não teve uma noite muito boa na festa. Ela estava com as expectativas muito altas, achando que finalmente ia passar um bom tempo social com o Bing, mas todas as vezes que eu vi os dois se afastarem um pouquinho um do outro, a Caroline ou os pais deles ou um dos convidados de fora da cidade pegava o Bing para fazer papel de anfitrião. E, quando a Caroline estava livre, ela certamente tentava ficar ao lado da Jane, mas ela é uma substituta fraca do irmão.

Mas a Jane é flexível. Ela colocou um sorriso no rosto e conversou com todo mundo que ela não conhecia, encantada, como sempre, por fazer novos amigos.

— A gente devia procurar a Jane — eu disse, com preguiça. — Ver como ela está.

— Ai, meu Deus, tá — a Lydia concordou. — Qualquer coisa é melhor que encarar pateticamente uma porta ou o Darcy. Falando nisso...

Segui o olhar da Lydia e vi William Darcy vindo direto até nós.

— Ele está vindo pra cá — ela gritou através do sorriso. — Essa é a sua chance!

— Minha chance de quê?

— Força total! — disse ela e me empurrou para frente.

Eu quase caí de cara no peito dele, mas me segurei.

— Lizzie — ele disse.

— Darcy — respondi. — Oi.

— Quer dançar comigo?

De tudo que ele poderia dizer, eu não esperava por essa.

— Dançar? Agora?

— Sim. Se você quiser.

— Hummm... — Fui pega completamente sem defesa. Pelos eventos da festa, pela Lydia me empurrando e agora pelo Darcy. Essa é a única justificativa que posso dar para ter respondido: — Tá bom. Quer dizer, claro.

Enquanto ele me conduzia para o pátio do lado de fora, olhei para Lydia. *Nem pense em filmar isso,* falei sem som por sobre o ombro. Ela fez biquinho, mas guardou o celular e depois saiu agitada para incomodar em outro canto. E me deixou com o Darcy.

Outros casais se juntaram a nós na pista de dança. Se a gente estivesse no andar de baixo, a música estaria tão alta e rápida que não conseguiríamos conversar. Mas, em vez disso, o trio de jazz tocou uma música com melodia suave e, quando a mão do Darcy tocou minhas costas, o silêncio teve que ser preenchido.

— Você precisa me deixar conduzir.

Esse Darcy. Cheio de conversinha.

— O que te faz pensar que eu não deixaria? — perguntei quando começamos a nos mover.

— Experiência.

Ah, sim. Já tínhamos passado por essa situação antes, no casamento dos Gibson.

— Talvez seja melhor não julgar uma pessoa só por uma dança. Afinal, se eu tivesse feito isso, não estaríamos dançando agora. — Na verdade, eu *deveria* ter feito isso, mas... é, fui pega de surpresa.

— Bom argumento — ele disse, me conduzindo surpreendentemente bem numa virada. Eu não tinha muita certeza, mas acho que estávamos valsando. — Mas estou feliz por você dançar comigo e me dar essa segunda chance.

Percebi que ele estava tentando ao máximo ser agradável, mas, devido ao fato de eu estar determinada a odiar o cara, eu realmente não estava no clima. Soltei:

— Eu considero segundas chances algo muito bom. Você não?

— Acho que sim. Se forem merecidas.

— Normalmente não são?

— Não na minha experiência — ele respondeu.

— Então, em geral, você acha que a primeira impressão é correta.

— Você não? — ele ecoou.

— Sim, mas gosto de pensar que dou às pessoas o benefício da dúvida, pelo menos no início — rebati.

— Costumo ser mais do que disposto a dar às pessoas o benefício da dúvida quando as conheço — ele retrucou. — Mas, se elas demonstram não valer o meu tempo, não tenho vontade nenhuma de ter essas pessoas na minha vida.

— Isso parece... muito claro.

— E é.

— E solitário — acrescentei, feliz por pegar o Darcy com a guarda baixa pelo menos uma vez. — Então você está disposto a admitir que segundas chances são uma coisa boa para quem merece, mas você não as concede.

— Eu... consigo pensar em pouquíssimas vezes em que são merecidas.

— Estou pensando em George Wickham.

O Darcy adquiriu um tom esnobe ainda mais pronunciado, se é que isso é possível, quando disse:

— George Wickham não merece nem ter o nome dito em voz alta.

Por você, pensei. *Falar o nome dele é demais pra você, seu mesquinho arrogante que usa suspensório.* Mas, infelizmente, eu não disse nada em voz alta. Por algum motivo, minha força total falhou quando fiquei cara a cara com meu alvo. Tentei me recompor. Tirar o vermelho dos olhos e voltar minha voz para uma frieza de gelo.

— Você foi muito grosseiro com ele no Carter's naquela noite — afirmei, desafiadora. — Ouso dizer que você magoou o George.

— Não estou preocupado com os sentimentos de George Wickham.

— Pois eu estou — respondi. — Considero o George... um amigo.

— Mais que um amigo, mas eu não ia admitir isso para o Darcy. Por algum motivo, o modo como ele se agigantou na minha frente tornou muito difícil manter a coragem.

— O George é muito capaz de fazer amigos. E ainda mais capaz de usá-los.

Isso dito por alguém que não reconheceria um amigo de verdade se um aparecesse e desse um tapinha no ombro dele.

— Então ele teve azar de ter te chamado de amigo em algum momento.

Deixei meu olhar escapar até a porta da frente de novo, atravessando o lounge e entrando na casa.

— Ele não vem, Lizzie. — A voz do Darcy foi um sussurro no meu ouvido.

— Você não sabe — eu disse, voltando a olhar para ele. — Eu convidei o George. Ele pode...

— Esse cara não vai aparecer. Tenho certeza disso.

E assim o Darcy confirmou minhas teorias paranoicas de por que o George não estava ali naquele momento. Era culpa dele. Claro que era. Não havia outra explicação.

— Sinto muito — ele disse.

— Sente mesmo? Acho que não. — Uma coisa que eu não ia tolerar era sua pena.

O silêncio reinou entre nós. Continuamos nos movendo no ritmo da música e desejando que acabasse. Pelo menos para mim. O Darcy, no entanto, estava com o pensamento em outras coisas.

— Posso te perguntar — ele disse — o motivo da sua linha de questionamento anterior? Sobre segundas chances, quero dizer.

— Eu só estava tentando te decifrar, Darcy — respondi, de repente cansada. — Você é difícil de decifrar.

— Você também não é fácil — ele disse baixinho.

— Talvez fosse melhor a gente parar de tentar decifrar um ao outro — retruquei. — E simplesmente dizer o que sentimos.

Esperei. Esperei a coragem sair com força total e censurar o Darcy diretamente. Esperei... ele dizer alguma coisa primeiro.

Aparentemente, esperei por tempo demais. Porque eu não estava respirando quando a música parou, e Darcy tirou as mãos das minhas costas e deixou que eu me afastasse.

— Obrigado pela dança — ele disse, antes de fazer uma mesura (sim, uma *mesura*) e se afastar.

Eu daria qualquer coisa para ter Charlotte ali naquele momento. Ter alguém para quem correr e contar tudo. O George também serviria — se bem que, se ele estivesse lá, eu não teria dançado com Darcy. Eu aceitaria até minha mãe naquele momento, porque meu desespero de não ficar sozinha com meus pensamentos era absurdo. No entanto, o outro lado da moeda é que eu posso agradecer pelo fato de minha mãe não ter me visto dançando com o Darcy, porque ela podia de repente decidir parar de desgostar dele e começar a planejar o casamento fictício número dois.

Assim, comecei a andar sem rumo. Procurei minha Jane, que poderia me proporcionar algum alívio. Mas ela estava sumida havia algum tempo.

Ela não estava com o Bing. Ele estava no lounge conversando com os pais, com um sorriso forçado no rosto. Ela também não estava com a Caroline, que eu vi conduzindo Darcy por um corredor, supostamente para um lugar onde ele pudesse fingir que estava mandando mensagens num canto.

Minha última esperança era a Lydia. Encontrei minha irmã no andar de baixo, cercada por homens, dançando — ela definitivamente estava curtindo demais para me ver ali. (Por sorte, minha mãe não estava mais lá embaixo. Acho que meu pai a levou para respirar ar fresco.) E decidi que, uma bebida depois, ela seria cortada — pela irmã mais velha, se não fosse pelo barman. Eu reconheço melhor os sinais.

Voltei para o andar de cima, deixando meus pés afundarem na piscina por um instante. Eu não estava mais no clima de festa. Estava triste e cansada e queria ir para casa. Estava até pensando em amarrar a Lydia e pegar meu carro com o manobrista quando vi a Caroline e o Darcy andando rapidamente de volta para o lounge. Seguidos, alguns instantes depois, pela Jane.

— Jane! — gritei, chamando a atenção da minha irmã. Ela sorriu quando me viu, mas havia alguma coisa fora do padrão. Seu rosto estava um pouco vermelho demais. — Tudo bem? — perguntei.

— Comigo? — ela respondeu rapidamente. — Tudo bem. E você?

— Ótima — eu disse. — Eu acho. Acabei de dançar com o Darcy, se é que você acredita nisso.

A Jane sorriu.

— Você dançou com o Darcy? Por vontade própria?

Eu ri. A Jane tem esse efeito sobre mim. Três segundos de sua atenção e o mundo parece cem por cento mais gentil.

— Ei — disse o Bing, se aproximando de nós e colocando um braço sobre o ombro da Jane. — Você está aí! — Ele parecia realmente ter sentido falta dela. E também parecia um pouco bêbado. Acho que eu era a única pessoa meio estressada na festa. — Estão se divertindo? Tenho que garantir que todos os convidados estejam se divertindo.

— Claro que estamos — a Jane respondeu com doçura. — Estamos nos divertindo muito. Certo, Lizzie?

Com a falta do Wickham, a insanidade da minha mãe, a Lydia filmando tudo e a agitação da minha dança com o Darcy, havia algumas coisas que eu poderia dizer sobre a festa.

Mas só disse:

— Certo. Estamos nos divertindo muito.

QUARTA-FEIRA, 19 DE SETEMBRO

@bingliest · domingo, 16 de set
Cidades pequenas são ótimas, mas estou de volta à cidade grande.
Olá, Los Angeles!

Bing saiu da cidade. Ninguém consegue entrar em contato com a Caroline, exceto por uma mensagem de texto que ela me mandou:

> Desculpa por termos ido embora tão de repente, mas vejo vocês em breve! Bjos

Ninguém tem a menor ideia do que aconteceu. Menos ainda a Jane.

Num momento, ela está deixando biscoitos de aniversário em Netherfield e no seguinte recebe uma mensagem via Twitter — nem foi diretamente para ela, mas para toda a rede social — de que o Bing voltou para LA.

E não parece que ele vai voltar para cá. Minha mãe passou de carro por Netherfield (tá bom, eu fui com ela, porque estava muito preocupada), e nós nem passamos do portão. Mas, no fim da entrada de carros, vimos um caminhão de mudanças sendo carregado com todas as coisas deles.

Minha mãe voltou direto para casa e logo se jogou no sofá, choramingando que a vida tinha acabado. Não apenas a vida da Jane nem a vida dela, mas *toda* a vida.

Quanto à Jane... ela faltou ao trabalho por motivo de doença nos últimos dois dias. Não saiu do quarto. Deve estar fugindo à noite para repor o estoque de chá e ir ao banheiro, mas, fora isso, não tenho a menor ideia do que está acontecendo. Ela não recebe respostas do Bing. E isso realmente está começando a me preocupar.

Acho que ela nunca contou ao Bing sobre as quarenta e oito horas de preocupação. Mas se tivesse contado — e mesmo assim ele fosse embora? Isso faria dele um babaca maior do que eu imaginava ser possível.

Isso também colocaria muitas outras coisas em perspectiva. Tipo ser abandonada na festa do Bing não é o fim do mundo. Mesmo quando o George finalmente me ligou ontem e me disse que tinha levado um amigo ao hospital e seu celular foi roubado, eu simplesmente disse que estava tudo bem, mas eu realmente não podia falar, já que estava ocupada demais me preocupando com a Jane.

Como alguém pode ser jogada de lado desse jeito, sem o menor cuidado? Como alguém de quem eu passei a gostar e respeitar podia tratar alguém, especialmente a Jane, como uma coisa descartável?

Talvez a preferência do Darcy por descartar pessoas tenha contaminado o Bing.

Isso me faz pensar se eu um dia conheci o Bing. Se a Jane um dia conheceu o Bing.

SÁBADO, 22 DE SETEMBRO

— Que tal esse? — a Jane perguntou, clicando no link. — Estão procurando uma terceira colega de quarto. Eu teria meu próprio banheiro. Ah, não, espera... diz que eu teria minha própria *chave* do banheiro. — Ela olhou para mim. — O que isso significa?

— Não sei e não quero saber — respondi, fechando aquele link e voltando à página de busca. — Tem certeza que não quer ficar com a tia Martha e a Mary?

— Elas ficam na metade do caminho entre Los Angeles e aqui. Eu ainda levaria mais de uma hora para chegar ao novo escritório de manhã — a Jane disse. — Ia dar certo na primeira semana, mais ou menos. Mas eu vou encontrar um espaço pra mim.

Quando a Jane finalmente saiu do quarto e parou de pinar fotos de cachorrinhos tristes no Pinterest, ela ainda não tinha recebido notícias do Bing. E estava tão confusa e inconsolável que eu sabia que isso não seria resolvido com sorvete e chá. Então sugeri que ela fosse até Los Angeles para tentar encontrar e conversar com ele.

O que eu não sugeri foi que ela pedisse transferência para a sede da empresa dela em Los Angeles e se mudasse para lá.

Na verdade, em termos de carreira, isso é muito bom para ela. A Jane e o chefe tinham conversado sobre isso no último mês, mais ou menos — o que me faz pensar se a Jane estava planejando a possibilidade de se mudar para ficar com o Bing, num cenário completamente diferente.

É uma melhoria em termos de cargo e de salário, então a Jane possivelmente poderia, por fim, aliviar o atraso dos seus empréstimos estudantis, se estivesse disposta a morar com a tia Martha ou num buraco. E os nossos pais surpreendentemente estão apoiando. Meu pai está feliz com o novo emprego, que ela não vai ficar só carregando amostras e café, e vai levar o carro dela ao mecânico para arrumar. (Ouvi meus pais sussurrando sobre quanto podem ajudar a Jane, e parece que não é muito. Mas meu pai insistiu na questão do carro. Ele diz que é algo que os pais têm que fazer.)

E minha mãe tem certeza absoluta que a Jane vai encontrar o Bing e voltar casada e com filhos. Que ela provavelmente vai encontrar numa esquina qualquer, já que a Jane está planejando vir em casa no Dia de Ação de Graças.

Estou um pouco menos entusiasmada. Não na frente da Jane, claro. Na frente dela, sou a irmã mais incentivadora do mundo. Mas sinto que as coisas estão meio rápidas. Um cara termina com ela e uma semana depois ela se muda. São muitas mudanças de vida num ritmo incrivelmente rápido. Pior: esse é o cara por quem ela se apaixonou — muito. Que ela percebeu que estava amando um mês antes de ele decidir ir embora da cidade. Eu simplesmente não quero que ela tome uma decisão apressada que acabe sendo dolorosa ou errada.

E uma das piores e mais dolorosas decisões que ela poderia tomar é morar num lugar onde ela precisa de uma chave para o banheiro.

— Os preços no Vale são um pouco melhores. Vamos ver o que a gente acha por lá — eu disse por cima do computador.

— Ai, no Vale? Quem quer morar no Vale? — rosnou a Lydia enquanto entrava de repente no quarto e se jogava na cama.

— Pessoas que não querem morar aqui — respondi.

— Ai, meu Deus, Jane, você devia tentar encontrar colegas de quarto que também sejam modelos. Assim você pode usá-los quando estiver desenhando coisas.

— Não é uma má ideia — disse a Jane com delicadeza.

— Modelos masculinos gostosos, de preferência.

— É... provavelmente é melhor não digitar "procuro modelos masculinos gostosos" no Craigslist — alertei. — Você não vai querer ver o resultado da busca.

— Fale por você — argumentou a Lydia, agarrando meu computador. — Me dá isso.

Eu rapidamente tirei o computador do alcance da Lydia, mas nosso joguinho foi interrompido pelo zumbido do celular da Jane.

Ela pegou o celular imediatamente, cheia de esperança. Ela ainda queria que fosse o Bing e dava um pulo sempre que um telefone tocava.

— É do trabalho — ela disse meio desanimada, vendo o nome no identificador de chamadas. — Eu já volto.

Quando a Jane saiu, a Lydia se aproximou de mim.

— Olha, a gente tem que encontrar o lugar mais fofo e mais fantástico pra ela morar, porque, quando o Bing finalmente mostrar a cara feia e fedida, ele não pode ver a Jane de um jeito que não seja fantástico e feliz.

— Uau — respondi, sem conseguir esconder o choque. — Isso foi notavelmente sucinto e faz muito sentido.

— Eu sei. — A Lydia se inclinou por sobre meu ombro e começou a digitar. — Vamos deixar o Vale de lado e procurar em Beverly Hills.

— Ela também precisa conseguir pagar.

A Lydia franziu a testa, detestando a ideia de pensar de um jeito prático. Mas depois deu de ombros.

— Bom, o Bing simplesmente vai ter que ir até a Jane. Ela provavelmente não vai querer morar perto demais da Caroline e do Darcy, de qualquer maneira.

— Acho que não — eu disse, meio confusa.

— Eu nunca entendi por que você gostava tanto da Caroline. Ela é completamente falsa — a Lydia disse enquanto assumia meu computador e saía digitando. — E o Darcy? Ele faz a cabeça do Bing, aposto quanto você quiser.

Isso me fez pensar. Será que o Darcy fez a cabeça do Bing? Eu sei que especulei que o jeito crítico dele podia ter contaminado o Bing. Mas e se não fosse uma influência casual, e sim uma intromissão direta na vida dele... do mesmo jeito que ele se intrometeu diretamente na vida do George?

Por que ele faria isso? E como?

— Ah, você devia comprar esses ingressos! — A Lydia me arrancou dos meus pensamentos e fez meu olhar se virar para a tela.

— Espera... em que página você está? — De alguma maneira, a Lydia tinha clicado numa página de venda de ingressos com destaque para um festival de música perto de casa no próximo fim de semana. — O George gosta dessa banda. Seria uma surpresa ótima pra ele!

Próximo fim de semana. No próximo fim de semana, a Jane já vai ter ido para LA. Eu estarei uma semana mais perto do início das aulas, e sem dúvida ainda não teremos ideia do que aconteceu com o Bing. Tantas mudanças... e tanta coisa permanecendo igual...

Eu não vejo o George há alguns dias, com toda a preocupação com a Jane. Talvez eu devesse tirar um tempinho para nós. Ver aonde vamos chegar. Melhor do que receber meu coração de volta com uma marca de sapato nele, como aconteceu com a Jane.

— Boa ideia, Lydia — eu disse.

— Ah, que bom, compra um ingresso pra mim também?

— Arruma seu próprio namorado — respondi. — Vem, vamos encontrar um apartamento para a Jane.

TERÇA-FEIRA, 25 DE SETEMBRO

Mais um dia triste. Tudo está acontecendo no meio do tédio e da solidão. O que não é meu estado normal.

A Jane foi embora. Partiu no domingo à noite para dirigir até a casa da nossa tia e começar no novo emprego em LA bem cedo na segunda de manhã. Eu já tive notícias dela — está adorando o novo cargo, tem algumas indicações decentes de apartamento e mandou e-mail para o Bing avisando que estava na cidade. Até hoje, ele não tinha respondido. Estou começando a achar que ele não vai responder nunca.

Você poderia pensar que eu encontraria consolo na partida da minha irmã nos braços do meu quase namorado/cara com quem estou saindo, mas ele também saiu da cidade. Sim, você leu certo, George Wickham deixou nossa pequena cidadezinha para treinar a equipe de um clube em Meryton. Que bom que eu comprei aqueles ingressos para nada!

Por um lado, pelo menos ele veio se despedir de mim. Por outro, acho que consegui a resposta à minha pergunta não feita sobre onde nosso relacionamento ia dar. Ah, ele disse que vai voltar daqui a algumas semanas, mas eu não prevejo muitos contatos nesse meio-tempo. Por que se preocupar com a garota que está distante quando existem várias outras próximas? Ele é muito o tipo de cara longe dos olhos, longe do coração — e foi divertido enquanto durou.

É isso que vou continuar dizendo a mim mesma.

Então, agora, sem Jane, George, Charlotte, Bing, Caroline e até mesmo Darcy, sou só eu em casa, encarando meus dois últimos semestres na faculdade e sem um futuro certo além disso. Bom, eu e a Lydia.

Ai, meu Deus. Minha esfera social inteira foi reduzida à Lydia. Isso não pode dar certo.

SEXTA-FEIRA, 28 DE SETEMBRO

— Não acredito que você também vai me deixar. — A Lydia fez biquinho enquanto sentávamos no gramado do festival de música. Tínhamos acabado de estender nossa manta e começamos a ouvir os acordes de... alguma coisa. Acho que era um uquelele, mas a gente estava muito longe.

— Não se preocupe, eu volto daqui a algumas semanas. Não posso perder aulas.

— Não, mas aparentemente pode *me* perder — ela resmungou.

Que diferença fazem três dias (e uma ligação telefônica)! E pensar que setenta e duas horas atrás eu estava lamentando minha existência solitária, resignada ao meu destino de Guardiã da Lydia (marca registrada minha, chorando sobre o teclado) e um ano longo e solitário na biblioteca ou em frente a uma câmera sem nada para dizer. Agora, depois do festival de música com minha exuberante irmã mais nova, tenho que fazer as malas para viajar.

Porque amanhã eu vou fazer uma visita.

E não é para o George. Não, ele está livre para paquerar qualquer nadadora que encontrar em suas diversas escalas. Achei que fosse me importar mais com o fato de ele ter ido embora, mas, além daquele primeiro dia? Que nada. Mas aí a Charlotte me ligou.

Eu não acreditei em como sentia falta da voz dela. Só tinha se passado um mês desde que ela foi embora — desde que a gente se falou —, mas assim que ela disse "Oi, Lizzie", fui tomada de saudade de casa. E lembre-se que era eu que ainda estava em casa.

Conversamos por mais de uma hora. Eu precisava conversar com minha melhor amiga sobre a loucura do último mês. E parece que ela está muito bem. Ela está instalada na Collins & Collins e no novo apartamento. A irmãzinha dela, Maria, estava fazendo um estágio de verão. A Charlotte não estava vendo meus vídeos, tentando continuar tão zangada comigo quanto eu merecia, mas a Maria deu uma mãozinha para ela voltar a assistir. A Charlotte me ligou porque estava preocupada com a Jane. E comigo.

Ela me convidou para visitá-la na Collins & Collins por uma semana, um pouco antes do começo das aulas. E eu vou. Preciso saber o que a Charlotte pensa e preciso da minha amiga. E, conforme a gente conversava, percebi como estava errada. Eu definitivamente fui burra. Eu devia ter tentado ver as coisas pelo ponto de vista dela e ter ficado feliz pelo seu novo emprego.

Alguns dias atrás, eu não sabia o que ia acontecer e, agora... mal posso esperar até amanhã.

— Tanto faz — a Lydia disse, afastando a petulância anterior. — Eu vou continuar sabendo de tudo na sua vida, porque, um, não acontece nada na sua vida, e dois, você não consegue ficar sem publicar esse nada na internet.

— Verdade — eu disse, seca. Vou levar minha câmera para a Collins & Collins, claro. Afinal, tenho uma tese para fazer.

— E seus fiéis espectadores não vão sentir falta de coisas adoráveis se eu fizer meus próprios vídeos! — ela cacarejou, triunfante. — Não se preocupe, eu cuido de tudo, irmã.

— Muitíssimo obrigada — respondi. Sim, a Lydia está planejando retomar seus próprios registros *interessantes* no docudrama sobre a nossa vida na internet. Só posso imaginar a confusão que ela vai aprontar com seu iPhone dessa vez. Só espero que ela não acabe vandalizando o carro de alguém. De novo.

Eu me preocupo em deixar a Lydia com seus próprios dispositivos. Mas, por outro lado, é só uma semana, mais ou menos. Eu volto a tempo do início das aulas. As aulas da Lydia na faculdade comunitária estão mantendo-a ocupada este ano, já que ela realmente está indo às aulas até agora neste semestre. E eu quero tanto ver a Charlotte. Além do mais, qual é a pior coisa que pode acontecer?

SÁBADO, 29 DE SETEMBRO

Estou aqui na casa da Charlotte, uma garrafa de vinho dividida entre as duas, e não me sinto tão feliz há muito, muito tempo.

No instante em que cheguei ao condomínio, eu estava tão eufórica para sair do carro e ver a Char que acidentalmente deixei meu carro destrancado e as chaves na ignição. Por sorte, ela mora num prédio bem decente, e ninguém o roubou. Talvez o fato de ser um Honda Civic com dez anos de uso e janelas de abertura manual tenha disfarçado seu valor. (Na verdade, foi sorte. Minha câmera estava lá dentro.)

A Charlotte e eu simplesmente corremos para os braços uma da outra (se havia um campo de flores atrás de nós, eu não percebi) e não paramos de falar até ela ir para cama dormir. E eu fui para o *meu* quarto, com o meu diário.

Sim, é isso mesmo, são dois quartos.

— Prédio novo! — a Charlotte me disse, mostrando o apartamento. — Carpetes novos, eletrodomésticos novos e a melhor parte... — Ela abriu duas portas fechadas que saíam da cozinha.

— Não! — exclamei. — Você tem *sua própria lavadora e secadora?*

Eu tinha feito muitas pesquisas online para a Jane na última semana para saber que isso era uma grande coisa no cenário moderno dos apartamentos.

— Eu sei! — ela disse, toda feliz. — Eu não tenho uma lavadora/secadora dentro de casa... desde que a minha família se mudou da casa para o apartamento! Lizzie, você não tem ideia de como é incrível ter as minhas coisas, a minha casa, com espaço suficiente para convidados e sem ter que me preocupar com dinheiro e...

A Charlotte sorriu, relaxada. E eu percebi que eu não a via total e completamente relaxada desde... antes do ensino médio? Antes dos hormônios, das pressões da vida cotidiana e da dificuldade financeira da família dela. Por mais difícil que fosse para mim aceitar que a Char desistisse dos seus sonhos de fazer documentários e do mestrado, o fato de ela não ter que segurar tanto as rédeas que a puxavam na direção oposta era fantástico.

Em pouco tempo, abrimos o vinho e estávamos no sofá da Charlotte. E *realmente* começamos a conversar. Sobre como ela se sentia marginalizada pelo sucesso dos vídeos, que eu não pensava nela como auxiliar e como ela estava adorando a vida longe da formação acadêmica.

E aí eu contei tudo para ela sobre George e minha decepção por ter sido abandonada — sério, a gente tem que perceber as pistas —, e ela só me olhou como se eu fosse idiota.

— Bom, ele não era realmente o seu tipo, era?

— Eu sei que ele era meio demais pra mim, mas...

— Demais pra você? — zombou a Charlotte. — Por quê? Só porque ele passava quatro horas por dia na academia? Por favor, você que era demais para *ele*, tanto que considero as suas saídas com ele como trabalho voluntário causado por insanidade temporária.

— Insanidade temporária? — gritei. — Ele era gostoso e charmoso.

— E também era metido — ela retrucou. — Eu vi os seus vídeos. Quer dizer, você *sabe* que ele não foi à festa do Bing por causa da briguinha dele com o Darcy.

É verdade, eu tinha chegado a essa conclusão.

— É, mas...

— Então por que você deixou ele escapar com uma mentira idiota?

— Bom, talvez não fosse totalmente mentira...

— Se o celular dele foi roubado, como ele te ligou?

— Ele... comprou um novo? — Só que ele não tinha feito isso, e eu vi o celular dele. A mesma capa com "Ryan Lochte é meu Guia Espiritual". Eu achava que isso tinha intenção de ser irônico, mas agora... — Talvez eles tenham encontrado o cara que roubou, e ele tenha recuperado — tentei de novo, mas era uma desculpa esfarrapada. Eu estava cansada de defender o George, e não havia necessidade disso. Ele não era meu namorado, nunca foi exclusivo e estava curtindo outra jovem mulher com surto temporário de insanidade. — Vamos falar de você! — eu disse, alegre. — Como está na Collins & Collins? Como é trabalhar pro... — Não consegui evitar o terror na voz. — Sr. Ricky Collins?

— Primeiro, eu trabalho *com* Ricky Collins, não *para* ele — a Charlotte me corrigiu. — E está tudo muito bem. É muito trabalho, mas eu ouso dizer que estou me divertindo.

— Se divertindo? — Eu estava cética. — Fazendo vídeos onde você ensina as pessoas a trocarem uma lâmpada?

— Esses vídeos foram comissionados pela Catherine De Bourgh. Eles pagam as contas — protestou a Charlotte. — E isso permite que a gente crie nosso conteúdo original.

— E qual seria?

— *Game of Gourds!* — ela gritou, agarrando o computador. — Vem cá, deixa eu te mostrar o que a gente anda fazendo.

— Bom... — eu disse, depois de ver o rascunho dos primeiros programas. — É um programa de competição culinária muito emocionalmente elaborado.

— Eu sei — respondeu a Charlotte. — Pelo menos é abóbora cozida que eles estão jogando. Se fosse crua, provocaria uma concussão. Preciso ajeitar esses episódios amanhã, antes de apresentarmos para Catherine De Bourgh pra conseguir investimento.

— Espera, amanhã? — perguntei. — Mas amanhã é domingo.

— Somos uma empresa nova, Lizzie. — A Charlotte me deu um sorriso forçado. — Trabalhamos oito dias por semana. Tirei a tarde de hoje pra estar aqui quando você chegasse, mas eu basicamente moro no escritório.

— Mas então quando é que a gente vai se ver? — Isso era desagradável. Eu só tinha uma semana com a Charlotte antes de voltar para a faculdade. Eu sabia que ela teria que passar de segunda a sexta na Collins & Collins, mas achei que pelo menos teríamos os fins de semana e as noites depois do trabalho.

— Achei que você teria interesse em conhecer o escritório — respondeu a Charlotte, torcendo os dedos. — Penso que você vai achar inspirador. Tem um escritório vazio onde a gente pode colocar uma mesinha pra você.

— Bom... tudo bem. Quer dizer, claro, eu adoraria conhecer o escritório, mas não quero atrapalhar ninguém...

— Não vai! — respondeu a Charlotte, jogando os braços ao redor de mim. — Você vai adorar, eu juro. Espero que você tenha trazido seu terninho. Isso vai ser tão divertido!

QUARTA-FEIRA, 3 DE OUTUBRO

Então eu falei por telefone com a dra. Gardiner um tempo atrás. Foi... surpreendentemente tranquilo.

— Oi, dra. Gardiner. É a Lizzie Bennet. Estou ligando do escritório novo da Charlotte Lu! ... Sim, ela está ótima, e estamos nos divertindo muito. Na verdade, ela teve uma ideia que eu achei... Bom, o negócio é o seguinte. E se eu *não* voltasse para as aulas na próxima semana? ... Não! Não, absolutamente, não vou abandonar os estudos. Mas e se, em vez de assistir às últimas quatro aulas presenciais, eu transformasse isso em quatro estudos independentes? ... Bom, eles se concentrariam em acompanhar quatro empresas diferentes de novas mídias, conhecer seus objetivos iniciais e qual foi a evolução da empresa, além de analisar as práticas de negócios. ... Claro, eu vou continuar fazendo os vídeos pra minha tese ao mesmo tempo. Na verdade, a Charlotte ofereceu a Collins & Collins como a primeira empresa de novas mídias que eu vou acompanhar. ... Sim, isso é muito conveniente. Mas acho que não é... Não, não é só uma armação para eu passar mais tempo com a Charlotte. Embora eu vá ficar na casa dela ... Dra. Gardiner ... Dra. Gardiner, escuta. Acho que seria muito bom para mim. Uma experiência prática antes de eu realmente colocar a mão na massa, além de proporcionar um estudo aprofundado do lado comercial da teoria de novas mídias. Se você achar que seria melhor eu voltar para o campus e assistir a essas últimas quatro aulas presenciais, é isso que vou fazer, mas acho que você sabe que estou certa. Seria uma ótima oportunidade. ... É? Eu posso? Obrigada, dra. Gardiner! Muito obrigada! Eu prometo que não vou desapontá-la.

☀ ☀ ☀

Já que tudo está combinado na faculdade, parece que eu tenho uma nova aventura pela frente! Agora, a segunda ligação.

— Oi, mãe, é a Lizzie. ... Não, tá tudo bem. A Charlotte está mandando um beijo. ... Não, ela não está casada ainda. ... Porque ela está trabalhando muito e não precisa de um homem para definir a si mesma. ... Mãe, você pode parar de falar da opção C? Eu queria conversar com você sobre uma coisa. Sobre talvez ficar um pouco mais de tempo do que eu planejei com a Charlotte...

SEXTA-FEIRA, 5 DE OUTUBRO

Estou gostando muito mais da Collins & Collins do que achei que gostaria. A Charlotte é o poder por trás do trono, e Ricky Collins está provando que é um pouco mais tolerável em seu território. Tão mais tolerável, na verdade, que, quando sugeriu que eu ficasse mais tempo do que a semana planejada e quando a Charlotte me deu uma ideia que me tirou da sala de aula no último ano da pós-graduação, eu aceitei.

Sinceramente, achei que a ideia da Charlotte seria vetada por todos os lados, mas a dra. Gardiner aceitou. E minha mãe também — depois que meu pai pegou o telefone e, suponho, a acalmou. E agora está acontecendo de verdade. Meu último ano na faculdade não vai ser passado na segurança do campus; em vez disso, vou acompanhar quatro empresas diferentes e escrever um relatório sobre cada uma — e a primeira é a da Charlotte. Não tenho a menor ideia de quais serão as outras três. Mas estou pesquisando que nem louca, usando os contatos que consegui na VidCon, e a dra. Gardiner disse que ia mexer alguns pauzinhos, se fosse necessário. Sem falar que *de novo* estou feliz pelo fato de manter este diário. Sem dúvida ele vai ser útil para meus estudos independentes e para minha tese, além de me ajudar a manter a sanidade.

Quatro estudos independentes. E uma tese. Tudo sozinha.

Ai, Senhor.

E a verdade é que, olhando para essas páginas, agora eu vejo que não estava muito ansiosa para voltar às aulas este ano. Em parte porque é o último ano — ai, ai, vou ter que crescer em breve, vamos adiar isso o máximo possível —, mas a parte mais importante é que não seria a mesma coisa. Não com os vídeos se tornando uma coisa tão importante e todo mundo na faculdade sabendo deles. (Filmar a sua vida e colocar na internet atrai críticas das pessoas, sabia? Quem diria!) E certamente não seria a mesma coisa sem a Jane em casa e sem a Charlotte ao meu lado na faculdade. Ou eu estou mudando muito rapidamente e tudo está parado ou eu estou parada e tudo está mudando ao meu redor. De qualquer maneira, estou fora do eixo com o mundo.

Então, aparentemente, para voltar ao meu eixo com o mundo, vou ter que fazer parte dele — pelo menos temporariamente. Sair do ninho. Livre e selvagem.

Não, não é nem um pouco assustador.

Mas tenho que dizer que ver minha melhor amiga dar conta do clima corporativo da Collins & Collins tem sido inspirador. E, pelo que eu vi da divisão de trabalho entre ela e o Ricky, a Charlotte praticamente administra a empresa.

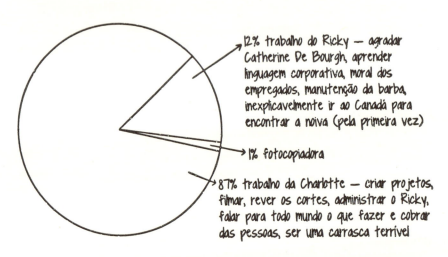

12% trabalho do Ricky — agradar Catherine De Bourgh, aprender linguagem corporativa, moral dos empregados, manutenção da barba, inexplicavelmente ir ao Canadá para encontrar a noiva (pela primeira vez)

1% fotocopiadora

87% trabalho da Charlotte — criar projetos, filmar, rever os cortes, administrar o Ricky, falar para todo mundo o que fazer e cobrar das pessoas, ser uma carrasca terrível

O Ricky se considera mais um homem de "ideias". No entanto, não o ouvi dar uma única ideia que não tenha vindo de sua principal investidora, Catherine De Bourgh, que por sua vez a tirou de um livro de cultura corporativa superficial. Ainda não conheci a famosa Catherine De Bourgh, mas o Ricky fica ameaçando — ops, quer dizer, prometendo — me levar a um dos jantares de negócios dele e da Charlotte na propriedade De Bourgh. Acho que ela não mora aqui de verdade — esse canto distante do vale tecnológico ainda não está muito na moda. (E é por isso que o Ricky consegue pagar pelo escritório e a Char consegue pagar por um apartamento de dois quartos.) Mas ela certamente cuida de perto do investimento. Considerando que estou acompanhando a empresa, duvido que eu possa dizer não. Além do mais, isso vai dar um bom parágrafo no meu relatório sobre a Collins & Collins: *Como conseguir um financiamento e quais sacos puxar para mantê-lo.*

Mas, quem sabe, talvez eu esteja errada — eu errei em relação a muitas pessoas ultimamente. Talvez Catherine De Bourgh seja uma mulher de negócios agradável e perspicaz, que vai me adotar e me ensinar tudo sobre esse setor.

Viu? Já estou aprendendo a ser menos crítica.

TERÇA-FEIRA, 9 DE OUTUBRO

Eu jantei com a De Bourgh. Fui abençoada pela Sagrada Capitalista de Risco ao ter permissão de permanecer em sua presença enquanto ela mastigava e bebericava. Fui avisada para não me depreciar demais, já que ela não ia esperar que eu, uma pobre aluna de pós-graduação, tivesse alguma coisa com etiquetas de luxo, mas, se eu estivesse arrumadinha e fosse humilde, tudo daria certo.

Fui alertada disso pelo sr. Ricky Collins durante todo o caminho de carro até a casa dela.

No entanto, não fui alertada de que Catherine De Bourgh teria outros convidados.

Mas me deixe voltar um pouco. Vou aproveitar para reviver a noite toda, desde o início tempestuoso até o meio bizarro e o alívio de ter chegado ao fim.

Andamos uma hora de carro até a casa da Catherine De Bourgh, porque ela mora no lado mais rico do Vale do Silício. Não que a região da Collins & Collins não seja bacana, mas a área é o que a sra. De Bourgh chamaria de "em desenvolvimento" — que, aparentemente, envolve muitos restaurantes de rede e escritórios com preços razoáveis.

Aparentemente, o bairro da sra. De Bourgh é o mais rico dos ricos e tem alguns vizinhos notáveis. O Ricky disse que, quando Mark Zuckerberg se mudou para a rua dela, ele tentou comprar todas as outras casas do quarteirão. Mas — de novo, de acordo com Ricky — a solicitação foi "rapidamente retirada, quando ele percebeu que a propriedade em questão pertencia à venerável Catherine De Bourgh"!

Não vou mentir: quando viramos a esquina da rua dela, fiquei de olho para tentar ver um cara de cabelo cacheado usando moletom com capuz.

E, quando o Ricky chamou a casa dela de "propriedade", ele não estava brincando. Sabe como Netherfield era a maior casa no melhor condomínio da nossa cidadezinha? A residência De Bourgh tem o dobro do tamanho, com cercas três vezes mais altas. Tem um guarda no portão. O trabalho dele é ficar sentado ali e deixar as pessoas entrarem. E, sinceramente, quem vai tentar invadir essa casa? Fica a quase um quilômetro da rua! Duvido que Mark Zuckerberg faça essa caminhada.

Mas, enfim, chegamos, entramos (no entanto, nos disseram para parar no estacionamento dos visitantes, a uns cem metros da casa), e o Ricky, praticamente se dobrando, me puxou para me apresentar a Catherine De Bourgh.

— As pessoas te chamam de Lizzie ou Liz? — ela perguntou.

— Bom, normalmente é...

— Claro que é Liz. Nenhuma mulher adulta *jamais* seria chamada por um nome infantil como Lizzie. Liz, ouvi falar muito sobre você. Principalmente porque você foi a primeira opção de sócia do Collins, mas decidiu não aceitar uma oferta bem generosa pra trabalhar para mim, ouvi dizer. Deve ser bom ter tanta liberdade de escolha nas suas possibilidades futuras. Ou você é uma daquelas que simplesmente não querem trabalhar?

Ouvi um som. Era o som da morte de qualquer esperança que eu tinha de encontrar uma mulher de negócios receptiva-porém-poderosa com quem aprender. Também foi o som da coisa que a sra. De Bourgh estava segurando nos braços tentando respirar.

— Ah, meu bebê, você quer seu papá, não é? Não é, minha Annie-kins?

A coisa — um cachorro decrépito do tamanho de um rato de alguma raça indeterminada, mas provavelmente de sangue absurdamente puro — rosnou e tremeu em resposta.

— Anakin? — perguntei à Charlotte num sussurro. — Tipo o Darth Vader?

— Não, tipo Annie-kins — ela esclareceu. — Como se ela fosse o Papai Warbucks e aquela fosse sua órfã.

— É tão agradável vê-la desfrutar do amor que apenas uma companhia canina pode proporcionar — interferiu Ricky, principalmente para abafar meu riso debochado num péssimo momento.

— Annie-kins não é um animal de estimação, Collins. Ela é pratica-mente minha sócia nos negócios. Como a srta. Lu para você.

— Ah, claro! — disse o Ricky rapidamente, ignorando o olhar de aler-ta da Charlotte.

Enquanto a sra. De Bourgh estava ocupada dando beijinhos aéreos no cachorro, o Ricky estava ocupado enaltecendo as virtudes de se ter um animal de estimação, e eu estava me perguntando se ela usou uma hipérbole ou se Annie-kins estava no conselho da CDB Capital de Risco, uma porta se abriu atrás de nós.

— Tia Catherine, o chef disse que o jantar está pronto. Ah...

Eu me virei. E vi um certo sr. William Darcy.

Sério. Nem me fale em ser pega de surpresa.

Se servir de consolo, ele parecia tão surpreso quanto eu. Estou con-siderando que seu desprazer foi igual ao meu.

— O que você está fazendo aqui? — Não consegui evitar e soltei isso.

— Eu... vou jantar com a minha tia — ele respondeu. Depois tossiu e pigarreou. — Estou de passagem, a caminho de San Francisco... E você?

— Estou... visitando a Charlotte.

— Sr. Darcy! — Ricky Collins gritou, correndo para apertar a mão do cara. — Sou o sr. Collins, da Collins & Collins, o mais recente investimen-to da sua tia! Ouvi falar tanto em você, especialmente nos fantásticos...

— Sr. Collins! — Charlotte se intrometeu, correndo para me ajudar. Deus me livre, Deus nos livre a todos, se o Ricky acidentalmente contas-se ao Darcy sobre meus vídeos. — Hum, você precisa dar ao Darcy uma chance de, hum... nos cumprimentar primeiro?

— Como sempre, em termos de decoro corporativo, você está certa — disse o Ricky, cedendo à Charlotte.

O Darcy pareceu entender isso como uma deixa e fez um sinal com a cabeça para ela.

— É bom vê-la de novo, Charlotte. E você também, Lizzie.

— Misericórdia, todo mundo se conhece? — cantarolou a sra. De Bourgh. — Que perturbador. E que fortuito para você, Liz. Conhecer pes-soas importantes como o meu sobrinho. Eu não esperaria isso de alguém que suponho ter estudado numa escola pública.

Darcy desviou o olhar do meu o suficiente para dar uma olhada na tia.

— Nós nos conhecemos no verão passado, enquanto eu estava hospedado com os meus amigos, os Lee.

— Ah, os Lee! Você precisa me contar como o Bing está se saindo na faculdade de medicina em Los Angeles. E a querida Caroline, você já se ajeitou com ela? Ela é quase boa demais para você, com tantas conquistas e tanta beleza, e ela conhece absolutamente todo mundo que vale a pena conhecer...

Pode ter sido uma alucinação induzida pela fome, mas acho que vi o Darcy ficar vermelho.

— Tia Catherine — disse ele, com um tom de alerta na voz. — A comida deve estar esfriando.

— Está bem, está bem... Vamos entrar — a sra. De Bourgh suspirou. — Venha, Annie-kins, meu docinho. Vamos ver se o chef fez a nossa comida preferida.

Vou supor que a comida estava deliciosa. Eu mal consegui comer. Estava tão ocupada respondendo às perguntas da sra. De Bourgh que, quando a refeição terminou, Annie-kins tinha comido mais que eu.

Às vezes a Charlotte me lançava uns olhares solidários, mas também já tinha passado por um interrogatório invasivo como aquele. Ela sabia que o único jeito de conseguir passar por isso era relaxar e pensar na Inglaterra.

— Liz, você joga polo?

— Não.

— Faz hipismo?

— Não.

— Alguma coisa com cavalos?

— Não.

— Senhor, o que estão ensinando às jovens hoje em dia?

— Eu... costumava jogar tênis.

— E depois desistiu, suponho... Bem típico. — Ela suspirou.

— Eu preferi me concentrar nos estudos.

— Então, Liz, o que você estuda?

— Comunicação de massa, senhora.

— O que há de tão importante na comunicação de massa para você decidir não se tornar o braço direito do Collins?

— Hum... — comecei, nervosa — considerando a velocidade em que o mundo está mudando em termos de como falamos e nos relacionamos, considero a comunicação de massa importantíssima.

— Hummm... — Os lábios da sra. De Bourgh viraram uma linha fina. — Bem, suponho que eu posso admirar seu desejo de terminar os estudos. Mas a sua família não é meio pobre?

— Eu... hum...

— Quantas irmãs você tem?

— Só duas.

— E todas ainda moram com a família?

— Bom, a Lydia tem só vinte anos, e a Jane acabou de aceitar um emprego em Los Angeles e se mudou.

— Você diz "tem só vinte anos", e eu digo "já tem vinte anos". Me parece um tanto atrasado ter filhas adultas ainda morando em casa com os pais. Que indicativo trágico da queda da ética profissional da geração mais jovem de hoje. Eu sempre achei que a classe média é muito mimada. Espero que você não seja uma daquelas pessoas que têm inveja de quem tem dinheiro. Pois nós trabalhamos muito mais que vocês.

— Claro que sim — eu disse. Acho que ela não percebeu o sarcasmo, porque a sra. De Bourgh simplesmente continuou falando, alegre e alheia.

— A vida deve ser muito boa, se você está disposta a abrir mão de um emprego com potencial de crescer na carreira. Claro, eu prefiro sair e sujar as mãos, mas isso não interessa a alguém como você, que está feliz por ficar em casa e brincar com uma câmera e um computador e chamar isso de estudo.

— Mas eu não faço isso — retruquei, sem conseguir mais me controlar. A mão da Charlotte apertou meu braço debaixo da mesa. — Eu não "brinco". Eu levo muito a sério. E, considerando que a senhora investiu numa empresa de novas mídias como a Collins & Collins, a senhora também parece levar a sério.

Consegui fazer algo fantástico. A sra. De Bourgh parou de falar e realmente olhou para mim. Como todos os outros na sala. O Darcy parou com o garfo no meio do caminho, os olhos penetrantes nos meus.

— Quer dizer... — continuei, subitamente nervosa. — Claro que, para alguém que aprecia o trabalho árduo, a senhora pode ver que criar conteúdo e cultivar um público são empreendimentos absurdamente difíceis, que valem o tempo e o esforço que consomem.

— A renda advinda da propaganda é o que faz valer a pena. E, para ser bem sincera, é a única coisa boa na internet. Você não concorda, William?

O Darcy, cuja sobrancelha tinha se levantado enquanto ele me encarava de um jeito esquisito, acomodou o garfo sobre a mesa.

— A propaganda só tem valor pelo público que assiste, que reage à qualidade do conteúdo.

Uau. O Darcy acabou de me apoiar nessa discussão?

Mas, antes que eu pudesse piscar, a sra. De Bourgh soltou um sopro de frustração.

— Claro que você está certo, William. Você sempre faz todo sentido. Exatamente como a minha Annie-kins aqui. E, é claro, a Caroline. Quando é que essa menina vem me visitar de novo? Você devia trazê-la na próxima vez. Por sorte, a agenda dela é muito flexível, um complemento à sua, que é tão rígida.

Enquanto a sra. De Bourgh continuava exaltando as virtudes da Caroline e comparando as realizações dela e do Darcy (acho que ela falou alguma coisa sobre o fato de Darcy tocar trompete no ensino fundamental ser comparável a Caroline ter cantado uma vez para o chefe da Otan), a Charlotte se inclinou na minha direção.

— Mandou bem — ela sussurrou.

— O quê? — respondi, igualmente baixo.

— Você ficou tranquila com a Catherine. Eu meio que achei que você ia surtar.

— Não vou surtar na frente da sua chefe, Char.

— Sério? Seu garfo não está dizendo isso.

Olhei para baixo. Eu estava agarrando o garfo com muita força. E agora ele estava meio dobrado. Ops.

— Liz? Ah, Liz! — chamou a sra. De Bourgh. — Eu estava acabando de dizer para o William que espero que as suas irmãs estejam mais preparadas para a vida do que você.

— Acredito que todas nós estamos suficientemente preparadas — falei com segurança. Ei, eu sei conferir meu extrato bancário, e o Bing diz que isso é importante. E a Jane está se saindo bem. E a Lydia... bom, duas entre três não é tão ruim.

— Sério? — Sua sobrancelha se ergueu, bem parecida com a do sobrinho. — Eu espero que você saiba cozinhar. Refeições de excelência culinária como esta serão poucas e distantes para aqueles que buscam o status de artista faminto.

— Sei esquentar uma lata de sopa, como qualquer pessoa. — Minha mãe não me ensinou a fazer muita coisa na cozinha.

— Hummm... Você pinta?

— Não.

— Esgrime?

— Não.

— Me diga: qual é a sua opinião sobre a Doutrina Monroe?

Acredite se quiser, a coisa só ficou mais ridícula a partir daí. Não tenho a menor ideia de por que a sra. De Bourgh estava tão disposta a alfinetar minha vida e apontar tudo que havia de errado nela. No entanto, nos momentos em que ela não estava dando caviar para a cachorra ou alimentando a presunção do Darcy, percebi que olhava para Charlotte. Só posso supor que ela estava tentando verificar se sua nova contratada num cargo de extrema responsabilidade não se juntava à ralé. Que ela queria garantir que as amizades da Charlotte fossem dignas dela. Ou talvez estivesse comparando e contrastando a Char e eu na cabeça dela e chegando à conclusão de que o Ricky tinha tomado a decisão correta ao contratá-la — uma conclusão à qual eu já tinha chegado há algum tempo.

Foi tão bizarro que, quando estávamos a caminho de casa, eu tive que me controlar para não rir — algo que eu não faria na frente do Ricky Collins, claro. Ele simplesmente ficou falando e falando como estava feliz de finalmente conhecer o respeitado sr. Darcy e como esperava atraí-lo para uma visita ao escritório. A Charlotte murmurava "ãhã" e fazia anotações na própria agenda, enquanto também lembrava gentilmente ao Ricky para não contar ao Darcy sobre meus vídeos.

— Ele certamente ficaria envergonhado. E não queremos envergonhar alguém tão importante quanto o sobrinho da sra. De Bourgh, não é?

Dá para não amar minha melhor amiga? Sempre pensando na segurança.

Se a gente estivesse em casa, eu teria encenado tudo para a Jane... Se bem que a Jane não está em casa, um fato que fica escapando da minha mente e, quando eu me lembro, sinto um vazio no peito. Espero que ela esteja bem em LA. Ela já me mandou um pacote de lembranças e parece estar adorando o emprego, mas tem um tom na voz dela que me diz que está faltando alguma coisa.

Mas, se eu falasse com a Jane agora, ela me diria para ser simpática. E é exatamente isso que eu pretendo fazer. Eu vim aqui com o objetivo de ver as coisas pela perspectiva da Charlotte. E não tenho motivos para não estender isso ao Ricky Collins. A Char parece lidar muito bem com ele e, apesar de ele ser chato, ele nunca é mau. Ele simplesmente tem a tendência de entrar sem bater e falar demais.

Quanto a Catherine De Bourgh, ela também não pode ser tão má. Afinal, ela... ama a cachorrinha?

No entanto, duvido que eu consiga estender minha nova filosofia de perspectiva aberta ao Darcy. Apesar de sua defesa do meu argumento (correto), hoje à noite ele foi exatamente como sempre: grosseiro, distante e provavelmente pensando que provação terrível era ser forçado a jantar com tantos plebeus. Então, sim, isso está longe de mim. Por sorte, ele só está de passagem. Não preciso pensar que vou ser obrigada a encontrar com ele de novo.

DOMINGO, 14 DE OUTUBRO

Eu realmente nunca devia terminar meu registro no diário com frases do tipo "Tenho certeza que vou gabaritar a prova amanhã!" ou "Vamos continuar dirigindo por esse penhasco! Assim a gente vai parar do outro lado!" ou "Ah, tenho certeza que nunca mais vou ver esse cara!". Isso simplesmente não funciona bem para mim.

Uma semana depois do Choque e Surpresa de ver o Darcy na mesa de jantar da Catherine De Bourgh, não pensei mais nele enquanto seguia com a minha vida. Acompanhar a Collins & Collins está indo muito bem — eu me envolvo (ou pelo menos observo) em todos os processos de produção, desde a redação até a edição, sem falar nas reuniões intermináveis sobre o alcance corporativo, como criar bochicho, vender os vídeos ao estilo "como fazer" para clientes que os queiram e vender propaganda para as produções próprias, como o *Game of Gourds*. Não é surpresa a Charlotte trabalhar oitenta horas por semana, e não é surpresa passarmos mais um domingo no escritório.

Bom, pelo menos *eu* ia passar. A Charlotte e o Ricky tinham um brunch com a sra. De Bourgh, no qual ela estava tentando forçar os dois a aceitar um consultor (porque a sra. De Bourgh de repente ficou preocupada com a falta de experiência corporativa da Charlotte). E aparentemente ela conseguiu, porque a Charlotte voltou com o tal consultor. Ela queria que eu o conhecesse.

Quem é ele, você pode perguntar?

Quem você acha?

Vá em frente, eu lhe dou uma chance.

— Lizzie — disse Darcy quando entrei na sala de conferências.

— Darcy. — Tentei disfarçar a chateação com um desinteresse agradável. — Você é o consultor?

— Sim. Minha tia me pediu para verificar os números da Collins & Collins, para confirmar que está tudo caminhando como deveria.

Certo. Caminhando como deveria. O que significa que a falta de experiência da Charlotte com negócios não era um obstáculo para uma empresa cujo CEO tem todas as qualificações de uma lista de jargão corporativo gerada na internet. Mas a Charlotte, com sua estrutura de aço, não parecia preocupada. Ela parecia pronta para encarar o desafio.

— Tenho certeza que você vai descobrir que está tudo ótimo — eu disse, sorrindo para a Char.

— Sim. — Ele anuiu com a cabeça. — Como está sua família?

Que pergunta sem sentido. Especialmente porque a sala toda, cheia de gente, estava nos observando enquanto apertávamos as mãos de um jeito constrangedor.

— Estão todos ótimos — respondi.

Depois decidi colocá-lo sob a mesma investigação que ele estava aplicando a mim e à Collins & Collins, fazendo as perguntas que eu não tinha podido fazer na semana passada (ou estava chocada demais para fazer).

— Naquela noite, eu contei que a Jane se mudou recentemente pra LA. A trabalho. Você esteve em LA por um tempo, né? Por acaso você viu minha irmã?

E fui recompensada ao ver o cara se contorcer.

— Não — respondeu Darcy. — Los Angeles é muito grande. Eu, hum... eu não vi a sua irmã.

— Já chega de conversinha; vamos ao verdadeiro motivo para você estar aqui! — disse o cara negro e sorridente atrás do Darcy, quicando em seus tênis clássicos da Adidas. — Me conhecer. Oi. Fitz Williams.

Ele estendeu a mão. E, quando apertei, ele me puxou para um abraço.

— Sou sócio do Darcy em algumas de suas empresas. E ouvi falar muito de você, Lizzie Bennet.

— Ouviu? — Eu congelei, e meus olhos dispararam até o Darcy. Ele olhou para os sapatos. — Isso não pode ser bom.

— Ou pode ser ótimo. Você não tem ideia, e simplesmente vai ter que adivinhar, Lizzie B! Agora me conta tudo de você. Começando com onde você nasceu.

— Bom, eu nasci na Califórnia... — comecei, rindo, mas aí o Darcy pigarreou.

— Já estou fascinado — disse Fitz, captando a deixa. — Mas vamos ter que guardar isso para o jantar. Você, eu, meu namorado Brandon, que vai te adorar de cara, porque ele tem uma coisa com ruivas. Você tá dentro?

Como eu poderia não estar?

Se vou ser obrigada a aturar o Darcy enquanto estiver aqui, pelo menos ele vem com Fitz. Um cara animado e sedutor, educado e charmoso. Como é possível o Fitz ser amigo do Darcy? Por outro lado, acho inexplicável qualquer pessoa ser amiga do Darcy.

SEXTA-FEIRA, 19 DE OUTUBRO

É interessante acompanhar uma empresa que acabou de ser colocada sob a supervisão de um consultor. Porque, basicamente, ele também está acompanhando a empresa.

O que significa que cada sessão de fotos, cada filmagem, cada reunião, cada sessão de edição que estou observando o Darcy também está.

Ele está em toda parte. Não consigo escapar. Se tento chegar cedo para uma reunião, ele já está vagando no corredor do lado de fora, insanamente pontual e feliz de "me acompanhar". Se tento chegar na última hora, ele segurou o início da reunião para eu sentir vergonha do meu atraso quando tento entrar sem ser percebida.

Isso tem tido o estranho efeito de me deixar muito consciente do Darcy, quer ele esteja lá ou não. É como se meu cérebro ficasse em alerta todas as vezes que estou no escritório da Collins & Collins. Ele está aqui? Não? Então onde ele está? Saber isso é o único jeito de evitar o Darcy!

Normalmente, é aqui que eu daria graças a Deus pela Charlotte, mas ter o Darcy aqui significa que agora ela está trabalhando cento e sessenta horas por semana só para garantir que tudo esteja perfeito demais para se encontrar uma falha, então vou dar graças a Deus pelo Fitz. O Fitz faz tudo ficar engraçado. Qualquer coisa — reuniões sobre desenvolvimento do programa, o processo interminável de edição de um vídeo —, se o Fitz está lá, já fica mil por cento melhor.

Caramba, ele até fez a sessão de Jantar com De Bourgh (marca registrada minha, alguns dias atrás) ser agradável.

Bom, pelo menos tolerável.

Acho que estou me acostumando com Catherine De Bourgh. Ela apenas é alguém que quer exercer sua influência sobre o mundo e está acostumada a fazer isso porque tem dinheiro para investir. E, como não tem filhos, ela se envolve excessivamente na vida do sobrinho, do amigo dele e da sua cachorrinha esquisita que parece um rato

E da sobrinha. Porque, dessa vez, o jogo era Comparar Lizzie Bennet Desfavoravelmente com Georgiana (Gigi) Darcy.

— Como está sua irmã Georgiana? — perguntou a sra. De Bourgh ao Darcy, ignorando solenemente o resto da mesa.

— Muito bem. Na verdade, ela agora está no ranking nacional de tênis.

— Esplêndido, esplêndido! Está vendo, Liz, aonde chegamos quando nos dedicamos a uma atividade? É uma pena você ter desistido do tênis, se bem que você não parece ter força suficiente no braço. Sabe, William, foi tão triste quando a Georgiana desistiu de nadar.

— Foi melhor assim — disse o Darcy, sério (mais sério que o normal, até). — Ela queria se concentrar nas próprias conquistas.

— Quanta ética profissional! Liz, você devia fazer anotações: vocês, meninas de hoje, têm muita tendência a desperdiçar tempo.

Ele me deu uma olhada que só podia ser chamada de diagonal antes de responder:

— Minha irmã certamente não se envolve em atividades que desperdiçam tempo.

Mais uma vez, se o Fitz não estivesse lá, fazendo caretas engraçadas para mim atrás da sra. De Bourgh e falando comigo como um adulto sobre os pontos mais detalhados de planos de negócios *versus* trabalhos de faculdade, eu teria dificuldade para me controlar, até mesmo pelo bem da Charlotte.

O Fitz tem certeza de que eu vou gostar da Gigi. Ele acha que ela é uma garota legal, mas, por tudo que eu ouvi, ela é tão concentrada e motivada e esnobe quanto o irmão. Se bem que boa parte do que ouvi veio do George, então... temos que pensar na fonte.

E, se eu pudesse escolher entre os dois, eu acreditaria no Fitz e daria a Gigi o benefício da dúvida. Mas, por outro lado, não sei se o julgamento do Fitz é válido quando se trata dos Darcy. Afinal, ele acha que o Darcy é bom dançarino e que ele encantou a pobre garota que foi obrigada a dançar com ele no casamento dos Gibson.

E, para um cara que é tão concentrado, motivado e esnobe, sem falar que é contra o desperdício de tempo, o Darcy parece passar muito tempo vagando pelos corredores, olhando para o celular e guardando depressa quando me vê. Se ele tem coisas melhores para fazer, não precisa estar ali, xeretando o trabalho da Charlotte. E não existe um fim definitivo para essa "consultoria". O Fitz disse que ela devia durar apenas alguns dias, mas o Darcy fica querendo continuar e se aprofundar.

Espero que isso não signifique que a Charlotte ou a Collins & Collins está encrencada.

SEGUNDA-FEIRA, 22 DE OUTUBRO

Não é segredo que eu acho o Darcy esquisito. Chato, irritante, esnobe e pretensioso também, mas principalmente esquisito. Mas talvez ontem tenha sido meu encontro mais estranho com ele.

Eu estava no meu pequeno escritório na Collins & Collins, de novo no domingo. Eu podia ter ficado na casa da Charlotte, mas ela tinha um brunch matinal com a De Bourgh (a quantidade de tempo que ela e o Ricky passam acalmando a necessidade dessa mulher de gerenciar detalhes enquanto come é fantástica) e ia voltar para o escritório depois, então decidi que simplesmente ia encontrar a Charlotte aqui. Eu estava no processo de instalar a câmera para a gravação regular do meu vídeo quando quem entra no escritório vazio senão o Darcy.

— Ah, oi — ele disse, como se estivesse surpreso de me ver. No meu escritório.

— Darcy... O que você está fazendo aqui?

— Eu estava... só de passagem, e achei que podia ver com a Charlotte...

— A Charlotte está no brunch com a sua tia.

— Ah — ele respondeu rapidamente. — Entendi.

— Ela deve voltar logo. Se você quiser esperar...

— Sim. Obrigado.

E se sentou. No meu escritório.

Obviamente, eu devia ter esclarecido que queria dizer que ele podia esperar no escritório que foi destinado a ele do outro lado do corredor, e não no meu. Mas não fiz isso, então tive pouca opção além de me sentar também.

— Você está filmando alguma coisa? — ele perguntou, fazendo um sinal com a cabeça para a câmera sobre o tripé.

— Ah! — exclamei. — Não. Está desligada.

— É para quê? — ele perguntou.

Existem momentos em que não há problema em contar umas mentirinhas, enfeitar a verdade, digamos assim. E existem momentos em que você tem que contar uma mentira sem rodeios.

— Eu... às vezes gravo umas coisas. Só umas anotações. Documentação. Para ajudar na minha, hum, tese.

Por sorte, ele pareceu aceitar e não revelou todos os furos óbvios numa mentira tão idiota. Na verdade, ele só fez que sim com a cabeça e ficou olhando pela janela.

E não disse *nada*.

— Então... — acabei dizendo depois de um tempo desconfortável de silêncio. — Você queria falar com a Charlotte sobre o relatório operacional?

— Isso — ele respondeu, embora parecesse que a ideia tinha acabado de surgir.

— Mas achei que só precisava ficar pronto na semana que vem.

— É — ele concordou rapidamente. — Eu só... gosto de ficar por dentro das coisas.

E, de novo... silêncio.

Claramente, o ônus da conversa era meu, então decidi que talvez fosse uma boa hora para falar de assuntos que ele tinha conseguido evitar no passado.

— Então, como estão o Bing e a Caroline?

— Estão bem.

— Vocês saíram da cidade com uma certa pressa no fim do verão.

Isso só fez sua boca enrijecer e sua sobrancelha se erguer.

— Você acha que o Bing algum dia vai voltar para Netherfield?

— Duvido — ele respondeu. — Ele está muito ocupado em Los Angeles com a faculdade de medicina e novas pessoas.

Fiz que sim com a cabeça e tentei não deixar o ácido revirar meu estômago, para não ter uma úlcera.

— Bom, se não vai voltar, ele vai vender a propriedade? — perguntei.

— Se ele conseguir. Foi uma compra por impulso, considerando a situação do mercado. Por enquanto ele provavelmente vai alugar.

Certo. Impulsivo para comprar, impulsivo para ir embora.

Provavelmente sentindo que estava pisando num território delicado, o Darcy mudou de assunto diplomaticamente.

— Sua amiga Charlotte parece ter se dado bem aqui na Collins & Collins.

— É, é verdade. — Não consegui evitar um sorriso. — Eu não fui muito compreensiva no início, mas parece que eu estava completamente errada. Ela está muito bem, e estou incrivelmente orgulhosa dela.

— Deve ser útil, também, trabalhar tão perto da sua cidade natal.

— Perto? — ridicularizei. — São quatro horas de carro.

— Perto é relativo — ele respondeu. — Quatro horas de carro significa que ela pode ir para casa se precisar. Ou simplesmente se quiser fazer uma visita no fim de semana.

— É verdade — comentei. — Mas também não é perto *demais*. Desse jeito, ela não é sugada de volta para as minúcias da vida diária de lá e pode ter a própria vida.

— Exato — ele concordou e, estranhamente, estava quase sorrindo. — O ideal é não ser perto nem longe demais. Sua amiga parece preferir assim. Você também ia preferir. Você pode até se mudar para mais longe.

Eu não tinha — e ainda não tenho — a menor ideia do que ele quis dizer com isso. Será que ele queria dizer que eu seria feliz morando na Sibéria? Ou que eu estava destinada a me mudar para cá e acabar trabalhando com a Charlotte?

Essa confusão deve ter ficado clara no meu rosto, porque ele ficou vermelho e olhou de novo pela janela. Aí, depois de uma pausa demorada, ele de repente se levantou.

— Preciso ir.

— Sério? — Eu também me levantei; parecia o certo a fazer. — Mas a Charlotte deve voltar...

— Não, eu... eu falo com ela amanhã. Não era importante.

Antes que eu pudesse perguntar se o relatório operacional era tão insignificante, já que a Charlotte estava se matando por ele, o Darcy saiu da sala e sumiu.

E me deixou *completamente* perplexa. Mas pelo menos eu fiz um ótimo vídeo, depois de ter certeza de que ele realmente tinha saído do prédio.

Parece que, quanto mais eu fico na companhia do Darcy, menos o entendo.

QUINTA-FEIRA, 25 DE OUTUBRO

Estou PASSADA. Não sei nem por onde começar.

Não, isso está errado — eu sei por onde começar, sim. Vou começar por onde todos os meus problemas atuais têm origem: Darcy.

Por que estou tão passada com alguém que apenas uns dias atrás era vagamente estranho, levemente irritante, mas tolerado em nome da educação? Porque agora ele não é vagamente estranho e levemente irritante. Ele é o PIOR SER HUMANO SOBRE A FACE DA TERRA. Não, olha só — ELE NEM MERECE O TÍTULO DE SER HUMANO. ELE É UM LIXO DE ALGA DE PROTOZOÁRIOS.

Porque agora eu sei que foi o *Darcy* que decidiu que a Jane não merecia o Bing e afastou os dois.

E eu soube disso pelo sócio do cara.

O Fitz me contou. A gente saiu, e ele achou que estava defendendo o Darcy — já que não é segredo (pelo menos para o Fitz) que eu não ligo muito para o amigo dele. Ele estava me dizendo que o Darcy, na verdade, é um cara muito legal. E, se você for amigo dele, ele faz quase tudo por você. E aí eu pedi um exemplo.

— No mês passado, ele alertou um amigo sobre uma garota com quem o cara estava saindo. Ele afastou o amigo da situação. Ele avisou que... não era saudável. Ela não prestava.

— Quem era o amigo?

— Bing Lee.

Foi como se o mundo estivesse tremendo sob meus pés, e tudo que eu podia fazer era me agarrar à cadeira. Quando consegui juntar duas palavras e perguntar que motivo o Darcy deu para se meter na vida do Bing e da garota ainda sem nome, ele disse que ela era uma interesseira — não era sincera e só estava com ele por dinheiro.

Então, recapitulando: o DARCY achou que a JANE não era sincera. Que ela só estava com o Bing pelo dinheiro.

205

Bom, minha irmã já foi chamada de muitas coisas: doce, gentil, uma princesa viva da Disney, mas nenhuma dessas coisas implica que ela namoraria alguém só por dinheiro.

Eu sei que especulei sobre o envolvimento do Darcy de alguma forma na separação do Bing e da Jane. Mas uma coisa é você se perguntar isso, outra coisa é saber.

E eu não quero saber! Deve ser esse o caso, não? De que outro jeito eu poderia explicar por que fiquei paralisada e não consegui fazer nem dizer nada desde que descobri isso ontem? Tudo que eu fiz foi me esquivar do Darcy nos corredores e tentar processar essa nova informação.

Eu não quero saber que existem pessoas que poderiam pensar tão mal da minha irmã. Não quero saber que o Bing aparentemente é tão fraco a ponto de acreditar no seu "amigo" em vez de acreditar em alguém que o ama como a Jane. E não quero saber que pessoas como o Darcy andam livremente por aí. Prefiro pensar que a vida é como um filme de super-herói: o bem prevalece e o vilão encara entre vinte e cinco anos e a vida toda na prisão por babaquice generalizada.

Mas às vezes o vilão consegue escapar. Às vezes, ele consegue destruir a vida de outras pessoas. Como a da Jane. Que inferno, como a do George.

Por que eu sou tão covarde que não o confronto nesse assunto? Por que eu tenho tanto medo de contar até mesmo para a Charlotte? É simples: ele pode destruir a carreira da minha amiga. Ela está toda envolvida em relatórios operacionais, e ele tem o ouvido da tia.

Eu estava com os sentimentos confusos dentro de mim, a falta de energia me deixando frustrada a ponto de tremer, então, quando voltei para casa da Charlotte hoje à noite, decidi contar para *alguém*. Assim, liguei para a pessoa que mais merece saber.

— Oi, Lizzie! — A Jane atendeu no primeiro toque. — Que bom falar com você!

— Oi, Jane. Que bom ouvir sua voz. — E foi mesmo. Ela parecia ao mesmo tempo confusa e feliz e motivada. Como uma xícara de chá fumegante. Toda minha raiva se dissipou temporariamente.

— Você recebeu meu pacote de lembranças?

— Recebi — respondi. A Jane tinha me mandado mais um pacote cheio de carinho e amor e sentimentos de lar. Isso me fez sorrir e deixou

206

meu peito todo vazio e doído. — Foi fantástico. Adorei os postais de LA na década de 30.

— Eu sabia que você ia gostar — ela respondeu. — E aí?

Eu podia ter contado para ela imediatamente. Mas, em vez disso, minha determinação tinha se dissipado com a raiva, e eu acabei amarelando. Porque eu era covarde.

— Nada — murmurei. — Eu só... queria ouvir sua voz, só isso.

— Uau — a Jane disse, e percebi o sorriso na voz dela. — Todo mundo quer falar com a irmã mais velha hoje.

— Por quê? A Lydia te ligou?

— Na verdade, a Lydia apareceu na minha porta.

— Sério? — Eu me sentei mais reta. — Espera, ela não tem provas semestrais?

— Tem — respondeu a Jane com muito cuidado. — Tem mesmo.

— Ai, meu Deus, é a Lizzie? — ouvi a Lydia no fundo, praticamente quicando nas paredes. — Conta pra ela que a gente vai se divertir de montão em LA e que ela devia pegar o carro e vir pra cá e saiiiiiiir!

— Você ouviu isso? — a Jane perguntou.

— Ouvi. Diz pra ela que eu adoraria. — E adoraria mesmo, percebi. Adoraria entrar no carro, dirigir a noite toda e parar na porta da Jane amanhã de manhã e passar o fim de semana com minhas irmãs. — Mas infelizmente eu tenho que ficar aqui.

— Vou tentar transmitir sua decepção — respondeu a Jane com delicadeza.

— Jane, posso te perguntar uma coisa? — Reuni forças e tentei encontrar determinação.

— Claro, Lizzie.

— Você teve alguma notícia do Bing?

Houve uma longa pausa. Eu nunca tinha perguntado isso diretamente para ela. Eu sempre contornava o assunto, e ela também, mas agora eu precisava saber.

— Não. Lizzie, isso... acabou. — Pela primeira vez, a Jane deixou a tristeza transparecer. Mas também a resignação. Ela tinha aceitado. Estava tudo acabado entre ela e o Bing. Nada a fazer além de seguir em frente.

207

— Você chegou a contar pra ele sobre... você sabe. As quarenta e oito horas de preocupação?

— Não. — Ela suspirou. — Quando aconteceu, não fazia sentido. Ele simplesmente... ele se afastou de mim. Foi isso que aconteceu.

O que aconteceu foi que, bem quando a Jane percebeu que estava apaixonada por ele, o Bing se afastou. Não, nada disso. O Bing *foi afastado*. Por alguém que ele acha que é amigo.

Eu me joguei de volta na cama. A lágrima que estava ameaçando cair o dia todo escorreu pelo canto do olho.

Eu queria gritar. Queria berrar a verdade. Mas não consegui.

Se eu contasse para a Jane o que eu sabia, isso simplesmente ia arrastar minha irmã de volta para um lugar que ela decidiu deixar para trás. Um lugar onde eu não queria ver a Jane: trancada no quarto por três dias, repassando cada aspecto do relacionamento dos dois. Ela não precisava nem queria isso.

Mas eu ainda estava entalada com essa coisa que eu não queria saber.

— Então, como está o trabalho? — perguntei, em vez disso.

— *Maluco*. Mas muito bom — a Jane respondeu.

Conversamos por mais uns minutos, mas, como eu não conseguia falar o que queria, desliguei rápido.

Agora, ainda estou entalada, sem saber o que fazer. Eu odeio isso. E odeio, odeio, *odeio* o Darcy.

Acho que tenho que fazer a única coisa que posso. Guardar tudo. De algum jeito. Evitar o Darcy como uma praga e esperar que isso não acabe explodindo num ataque de raiva que custe o emprego da Charlotte — e minha dignidade.

DOMINGO, 28 DE OUTUBRO

Bom, *isso* foi interessante.

Nem consigo nem começar a descrever o que acabou de acontecer.

Por sorte, não preciso fazer isso. Está tudo filmado, e eu posso simplesmente transcrever.

TRANSCRIÇÃO COMPLETA DOS EVENTOS GRAVADOS NO DOMINGO, 28 DE OUTUBRO

(Batida na porta)

DARCY: Dá licença, Lizzie.

LIZZIE: Darcy! *(em voz baixa)* Que foi?

DARCY: Eu preciso falar com você.

LIZZIE: Hum, este não é um bom momento.

DARCY: Você está bem?

LIZZIE: Não estou, na verdade, e acho que você não devia estar aqui...

DARCY: Por favor, me deixe explicar...

LIZZIE: Este é o pior momento possível pra você fazer isso.

DARCY: Me desculpa, mas os últimos meses foram malucos. Eu andei escondendo uma coisa que não devia, e não consigo mais esconder. Preciso admitir uma coisa para você. Por favor, senta

(Barulho de pessoas sentando.)

LIZZIE: É, isso vai ser bom.

DARCY: *(pausa)* Você está filmando.

LIZZIE: Se você tem alguma coisa pra me dizer, diz aqui e agora.

DARCY: Eu não vim para a Collins & Collins para monitorar o progresso corporativo. Eu vim pra te ver.

209

LIZZIE: Tá.

DARCY: Duas partes de mim estão em guerra. Sua família estranha, seus problemas financeiros — você vive num mundo diferente do meu. As pessoas esperam que eu frequente certos círculos. E eu respeito os desejos da minha família, mas não hoje. Tentei lutar contra isso durante meses, mas, Lizzie Bennet... eu estou apaixonado por você.

(pausa)

DARCY: Eu também não consigo acreditar. Que o meu coração pode ser mais forte que o meu julgamento.

LIZZIE: Bom, espero que o seu julgamento seja um consolo para a rejeição, porque esses sentimentos não são mútuos.

DARCY: Você está me rejeitando?

LIZZIE: Isso te surpreende?

DARCY: Posso perguntar por quê?

LIZZIE: Posso perguntar por que você está aqui, apesar da sua classe social, dos desejos da sua família e do seu próprio julgamento?

DARCY: Eu me expressei mal, mas este é o mundo em que vivemos, você não pode negar — as classes sociais existem. Pessoas que pensam diferente vivem num mundo de fantasia.

LIZZIE: E esse é apenas o começo de uma lista substancial de por que eu estou te rejeitando.

DARCY: Por exemplo?

LIZZIE: Por exemplo... a coisa mais simpática que você disse sobre mim foi que eu "dou pro gasto". Você age como se preferisse passar por uma cirurgia de hérnia a ficar perto de mim. Você tem uma lista de características da mulher "realizada". E nem me peça para começar a falar sobre o que você fez com a Jane.

DARCY: O que tem ela?

LIZZIE: Você pegou o coração da minha irmã, a alma mais bondosa desse planeta, e rasgou no meio!

DARCY: Eu... eu não queria...

LIZZIE: Por que você fez isso? Por quê, Darcy? Provocar dor nas pessoas de classe social inferior à sua te faz feliz?

DARCY: Não, eu simplesmente duvidei da fé dela no relacionamento. Eu observei a sua irmã lidando com outros homens. Naquele bar, na noite em que ele não foi. Ela estava sendo muito sociável.

LIZZIE: Isso é porque ela é gentil com as pessoas! Você não conheceu a Jane direito?

DARCY: E no aniversário dele? A indiscrição dela...

LIZZIE: Indiscr...?!

DARCY: Enquanto ele estava conversando com os convidados. Ela estava... envolvida com outro homem. Eu vi com meus próprios olhos.

LIZZIE: Isso não é verdade!

DARCY: Ficou claro para mim, nesse momento, que os sentimentos da Jane pelo Bing eram passageiros e que ela não gostava dele do jeito que ele gostava dela.

LIZZIE: Você tá brincando?

DARCY: A partir daí, acreditei que os sentimentos dela por ele não passavam de gentileza. Eu estava protegendo o Bing.

LIZZIE: Protegendo o Bing ou protegendo a riqueza dele? Você realmente acha que ela estava com ele por dinheiro?

DARCY: Bom, ficou claro pra mim que esse relacionamento seria vantajoso para ela.

LIZZIE: Quem deixou claro? A JANE?

DARCY: Não. A família dela, a SUA família.

LIZZIE: Minha... família...

DARCY: Sua irmãzinha *energética* e, especialmente, a sua mãe. Em todas as conversas, sempre que eu a observava, ela tagarelava sobre a Jane e o Bing — isso definia e consumia a vida dela.

LIZZIE: Eu... eu estou...

DARCY: Sinto muito, eu nunca pensei em *você* desse jeito.

(pausa)

LIZZIE: E George Wickham?

DARCY: O que tem ele?

LIZZIE: Que ato imaginário de amizade te levou a fazer o que você fez com ele?

DARCY: Você parece irritantemente interessada nas preocupações dele.

LIZZIE: Ele me contou da luta dele.

DARCY: Ah, sim, a vida dele foi uma luta mesmo.

LIZZIE: Você destrói a vida dele e ainda faz piada?

DARCY: Então é isso que você pensa de mim? Obrigado por explicar com tanta eloquência.

LIZZIE: E obrigada por me provar mais uma vez que sua arrogância, seu orgulho e seu egoísmo fazem de você o último homem do mundo por quem eu me apaixonaria.

DARCY: Sinto muito por te causar tanta dor. Eu devia ter agido diferente. Eu desconhecia seus sentimentos por mim.

LIZZIE: Você desconhecia?! ENTÃO POR QUE VOCÊ NÃO VÊ OS MEUS VÍDEOS?!

(pausa)

DARCY: Que vídeos?

FIM DA GRAVAÇÃO.

TERÇA-FEIRA, 30 DE OUTUBRO

Eu... Já se passaram dois dias e eu ainda não acredito que ele disse aquilo — e não consigo acreditar em como eu reagi! Ai, merda — eu falei para ele ver os meus vídeos. *Ver os meus vídeos.* Se havia uma pessoa no mundo todo que eu não queria que visse meus vídeos, esse alguém era o Darcy.

Consigo ser educada quando sou obrigada a estar na companhia dele — às vezes até sorridente —, mas não sou uma pessoa de controlar a língua nos vídeos. Neste momento, aposto que ele está vendo os vídeos do casamento dos Gibson e da nossa estadia em Netherfield e percebendo como eu me controlo nas situações cara a cara. E algumas das coisas que eu digo... não são mentiras, mas podem ser consideradas difamatórias.

Eu poderia ser processada.

Eu vou ser processada.

Ai, merda.

E o que eu devo fazer agora na Collins & Collins? Simplesmente passar os dias fingindo que isso não aconteceu? Que o Darcy não confessou seu (afff) *amor* por mim e não sabe da minha vaga fama na internet e da fama meio vaga dele na internet por minha causa? Vai ser uma reunião de orçamento bem constrangedora.

Não posso fingir que tudo está igual a antes porque nada está igual. Não sou tão boa em mentir. E... não posso aparecer na frente das câmeras e fingir para meus espectadores também. Isso é importante demais para ignorar.

Eu quero muito falar com a Charlotte. E ela sabe que alguma coisa está errada pelo modo como eu dou respostas monossilábicas e mudo de assunto quando voltamos para a casa dela à noite. Mas não tenho certeza se consigo — não sei muito bem como fazer·isso.

Que inferno, eu podia simplesmente mostrar o vídeo para ela... já que o Darcy decidiu aparecer e fazer sua declaração enquanto eu estava filmando. Eu poderia mostrar o vídeo para o mundo e não passar pela dor e pelo constrangimento de ter que explicar para todos os espectadores.

Mas estou dividida nesse assunto. Parte de mim, sabendo que ele está assistindo, quer poupá-lo de mais vergonha — por mais que eu ache o cara desagradável, não sou vingativa. Além do mais, também não estou nos melhores dias. Mas a outra parte de mim sabe que eu tenho um contrato com o público. Eles sinceramente estão esperando para ver o que acontece na minha vida. E isso é uma coisa muito, muito importante que aconteceu. Uma representação não faria justiça. E, ei, ele sabia que eu estava filmando. O que ele fez na frente das câmeras é por conta dele.

Além disso, noventa e cinco por cento dos comentários perguntam: "Quando vamos ver o Darcy?"!

Suspiro. Respira fundo, Lizzie. Respira fundo.

A conclusão é a seguinte: que se danem minhas reservas. Eu não seria honesta na minha comunicação com o mundo, e é disso que esse projeto todo trata, certo? Então, como eu vou parecer, como ele vai parecer — isso não importa.

O que importa é que eu transmita a verdade. Do jeito mais claro que sei.

Bom, todo mundo queria ver o Darcy — agora eles vão ver.

SEXTA-FEIRA, 2 DE NOVEMBRO

O Darcy apareceu. Eu estava filmando a reação da Charlotte ao meu último vídeo quando ele apareceu. A má notícia é que, sim, ele viu todos os vídeos. A boa é que prometeu não me processar. Mas a péssima notícia é que ele me deu uma carta.

E... acho que eu posso estar errada. Sobre tudo.

Lizzie...

Não fique assustada. Esta carta não pretende ser uma reiteração dos sentimentos que declarei anteriormente — e, como eu agora sei, em vídeo. Não vou nos insultar reprisando aquela cena. Mas uma vez você me pediu para simplesmente dizer o que eu sentia e, embora eu tenha feito disso meu objetivo quando me aproximei de você da última vez, aparentemente eu não havia me expressado bem antes. Você me acusou de dois crimes muito diferentes ontem à noite, e sinto que tenho o direito de responder a essas acusações.

A primeira é que eu interferi no relacionamento entre a sua irmã e o meu amigo Bing. Admiti isso com sinceridade e confirmo o que eu disse — as reservas que eu expressei em relação à sua família (especificamente à sua mãe e à sua irmã mais nova) e nossas diferenças fundamentais se aplicam igualmente à Jane e ao Bing. Mas, especificamente, eu confirmo o que vi quando os dois interagiam. O Bing é uma pessoa que se apaixona com facilidade, seja por uma garota ou uma casa numa cidade remota no centro da Califórnia. Já vi isso acontecer meia dúzia de vezes, e nunca durou. Mas a Jane parecia ser diferente para ele. E por isso foi duro ver que ela não parecia tão investida no relacionamento quanto ele. O modo como ela olhava e falava com ele era basicamente o mesmo como olhava e falava com todo mundo, até mesmo comigo.

    Admito que não posso confirmar como eram as interações entre o Bing e a Jane em momentos particulares e, depois de ver os seus vídeos, o relacionamento deles está sob uma luz muito diferente. É possível que os sentimentos da Jane pelo Bing fossem mais profundos do que eu pensei inicialmente. Mas isso não justifica a indiscrição dela na noite da festa de aniversário dele nem nega o fato de que o Bing foi separado dela com muita facilidade. Se os sentimentos dele fossem tão intensos quanto os da Jane, teria sido uma tarefa muito mais difícil. O verão dele foi tumultuado, de qualquer maneira; era hora de ele voltar para a realidade da própria vida. Como eu disse, o Bing se apaixona com facilidade. Mas também se desapaixona com a mesma facilidade.

    Sinto muito pela dor que a sua irmã deve ter sentido, mas talvez seja melhor assim no longo prazo. Sou muito cauteloso com situações em que um dos meus amigos possa estar sendo usado. Você vai ver por que daqui a pouco.

    A segunda acusação que você me fez é que eu arruinei o futuro de George Wickham ao ignorar os desejos do meu pai de pagar pela educação dele depois

da morte dos meus pais. Embora você possa achar que o peso das suas acusações envolvendo a Jane e o Bing é maior, esta é muito pior, na minha opinião. Porque é claramente falsa.

Tenho certeza de que não é nenhuma surpresa para você saber que eu não tinha muitos amigos quando criança. Mas um amigo que eu realmente tinha era o George. Ele era filho da nossa governanta, e ela era praticamente da família, e cuidou de mim e da minha irmã quando éramos pequenos e os nossos pais saíam para trabalhar. Quando ficamos mais velhos, o George e eu começamos a frequentar escolas separadas e a circular em grupos diferentes, mas eu ainda considerava a nossa amizade fundamental.

Meus pais morreram quando eu estava no primeiro ano da faculdade. Tecnicamente, eu era adulto, mas não me sentia assim. De repente, eu era chefe da empresa da família e guardião da minha irmã mais nova. O George — que, desde que a mãe dele decidiu se aposentar, estava cada dia menos na nossa vida — veio falar comigo no dia seguinte ao funeral dos meus pais. Ele perguntou, já que tinha sido recentemente aceito na faculdade, se ainda poderia ir, já que meu pai tinha prometido pagar por seus estudos. Respondi que era claro que sim — eu sabia do pedido do meu pai e tinha a intenção de honrá-lo. Mas, quando pedi ao George para solicitar à faculdade que me enviasse as contas, ele me disse que não queria que eu me preocupasse com a papelada, já que eu tinha tanta coisa para cuidar, tendo de lidar com a empresa e minha irmã, além de estudar. Eu devia estar muito

abalado, porque concordei em simplesmente transferir cento e vinte e cinco mil dólares para a conta bancária dele.

Nunca mais ouvi falar do George — o que foi triste, porque eu precisava de um amigo naquele momento —, até o fim do primeiro ano dele na faculdade. Ele disse que o curso custava mais do que ele pensava e perguntou se poderia pedir para a faculdade me mandar as contas, como meu pai sem dúvida queria.

Não tenho a menor ideia de como ele gastou todo o dinheiro, mas não existe uma faculdade no país inteiro que custe cento e vinte e cinco mil dólares por ano. Eu disse não.

Nosso relacionamento sofreu depois disso.

Eu sei, de novo pelos seus vídeos, que essa não foi a história que o George lhe contou. E também que o seu relacionamento com ele era mais próximo que uma mera amizade. Então, antes que você descarte o que eu estou dizendo por achar que é ciúme, por favor, pense que eu tenho provas: extratos bancários etc. Além disso, eu conheço o George há muito mais tempo que você. E, embora ele possa ser charmoso, também pode ser cruel. Mas eu não sabia quanto ele me odiava — e provavelmente há muito tempo — até ele levar as coisas a outro nível e envolver minha irmã, Gigi.

Como o George estava sempre por perto quando a Gigi era pequena, ela naturalmente o admirava. Ela até desenvolveu uma paixonite infantil por ele, mas, sendo George nosso amigo próximo, a situação foi considerada inocente por todas as partes envolvidas.

A Gigi cresceu e foi para a faculdade alguns anos atrás. Eu não pensava no George havia um bom tempo quando, de repente (e mais recentemente do que eu acho que a deixaria confortável), eu recebi um e-mail dele.

Era cheio das cordialidades de sempre. Ele estava simplesmente "dizendo um oi", queria conversar na minha próxima ida a San Francisco e deixar os "assuntos financeiros asquerosos do passado" para trás. E incluiu uma foto. Era no deque de um apartamento de cobertura, ao pôr do sol, com uma garota num ofurô. Eu conhecia aquele deque, aquela vista e aquela garota. Era minha irmã Gigi, e a foto foi tirada no apartamento dela na cidade.

Parti para San Francisco imediatamente. Quando cheguei ao apartamento, a Gigi ficou — para dizer o mínimo — surpresa ao me ver. Ela não sabia de nada, e ainda não sabe de nada, sobre o e-mail que o George me mandou, que era claro como um pedido de resgate. Ele estava esperando que eu sacasse o talão de cheques, e foi isso que eu fiz. Ele devia estar desesperado por dinheiro, porque foram necessários significativamente menos zeros para tirá-lo da nossa vida dessa vez. Mas, por mais que eu estivesse feliz por ver o cara sumir, ele deixou minha irmã destruída ao perceber que o homem por quem ela estava se apaixonando só queria usá-la.

Acho que ela ainda não se recuperou totalmente.

Guardei segredo disso pelo bem da minha irmã, mesmo sabendo que ele estava falando mal de mim por aí, comprando amizades com um sorriso e uma rodada de cervejas. Mas, se você quiser uma fonte secundária,

pergunta ao Fitz. Ele e a Gigi são próximos, e ela fez confidências a ele, especialmente no período em que se recusava a falar comigo.

Foi muito difícil lhe escrever esta carta. E você pode decidir não acreditar em mim. Você pode rasgar esta carta — e, na verdade, espero que faça isso quando terminar de ler. Mas, como você me permitiu conhecer a verdade da sua perspectiva através dos seus vídeos, espero que aceite a minha.

Obrigado por sua atenção e por dar a esta carta o benefício da dúvida.

Sinceramente,
William Darcy

QUINTA-FEIRA, 8 DE NOVEMBRO

— Charlotte, eu exagerei?

— O que você quer dizer? — ela perguntou. Tínhamos acabado de chegar à casa dela depois de mais um longo dia no escritório, para onde voltaríamos de novo dali a menos de oito horas. A vida de uma empresa nova. — Achei que você tinha decidido não revelar o conteúdo da carta no seu vídeo. Nem para mim — ela acrescentou, incisiva.

— Sim, e não vou fazer isso — respondi, deixando a bolsa cair no chão. — Mas você acha que eu exagerei antes? Contando todos os detalhes da minha vida, que inferno... publicando o vídeo do Darcy...

— As visualizações que você conseguiu com esse vídeo foram insanas — ela contrapôs.

— Eu sei. Mas mesmo assim... — hesitei e peguei a taça de vinho que ela tinha servido para mim. Era esse tipo de dia. — Eu estava muito errada. Sobre tudo.

A Charlotte deu um golinho, pensativa.

— Você mostrou os acontecimentos do seu ponto de vista. Não tem nada de errado nisso. Mas agora, por causa do Darcy e supostamente da carta, sua perspectiva mudou.

Sim, minha perspectiva mudou a cada leitura que fiz da carta. Eu me aprofundei nela pelo menos meia dúzia de vezes, e, a cada vez, minha visão de mundo saiu um pouco mais do eixo.

Na primeira leitura, a parte sobre o Bing e a Jane basicamente me deixou fervendo de raiva e convencida de que o esnobismo e a superioridade do Darcy o deixaram cego para o amor verdadeiro que eles tinham um pelo outro. Eu estava pronta para considerar a carta totalmente egoísta e seu autor um belo exemplo de um imbecil.

Mas depois cheguei à parte sobre George Wickham... e, apesar de ter ridicularizado a ideia de o George ser tão insensível a ponto de pedir dinheiro no dia seguinte ao funeral dos pais do Darcy, alguns sinais de alerta começaram a aparecer no meu cérebro. Depois, quando ele falou da irmã, Gigi... Ninguém inventa uma coisa dessas sobre a própria irmã.

E o Darcy pode ser muitas coisas, mas toda vez que ele fala da Gigi é com orgulho e amor.

Na segunda leitura, ignorei as borboletas enjoativas que apareciam no meu estômago quando eu lia a parte sobre a Jane e o Bing e pulei direto para a parte do Wickham. E comecei a perceber... eu só tinha ouvido o George falar sobre o passado dele e do Darcy. Ele não me ofereceu nenhuma prova, simplesmente contou uma história, e eu acreditei. Porque eu ficava feliz quando ouvia qualquer coisa que denegrisse o Darcy. E depois... eu contei para todo mundo, para a internet inteira, sem nem questionar. Será que eu estava tão cega por um sorriso e uma barriga tanquinho? Ele me iludiu completamente — iludiu todo mundo. E aqui estava eu, me orgulhando de ser a Bennet perspicaz.

Na terceira leitura, eu me obriguei a voltar à parte da Jane e do Bing. E, quando fiz isso, tentei ao máximo me lembrar dos momentos em que tinha visto os dois realmente felizes juntos. E, apesar de haver alguns, eu também lembrei que a Charlotte uma vez me disse que a Jane era legal demais com todo mundo, então, quando acontecesse de ela gostar de alguém de verdade, seria difícil perceber. Além disso, lembrei que, no último mês mais ou menos em que eles estavam juntos, a Jane estava trabalhando feito louca e o Bing estava afastado para fazer entrevistas. Se o relacionamento deles estivesse um pouco melhor, talvez não tivesse sido tão fácil separar os dois.

Meu Deus, até os argumentos dele sobre minha família ganham consistência sob essa nova luz! Por mais que eu ame minha família, quantas vezes tentei filtrar minha mãe ou dirigi até em casa carregando a Lydia bêbada e barulhenta?

Basicamente, eu estava cega. Fui parcial. Preconceituosa. Absurda.

Eu queria me encolher, virar uma bola e me esconder num canto, pensando em como agi em relação ao Darcy. E, enquanto estava na minha bola imaginária, eu precisava descobrir o que fazer com os vídeos. E percebi — eu não podia contar para a internet inteira sobre o conteúdo da carta. *Especialmente* as partes que envolviam o George e a Gigi. E, não, eu não estava tentando proteger o George nem minha imagem online. Eu estava protegendo os detalhes da vida de uma jovem que eu nem conhecia.

E, sim, eu já *falei* sobre pessoas antes sem elas saberem, mas pelo menos eu as conhecia. E tinha uma interação com elas. Eu não estava espalhando boatos.

Chega de discutir minúcias, Lizzie.

A essência de tudo é... essa história não é minha. Não vou desrespeitar o Darcy, e especialmente a Gigi, desse jeito.

A Charlotte discorda de mim. Ela acha que eu devia falar sobre isso para o público, para "manter a autenticidade da nossa conexão". Pelo menos para ela. Mas não quero falar sobre isso com ninguém. Na verdade, a única pessoa com quem eu queria falar sobre esse assunto era o Darcy.

Sim, é isso mesmo: depois de alguns dias mastigando essa carta, eu na verdade estava *esperando* encontrar o Darcy nos corredores. Esperando e temendo. Porque... não sei por quê. Porque eu queria mais informações? Pedir desculpas por estar tão errada, pelo menos em relação ao George? Obter uma explicação sólida sobre a suposta indiscrição da Jane? (Sério, que papo é esse?)

Mas, infelizmente, ele foi embora.

Ele e o Fitz entregaram o relatório final para Catherine De Bourgh (um relatório muito favorável; a Charlotte foi aprovada com muitas estrelinhas) e voltaram para Los Angeles ontem.

Nós até tivemos que participar de um jantar "comemorativo" com a sra. De Bourgh ontem à noite, e o tempo todo ela lamentou o fato de o Darcy ter ido embora, mas "é claro que ele é muito importante e ocupado, magnatas como ele não passam semanas visitando alguém. Ele fez isso como um favor para mim, e isso mostra como a nossa conexão é forte".

E tudo que eu conseguia pensar era: *Ah, se você soubesse.* Se eu tivesse aceitado a oferta do Darcy para... o quê? Sair? Ser sua namorada? Enfim, se eu tivesse aceitado, esse jantar seria completamente diferente. E talvez menos condescendente com minhas escolhas de vida. Admito que seria divertido.

Mas, considerando que eu ainda não sei quais são meus sentimentos em relação ao Darcy — porque, olha só, ele ainda é um idiota rancoroso que odeia minha família e destruiu minha irmã —, provavelmente foi bom ele ter saído da cidade. Se eu tivesse a chance de falar com ele, de exigir esclarecimentos ou um pedido de desculpas, ou mesmo de me desculpar com ele... Não sei nem por onde eu começaria.

SÁBADO, 10 DE NOVEMBRO

Sabe, eu estava precisando de um tempinho sem dramas. Tenho um relatório de estudo independente para escrever, que precisa ser entregue em breve. Além disso, eu gostaria de um tempinho completamente normal e entediante para tentar encontrar o meu chão. E, agora que o Darcy foi embora, eu achei que fosse conseguir.

Mas, aparentemente, minha vida não funciona desse jeito. Se o último ano for um sinal, minha vida vai cambalear constantemente de um visitante inesperado para outro.

— Lizzie! — gritou Caroline Lee, quando entramos de novo na propriedade de Catherine De Bourgh. — Como você está? Que saudade!

E me atacou com beijos aéreos.

— Caroline — eu disse, dando um olhar de "Que diabos?" para a Char. — Estou surpresa de te ver!

— Por quê? — ela perguntou, inclinando a cabeça para o lado, fazendo a cortina de cabelo preto ondular na brisa inexistente. — Lizzie, você certamente sabe que eu e a Catherine somos boas amigas.

Verdade. Todas as vezes que jantamos com De Bourgh (quantas foram, oito, nove?), raramente houve um monólogo em que ela não mencionasse a Caroline.

— E é uma pena ela ter chegado nesta semana e não na passada, não é, Annie-kins? — A senhora em questão se aproximou, deixando Annie-kins lamber seu rosto como se ela fosse um biscoito caído no chão. — Nós gostamos muito de ver a Caroline e o Darcy juntos, não é, minha queridinha? Gostamos, sim. Gostamos, sim.

— Srta. Lee! — O Ricky se enfiou entre mim e a Caroline, e, pela primeira vez, fiquei feliz quando ele pegou a mão dela e fez uma mesura. — É um prazer conhecer alguém de quem a sra. De Bourgh fala com tanto entusiasmo, assim como a minha sócia, Charlotte Lu.

O olhar da Charlotte não parecia dizer que algum dia ela tinha falado sobre a Caroline em termos nem próximos de entusiasmados, mas os elogios generosos do Ricky, mesmo que errados, agradaram, porque a Caroline sorriu para Charlotte e pareceu relaxar.

Depois, ela se aproximou e se pendurou no meu braço.

— Escute, você precisa me contar tudo que tem acontecido com você! Parece que faz uma eternidade. É muita sorte eu ter te encontrado aqui, Lizzie!

Aposto que você consegue adivinhar como foi o jantar.

— Liz, olha como é o cabelo da Caroline. Talvez você possa fazer o mesmo com o seu, se bem que o seu nunca vai ser tão brilhante.

Bom, depois de ter me dado conselhos de vida nas últimas semanas sem o benefício de um modelo presente para comparar, ter a Caroline por perto deve ter sido um bom reforço.

— Ah, Catherine! — A Caroline ficou vermelha. — Você disse a mesma coisa da imperatriz do Japão. E o cabelo dela ficou tão brilhante quanto o meu depois que arrumamos.

— Eu sempre fico empolgada com o jeito como você consegue parecer tão alegre e relaxada, Caroline, especialmente considerando todo o trabalho árduo que você faz — continuou a sra. De Bourgh. — Você devia dar o nome do seu massagista para a Liz. Ela sempre parece tão cansada...

— O que você faz, Caroline? — Charlotte interferiu. Todos os olhos voaram para ela. Aparentemente, depois de receber notas altas do Darcy, ela estava se sentindo um pouco mais corajosa. — Eu não lembro qual é o emprego que libera alguém durante cinco meses no verão para ficar com o irmão.

O sorriso da Caroline congelou.

— Eu trabalho com publicidade.

— E também faz um bom trabalho lá — disse a sra. De Bourgh, arrogante. — É preciso um certo nível de classe para circular no nosso meio. Onde as decisões são tomadas. Não é para qualquer um. Agora, Caroline, você precisa me deixar contar tudo sobre a última visita do meu sobrinho. Ele estava encantado, exceto nos momentos em que eu falei de você, quando percebi que ele parecia um pouco solitário...

Se não estivéssemos sob o escrutínio de Catherine De Bourgh! Eu poderia ter atacado a Caroline para obter respostas a todas as perguntas!

Perguntas do tipo: Por que vocês foram embora tão de repente? Por que o Bing abandonou a Jane? Por que diabos você está aqui?

Claro, eu já tinha várias dessas respostas agora, graças ao Darcy, mas, mesmo assim... Seria interessante saber o que sairia da boca da Caroline.

Acho que vou ter que atribuir isso a uma oportunidade perdida. E à minha covardia, que volta com força total quando encara jantares elegantes e pessoas que se acham superiores a mim. Além do mais, ainda estou tão desconcertada pelo que o Darcy me contou na carta que não tenho certeza se ia querer ouvir qualquer coisa que a Caroline me dissesse.

DOMINGO, 11 DE NOVEMBRO

— Tudo bem, o que a Caroline está *fazendo* aqui? — perguntei num sussurro, fechando a porta do escritório da Charlotte. Mais uma vez, achei que um jantar com De Bourgh seria suficiente para espantar os indesejados, e mais uma vez eu estava errada.

— Ela está aqui? Agora? — perguntou a Char, dando um pulo da cadeira. — Onde?

— Ela não gostou das perguntas que eu estava fazendo, então se agarrou ao Ricky. Ele está fazendo um tour pelo escritório com ela.

A Charlotte andou de um lado para o outro na frente da porta por um segundo.

— Meu Deus, espero que ela não seja mais uma consultora contratada pela sra. De Bourgh.

— Duvido — respondi. — A menos que você precise de alguém que "trabalhe com publicidade".

— Ela disse o que queria?

— Saber as novidades, aparentemente. — A Caroline, na verdade, tinha entrado de repente no meu escritório e dito que estava ali para me visitar. Considerando que eu não tinha notícia dela há meses, e pode confiar em mim, eu tentei falar com ela, isso é altamente suspeito. — Mas, sério, acho que ela queria saber o que tem na carta do Darcy.

A carta. Que o Darcy me deu na frente das câmeras.

— Então ela tem assistido aos seus vídeos — retrucou a Charlotte.

— Ela diz que não, mas é óbvio que sim. — De jeito nenhum a Caroline ia aparecer aqui, agora, sem saber tudo sobre o drama recente. Ela não gostava tanto assim de mim. Provavelmente nunca gostou.

A Char começou a andar de um lado para o outro de novo, agora puxando os lábios, algo que ela faz quando está remoendo alguma coisa importante.

— Ela quer saber o que tem na carta — repetiu.

— É — eu disse. — Quem diria que ela ia querer saber tanto assim dos segredos do Darcy?

— Mas acho que não é por isso que ela quer saber o que tem na carta — a Char retrucou.

— Como assim?

— Ela está com medo. Medo de ele ter falado alguma coisa sobre ela.

— Tudo bem. — Eu gostava de brincar com a Investigadora Charlotte (afinal, eu sou Lizzie, a Espiã). — Mas o que o Darcy poderia ter a dizer sobre a Caroline?

— Você disse que fez perguntas a ela. O que você perguntou?

Quando a Caroline entrou de repente pela minha porta, aproveitei a oportunidade (e a luz forte da minha câmera) para fazer todas aquelas perguntas que eu não pude fazer na noite anterior. E rapidamente repeti a lista toda para a Charlotte: Por que eles foram embora tão depressa no verão? Nós fizemos alguma coisa errada? O que aconteceu na festa do Bing, a tal indiscrição?

— É isso — a Charlotte me interrompeu. — A indiscrição. Ela te contou o que era?

— Não, ela pulou essa parte.

— Ela sabe o que é, está envolvida e quer saber se o Darcy não revelou esse segredo.

Pisquei para a Char.

— Isso parece meio exagerado.

— Pensa bem. — Ela se aproximou e sentou perto de mim. Estava com aquele brilho no olhar como se tivesse descoberto o assassino num livro da Agatha Christie. — Foi isso que fez a Jane e o Bing se separarem. Se ela teve alguma coisa a ver, não importa o que seja...

-- Por que ela se importaria se eu descobrisse agora? A Jane e o Bing já estão separados. — E, pelo que a Jane disse, não tem volta.

— Talvez ela não se importe de *você* descobrir. — A Char puxou o lábio de novo. — Talvez ela se importe com *eles*. Seus espectadores.

Deixei o pensamento assentar por um segundo.

— Sabe, ela entrou de repente no meu escritório bem quando eu estava filmando. Uma bela coincidência, não acha?

A Char fez que sim com a cabeça.

— E ela conhece a sua agenda de gravação. Sabe que você normalmente filma os vídeos no domingo e publica na segunda, filma na quarta e publica na quinta.

— Tá, mas... ela se importa tanto assim com o que as pessoas pensam dela?

— Quando você estava em Netherfield, a Caroline deu um jeito de ser vista como sua amiga nos vídeos — a Char argumentou. — Mas o que ela fazia quando a câmera estava desligada?

— Ela era legal comigo e com a Jane, mas... com alguma frequência, fazia comentários sarcásticos com o Darcy no canto. — O que significa que a Caroline nunca gostou de nós. Ela só estava se fazendo de boazinha em consideração ao Bing, e à câmera.

A Charlotte deu um sorriso forçado.

— Como alguém que, abre aspas, trabalha com publicidade, fecha aspas, ela *sabe* que existe publicidade ruim.

Tudo se encaixava. Com a lógica e a retrospectiva da Charlotte, eu conseguia ver tudo. A Caroline sendo legal comigo em Netherfield (ela sabia dos vídeos e não queria que eu falasse mais coisas ruins sobre ela), me instigando a expressar minha frustração com o Darcy (ela queria que eu gravasse que o odiava, porque tinha alguma ideia do que ele sentia por mim), seu jeito meloso quando nos encontrávamos no mundo real (um desgosto mal disfarçado) e sua falta de comunicação depois que eles saíram da cidade (o Bing estava livre das pessoas pobres, de volta à cidade grande).

Ah, e os comentários sarcásticos no canto com o Darcy! Ela estava se insinuando para ele. Com o benefício da retrospectiva, percebo que a queda da Caroline pelo Darcy era muito mal disfarçada. Existe um motivo para ela ser a potencial companheira de vida preferida de Catherine De Bourgh para o sobrinho.

— Com licença — eu disse, levantando e agindo do jeito mais digno possível. — Mas preciso desmascarar a Caroline, em termos que minha mãe descreveria como impróprios para uma mocinha.

— Não, espera! — A Char bloqueou a porta.

— O quê?

— Por que desmascarar a Caroline e só satisfazer a si mesma, quando você pode fazer aquela conspiradora revelar a verdade na frente da câmera e a expor para o mundo todo? Assim, talvez a gente também possa ter a chance de conseguir respostas de verdade.

Parei.

— Charlotte Lu, eu adoro sua mente tortuosa. — E sentei novamente.

— Mas como?

— Temos até a gravação de quarta-feira para descobrir.

Suspirei.

— Tudo bem, mas depois disso eu realmente preciso começar a trabalhar no meu relatório.

SEXTA-FEIRA, 16 DE NOVEMBRO

Bom. Isso foi divertido. A Caroline foi me visitar na quarta-feira *exatamente* quando eu estava filmando. Chocante. E ela *por acaso* pediu desculpas por mentir e dizer que não estava vendo os vídeos; ela estava *tão* preocupada comigo, depois dos eventos recentes, e queria estar ao meu lado.

Claro que sim.

A Charlotte fez seu papel como uma profissional. Acho que vou dar de presente de Natal para ela uma matrícula no teatro comunitário. Ela confrontou a Caroline quanto à sua propensão de aparecer para me visitar coincidentemente quando eu estava filmando, bem como sua "ajuda" para manter os vídeos longe do Bing e do Darcy. Isso a irritou o suficiente para conseguirmos ver a Verdadeira Caroline Lee pela primeira vez.

E a Verdadeira Caroline Lee? Não é tão legal.

Ela admitiu que não contou para o irmão que a Jane o amava quando o Darcy afastou o Bing, porque ela acha que a Jane não é digna do irmão dela. Que a carreira da Jane não vai dar em nada e que o Bing tem mais responsabilidades do que andar por aí apaixonado por alguém que vem de uma família de um nível tão abaixo do dele. Claro que ela racionalizou isso dizendo que fez tudo por amor ao irmão. Ela faria qualquer coisa para preservar a família e a "felicidade" de seus integrantes.

Enquanto isso, eu me segurava para não dar um tapa nela.

Então é isso, Caroline Lee: péssima irmã, não é amiga dos Bennet. Estou feliz por ter esclarecido isso.

Infelizmente, não conseguimos respostas sobre a "indiscrição" (sim, eu devia simplesmente perguntar para a Jane, mas... não quero que ela volte ao passado. Ela está seguindo em frente. Além do mais, se não houve nenhuma "indiscrição", ela não vai saber do que eles estão falando, de qualquer maneira), e não conseguimos descobrir o motivo real para Caroline querer ver a carta. Mas ela abriu mão da esperança de um dia conseguir vê-la ao chamar minha mãe de imprudente e hostil e a Lydia de uma vergonha para todo mundo, antes de sair do prédio batendo os pés.

Não a vemos desde esse dia. E espero que nunca mais a vejamos.

Por favor, universo, por favor, diz que esse é o último drama que me espera por esses dias. Seria bom um período de normalidade. Tenho um relatório para escrever e realmente preciso adiantar isso antes de a Charlotte e eu cairmos na estrada para passar o Dia de Ação de Graças (uhuu!) em casa na próxima semana.

TERÇA-FEIRA, 20 DE NOVEMBRO

Senhoras e senhores, estamos prontas para sair do prédio. E eu estou totalmente pronta para ir para casa.

Amanhã, na verdade. A Charlotte ainda tem alguns ajustes de última hora para fazer no trailer online de *Game of Gourds*, que vai ser lançado no Dia de Ação de Graças. O Ricky já saiu do prédio e fugiu para o paraíso ao norte, em Winnipeg, Manitoba, onde vai passar o feriado num país que comemorou o Dia de Ação de Graças semanas antes. Mas ele liga a cada quinze minutos, mais ou menos, e repete as instruções da sra. De Bourgh sobre a melhor fonte e o melhor filtro. (Só para constar, a melhor fonte e o melhor filtro foram escolhidos e decididos um mês atrás, mas, ei, vamos questionar tudo no último minuto.)

Na verdade, eu não devia ser tão dura com o Ricky. Eu o conheci bem melhor ao longo dos últimos dois meses, e ele não é tão ruim. Ele... ele na verdade é legal, de um jeito vagamente desconcertante. Até me ofereceu um emprego depois da formatura.

— Se você não tiver nenhum outro jeito de se sustentar, é óbvio — ele esclareceu. — E não vai ser nem de perto tão lucrativo quanto o pacote que você recusou e a srta. Lu aceitou alguns meses atrás, mas o seu talento seria importante aqui. Especialmente por um preço mais baixo.

Acredite se quiser, vou sentir falta da Collins & Collins. Da decoração vagabunda que eu arrumei para o Halloween e para o Dia de Ação de Graças. Da reunião matinal e da salinha do café. Claro que vou sentir mais falta da Charlotte que do resto. Estou convencida de que fiz a coisa certa ao não aceitar o emprego, mas estar na Collins & Collins foi uma experiência surpreendente. Caramba, vou até sentir falta do Ricky Collins. Só um pouco.

Mas não vou sentir falta suficiente do Ricky para concordar com o plano dele de obrigar a Charlotte a ficar aqui no Dia de Ação de Graças, só para garantir que o trailer de *Game of Gourds* seja publicado conforme o cronograma. (Primeiro, está agendado no sistema, então deve ser publicado sem problemas. E, segundo, porque é uma tarefa que pode ser monitorada literalmente de qualquer computador *em qualquer lugar.*) Não, agora que o Ricky saiu do prédio e do país, eu pretendo arrancar a Charlotte porta afora amanhã para um feriado muito merecido. Não importa quantas vezes ele lhe telefone para pedir alterações minúsculas no trailer.

Teremos peru recheado e a torta de batata-doce sulista da sra. Bennet. Querido lar, aqui vamos nós!

QUINTA-FEIRA, 22 DE NOVEMBRO

— Torta... demais...

Esse foi o refrão das três irmãs Bennet, deitadas no chão da sala, entrando e saindo do nosso coma de Ação de Graças. Tínhamos terminado de arrumar a cozinha, meu pai estava comandando a TV da sala de estar para a reapresentação anual de *Aviões, trens e automóveis*, e minha mãe estava deitada, exausta por causa do cronograma intenso de cozinhar, servir e questionar de um jeito passivo-agressivo as filhas mais velhas sobre a situação de suas vidas.

— Essa é a minha Jane, mais linda do que nunca — disse minha mãe enquanto servia mais purê de batatas. — Mas estou tão preocupada com você em Los Angeles! O seu carro!

— Meu carro vai ficar bem, mãe — respondeu a Jane com sua paciência característica. — Ele estava estacionado, e o espelho lateral foi arrancado. Mas o seguro vai cuidar do conserto.

— Até lá, fico feliz de levar e buscar você na estação de trem — comentou o nosso pai.

— Mas você não está comendo o suficiente em Los Angeles, está? — continuou minha mãe. — Quando as garotas se mudam pra longe de casa, elas nunca comem o suficiente. A menos que tenham um bom namorado pra levá-las a jantares elegantes. Suponho que você não tenha encontrado o Bing pela cidade?

Quanta delicadeza, mãe.

Mas a Jane lidou bem com a situação.

— Não. Estou ocupada, e ele também. Pode me servir mais vagem, por favor?

— Ah, pra mim também! — a Lydia interrompeu, colocando o prato debaixo do nariz da minha mãe.

Minha mãe nunca conseguia recusar quando alguém pedia mais comida.

— E você, Lizzie? — disse então minha mãe. — Como a Charlotte está se saindo na Collins & Collins?

— Ela está muito bem, mãe.

— Ah, quer dizer que a vida dela *não foi* arruinada ao aceitar a oferta de emprego muito generosa na sua área? — ela respondeu, com a voz mais azeda do que molho de cranberry. — Isso é muito estranho. Eu poderia jurar que era isso que você achava que ia acontecer com você.

— E *é* o que teria acontecido comigo — respondi de volta. — Posso comer mais vagem também?

— Sim, minha querida, parece que a Charlotte e a Lizzie são pessoas diferentes — comentou meu pai entre garfadas de recheio. — Eu sei que você acha que elas podem ter sido trocadas na maternidade, mas sinto dizer que a Lizzie é nossa filha: ela tem as orelhas dos Bennet.

Minha mãe lançou um olhar para meu pai que dizia que ele não ia ganhar vagem.

— E o sr. Collins? — ela perguntou, em vez disso. — Ele ainda está solteiro?

— Ele está *noivo*, mãe.

E, enquanto minha mãe tagarelava sobre o fato de que "noivo não é a mesma coisa que casado" e "as mulheres canadenses não sabem como manter um homem feliz" (nesse meio-tempo, toda a nação do Canadá pode ter algo a dizer a respeito, mas estou fugindo do assunto), meu pai se inclinou na minha direção e sussurrou na minha orelha dos Bennet.

— Não sei se você está feliz de ter voltado, mas eu estou muito feliz de ter você aqui. O nível de bobeira relativo voltou a níveis toleráveis.

— Obrigada, pai.

— Não me agradeça. Isso também faz a atenção dela se voltar para você, em vez de para mim.

Mesmo no meio da minha reflexão (a questão Darcy estava praticamente berrando nos meus ouvidos o jantar inteiro; eu queria gritar isso para minha mãe quando ela começou a falar da nossa vida amorosa), percebi que meus pais tinham relaxado um pouco na nossa ausência. Meu pai falou de ter voltado a jogar bridge no clube. Minha mãe piscou para ele enquanto servia o molho de cranberry. E ela não foi obrigada a reduzir o tamanho do peru.

237

Sério, era um peru de treze quilos.

Enquanto tirávamos a mesa e minha mãe bebia a taça de vinho merecida e colocava os pés para cima — ela ia cochilar dali a alguns minutos —, chamei meu pai num canto.

— Então... como estão as coisas? — perguntei a ele.

— Acho que você vai perceber que estamos caminhando sem você, minha querida. Embora eu goste de ter você de volta.

Talvez tenha sido o fato de eu ter estado longe e conseguir ver as coisas com mais clareza. Talvez tenha sido minha recente introdução ao confronto direto através de William Darcy, mas achei melhor não pisar em ovos com meu pai.

— Vocês têm tido mais algum problema com o banco?

Pronto, falei. Cheia de coragem, como uma adulta. E meu pai levantou os olhos da pilha de pratos como se percebesse isso pela primeira vez.

— Às vezes eu me pergunto se a gente devia ter feito você tão inteligente e observadora. — Ele balançou a cabeça. — Talvez a gente devesse ter deixado você jogar videogame o dia todo.

— Pai...

— O lobo não está mais nos nossos calcanhares, Lizzie, se é com isso que você está preocupada.

Era com isso que eu estava preocupada — e há algum tempo. Mas foi tão bom ter uma resposta pela primeira vez que eu não podia deixar assim.

— Como? — perguntei.

Meu pai começou a colocar os pratos na lavadora. A Lydia e a Jane estavam tirando a toalha de mesa na sala de jantar, então eu sabia que tinha um tempinho.

— Sabia que nós quase conseguimos quitar a casa? — ele disse por fim.

Isso era, no mínimo, surpreendente.

— É? Quando?

— Cinco anos atrás, antes de a minha empresa reduzir os gastos. Ou eu saía e tentava conseguir um emprego diferente aos cinquenta anos ou aceitava um corte no salário e esperava que tudo desse certo. Eu nunca economizei para a aposentadoria. A casa seria a nossa aposentadoria. Como ela estava quase quitada, sua mãe e eu achamos que, se conseguíssemos enfrentar os anos seguintes, quando vocês, meninas, saíssem de casa, nós poderíamos simplificar as coisas.

Eu sabia do emprego do meu pai, claro, e que ter as três filhas ainda em casa bem depois da hora de a gente se mudar era um fardo. Mas fiquei meio chateada ao ouvir meu pai falar sobre isso tão diretamente.

— Então, fizemos mais uma hipoteca, liberamos alguns fundos e nos resignamos a pagar pela casa por uma década ou mais além do que era esperado. Depois, cometemos o erro de continuar como se nada estivesse diferente durante cinco anos.

— E aí... no verão...

— No verão a gente tropeçou um pouco e teve que conversar com o banco. Só isso.

— Meu Deus. — Respirei fundo. — Por isso você ficou tão bravo com a mamãe por ela ter comprado o mercado inteiro. Não acredito que ela reformou a cozinha, além de tudo!

— Na verdade, reformar a cozinha foi uma ideia brilhante da sua mãe. Depois de pronta, pedimos uma reavaliação da casa e descobrimos que agora o ativo é maior.

Eu estava ficando vesga tentando acompanhar todos esses termos imobiliários. Conversas de adultos são difíceis.

— E o que isso significa?

— Basicamente, significa que a casa vale mais e nós devemos menos. E isso tirou o banco das nossas costas. — Meu pai fechou a lavadora e ligou.

— Pai, isso é... ótimo. Você não tem ideia de como é bom ouvir isso. Mas... pode acontecer de novo com facilidade, não? Quer dizer, você devia ter voltado a jogar bridge no clube?

— Deixe um velho ter suas fraquezas, Lizzie. Não tenho que justificar todas as minhas despesas para você. — Ele piscou para mim ao dizer isso, mas foi uma dispensa em todos os sentidos da palavra. Eu simplesmente balancei a cabeça.

É muito difícil ensinar truques novos a cachorros velhos e, se meus pais não tinham aprendido nada com essa proximidade da execução da hipoteca, quando aprenderiam?

— A gente vai se ajeitar, filhota. A gente sempre se ajeita. E um dia desses a sua mãe finalmente vai me convencer a vender a casa, e nós vamos morar num pequeno apartamento do outro lado da cidade. O suficiente para duas pessoas com o ninho vazio, e a sua preocupação com o bridge no clube vai parecer boba.

— Espera... — eu disse, confusa. — A *mamãe* vai te convencer? Não é o contrário?

— Bom, em que lugar do mundo eu poderia colocar meus bonsais e minhas coleções de trens num apartamento? Sem falar nas minhas filhas. — Ele sorriu para mim e balançou a cabeça. — Quero que todas vocês tenham uma casa para onde voltar. Não é a mesma coisa sem vocês. E, apesar da inquisição da sua mãe e do meu péssimo planejamento financeiro, espero que vocês achem que vale a pena voltar para casa.

E esse foi basicamente meu jantar de Ação de Graças. Conversas importantes e fúteis. Mas, quando nós, as filhas, nos deitamos no chão da sala depois de arrumar a cozinha, eu sabia que meu pai estava certo: a viagem de quatro horas com uma fita (é, uma fita) do Men at Work presa no toca-fitas, o interrogatório cruzado da minha mãe durante toda a refeição e depois a conversa de adulto com meu pai, tudo valeu a pena. Porque eu estava em casa de novo.

— Se eu nunca mais vir uma fatia de peru na vida, vou morrer feliz — lamentei.

— Não fale isso tão cedo... Se eu conheço a mamãe, teremos sopa de peru na próxima semana — respondeu a Jane, o que fez a Lydia e eu gemermos alto.

— Não esquece do recheio — reclamou a Lydia. — Ai, meu Deus, se os nossos espectadores pudessem ver a gente agora.

— Você quer dizer os *meus* espectadores? — Lancei um olhar para a Lydia, embora não significasse muita coisa; virar a cabeça exigiu mais esforço do que eu estava disposta a fazer.

— Não, os *nossos*... dã. Os meus vídeos também têm espectadores.

Ah, sim. Os vídeos da Lydia. Enquanto eu estava fora, ela filmou mais alguns e convenceu não apenas a Mary, mas também a Jane, a aparecer neles. Além do mais, a viagem até Los Angeles para visitar a Jane? Meus pais não sabiam de nada até minha mãe perceber que o carro dela tinha sumido. Por sorte, a Jane ligou para eles e depois fez a Lydia ligar para os professores dela.

Mas a Lydia não foi interrogada no jantar, foi?

— Certo. Seus vídeos.

— Você não viu, né? — perguntou a Lydia, sentando-se.

— Eu vou ver! — respondi. — Só estou com muitas coisas na cabeça.

— Eles só têm dois minutos cada.

— Lydia — alertou a Jane. — Você viu como eu estava ocupada no trabalho? Eu não tive tempo de me atualizar com os vídeos da Lizzie. Juro pra você que a Lizzie estava trabalhando tanto quanto eu.

Uma pequena poça de medo começou a se formar por baixo de toda a comida no meu estômago. Eu sabia que a Jane ainda não tinha visto todos os meus vídeos, porque, se tivesse, a gente teria conversado. Mas ela vai ter que ver, agora. E tenho medo de seu coração se partir de novo quando vir o Darcy admitir o que fez com ela e o Bing. E o que a Caroline falou dela? A Jane vai ter que enfrentar o fato de que fomos completamente enganadas pela Caroline — ela nunca foi amiga da Jane. Nem minha.

Eu me pergunto se devia contar à Jane sobre o conteúdo da carta. Será que vai fazer alguma diferença para ela? O Darcy não pede desculpas pelo que fez com ela e com o Bing. Na verdade, ele se defende diretamente.

Isso pode doer demais.

— Tanto faz — a Lydia disse enquanto tirava o celular do bolso e começava a digitar uma mensagem. — Vocês deviam ver os meus vídeos. As Aventuras em Los Angeles são especialmente demais. Tive *muitas* visualizações. Ganhei, tipo, o suficiente em propaganda pra comprar uns presentes de Natal bem legais pra certas pessoas — provocou ela.

— Que legal, Lydia — comecei, só para levar um banho de água fria.

— Eu sei! Eu estava morrendo de vontade de comprar uma torre de gatos muito maneira pra Kitty, pra ela parar de rasgar os meus jeans. Não é um visual bacana.

— Sendo a aficionada por moda da casa, tenho que concordar — disse a Jane, sorrindo. Depois, quando a Lydia estava distraída com o celular, ela me falou baixinho: — Você realmente devia ver os vídeos dela.

— Eu sei — respondi. — Vou ver. Mas primeiro eu vou morrer por ter comido demais.

— Ai, meu Deus! — A Lydia deu um pulo e saiu da posição de bruços no chão, encarando o celular. — É a Harriet! Tenho que atender!

Quando a Lydia ficou de pé num pulo e começou a tagarelar, senti vontade de ter a capacidade de recuperação de coma alimentar de uma garota de vinte anos. E eu nem sou muito mais velha.

— Quem é Harriet? — perguntei à Jane.

— Uma das amigas da Lydia na faculdade esse ano — ela respondeu. — A Lydia tem se saído muito bem nas aulas, sabia?

— Que bom! Isso é obra da Harriet?

— Sinceramente, acho que é da Lydia. E a Mary ajudou com umas aulas de matemática.

— Bem, estou feliz por ela ter boas influências — observei. — Com a loucura de fugir pra Los Angeles num piscar de olhos e tal...

— Eles *viram*? Bem, é claro que viram, meus vídeos estão online pra todo mundo ver, sua louca! — A Lydia estava rindo alto ao telefone. — Claro que sim, eu vou sair pra conhecer seus amigos... Eles são bonitinhos? Amanhã? Total! ... Qualquer coisa pelos meus *fãs*.

— Embora isso seja um pouco preocupante — eu disse entre dentes. — Jane? Você acha que a Lydia é um pouco... exuberante? Tipo, exagerada?

Talvez porque eu tenha ficado longe por tanto tempo, não consegui evitar me preocupar um pouco. Desde que eu voltei, minha irmãzinha me faz lembrar uma bola de fliperama, ricocheteando de uma coisa para outra, fazendo muito barulho e piscando luzes no caminho.

Como a Caroline disse.

Como o Darcy disse.

Eu me senti a pior irmã do mundo por pensar assim, mas isso ficava surgindo na minha cabeça espontaneamente. Eu não sabia como impedir.

A Jane simplesmente observou, pensativa, a nossa irmã.

— Acho que ela é a Lydia.

QUARTA-FEIRA, 28 DE NOVEMBRO

De acordo com a Lydia, George Wickham está de volta à cidade. Não tenho ideia do porquê — a temporada de natação já acabou há muito tempo e as piscinas comunitárias estão fechadas. Se ele está de volta, imagino que o emprego como treinador de condicionamento com a equipe do Meryton Marines Club não deu certo. Pelas fontes da Lydia, no entanto (vamos deduzir que ele tenha conhecido alguns dos colegas de turma dela nos bares que frequenta), ele só vai ficar algumas semanas. Espero que sim.

Mas, com George na cidade, ele está na minha cabeça. E Charlotte também. Ela acabou de me chantagear para revelar parte da carta aos meus espectadores. Não a parte da Gigi, mas aquela em que o George gastou cento e vinte e cinco mil dólares em um ano de faculdade. (Como? Ele deu entrada numa casa?) Como era uma contradição do que o George disse antes nos vídeos (e, tudo bem, isso também vale para mim), era justo eu dar direito de resposta ao outro lado.

Mas, mesmo assim, eu me sinto meio nervosa. Por trair a confiança do Darcy. Por... admitir para mim mesma que eu acredito cem por cento na versão dele. Ou talvez eu ainda tenha dificuldade em aceitar o fato de que estava muito errada em relação ao George antes. E em relação ao Darcy. Porque, se eu estava errada em relação a ele nesse assunto, poderia estar errada em relação a outras coisas também. Ainda acho que ele não passa de um hipster riquinho e metido a besta, mas... os hipsters riquinhos e metidos a besta também são gente, não é?

Acho que parte dessa mudança abismal de pensamento é porque a Jane finalmente viu todos os meus vídeos. Incluindo os que têm um certo hipster. E sabe o que ela disse?

— Pobre Darcy.

— Pobre Darcy? — repeti, em choque. — Você também acha que eu devia ter dito sim pra ele?

— Não, claro que não — ela respondeu. — Mas a sua rejeição deve ter sido um choque.

— É, posso dizer que sim — retruquei, indiferente.

— Foi... foi necessário muita coragem para ele chegar até você daquele jeito e declarar seus sentimentos. O fato de ele achar que seriam correspondidos provavelmente foi o único motivo para ele conseguir superar o constrangimento natural e ir em frente.

Essa é minha irmã Jane. Determinada a encontrar humanidade até na situação mais improvável. Além disso, ela não tinha ideia da tal "indiscrição" sobre a qual o Darcy tinha falado, como eu já esperava.

— Mas e o que ele fez... em relação a você e ao Bing — arrisquei.

— Isso é... mais perturbador — a Jane acabou dizendo. — Mas não importa agora.

— Jane...

— Lizzie, eu sabia que o Bing estava sob pressão, e esse foi um dos motivos para eu não contar a ele sobre... você sabe. E, sim, ele confiava no julgamento do amigo. Mas, se ele confiava mais no Darcy do que em mim, então... talvez não devêssemos mesmo ficar juntos.

Ela se levantou, empertigou os ombros e respirou fundo.

— O Bing tomou a decisão de ir embora. Não o Darcy. Nem ninguém mais. E isso é tudo.

A Jane anda diferente na última semana em casa. Claro que ela continua sendo uma pessoa que faz trabalhos manuais, cozinha e tem pássaros-que-a-ajudam-a-se-vestir-de-manhã, mas tem algo a mais agora. Ela fala dos amigos de Los Angeles, de como se dá bem com a nova colega de quarto (que, aparentemente, tem um golden retriever que solta pelos alucinadamente, fazendo a Jane passar o aspirador na casa, toda feliz, três vezes ao dia) e de como ela foi a um desfile underground de moda à meia-noite em West Hollywood.

Acho que esse algo a mais é, na verdade, uma certa concha. Ela nunca foi magoada antes como foi pelo Bing, então faz sentido ela ter algumas cicatrizes. O que eu me pergunto é se algum dia ela vai conseguir entregar totalmente o coração de novo. Ou se simplesmente vai ser cautelosa demais para isso.

SEXTA-FEIRA, 30 DE NOVEMBRO

Acabei de sair de uma reunião interessante com a dra. Gardiner em seu escritório. Eu fui... Como é mesmo o termo? Ah, sim. Arrasada. Mas pelo menos a dra. Gardiner faz isso com delicadeza.

— Então, Lizzie — disse ela, quando entrei. — Onde está o relatório sobre a Collins & Collins?

— Estou trabalhando nele — respondi. — Tenho até o fim do ano...

— Tecnicamente sim, mas eu não recomendaria isso — alertou a dra. Gardiner. — Você tem outras três empresas para acompanhar, sem falar da sua tese; seria prudente não adiar tudo até o último instante. Eu também gostaria de ler sobre a sua experiência para saber se esses estudos independentes são um motivo válido para eliminar suas aulas finais obrigatórias.

— Eu sei, e não estou adiando, eu juro — garanti a ela. — Já fiz noventa e cinco por cento do relatório da Collins & Collins.

— Ótimo. Quero vê-lo na segunda-feira.

Bom. Parece que vou passar o fim de semana na biblioteca, na seção de consultas.

— E o seu próximo estudo independente? Já encontrou uma empresa para acompanhar? — perguntou a dra. Gardiner.

— Sim — respondi, cheia de orgulho. — Conheci o sócio fundador de uma empresa chamada Gracechurch Street quando fui à VidCon. Estamos trocando e-mails, e ele ficou feliz de me deixar acompanhar a empresa dele.

— Gracechurch Street... — disse a dra. Gardiner, pensativa, enquanto digitava no site de buscas. — Em Londres? Eles lidam com licenciamento de mídia para mercados estrangeiros?

— Isso. Essa mesma.

— E quando é que você vai para a Inglaterra? — ela perguntou.

— Ah, não! — Eu ri. — Não vou para a Inglaterra. Seria um acompanhamento online. Mas não se preocupe, a empresa é relativamente pe-

245

quena, e eles me prometeram acesso total. Vou participar via Skype de todas as reuniões de negócios, além de conversar sozinha com o sócio fundador. Vou observar bem de perto o que eles fazem e como fazem.

Mas a dra. Gardiner não me pareceu nem um pouco feliz com isso.

— Lizzie — ela suspirou —, achei que o objetivo desses estudos independentes fosse mergulhar na cultura da empresa. Você não pode fazer isso de longe.

— Bom, se houver uma empresa de mídia perto de casa, vou ficar feliz de falar com eles...

— Que tal algo não tão perto? — respondeu a dra. Gardiner. — Tenho um contato em San Francisco que trabalha para...

— Sinceramente, dra. Gardiner — eu disse, tentando ser educada. — Acabei de voltar para casa. Acho que não estou preparada para ficar sozinha de novo.

Mas ela só me olhou de um jeito engraçado.

— O que você acha que vai acontecer quando você se formar? — perguntou.

Eu não tinha uma resposta para isso.

— A Gracechurch Street é uma boa empresa e vai diversificar seus estudos. E, como o tempo está correndo, vou aprovar que você os acompanhe. Mas, Lizzie... — Ela se inclinou para frente e me olhou diretamente nos olhos. — Quero que você pense no que espera obter com essa experiência. E no que você vai ter de fazer para conseguir isso.

Como eu disse, fui arrasada.

Mas, por enquanto, preciso pegar uma das boas áreas de consulta da biblioteca (já que minha mesa de estudos foi transferida para outra pessoa, por causa dos estudos independentes). Tenho o relatório da Collins & Collins para terminar e uma nova empresa para começar a estudar.

SEXTA-FEIRA, 7 DE DEZEMBRO

A Jane voltou para Los Angeles ontem. E eu estou meio perdida. Não porque ela foi embora — isso já era esperado. Ela ficou uma semana a mais que o previsto e vai voltar para o Natal. De acordo com a Jane, o mundo da moda é bem calmo entre o Dia de Ação de Graças e o Natal, e todo mundo vai para algum lugar divertido e exótico (tipo o centro da Califórnia, eba!) antes de as coisas se agitarem de novo em janeiro, quando eles precisam começar a preparar os desfiles de outono. Que acontecem na primavera, o que é um contrassenso.

Mas não é esse o motivo para eu me achar no prejuízo, ruminando minhas escolhas de vida. É porque a Jane me falou a mesma coisa que a dra. Gardiner estava tentando dizer, ou seja, que eu podia estar confortável demais em casa e com um certo medo de sair daqui.

Ela é tão adulta. Quando foi que a Jane ficou tão adulta? Ela sempre foi responsável, mas penso na gente de trança no cabelo. Agora, a Jane está morando sozinha, trabalhando na área dela, pagando os empréstimos estudantis e diversificando suas atividades. E, não importa quanto eu me preocupe com sua concha recém-descoberta e perceba que ela ainda fica magoada quando ouve o nome do Bing, ela decididamente seguiu em frente. (Não importa quanto eu fale desse assunto nos meus vídeos, os espectadores estão obcecados com isso, quase tanto quanto estão com o Darcy.) Isso tudo só me faz perceber como eu *não sou* adulta.

Passo o tempo todo sendo insignificante e obcecada com a vida amorosa das outras pessoas. Eu me concentro nos problemas de todo mundo — a loucura da minha mãe, as maluquices da Lydia — para não ter que enfrentar a realidade.

A realidade de que eu vou ter que sair de casa em breve.

E, mesmo tendo passado dois meses com a Charlotte, eu estava apenas visitando o mundo real, e não vivendo nele.

E, olhando para estas páginas, eu... eu tenho que admitir que estou hesitante. Gosto de pensar em mim mesma como muito preparada e pronta para encarar o mundo, mas, na realidade... eu nunca passei muito tempo fora da minha área de estudos na faculdade.

E, daqui a seis meses, eu não terei mais essa área.

Cara, primeiro o Darcy e agora a Jane desafiando minha visão de mundo? Quem é a próxima, a gata da Lydia?

QUARTA-FEIRA, 12 DE DEZEMBRO

Se eu ainda não recebi esse rótulo, sou a pior irmã do mundo. Não por não assistir aos vídeos da Lydia ou não ficar feliz logo de cara com a mudança da Jane para LA (embora eu esteja muito feliz por ela estar tão bem agora). Não, o crime desta semana é que eu esqueci o aniversário da Lydia, que é hoje. Em minha defesa... Tudo bem, eu não tenho defesa. Estou morando na biblioteca, fazendo o acompanhamento e a pesquisa (basicamente porque é o único lugar silencioso do mundo, agora que meu pai se juntou à confusão normal da Lydia e da minha mãe e resolveu montar os trens de Natal), e eu simplesmente me sinto tão sobrecarregada com tudo que deixei o aniversário dela escapar da mente.

Mas a Lydia não esqueceu e, como meus pais vão estar em Sacramento para uma festa de Hanukkah no aniversário de vinte e um anos da minha irmã (o tio Phil é nosso parente culturalmente diverso — caso contrário, seríamos incrivelmente chatos em termos étnicos), ela está insistindo em fazer uma festança. Ou, nas palavras dela: "A mais incrível festa de toda a história!"

Estou exausta só de pensar. Caramba, fico exausta metade do tempo que estou perto da Lydia. Eu amo minha irmã, mas agora que eu sou a filha mais velha em casa, é ainda mais difícil olhar para as maluquices dela sem desejar que ela se acalme. Que ela dê um passo atrás antes de agir por impulso e *pense*.

Mas não consigo fazer nenhum dos meus pais perceberem isso. Minha mãe simplesmente diz que a Lydia é jovem e está se divertindo! E meu pai...

— Pai, não acredito que você vai deixar a Lydia dar uma festa enquanto vocês não estão em casa! — eu disse a ele alguns dias atrás.

— Não? Foi isso que ela pediu de aniversário, e não vejo motivo para negar.

— Não vê motivo para negar? Que tal... ela não ter autocontrole? Pelo amor de Deus, ela convidou o time de vôlei todo da faculdade dela. E da minha. E de todas as faculdades!

— E o que você prefere que ela faça? *Saia* com o time todo de vôlei?

— Bom, não, mas...

— Não vejo problema de a Lydia dar uma festa. Não vamos ter sossego até ela conseguir isso, e pelo menos assim ela vai estar em casa e, felizmente, você vai estar aqui para cuidar dela.

Então, agora eu estou cuidando da Lydia. Sabe, acho que meus pais ainda me devem dinheiro por todo o serviço de babá que prestei quando eu tinha catorze e ela dez anos... se bem que eles podem querer me cobrar pela despesa de trocar a porta de tela naquela vez.

Tirando tudo isso, estou preparada para a festa do século. Algo para o qual eu não estava preparada era um suposto penetra que encontrei hoje de manhã.

— Oi, Lizzie! — A voz de George Wickham provocou um arrepio de repulsa nas minhas costas. Eu estava no corredor de pratos-de-papel-e-guardanapos do mercado, cuidando dos aspectos mais práticos do planejamento da festa. Eu já estava com sacos de lixo de capacidade industrial e todas as toalhas de papel do mundo no meu carrinho. — Parece que você está planejando uma festa.

— O que você está fazendo aqui, George? — perguntei.

— Fazendo compras. O mesmo que você. — E levantou a própria cestinha, que continha um pacote de seis cervejas baratas e outro de Cheetos. Depois me deu aquele sorriso que costumava fazer meu estômago flutuar, mas que agora o fazia revirar. — Que legal te ver, boneca.

Consegui recuar antes que seus braços me envolvessem completamente, escapando do abraço. Só derrubei uns três ou quatro pacotes de utensílios plásticos ao fazer isso.

— Como você está? — ele perguntou, sem recuar. — Me desculpa por não ter ligado, mas eu fiquei tão ocupado, eu estava, tipo, uau...

— Estou bem, George. Nunca estive melhor, na verdade.

— O que você tem feito?

— Ah, umas coisas aqui e ali. — Fiz uma pausa. — Suponho que você não anda vendo os meus vídeos.

— Você ainda está fazendo esse negócio? — O George pareceu surpreso. — Que bacana. Eles são muito fofos.

Bom, isso respondia à pergunta. Como eu não disse mais nada, o George me lançou um olhar de cachorrinho.

— Ah, Lizzie, você vai ficar brava só porque eu não liguei quando voltei pra cidade?

— Nem um pouco — me apressei a garantir, com meu melhor sorriso. — Eu não esperava que você ligasse. Na verdade, achei que você fosse embora da cidade de novo.

— Eu vou logo mais, mas não queria perder a chance de te ver. — Ele deu um sorriso falso. — Estou feliz de o destino ter nos unido no corredor de produtos de papel.

— Como assim?

— Bom, você também estava fora da cidade, certo? Acho que alguém me disse que você estava fazendo um estágio ou algo assim? Com a sua amiga Charlene?

— Charlotte — corrigi, me esforçando muito para não ranger os dentes.

— Isso, isso. Aprendeu alguma coisa?

Analisei o George durante um longo instante antes de responder. Depois pensei: *Que se dane!*

— Na verdade, aprendi muito. E encontrei umas pessoas muito interessantes também.

— Ah, é? Tipo quem?

— Tipo Fitz Williams. E o Darcy.

Tive o prazer de ver o sorriso permanente do George fraquejar. Mas ele se recuperou rapidamente.

— Darcy. Só de ouvir esse nome, tenho arrepios. Com esse negócio de ele arruinar minha vida e tal. Hipoteticamente, claro. — Ele piscou para mim.

— Talvez — eu disse. — Mas talvez ele tenha mais virtudes do que você ou até do que eu pensava.

— Virtudes? — Ele riu. — Você acha que o Darcy tem virtudes?

— Na verdade, o Darcy não é tão ruim — emendei. — Ele tem mais virtudes do que algumas pessoas que eu poderia mencionar.

O George finalmente pareceu registrar o fato de que eu estava com meu olhar mortal gelado, porque seu sorriso desapareceu, e eu acho que tive um relance do cara que o Darcy conhece. Aquele que tem um recalque tão grande a ponto de exigir dinheiro de um amigo no dia seguinte ao funeral dos seus pais.

— Bom — ele disse —, parece que eu preciso me atualizar.

Sim, pensei. *Você precisa se atualizar. Veja os meus vídeos e entenda que você provavelmente deve evitar ficar no mesmo hemisfério que eu daqui para frente.* Mas o George, com todo seu charme escorregadio e seu conhecimento das ruas, não sabia quando parar.

— Você pode me pôr a par de tudo hoje à noite, na festa da sua irmã.

— O quê? — exclamei, chocada. — Você não foi convidado.

— Não oficialmente. Mas eu conheço um monte de jogadores de vôlei, e não me parece ser uma festa só para convidados...

— Você não foi convidado! — declarei, com mais energia do que gostaria. — Você não pode ir hoje à noite. E, se estiver se perguntando o motivo, veja os meus vídeos. Eles explicam tudo.

E, com isso, abandonei meu carrinho com toalhas e pratos de papel e saí da loja.

Claro que tive que atravessar a cidade de carro para ir a um mercado diferente e comprar o material da festa, mas, ei, eles tinham guardanapos numa oferta de leve-dois-pague-um.

Estou com muita raiva de mim por ter gostado do George. Antes eu achava o cara totalmente charmoso, mas agora só consigo ver um imoral. Estou realmente feliz que as nossas atividades no banco traseiro tenham se restringido a amassos e beijos, e não sexo de verdade, porque não existiriam chuveiros suficientes no mundo para limpar isso.

Mas, neste momento, não estou pensando nisso. Neste momento, tenho que me preparar mentalmente para o ataque de pessoas prestes a invadir minha casa. Já arrumei as comidas e as bebidas, afastei todos os móveis, tranquei os trens do meu pai e os objetos frágeis no escritório e coloquei um cartaz na porta dizendo: "Não é banheiro".

Tudo bem, pessoal, vamos encarar esse tal de aniversário. Felizes vinte e um anos para minha irmãzinha!

SEXTA-FEIRA, 14 DE DEZEMBRO

Ai, meu Deus, eu não consigo. Não posso sair mais uma noite. Entre a faculdade, o acompanhamento online de uma empresa que está a oito fusos horários de distância e a insistência da Lydia em comemorarmos sua *semana* de aniversário, tive aproximadamente quatro horas de sono nos últimos três dias.

A festa da Lydia correu muito bem, levando tudo em consideração. A polícia não foi chamada, e isso já é lucro. Fiquei um tempinho com a prima Mary, já que somos introvertidas. Quando amanheceu, quase todo mundo tinha ido embora, e a Lydia curtiu tanto que não se lembra de quase nada. O que é preocupante. Não estou errada de me preocupar quando minha irmã tem amnésia alcoólica, né?

Ainda não tive tempo de comprar o presente de aniversário da Lydia. (Se bem que, para algumas pessoas, limpar a casa e acalmar a mamãe e o papai pela carnificina do gnomo de jardim deveria ser um presente suficiente.) No entanto, entrei na livraria da faculdade hoje e encontrei uma coisa que vai ser perfeita. A Jane mandou um presente que ela escolheu (eu paguei metade), mas realmente acho que esse livro vai ser a cereja do bolo.

O título é *Onde foi que eu estacionei meu carro? Um guia para meninas festeiras se tornarem adultas bem-sucedidas.*

Sinceramente, não consigo pensar num presente melhor para minha irmãzinha festeira que eu gostaria de ver se transformar numa adulta bem-sucedida.

SEGUNDA-FEIRA, 17 DE DEZEMBRO

Tudo bem, não funcionou como planejado. A Lydia não gostou do livro, para colocar de um jeito suave, e não falou comigo desde que recebeu o presente.

É o seguinte. Não estou errada em relação à Lydia. Eu NÃO ESTOU ERRADA. Sou uma das únicas pessoas por aqui que conseguem ver isso claramente. Minha mãe trata a Lydia como um bebê, e meu pai — por mais que normalmente ele seja demais — sempre meio que lava as mãos quando se trata dela. Ela é descontrolada, e ninguém se preocupa em colocar minha irmã nos trilhos.

Vamos ver as evidências. Ela ficou bêbada no casamento dos Gibson e vomitou nos arbustos. Eu tive que arrastá-la do Carter's quando eles queriam chamar a polícia porque ela estava quase arrancando a roupa com um cara nos fundos. Pelo amor de Deus, ela teve amnésia alcoólica na última semana, na própria festa! Ela rouba calmantes da bolsa da minha mãe, mata aula para ir até Los Angeles e não pode ficar sozinha por mais de três minutos seguidos. Não estou errada por querer que ela olhe para a própria vida e perceba que precisa crescer. Ela agora tem vinte e um anos e vai responder como adulta. Ela não é mais criança, não importa o que minha mãe diga.

E, sim, minha mãe diz que as notas da Lydia estão boas no semestre. E que ótimo — que bom que ela está indo às aulas e prestando atenção pela primeira vez e aprendendo, porque é isso que ela tem potencial para fazer. Ela não é burra, só age desse jeito porque... porque é divertido, eu acho. Mas isso não significa que ela tem liberdade para fazer tudo que quiser.

Tudo bem, ninguém é perfeito. E a Lydia me chamou atenção para o fato de que eu não dei ao meu pai um livro sobre como administrar melhor o nosso dinheiro e à minha mãe um livro sobre como não se envolver demais na vida das filhas, mas a mamãe e o papai... não sei se eles podem ser consertados. Provavelmente é tarde demais para eles. A Lydia ainda é nova.

Um mês sendo a irmã mais velha na casa e já consegui irritar a Lydia a ponto do silêncio total. Meu Deus, como eu queria que a Jane estivesse aqui. Liguei para ela ontem, só para saber sua opinião.

— Oi, Lizzie — ela disse. — Antes de você falar alguma coisa, a Lydia já me ligou.

— O que ela disse? — perguntei.

— Ela está magoada. Acha que você odeia quem ela é.

— Ela disse isso?

— Não nessas palavras, mas...

— Eu não odeio a Lydia! — gritei. — Não mesmo. Mas, Jane... eu só queria que ela fosse...

— O quê? — provocou gentilmente a Jane. — Menos "energética", né? Que ela não fosse uma vergonha?

— Não foi isso que eu disse. E eu nunca...

— Mas foi isso que ela ouviu — a Jane respondeu, depois suspirou. — Eu entendo o que você quer, Lizzie. Mas talvez o método tenha sido meio indelicado.

A Jane, como sempre, estava certa. O modo como eu apresentei o livro não podia ser mais ineficiente.

Sem querer, eu chamei a Lydia de "energética" — que foi exatamente como o Darcy chamou a Lydia quando apareceu no meu vídeo e disse que "me amava, mas...". Então ela não ouviu "energética", acho que ela ouviu constrangimento. Que eu a considero um constrangimento.

Talvez ainda haja um jeito de consertar isso. Talvez eu consiga agradar a Lydia o bastante para que a paz volte a reinar. Caramba, talvez se passem mais uns dias, a febre do Natal apareça e ela se esqueça de tudo isso.

Talvez.

SEXTA-FEIRA, 21 DE DEZEMBRO

Não. Não dá para consertar.

A Lydia foi longe demais dessa vez. Ela simplesmente... ARRRRRGGHHH! Ela não está ouvindo! E agora ela simplesmente está revidando e me atacando e, quer saber, Lydia? Dói. Ela está simplesmente sendo uma menina mimada, e eu... eu não quero lidar com isso. E, sinceramente, acho que não devia.

Tentei explicar mil vezes que o livro não tinha a intenção que ela entendeu. Eu implorei, bajulei, paguei frozen iogurte para ela! E o que aconteceu?

— Eu só queria te levar pra sair hoje, pra ter certeza que a gente está bem — eu disse, quando enchemos nosso frozen iogurte de chocolate holandês duplo com as frutas e coberturas adequadas.

— Humm — respondeu a Lydia.

— Como eu disse, eu não tinha a intenção que o presente fosse uma maldade. Sinto muito por ter te magoado.

— Humm.

Fomos até o caixa para pagar.

— Eu só estou cuidando de você. Você agora tem vinte e um anos. A Jane foi embora pra LA, e eu vou me formar em breve. Não vamos estar por perto pra cuidar de você. Você vai ter que ser mais responsável e cuidar de si mesma.

— Humm.

Paguei os frozen iogurtes e fomos para uma mesa do lado de fora.

— Não é uma coisa ruim. Eu juro — continuei. — Quer dizer, você não pode ser assim para sempre. Mudar é bom. É normal.

— Humm.

— Então — eu disse, enquanto me sentava. — Estamos bem?

A Lydia continuou de pé.

— Não — ela respondeu, foi até a lata de lixo e jogou fora o pote de frozen iogurte intocado, antes de se afastar.

Tudo bem, ela não concordou que meu gesto era bem-intencionado. Depois disso, eu a deixei em paz por alguns dias. Mas achei que tudo ia acabar em algum momento. A Lydia não fica com raiva por muito tempo — normalmente, surge alguma coisa que a distrai do que aconteceu antes, e a gente segue em frente. É a natureza humana. Mas dessa vez ela não fez isso. Não, deixar de lado teria sido a coisa ADULTA a fazer.

Em vez disso, ela se vingou, usando a única coisa que tinha à disposição.

A internet.

A Lydia decidiu que a atitude madura a tomar nessa situação era criar uma lista de coisas que eu posso melhorar em mim mesma e depois publicar em vídeo.

E agora ela tem muitos espectadores, graças a mim.

Lista da Lydia para Lizzie Bennet ser menos ridícula

1. *Atualizar o guarda-roupa.*
   Não importa; estou acostumada com a Lydia ridicularizando minhas roupas. Ei, eu prefiro roupas clássicas à atração que ela tem por tendências idiotas. Além do mais, ela esqueceu que somos pobres e provavelmente não devíamos ir ao shopping sempre que estamos entediadas? Na verdade, deve ter esquecido

2. *Arrumar um hobby.*
   Sinto muito. Eu não tenho tempo para desperdiçar com outras coisas além de conseguir meu mestrado e uma carreira, mas fico feliz em saber as prioridades dela.

3. *Ser melhor em coisas.*
   De acordo com ela, as pessoas gostam de andar com outras que são boas em coisas. Acho que ela ia gostar se eu melhorasse na bebida. Porque aí eu seria menos patética aos olhos dela.

4. *Arrumar um namorado — mas não um que saia da cidade imediatamente.*

Obrigada, *mãe*. Um belo jeito de trazer à tona meu passado recente. Graças a Deus, eu nunca contei a ela a história toda sobre o verdadeiro George Wickham — ela nunca mais ia parar de falar nisso. Ah, e eu acho que você também está sem namorado, irmãzinha.

5. *Parar de pensar que eu sou melhor que os outros.*

Eu não acho isso. Não mesmo. Não acho que eu seja melhor que os outros, porque, se achasse, nunca ia conseguir admitir meus erros, e não posso calcular a quantidade de vezes em que estive errada apenas no último ano. Mas isso não significa que eu esteja errada em relação a Lydia.

O vídeo já teve milhares de visualizações.

Sabe, não é a mensagem — confie em mim, eu recebo esse tipo de crítica o tempo todo, a maior parte de mim mesma —, é que ela levou a questão para a internet em vez de falar comigo. E isso só prova que ela é mais do que imatura e não está nem um pouco interessada em mudar.

Eu certamente não tive a intenção de magoar minha irmã, mas ela está tentando me magoar de propósito. E quer saber? Está funcionando. Agora ela está dizendo que vai passar o Ano-Novo em Vegas com amigos e nada que eu diga vai convencê-la do contrário, nenhuma pista que eu dê aos meus pais vai importar, então por que me incomodar? Por que me incomodar com alguém que obviamente está apenas tentando me magoar e me enlouquecer? Tenho muito trabalho para me manter ocupada; prefiro não ter que lidar com uma irmãzinha imatura, carente, reacionária, irritadinha e que abusa de substâncias, então não vou fazer isso. Não vou nem assistir aos seus vídeos enquanto ela estiver fora. Que inferno, não vou nem segui-la no Twitter.

Preciso tocar minha vida e parar de me preocupar com a dela. Você disse que não quer falar comigo, Lydia? Pois agora você conseguiu.

SÁBADO, 22 DE DEZEMBRO

— Dra. Gardiner! — gritei, disparando pelo corredor.

— Lizzie — disse a dra. Gardiner, surpresa. — Estou fechando o escritório pelas próximas três semanas. O que você está fazendo aqui? Estamos nas férias de Natal.

— Eu sei, mas queria falar com você sobre o meu estudo independente — eu disse, entre arfadas. Eu realmente preciso me exercitar mais.

— Está tudo bem? Com a Gracechurch Street?

— Sim, tudo ótimo. Na verdade, devo ter o suficiente para o meu relatório até o fim de dezembro. Eu queria falar com você sobre o *próximo* estudo independente.

A dra. Gardiner parou de empacotar suas coisas.

— Você disse que tinha um contato numa empresa de mídia em San Francisco... Se a oferta ainda estiver de pé, acho que eu realmente gostaria de tentar.

Prendi a respiração enquanto ela pensava.

— Achei que você não quisesse ir tão longe de casa.

— Eu sei. Eu não queria — respondi. — Mas você estava certa sobre ampliar meus horizontes. Estou pronta agora.

A Jane estava certa: eu realmente precisava sair para o mundo, sem medo. Além do mais, para que eu preciso ficar em casa? Para ouvir mais comentários passivo-agressivos da minha mãe sobre minha vida amorosa e enfrentar o silêncio da Lydia?

— Vou fazer algumas ligações e ver se ainda é possível — disse por fim a dra. Gardiner.

— Obrigada! — Admito que posso ter dado uns pulinhos.

— Eu aviso no início da próxima semana se estiver tudo certo, mas, Lizzie... se acontecer, vai ser rápido. Então deixe tudo preparado, está bem?

— Sim, claro — respondi, sabendo que ela estava falando de terminar meu segundo relatório. Isso não será um problema. Eu simplesmente... não vou dormir até terminar. — Obrigada de novo. E boas festas!

— Feliz Natal, Lizzie — gritou a dra. Gardiner atrás de mim, já que eu praticamente saí em disparada pelo corredor.

San Francisco, aqui vou eu.

TERÇA-FEIRA, 25 DE DEZEMBRO

Feliz Natal! Neste momento, chegamos à minha parte favorita do dia de Natal: aquela calma agradável depois que já abrimos os presentes, as festividades acabaram e todo mundo vai para o seu canto mexer com os brinquedos novos. Enquanto espero meu novo HD de quatro terabytes (obrigada, melhor amiga!) sincronizar, achei que seria legal anotar minhas impressões sobre este ano.

Quanto ao Natal, acho que foi acima da média. Certamente melhor do que quando eu tinha oito anos e decidi ajudar minha mãe a fazer o café da manhã de Natal e terminei fazendo omeletes com o que eu achava que era blue cheese. Mas parece que esse queijo não devia ser azul. Acabamos passando o feriado na fila do único banheiro da casa, dobrados de dor.

Este feriado foi o primeiro em que eu achei que a reunião de família era uma ocasião especial. Com a Jane em LA e a Charlotte na Collins & Collins, ver as duas de novo (e, sim, eu sei que as vi um mês atrás) me encheu com aqueles sentimentos gostosos de festas que os comerciais pregam.

A prima Mary, a tia Martha e o tio Randy vieram na noite passada. O Randy não é marido da Martha, mas é seu namorado-que-não-mora--junto há tanto tempo que sempre o chamamos de tio Randy. (Meu pai diz que parou de julgar a irmã hippie há muito tempo, mas até hoje ele só aperta a mão do Randy, em vez de abraçá-lo. Embora isso possa ser resultado do excesso de patchuli.) Mary trouxe seu contrabaixo, como sempre, e tocou "Jingle Bells", um sinal verdadeiro de que é Natal, segundo a Jane. Minha mãe levou a Martha para um passeio de última hora no shopping, e eu achei que a Lydia e a Mary seriam unha e carne, considerando o tempo que passaram juntas no último ano (a Lydia ficou na casa da Mary durante o mês de agosto todo, e a Mary dá aulas de reforço de matemática para minha irmã), mas não. A Lydia praticamente ficou só no quarto, falando pelo telefone com os amigos da faculdade, quem quer que sejam eles.

A Jane disse que eu devia dar tempo ao tempo. A Charlotte não diz nada, mas eu sei que ela está preocupada.

Infelizmente, a visita da Jane e da Charlotte vai ser mais curta dessa vez — acho que a prorrogação do Dia de Ação de Graças levou a folgas de Natal truncadas, mas eu aceito o que vier. Especialmente porque a Lydia ainda está me tratando com frieza.

Decidi que não posso me preocupar com a ira atual da Lydia. Simplesmente não posso. Tenho minha própria vida para me preocupar, e ela não deve conseguir o que deseja só porque é teimosa o suficiente para prender a respiração até desmaiar.

Então é isso, não posso me preocupar com ela agora. Especialmente se minha mãe também não pode.

— Lizzie, não sei por que você está sendo tão rígida com a menina.

— Porque ninguém mais é — murmurei entre dentes.

— As notas dela subiram, e todo mundo merece um pouco de diversão. — Ela suspirou com saudade. — Eu me diverti em Vegas quando do era menina.

Não era necessário aprofundar esse assunto, então eu simplesmente dei uma olhada para meu pai e continuei a recolher o papel de embrulho descartado na nossa carnificina natalina de sempre (que não diminuiu nem um pouco este ano, nem com a possível execução da hipoteca no verão — talvez eu devesse ter dado ao meu pai um livro sobre como administrar as finanças).

— A sua irmã só está precisando relaxar — ele sussurrou para mim.

— Tenho a sensação de que, quando ela voltar de Las Vegas, tudo vai voltar para nossa versão deturpada de normalidade.

Você provavelmente está certo, pai. O problema é que eu acho que a nossa versão deturpada de normalidade não é muito boa para a Lydia. Nem para nós.

Neste momento, ela está no quarto dela, fazendo as malas para ir para Las Vegas. Financiada pela receita de propaganda dos seus vídeos e com a permissão da minha mãe para usar o carro compartilhado pelas duas, ela vai partir de manhã. Duvido que se despeça de mim.

262

O que é triste, porque, quando ela voltar, eu terei ido embora. E tenho que admitir que estou surpreendentemente ansiosa para me despedir deste ano dramático e dar o próximo passo.

Na verdade, ontem mesmo eu recebi um e-mail sobre o próximo passo! Estou muito animada, porque, na primeira semana de janeiro, eu vou para San Francisco! Vou cuidar do apartamento de uma amiga da dra. Gardiner na cidade (uhu!), enquanto acompanho uma empresa chamada Pemberley Digital.

Hum. Esse nome me parece familiar. Vou ter que pesquisar.

TERÇA-FEIRA, 1º DE JANEIRO

Nada como começar o ano com uma ligação telefônica desesperada para sua orientadora na esperança de conseguir se livrar de uma coisa que você realmente não quer fazer. Se bem que, dessa vez, parece que eu não fui convincente como no pedido para ficar na Collins & Collins.

* * *

— Oi, dra. Gardiner! Estou muito feliz por finalmente conseguir falar com você! ... Sim, eu sei que você está em férias. ... Na Austrália! Uau, isso deve ser divertido. ... Então são umas quatro horas da manhã aí, né? Tudo bem, vou direto ao assunto: essa empresa em San Francisco, que você foi tão legal de conseguir para mim, se chama Pemberley Digital, certo? ... Bom, interessante, e tenho certeza que você vai rir, esse também é o nome da empresa do William Darcy. ... William Darcy? Aquele, hum... hipster arrogante que eu mencionei nos meus vídeos. ... É verdade, eu mais do que mencionei o cara, e esse é o problema, aliás. Como eu devo acompanhar a empresa de uma pessoa da qual eu não sou exatamente a maior fã nem tratei muito bem na internet? ... Não, eu não tenho uma empresa reserva para o meu estudo independente, mas tenho certeza que consigo encontrar uma. ... Sim, eu sei que esse é meu último período e que os estudos independentes estão extremamente truncados. ... Sim, eu sei disso, mas... Não, claro que não. ... Então, se eu não for, não vou conseguir me formar a tempo? ... Sim. ... Sim. ... Não, eu entendi. Você está absolutamente certa. ... Na verdade, estou indo para lá daqui a algumas horas. Estarei em San Francisco amanhã. Está bem. ... Feliz Ano-Novo para você também, dra. Gardiner.

* * *

Bom. Parece que eu não tenho como escapar disso sem prejudicar meu cronograma de pós-graduação. Então, eu realmente não tenho escolha.

Para a Pemberley Digital, portanto, eu devo ir.

DOMINGO, 6 DE JANEIRO

Estou em San Francisco há quatro dias e já estou apaixonada. Pela cidade. E, tenho que admitir, pelo meu novo estudo independente.

Depois que desliguei o telefone com a dra. Gardiner, aceitei meu destino. Não, isso não é verdade — eu lamentei e me preocupei e roí as unhas durante a ida para a casa da Charlotte. Minha melhor amiga se ofereceu para me levar até San Francisco, para eu poder deixar meu carro com minha mãe, que está sem carro enquanto a Lydia foi passear em Vegas. (Alguém poderia dizer que é culpa da minha mãe ter deixado minha irmã ir, mas não importa. Eu sou a filha boa.) Além do mais, não vou ter que me preocupar com estacionamento, e o apartamento do qual vou cuidar fica a mais ou menos um quilômetro e meio do escritório da Pemberley Digital. E eu gosto de andar.

Ficamos na casa da Charlotte na terça-feira, e ela me deixou no apartamento na manhã seguinte.

— Vai dar tudo certo — ela me disse, enquanto passávamos pela ponte até San Francisco. — Pensa bem: você esteve na Collins & Collins durante dois meses e com que frequência você viu o CEO?

— O Ricky? — respondi. — Quase todos os dias que ele não estava em Winnipeg, Manitoba.

— É, bom... nós somos uma empresa bem menor. Além do mais, você disse que o Darcy está em Los Angeles agora. Até você, com a sua sorte, teria dificuldade de encontrar com ele, já que ele está numa cidade diferente.

Isso era verdade, e era a única coisa que me acalmava. Os tuítes do Darcy o colocavam diretamente em Los Angeles num futuro próximo (para que servem as redes sociais se não para ajudar a evitar encontros casuais com o cara que disse que te amava e você rejeitou?) e, portanto, eu não devia me preocupar em encontrar com ele. Caramba, ele pode nem saber que eu estou aqui.

Embora eu meio que precise supor que ele sabe, sim, que eu estou aqui. Especialmente se estiver vendo meus vídeos. Além disso, ele não teria que aprovar meu acompanhamento da empresa?

— Não necessariamente — disse a Charlotte enquanto parávamos na esquina da Hayes com a Octavia, na frente de um prédio de três andares cor de areia que seria minha casa nos próximos meses. — Como eu disse, a empresa dele é maior que a Collins & Collins. Você acha que o presidente dos Estados Unidos aprova todos os estagiários da Casa Branca?

Mais uma vez, a Charlotte sabe exatamente o que dizer para eu me sentir melhor.

Pegamos minhas malas e subimos a escada até meu apartamento no último andar. Quando encontrei as chaves e abri a porta, a Charlotte e eu ficamos paradas ali por um minuto, com a boca escancarada.

— Tudo bem, eu normalmente não tenho inveja de você — disse ela —, mas estou ficando com um pouco.

O apartamento era lindo. Pequeno — mas o que é espaçoso numa área metropolitana? — e perfeito para mim. Havia prateleiras e prateleiras de livros enfileirados numa parede, e uma cozinha aberta com uma mesa enorme pouco antes do espaço que se estendia pela área de estar. Janelas amplas alimentavam com uma luz delicada algumas plantas penduradas. Um quarto logo depois, tudo decorado com moderação e bom gosto. Eu não teria sonhado com um apartamento melhor para mim. Sério, acho que nem a Jane conseguiria projetar um espaço melhor, e ela é profissional.

— O banheiro tem uma banheira com pés! — gritou a Charlotte. — Tudo bem, respira e fica calma, respira e fica calma, lembra que você tem uma lavadora e secadora no apartamento.

— Verdade. Mas a Pemberley Digital tem um serviço interno de lavanderia — eu disse, inspecionando uma escrivaninha antiga.

O barulho que a Charlotte fez não poderia ser gravado com nossa tecnologia atual.

— De quem é o apartamento mesmo?

— De uma amiga da dra. Gardiner que está num período sabático na América do Sul esse semestre. Ela só quer alguém para pegar a correspondência e molhar as plantas.

— E você vai morar aqui de graça?

— Na verdade, vou receber uma pequena mesada.

A Charlotte fez outro ruído não gravável. Depois, com algumas respirações para se acalmar, colocou um sorriso no rosto.

— Vem, vamos conferir aquela cafeteria francesa fofinha do outro lado da rua e andar um pouco pelo bairro. Vou tentar me controlar para não amaldiçoar a sua boa sorte, enquanto isso.

O bairro (os mapas turísticos o chamam de Hayes Valley, perto de SoMa, que significa South of Market, que não é um acrônimo pretensioso de jeito nenhum) era encantador. Cheio de jovens conversando, pequenas lojas de artesanato e uma grande variedade de cafeterias de luxo. A Charlotte e eu caminhamos por um tempinho, encontramos um lugar para almoçar e, depois de mais uma conversa não-se-preocupa-a--Pemberley-Digital-vai-estar-livre-do-Darcy, a Char entrou no carro e dirigiu até seu próprio apartamento com uma lavadora e secadora.

Era estranho ficar sozinha pela primeira vez... na vida. Ainda é. Na faculdade, eu tinha colegas de quarto, e em casa eu dividia um banheiro com meu pai, minha mãe e duas irmãs. Essa é a primeira vez na vida em que estou morando sozinha. Por um lado, tenho o controle remoto só para mim. Por outro, é estranhamente silencioso.

Mas eu não podia me sentir muito estranha por causa da recém-descoberta liberdade pessoal bem agora, porque, na sexta-feira, eu tinha orientação para meu novo estudo independente.

— Bem-vindos à Pemberley Digital! — gritou a guia muito animada enquanto distribuía crachás para mim e para um grupo de alunos do quarto ano.

A entrada da Pemberley é um lindo átrio de vidro que sobe até o centro do prédio, iluminando com luz natural a fonte no meio. As pessoas se movimentavam por passarelas de vidro, dizendo "oi" umas para as outras ou fazendo perguntas na atmosfera aberta. Todo mundo curioso, todo mundo energizado. Então eu me lembrei da melhor parte do campus da faculdade. Tinham se passado cinco minutos desde que eu entrara pela porta e já estava maravilhada, esticando o pescoço para ver até o topo.

— Lizzie Bennet — disse a guia enquanto me dava meu crachá. — Estamos tão empolgados porque você vai acompanhar a Pemberley! — E aí... ela me abraçou.

Muito tempo depois, eu percebi que essa era a primeira pista. Na época, no entanto, eu simplesmente fiquei surpresa de a Pemberley ser uma empresa com tantos abraços.

— Bom, pessoal, a Pemberley Digital é uma empresa de entretenimento e novas mídias que constrói plataformas tecnológicas e conteúdo. Então, o que isso significa? — Ela sorriu para os alunos do quarto ano. — Bom, nosso CEO, William Darcy... — Seu sorriso se ampliou ao dizer o nome dele. — ... diria que somos uma empresa inovadora dedicada à próxima onda de inovação nas comunicações. Mas, basicamente, isso significa que fazemos coisas para internet. E, sim, isso é um emprego de verdade.

A frase arrancou risadas dos professores da turma do quarto ano.

Nossa guia nos conduziu pelo átrio, em direção ao prédio propriamente dito.

— Aquilo ali é um escorregador? — perguntou uma das crianças. — E uma piscina de bolinhas?

— Esses são alguns escritórios da nossa equipe de criação — disse a guia. — Estimulamos as pessoas a decorar o escritório do jeito mais inusitado possível. Conformidade não costuma levar à criatividade.

Eu diria que aquilo era bem inusitado — parecia um brinquedo de parque com mesas de trabalho. O escritório seguinte parecia um pavilhão subaquático. Os alunos do quarto ano fizeram "ohhh" e "ahhh". (E não foram os únicos.)

— E aqui ficam as nossas cápsulas de cochilo. Qualquer um pode entrar e cochilar por meia hora, sempre que precisar.

Imaginei facilmente o barulho que a Charlotte faria se estivesse aqui.

Seguimos para o terceiro andar.

— Essas são as nossas instalações de produção — disse a guia. — Temos um palco, um departamento de figurino... Quem quer brincar na tela verde?

Vários alunos do quarto ano ergueram a mão. E, tudo bem, eu também ergui.

Depois disso, fomos até o refeitório, o cinema onde novos apps e programas são apresentados (com pipoca!) e subimos para o terraço, onde havia uma piscina olímpica, um massagista interno e topiarias muito bem cortadas na forma de dezenas de animais.

— Aquilo é... um unicórnio? — perguntei à nossa guia.

Ela inclinou a cabeça para o lado.

— Eu sempre achei que era um cavalo-marinho. Lizzie, espero que você não se importe de conhecer a empresa com um monte de crianças. Nunca tivemos alguém nos acompanhando, e achei que você ia gostar de um passeio antes de começar.

— Eu gostei! — garanti a ela. Em seguida, vi seu rosto se abrir num largo sorriso. — Este lugar é bem incrível.

— Ótimo! — ela respondeu. — Você não tem ideia de como estou feliz de ouvir você dizer isso. Preciso levar as crianças para almoçar no refeitório, mas te mostro seu escritório antes e depois volto para falar com você. Está bom assim?

Sim, meu escritório. Não um canto qualquer para me instalar. Meu escritório, com o meu nome na porta. E ele é *lindo*. Janelas amplas, com uma bela vista, uma mesa de trabalho com um computador novo, um sofá e... o que mais eu poderia querer?

Fiquei sentada ali em choque por um tempo, por aquela ser minha vida dali em diante. Um apartamento maravilhoso em San Francisco, uma oportunidade incrível de acompanhar uma das empresas de tecnologia mais impressionantes que eu já vi (embora meu campo de ação seja limitado) e ser tratada como um membro bem-vindo e respeitado da equipe, e não uma humilde aluna de pós-graduação/estranha procurando migalhas na mesa.

E teve mais uma coisa que me chocou. Nossa guia?

Por acaso era Georgiana "Gigi" Darcy. A irmã mais nova de William Darcy.

Não sei o que me chocou mais: o fato de ela, uma Darcy, ser uma criatura tão doce e entusiasmada, ou o fato de ainda gostar de mim, depois de admitir ter visto todos os meus vídeos.

Na verdade, ela estava muito ansiosa para gostar de mim.

O fato de Gigi Darcy ser nossa guia simplesmente trouxe de volta para o fundo da minha mente a sombra hipster que estava espreitando em cada cápsula de cochilo e política de empresa inovadora. Darcy.

Ele *deve* saber que eu estou aqui, certo? Não importa o que a Charlotte diz quando tenta aliviar minha preocupação. O único jeito de ele não saber é se parou de ver os meus vídeos. E isso é bem possível. Talvez, depois de me dar a carta, ele tenha decidido que já viu tudo que precisava ver.

Apesar disso, amanhã é meu primeiro dia completo na Pemberley Digital, e preciso me concentrar para não ceder à tentação de me preocupar mais com o Darcy. Especialmente porque ele não está aqui.

QUARTA-FEIRA, 9 DE JANEIRO

O Darcy está aqui. E, sim, eu não devia ficar tão surpresa. Afinal, *é* a cidade dele e a empresa dele. Eu *é* que sou a intrusa. Mas ainda me sinto numa emboscada.

Se bem que o Darcy também parece estar numa emboscada.

Foi a irmã dele que fez tudo. Sim, parece que a entusiasmada Gigi Darcy, espectadora dos meus vídeos e casamenteira amadora, decidiu que atrair o irmão de Los Angeles para San Francisco e depois literalmente *jogá-lo* na mesma sala que eu seria a MELHOR IDEIA DO MUNDO.

E pensar que eu estava contemplando a ideia de ser amiga dela.

Estou brincando. (Um pouco.) Mas lá estava eu, sentada no meu escritório, fazendo um vídeo e matando o tempo antes da hora marcada para jantar com a dra. Gardiner (que tinha acabado de sair do avião vindo da Austrália), quando entra a Gigi arrastando o irmão pelo braço.

Num instante, eu estava ali sozinha e, no seguinte... o Darcy estava bem na minha frente.

Foi tão constrangedor quanto eu temia.

Eu realmente não lembro o que foi dito — embora eu possa simplesmente rever o vídeo —, mas sei que ele ficou tão surpreso de me ver quanto eu fiquei de vê-lo. Ele sabia que eu estava aqui. Como eu imaginei, ele teria que ser informado, mas acho que não tinha nenhuma intenção de me ver. Quer dizer, quando você descobre que a garota para quem você declarou o seu amor basicamente te achava um lixo, mas de repente fica sabendo que ela milagrosamente está no seu escritório, sua inclinação natural pode ser evitar a qualquer custo a dor e o constrangimento de vê-la. E não posso culpar o cara por isso.

Foi muito estranho estar na mesma sala que o Darcy de novo. Ele parecia... diferente. Não como se tivesse cortado o cabelo ou deixado o bigode crescer ou alguma coisa ridícula assim, mas ele parecia se portar de um jeito diferente. Ou talvez eu o estivesse vendo desse jeito. Afinal,

271

era a primeira vez que nos víamos desde que eu li a carta e descobri como estava errada em relação a quase tudo.

As pessoas parecem diferentes quando você sabe seus segredos. E elas te olham de um jeito diferente.

Quanto a mim, depois que o choque inicial desapareceu, senti vergonha. Como se eu tivesse sido pega fazendo alguma coisa que não devia — e minha presença ali fosse essencialmente para xeretar a empresa e a vida dele. Mas o Darcy foi estranhamente simpático em relação a isso. Bem, simpático do jeito dele. Perguntou se havia alguma coisa que podia fazer para tornar minha estadia mais confortável. Verificou se todo mundo estava me tratando bem. O tempo todo eu queria gritar: "Você não devia ser simpático comigo! Você devia ter raiva por eu estar aqui! Ou pelo menos irritação!"

É estranho. Passei tanto tempo sentindo medo de ver o Darcy, e agora que eu o vi... parece que eu estava *esperando* para vê-lo. Existe uma linha muito tênue entre essas duas coisas.

No entanto, minha caminhada até a Marina para jantar não foi suficiente para acalmar minha mente em relação a esse assunto, e a dra. Gardiner chamou minha atenção para isso.

— O que foi? — ela perguntou. — Está tudo bem com o seu estudo independente?

— O quê? Claro! — respondi rapidamente, levantando os olhos do prato. — Estou sendo muito bem tratada e tenho acesso a tudo.

— E o apartamento?

— É fantástico. E pode dizer à sua amiga que as plantas ainda estão bem vivas.

— Então por que você partiu três pães e não comeu nada?

Olhei para meu prato. Verdade, havia uma pilha de pedaços partidos de pão, prontos para jogar aos pombos, como a velhinha doida que mora no parque e fala sozinha. (Que, considerando minha aversão por pássaros, não é uma boa escolha de vida.)

— Se você assistir aos meus vídeos, vai descobrir de qualquer maneira. — Suspirei. — O Darcy está aqui.

A sobrancelha acadêmica da dra. Gardiner se ergueu.

— Acabei de vê-lo — completei.

— Bom — disse ela por fim —, você sabia que isso era uma possibilidade.

— Mas isso não facilita as coisas. Foi muito inesperado e desconfortável para nós dois.

A dra. Gardiner deu um gole no vinho.

— É mais inesperado ou mais desconfortável?

Pensei por um instante.

— Mais inesperado, eu acho. Na verdade, ele fez tudo que podia para garantir que eu *não* ficasse desconfortável.

— Lizzie, você vai encontrar o inesperado na sua vida profissional — comentou a dra. Gardiner, sorrindo pacientemente para mim. E na vida pessoal também, pensei, mas ela continuou: — Alguém com quem você estagiou pode te entrevistar um dia, ou sua professora pode te colocar para acompanhar uma empresa que pertence a alguém que você preferiria não ver. Mas você tem que trabalhar *com* o inesperado, não contra. Quem sabe? Talvez os resultados te surpreendam.

Mais uma vez, a dra. Gardiner estava certa — como de costume. Coisas assim acontecem. Você esbarra nas pessoas ou trabalha com pessoas com quem tem uma história tensa. Minha história com o Darcy pode ser um pouco mais tensa que a maioria, mas mesmo assim... somos adultos. Estou aqui para acompanhar a empresa dele, só isso.

— Bom, agora chega de falar do CEO — disse a dra. Gardiner. — Me conte tudo sobre a Pemberley Digital.

Quando comecei a falar das cápsulas de cochilo, nossa comida chegou, e eu me senti com um pouco mais de vontade de comer. Mas, agora que são duas da manhã e eu sei que provavelmente vou ver o Darcy daqui a seis curtas horas, estou de volta ao modo nervoso de escrever com insônia no diário.

Tenho que me lembrar do conselho da dra. Gardiner. Isso é inesperado, não desconfortável. Eu só preciso seguir em frente.

E, quem sabe, o Darcy pode acabar me surpreendendo.

TERÇA-FEIRA, 15 DE JANEIRO

Dizem que as coisas acontecem em grupos de três. Primeiro, a Gigi me surpreendeu sendo minha guia e gostando de mim de verdade. Depois, o Darcy me surpreendeu aparecendo aqui e sendo educado e gentil. Qual poderia ser a terceira? A cereja nesse sundae de Vamos Chocar a Lizzie?

Bing Lee.

Ele simplesmente apareceu outro dia. Entrou no meu escritório (ou eu aceito isso como regra ou começo a trancar a porta), viu que eu estava filmando, sentou e acenou para a "Charlotte". Nós conversamos, mas basicamente sobre futilidades. Parece que ele ainda ignora alegremente meus vídeos, achando que eu faço cartas em vídeo para minha amiga. Ele também pareceu muito empolgado ao me ver — e como se tivesse ido à Pemberley Digital para fazer exatamente isso.

Então, mais um toque do inesperado. Tudo bem, eu consigo lidar com isso.

Mas ainda preciso de uma explicação.

Logo depois de ver o Bing, esbarrei no Darcy no corredor. Ou ele esbarrou em mim. Eu posso ter ficado alguns segundos do lado de fora de uma reunião que ele estava presidindo.

— Lizzie, que bom — ele disse, me puxando um pouco de lado enquanto o fluxo de funcionários da Pemberley Digital saía da sala. — Eu estava esperando te encontrar.

— Estava?

— Sim. — Ele pigarreou. — Eu queria te avisar que um... conhecido em comum vem nos visitar.

— Se você está falando do Bing, acabei de vê-lo.

— É mesmo? — O Darcy pareceu surpreso. — Me desculpa se isso te incomodou. A Gigi deve ter contado a ele que você estava aqui, e acho que ele não quis esperar para te procurar.

— Não me incomodei — respondi. — Mas por que ele está na cidade? Ele não tem a faculdade de medicina?

Darcy piscou duas vezes antes de responder.

— Ele tinha umas entrevistas em hospitais daqui. E me perguntou se podia ficar na minha casa.

— Ah. Bom, como eu disse, não me incomodou encontrar com ele.

— Ótimo — ele comentou. — Eu odiaria se algo te deixasse desconfortável.

— Sim. — Eu sorri, envergonhada. — Você já disse isso.

— Eu sei... Bom, comigo aqui por alguns dias...

— É a sua empresa! — interrompi, sentindo o rosto corar. — Você faz parte daqui. Você não devia se sentir deslocado. Isso, sinceramente, deveria ser o meu papel.

— Eu não ia querer isso — ele disse e depois pigarreou. — Você está gostando da estadia? Colhendo informações úteis para o seu relatório?

— Ah, sim... A Pemberley é... fantástica — afirmei. — Gostei da reunião que você presidiu outro dia, sobre o potencial de investimento em canais criativos na internet.

Eu tinha me enfiado no canto dos fundos de uma sala de conferências lotada, onde o Darcy estava conduzindo uma discussão sobre toda a criatividade e o talento encontrados online e como eles podem ajudar a estimular esses talentos. Antes de chegar aqui, eu achava que a empresa do Darcy tinha o intuito de ganhar dinheiro rápido e fácil. Mas, sério, a missão da Pemberley Digital é estimular e criar coisas novas. Com aconselhamento e desenvolvimento em novas mídias, para deixar o mundo um pouquinho melhor.

Mas, quando falei da reunião, foi a vez de o Darcy corar.

— Enfim — disse ele, mudando de assunto e me conduzindo de volta ao meu escritório —, eu só queria garantir que você não ficasse desconcertada com o Bing aparecendo por aqui.

Desconcertada? É, um pouco. Mas, acima de tudo, eu estava confusa. Por que o Bing estava tão ansioso para me encontrar, especialmente se não tinha assistido aos vídeos? E por que ninguém no mundo contou para ele?

E por que, ah, por que, ah, por que eu não perguntei a ele que diabos aconteceu entre ele e a Jane?

Mais que tudo, ver o Bing simplesmente trouxe à tona velhos sentimentos do último verão — lembranças da minha irmã feliz, sentada ao lado dele no sofá em Netherfield, parecendo que eram as duas únicas pessoas no mundo. E depois flashes de desespero, sabendo como a Jane ficou magoada com a partida dele.

Eu tinha parado de sentir raiva dele há muito tempo — não era da minha conta sentir raiva, e eu sei que não foi *tudo* ideia dele. Mas eu ainda quero respostas, caramba.

Fiquei boa demais nesse negócio de deixar as oportunidades passarem por mim. Tenho que parar de dançar ao redor da verdade e realmente chegar ao fundo das coisas.

E, com o Bing Lee aqui em San Francisco, talvez eu finalmente tenha essa chance.

SEXTA-FEIRA, 18 DE JANEIRO

O Darcy continua me surpreendendo. Não uma surpresa do tipo "sair das sombras e pular em mim", mais do tipo "revelações de caráter". O que pode ser tão perturbador quanto, se não mais ainda, do que alguém pular em cima de você no corredor da escola e te assustar absurdamente fingindo que tem um pássaro no seu ombro, *Charlotte*.

Não que tenha acontecido alguma coisa tão alarmante. Bom, o Darcy usou voluntariamente uma boina de jornaleiro e uma gravata-borboleta, o que foi meio chocante. Mas, uns dias atrás, eu estava trabalhando até tarde no escritório, e não tinha mais ninguém lá — exceto ele.

Eu tinha esperança de conseguir respostas do Bing em relação aos motivos pelos quais ele abandonou a Jane e como ele podia deixar o amigo e a irmã controlarem tanto a vida amorosa dele, mas, como eu não o vi desde que ele passou no meu escritório quase uma semana atrás, minha coragem diminuía a cada dia. No entanto, finalmente me armei de coragem e perguntei ao Darcy.

Na frente da câmera.

— Por que você não contou ao Bing sobre os meus vídeos?

Eu esperava uma evasão. Enrolação e hesitação. Talvez indignação total por eu questionar seu julgamento. (Ei, indignação total não é um conceito estranho para o Darcy... pelo menos não para o Darcy que eu achava que conhecia antes.)

Mas foi aí que ele me surpreendeu.

Darcy disse que não contou ao Bing porque estava respeitando minha confidencialidade sobre os vídeos, do mesmo jeito que eu respeitei a dele ao não revelar muita coisa do conteúdo da carta. Eu nunca tinha pensado dessa forma, mas ele também está guardando meus segredos. O que é estranho para pessoas que são pouco mais do que conhecidos, não é?

O Darcy também disse que era porque achava que seria cruel. Os dois seguiram em frente. Provavelmente ela nem o aceitasse de volta...

Talvez ele esteja certo. Na verdade, acho que está. Tudo que a Jane disse desde que se mudou para LA me leva a crer que ela está curtindo a vida e seguindo adiante sem o Bing. Mas isso ainda me deixa muito triste.

Não, Lizzie, para. Eu não devia me envolver. (Na verdade, isso devia ser uma resolução de Ano-Novo atrasada.) Nada de bom jamais saiu disso. Caramba, eu tinha me afastado do surto de mau humor da Lydia, com a desculpa de ter que me concentrar na minha própria vida. E a Jane está muito bem sozinha em LA. Por que a súbita reaparição do ex-namorado da Jane deveria provocar um novo caos?

Tem tanta coisa acontecendo aqui — estou aprendendo tanto na Pemberley, participo das sessões de estratégia criativa, e pediram minha opinião sobre as opções de cor para o novo app de comunicação que eles estão desenvolvendo. (Escolhi azul. Azul relaxante é sempre a melhor opção.) Estou até fazendo amizades, saindo um pouco com a Gigi e o Fitz, que ameaçaram me levar ao karaokê.

Tudo na Pemberley diz respeito a criar algo novo e inovador, e não reaproveitar o passado.

Não estou aqui em San Francisco para ficar obcecada pela vida amorosa da minha irmã.

Então, por que minha mente está obcecada com a Jane e o Bing? E, admito, com o Darcy?

TERÇA-FEIRA, 22 DE JANEIRO

Dizem que as resoluções de Ano-Novo duram em média apenas três semanas. Então, essa é a semana para quebrá-las, certo? Descontando o fato de que tomei minha decisão de "política de não interferência" quatro dias atrás, parece que estou dentro do cronograma. Porque não só eu interferi de novo na vida do Bing e da Jane, como também fui contar para ele que a Jane ainda está solteira.

Para ser justa, ele perguntou. Veio se despedir — suas "entrevistas" tinham terminado e era hora de ele voltar às aulas. Não consigo imaginar uma faculdade de medicina que seja tolerante com alunos do terceiro ano como minha pós-graduação por sorte é, mas o Bing não parece preocupado com isso.

Ele perguntou como estava a Jane. Foi tão sincero, e eu percebi que era isso que ele queria saber desde que me viu. Foi esse o motivo para ele ter entrado pela minha porta. Assim, quando ele tentou pescar informações, eu simplesmente soltei:

— Ela não está saindo com ninguém. — E: — Se tem alguma coisa para dizer à Jane, você devia ligar para ela.

Eu sei, eu não devia ter feito isso! Só espero que a Jane me perdoe. Na verdade, falei com ela mais cedo hoje, com o claro objetivo de confessar minha interferência. Mas, de novo...

— Studio and Design Services — disse ela ao atender.

— Jane?

— Ah, oi, Lizzie!

— Desculpa, achei que tinha ligado pro seu celular.

— Você ligou, só que agora é rotina eu atender assim. São tantos revendedores diferentes que eu dei meu celular para eles poderem falar comigo vinte e quatro horas por dia, sete dias por semana. Como você está? — ela perguntou.

— Ótima! — Tentei parecer alegre. — Pelo que estou percebendo, não tão ocupada quanto você.

— É, aqui é meio maluco. Acabei de receber novas responsabilidades... Você pode esperar um segundo? — O telefone ficou abafado, e eu a ouvi falar alguma coisa sobre chiffon roxo, não lilás, e o "muito obrigada!" simpático de sempre antes de voltar para mim.

— Vou deixar você trabalhar — eu disse, amarelando. Agora não era o momento de trazer antigos namorados à tona, nem de comentar a respeito de eu ter contado ao seu antigo namorado que ela ainda estava solteira.

— Não, espera um segundo — a Jane pediu. — Eu queria te perguntar uma coisa.

Ai, meu Deus, pensei. Ela sabe do Bing. Eu estava crente de que ela estaria ocupada demais para ver os meus vídeos (e, você sabe, tendo uma vida própria). Mas, apesar de estar alucinada todos os dias e o dia todo no emprego — e adorando —, ela sabia que...

— Você tem falado com a Lydia ultimamente? — ela perguntou.

— Ah. — Fiz uma pausa. — Não. Não tenho, não.

Percebi a decepção da Jane no seu silêncio.

— Eu queria muito que você falasse.

— Se ela quiser falar comigo, ela tem meu número — respondi. E, depois de um momento... — *Você* tem falado com ela ultimamente?

— Só por um minuto, eu ando muito ocupada. Acho que ela conheceu um cara em Las Vegas.

— Perfeito. — Revirei os olhos. — Bom, a Lydia pode curtir seu peguete aleatório. Talvez ela possa deixar o cara maluco, e não a gente, por um tempo.

— Lizzie... — E aí seu tom mudou. — Ah, espera um minuto. Preciso atender outra ligação.

— Não, tudo bem. Vou te deixar voltar ao trabalho.

— Está bem — ela disse, meio triste. — Foi bom falar com você.

— Com você também.

Ligações como essa com a Jane só mostram claramente como eu sinto saudade das minhas irmãs. Sim, no plural. Sinto saudade da Lydia. Sinto falta do tempo com as meninas, da conversa de meninas.

Mas ela não é a única que sabe ser teimosa.

Por sorte, eu *tenho* conversa de meninas nesta cidade também. A Gigi me convidou para almoçar, então talvez isso preencha um pouco o vazio. Um dos prazeres verdadeiros de estar na Pemberley Digital tem sido conhecer melhor a Gigi. Ela é uma moça inteligente, divertida e feliz, e, sempre que eu penso no que George Wickham fez com ela, tenho vontade de encontrar com ele e lhe dar mais um tapa.

QUARTA-FEIRA, 23 DE JANEIRO

— Darcy! — chamei num sussurro. Não sei por que sussurrei, mas estava perto do fim de mais um dia agitado e, como ainda havia algumas pessoas circulando por ali, gritar seu nome teria feito todo mundo parar de repente. — Preciso te contar uma coisa.

— O que aconteceu?

— Nada! — jurei. — Mas, hum... preciso que você saiba de uma coisa. Em respeito à sua confiança.

Ele olhou de um lado para o outro.

— No meu escritório? — perguntou.

Fiz que sim com a cabeça, e ele pegou meu cotovelo com delicadeza, me guiando pelo corredor em direção ao escritório.

Eu ainda não tinha estado ali.

Na mesma hora, eu me senti uma invasora. Afinal, aquele era seu santuário. Tudo que estava ali era muito o Darcy. Era menor do que eu esperava, e mais bagunçado também. Depois percebi que não era o escritório de um CEO de fachada. Era o escritório de alguém que trabalhava.

Poltronas de couro ficavam de frente para uma janela que dava vista para a baía. Pilhas de livros e papéis sobre o peitoril da janela. Tudo era em estilo antigo, exceto a mesa, que tinha um computador provavelmente duas gerações à frente do que estava no mercado no momento. Além de...

— Aquilo é um boneco que balança a cabeça? — perguntei, percebendo a coisa verde que balançava perto do equipamento de alta tecnologia.

— É — respondeu o Darcy, ficando vermelho.

— Do Oscar de *Vila Sésamo*? — indaguei, me aproximando da mesa.

— É — disse o Darcy. — Era sobre isso que você queria falar comigo?

— Não, eu só... nunca achei que você fosse do tipo que teria um boneco que balança a cabeça. Do Oscar de *Vila Sésamo*.

Ele estendeu a mão e, com um dedo, fez a cabeça do Oscar parar de balançar.

— A Gigi me deu quando a gente era criança.

— Certo. A Gigi. — Respirei fundo. — Era sobre ela que eu queria falar com você.

— O que tem a minha irmã?

Respirei fundo outra vez. Agora não tinha como escapar.

— Há alguns minutos, eu estava filmando, e a Gigi... Por favor, tenha em mente que eu não pedi para ela fazer isso, ela fez por vontade própria... A Gigi apareceu na frente da câmera e contou a todos os meus espectadores o que aconteceu entre ela e George Wickham.

Essa era a parte da carta que eu não tinha contado. Por respeito à Gigi, e também ao Darcy. Afinal, nós dois guardávamos os segredos um do outro. Eu não tinha contado nem à Jane nem à Charlotte sobre isso. Parecia pessoal demais.

O Darcy se inclinou sobre a mesa, e pela primeira vez sua postura rígida se dobrou um pouco.

— Bom — disse ele. — Obrigado por me contar.

— Não preciso publicar. Posso filmar outra coisa até amanhã.

— Não. Foi decisão da Gigi contar a história dela. Ela deve ter achado que era algo que precisava fazer. — Ele suspirou e esfregou a testa. — Não significa que eu tenha que gostar.

Curioso, mas eu senti muito pelo Darcy naquele momento. Existe um tipo de frustração que só as irmãs mais novas conseguem provocar. Por isso eu senti muito por ele. Fui atraída para ele. Enquanto ele estava ali, de pé, inclinado sobre a mesa e esfregando a testa, tive que controlar a vontade de estender a mão e consolá-lo.

O que é ridículo.

— Bom — eu disse. — Eu só queria te avisar.

— Sim, obrigado — ele respondeu, se endireitando. — Você está indo para casa?

Ele fez um sinal com a cabeça em direção ao meu ombro.

— Ah. Sim. Eu ia tentar caminhar até Haight-Ashbury para ver umas coisas de turistas. Mas isso é meio difícil quando escurece às quatro em janeiro.

— Você ia andar até Haight? Do SoMa? — o Darcy perguntou, erguendo uma sobrancelha. — Eu sei que você gosta de caminhar, mas é uma boa distância.

— Ninguém faz isso?

— Não depois das quatro em janeiro — ele respondeu. — Você ainda não teve oportunidade de ver muita coisa da cidade, né?

— Não muito — admiti. — Mas estou ansiosa para fazer isso no fim de semana, com a Gigi... e com você.

As bochechas do Darcy ficaram muito vermelhas, e ele murmurou alguma coisa baixinho. Algo que pareceu "eu também", mas não tive certeza.

Ficamos parados ali por mais alguns segundos antes de eu perceber que estava no escritório dele e que era eu que devia sair.

— Bom — falei por fim —, boa noite.

— Boa noite, Lizzie — ele disse, quando eu estava com a mão na porta. — E obrigado.

SÁBADO, 26 DE JANEIRO

Que dia maravilhoso! Que dia lindo, exaustivo, interessante e iluminado! Além disso, eu vi leões-marinhos.

Mas não foram os animais marinhos que tornaram o dia tão especial. Foram, acredite se quiser, os Darcy.

Os dois. A Gigi por seu entusiasmo, e o Darcy por... só por ser o Darcy.

Mais uma vez, foi a Gigi quem inventou a trama. Ela me perguntou, alguns dias atrás, se eu deixaria que ela e o irmão me acompanhassem em um tour pela cidade. Como eu não tinha conseguido ser turista do jeito que queria e como eu gosto da presença da Gigi, aceitei.

Nós nos encontramos num restaurante de brunch não muito longe do meu apartamento.

— Lizzie! — a Gigi gritou quando me viu chegando. Ela se levantou da mesa e acenou como uma louca. O irmão também se levantou. — Está preparada para fazer um tour épico por San Francisco? — ela perguntou, enquanto ajeitava as cadeiras para eu ficar entre ela e o irmão.

— Um tour épico? — perguntei, virando-me na direção do Darcy.

— Certamente é abrangente — ele respondeu.

— O William planejou um belo itinerário para hoje — ela continuou, dando uma cotovelada de leve no irmão. — Estou feliz por você estar usando botas para caminhar.

— Eu... sei que você gostar de andar, mas se preferir podemos pegar o carro... — o Darcy acrescentou.

— Não — interrompi. — Está um dia lindo demais para não andar.

— Ótimo! — animou-se a Gigi. — Eu concordo. Minha treinadora de condicionamento no tênis adoraria que eu andasse para todo lado. Eu teria panturrilhas de aço.

— Então, o que teremos no tour épico? — perguntei.

— Pensei que podíamos passear por Chinatown, depois parar na Lombard Street e, em seguida, descer até a Marina — disse o Darcy. — Parece bom? Tem algum outro lugar que você prefere ir?

— Não, está ótimo! — respondi. — Eu estava morrendo de vontade de conhecer a Marina. Só fui lá uma vez pra jantar, então estava bem escuro. E eu me perdi no caminho de volta.

— Bom, dessa vez você está com nativos — disse a Gigi. — Vai ser impossível se perder. Mas agora é hora de comer uns carboidratos! Você devia pedir os waffles daqui, são *fantásticos*.

A Gigi me deu o cardápio, e, enquanto eu o analisava (e, sim, os waffles pareciam ser o destaque), percebi o Darcy me olhando. Ela estava fazendo alguma coisa no telefone, então decidi tentar uma coisa que eu e o Darcy nunca havíamos conseguido antes.

Uma conversa informal.

— Parece que você duplicou seu lado hipster hoje — eu disse.

— Por causa dos óculos? — ele perguntou, subitamente envergonhado. Ele tirou os óculos de armação escura ao estilo Elvis Costello e piscou para ter foco. — É que eu não consegui colocar as lentes de contato hoje de manhã e...

— Darcy, tudo bem. Eu estava te provocando. Eles... eles são legais.

E eram mesmo. Ele os colocou de volta, e não consegui evitar de pensar: a estética hipster não é repulsiva como eu achava antes. Fica bem em algumas pessoas.

— Digam xis! — pediu a Gigi, tirando uma foto com a câmera dela antes que a gente percebesse o que estava acontecendo. — Ficou ótima! — ela comemorou, depois de ver a imagem. — Vou documentar o dia todo!

✳ ✳ ✳

A Chinatown de San Francisco é a mais famosa do mundo (fora da China, imagino), e merece essa reputação. Andamos do famoso arco de entrada com telhado verde até o fim da rua, nos maravilhando com todas as bugigangas vendidas nas lojas. Comprei um guarda-chuva cor-de-rosa de bambu para a Jane e uma roupinha de gato para a Lydia. Talvez um dia a gente volte a se falar e eu possa dar a ela.

— Aqui, deixa eu carregar isso pra você — ofereceu o Darcy, pegando gentilmente a sacola da minha mão antes que eu pudesse protestar.

— Não está tão pesada.

— Foi por isso que eu me ofereci — disse ele, com algo que poderia ser um sorriso. — Se pesasse uma tonelada, você teria que se virar.

Misericórdia. Senhoras e senhores, William Darcy tentou fazer uma piada.

— Acho que eu não devia comprar um bonsai pro meu pai, então — respondi, brincando também.

— Não são bonsais. Na cultura chinesa, são chamados de penjing. — E ele se interrompeu. — Desculpa. A Gigi diz que eu explico demais.

Procurei a Gigi — eu estava tentando controlar os passos para nós três andarmos juntos, mas ela sempre se adiantava ou ficava para trás quando via alguma coisa interessante. Nesse momento, ela estava do outro lado da rua, admirando pulseiras de contas.

— Não se preocupe. — Eu sorri. — Sério, você não devia se culpar por cada palavra que diz.

— É uma característica que eu carrego desde que nasci — ele respondeu. — E que estou tentando eliminar.

Minha mente de repente se voltou a todas as coisas cruéis que eu disse no passado sobre o Darcy sem nem uma sombra de arrependimento.

— E que eu provavelmente deveria cultivar.

Seu olhar deslizou até mim.

— Acho que você está bem.

Senti meu rosto ficando vermelho.

— Acho que você também está bem.

Saímos de Chinatown com várias bugigangas (leves) e fomos até a famosa e ondulada Lombard Street — onde as colinas eram decididamente cruéis, e tenho que admitir que até minha preferência pela caminhada estava sendo desafiada.

Claro que eu não disse isso em voz alta, mas o Darcy percebeu, de qualquer maneira.

— Não se preocupe — ele me disse. — Daqui para frente é quase só descida.

— Ai, graças a Deus — disse a Gigi entre uma respiração e outra, enquanto subia atrás de nós. — Minha treinadora vai ficar muito irritada quando descobrir como eu fiquei sem ar. Mesmo assim... é muito lindo aqui.

A rua realmente era agradável, com zigue-zagues para tornar a inclinação menos angustiante para os carros, o chão pavimentado com tijolos vermelhos e arbustos que preenchiam o espaço. E a vista da Coit Tower de cima para baixo era fantástica.

— É, sim — o Darcy concordou.

— Parece que vocês não vêm aqui com muita frequência.

— Na verdade, não — disse ele. — Acho que morar tão perto de lugares famosos os torna menos especiais. Ninguém pensa em ser turista na própria cidade.

— Realmente — respondi. — Moro a meia hora da praia e não vou lá há... meses.

Ele pensou no assunto.

— Não vou à Marina há anos.

— Bom — continuei —, não vamos deixar vocês separados por muito mais tempo.

— Espera — gritou a Gigi, e começamos a descer a ladeira íngreme. — Eu queria tirar uma foto de vocês no topo de uma colina! — Depois, exausta: — Ah, dane-se. Eu tiro na parte baixa, quando a gente chegar lá.

Em seguida, fomos até a Marina. Paramos no Fisherman's Wharf, no mercado de peixes, e depois fomos ver o mar. Num dia claro como o de hoje, a Golden Gate ficava maravilhosa. Assim como os navios altos no porto, o Fort Mason e a ilha de Alcatraz (embora lembranças desagradáveis de uma piada ruim de morsa estragassem a visão). A Gigi insistia em parar e tirar fotos, e o Darcy insistia em ceder a cada um dos nossos caprichos. Ela queria tomar chocolate quente na fábrica da Ghirardelli. O Darcy ficou na fila, enquanto a gente sentava e descansava os pés. Eu queria andar pelo píer para ver leões-marinhos. Feito.

— Vocês não me avisaram do cheiro — comentei quando nos aproximamos do Píer 39, que não podia mais ancorar barcos, porque os leões-marinhos invocaram direitos de invasores e tomaram tudo. Saquei a câmera e tirei algumas fotos. Por sorte, fotos não têm cheiro.

— Isso teria te impedido? — respondeu o Darcy acima do ruído dos animais.

— Não, mas... uma mulher prevenida vale por duas. — Sorri para ele.

— Então, você ainda sente saudade da Marina?

— Na verdade, sim. Não faço uso da cidade como deveria. Talvez eu faça um esforço pra passar mais tempo aqui. — Bem nesse momento, outro turista esbarrou em nós para ter uma visão melhor do banho de sol adorável e perfumado na nossa frente.

— Mas talvez num momento em que esteja menos lotado — acrescentei.

Nessa hora, outro turista esbarrou em nós, e deixei meu celular cair. Não na água, por sorte, mas no deque, no meio do caminho lotado de turistas.

— Eu pego — disse o Darcy, abaixando-se no meio da confusão para recuperar meu celular. Ele o agarrou e o estendeu para mim. — Aqui. Nenhum estrago, eu acho.

Quando estendi a mão e peguei o celular, meu dedo roçou no dele. E eu *senti*. Um choque quente se espalhando do ponto de contato até minha mão. Não elétrico, mas um conforto latejante. Gostoso. E certo.

Meus olhos se ergueram de repente e encontraram os dele — e então eu percebi que ele também sentiu alguma coisa.

Peguei o celular rapidamente e enfiei no bolso.

— Obrigada — murmurei.

— De nada — ele respondeu num sussurro semelhante.

— William! Lizzie! — chamou a Gigi quando saímos do deque (ela tinha ficado para trás, evitando o mau cheiro). — Venham ver essa fonte!

O resto da tarde passou rápido. As sombras estavam ficando longas, então voltamos a pé na direção da minha casa. No caminho, o Darcy apontava alguma coisa interessante aqui e ali, e mais de uma vez eu peguei a Gigi tirando uma foto escondida de nós. Ela seria uma péssima paparazzo ou detetive particular.

Estava anoitecendo quando finalmente chegamos ao meu prédio. Na porta, a Gigi me deu um abraço forte, e o Darcy solenemente me entregou a sacola de produtos de Chinatown que carregou o dia todo, e depois... apertou minha mão.

Mas aquele choque quente e reconfortante de antes não foi um acaso. Ainda estava lá.

E ficamos parados ali por um instante, sem querer que a tarde terminasse.

— Obrigada — eu disse. — O tour foi realmente épico.

O Darcy reprimiu um sorriso.

— Você se divertiu?

— Muito.

Quando cheguei no alto da escada, não conseguia parar de sorrir. E levei um tempo para descobrir por quê.

Era o Darcy.

Ele estava tão diferente. Estava atencioso e, com a irmã por perto, ele fica muito mais leve. Desde que li a carta, eu soube que minha primeira impressão dele foi imprecisa, mas não tinha pensado nele como... um *cara*. Até hoje.

E ele *é* um cara. Um cara inteligente, bonito e meio tímido, que acabou de me levar para todas as armadilhas turísticas da cidade no que deve ser um de seus raros dias de folga.

Mesmo depois de tudo que eu disse sobre o Darcy, ele ainda quis passar o dia comigo. E se desdobrou para me fazer sentir especial. E isso em si já me faz sentir especial.

Mas, enquanto eu estava pensando no Darcy e requentando macarrão para o jantar, recebi uma ligação.

— Lizzie! — A voz da Gigi estava quase afogada pelo barulho da multidão e pelo canto que eu ouvi ao fundo. — Eu sei que passamos o dia todo juntas, mas estou te convidando para um karaokê agora mesmo! Nós estamos a menos de dois quarteirões de você.

— Nós? — perguntei.

— O Fitz, o Brandon e eu... — A ligação estava instável, mas consegui ouvir: — O William tinha que cuidar de uma papelada.

— Ah. — Fiquei estranhamente (ou não estranhamente?) desapontada.

— Vem! Vem cantar uma música comigo! — ela implorou. — O Fitz quer te perguntar sobre o nosso dia e está disposto a te subornar com drinques para saber de tudo. Ele não acredita em mim quando eu digo que você se divertiu.

Olhei para o relógio.

— Está bem — decidi. — Uma música e um drinque.

A Gigi deu um gritinho e me passou o endereço.

Preciso admitir que gosto da distração. Por mais que hoje tenha sido ótimo, também foi transformador. O fato de o Darcy não estar lá significava que eu poderia relaxar.

Estou aliviada por isso.

E, ao mesmo tempo, não estou.

Sinto vontade de vê-lo de novo. Apenas algumas horas depois de ele me deixar em casa.

Uau. Será que eu... será que eu *gosto* de William Darcy?

Não. Não, Lizzie, não exagera. Segura as rédeas da sua imaginação.

Mas eu *poderia* gostar de William Darcy. E só isso já é estranho.

TERÇA-FEIRA, 29 DE JANEIRO

Ode a um Celular Quebrado

Lembro quando nos conhecemos. Você tão brilhante, tão novo, tão retangular.
Você me prometeu o mundo.
Um mundo de internet e e-mail, memes de gatinhos e Angry Birds.
Infelizmente, eu sempre torço para os porquinhos.

Foram lindos, os anos em que crescemos juntos,
as capinhas que eu coloquei em você,
as fotos e vídeos que fizemos, depois apagamos.
Você poderia me incriminar, mas nunca fez isso.
As notas, os textos, os toques e barulhos.
Todos os momentos da vida, grandes e pequenos, nós compartilhamos.

Mas nosso tempo chegou a um triste fim.
A gravidade nos separou.
Uma queda no deque te deixou aparentemente bem, mas mesmo assim.
Mesmo assim.

Começou com uma ligação instável. O declínio.
Chamadas perdidas, mensagens abandonadas. A derrocada.
Alguma coisa dentro de você sacudiu, algo não estava
mais ligado.

"Não se preocupe!
Você vai para uma boa casa.
Uma fazenda no interior, com um campo aberto que
nunca vai permitir quedas."
Mas estou mentindo para nós dois.

Eu diria que você é insubstituível, mas vamos encarar a realidade.
Estamos na capital de alta tecnologia do mundo,
e eu posso conseguir um celular novo com a facilidade de uma xícara de café.

Adeus, celular quebrado.
O tempo que compartilhamos foi ótimo.
E considero seu último ato uma gentileza,
se sacrificar para dois dedos poderem se tocar.
Vou sentir sua falta —
o pequeno arranhão no seu canto inferior esquerdo,
o botão de volume que não abaixa.

Boa noite, meu doce celular. Boa noite.

QUARTA-FEIRA, 30 DE JANEIRO

Estou sentada no avião, voltando para casa. Pediram para desligar todos os dispositivos eletrônicos, e não posso mais ligar para a Lydia. Se bem que ela não está atendendo. Vinte e quatro horas atrás, ir para casa era a última coisa na minha mente. Caramba, quatro horas atrás, por um breve instante, achei que eu fosse passar a noite no teatro na companhia de alguém que poderia ser especial. Mas isso foi antes de eu receber a ligação.

Meu celular não estava funcionando bem desde que o deixei cair no píer. A parte de fora parecia ótima, mas as ligações rapidamente ficaram confusas, depois o teclado não funcionava direito e, por fim, ele parou de funcionar. Comprei um novo e, enquanto estava offline esperando que ele fosse ativado para baixar minhas configurações, o mundo decidiu implodir.

— Charlotte? — falei, atendendo imediatamente o celular. — O que aconteceu?

Alguma coisa tinha que estar errada. No instante em que meu novo celular ligou, vi que ela tinha me telefonado sete vezes na última hora.

— Ai, graças a Deus, Lizzie. — Ela deu um suspiro de alívio. — Por onde você andou?

— Meu celular morreu, e eu comprei um novo — tentei falar, mas ela simplesmente me cortou.

— Não importa. Lizzie, entra na internet. Tem um site.

— Um site do quê?

— Estão dizendo que tem um vídeo da Lydia. Um vídeo erótico.

— Um... um vídeo erótico? — Não consegui acreditar. De jeito nenhum a Lydia faria um vídeo erótico... Mas será que fez?

— O site está pedindo pras pessoas se cadastrarem e tem uma contagem regressiva e... Lizzie, o vídeo é com o George. Eles estão saindo — disse a Charlotte.

— George. George *Wickham*?

E foi aí que eu soube que era verdade. Um vídeo erótico não estava além da imaginação distorcida do George. E, como ele conseguia convencer um esquimó a comprar gelo, não tenho dúvida de que convenceu a Lydia a fazer isso.

— Estou te mandando o link. Acho que estão aproveitando a fama dela. Ela está sendo chamada de "Estrela do YouTube Lydia Bennet" — disse a Charlotte. — Tentei ligar para ela quando não consegui falar com você, mas ela não atendeu. Lizzie, você tem alguma ideia do que está acontecendo? Os seus pais sabem?

— Não — respondi. Mas eu precisava descobrir. — Não, eu vou pra casa. Vou pra casa agora mesmo.

Desliguei e fiquei encarando meu celular. Como uma bomba prestes a explodir. Só que já tinha explodido.

— Lizzie, o que foi? — perguntou o Darcy, ao meu lado.

Sim, porque Darcy foi testemunha da conversa toda. Ele tinha entrado no meu escritório para perguntar se eu queria ir ao teatro naquela noite.

Com ele. Tipo um encontro.

Depois que eu desliguei o telefone com a Charlotte, o que aconteceu em seguida ficou meio embaçado. Exceto o Darcy. Ele me fez contar o que estava acontecendo e pediu para deixá-lo me ajudar. Mas, quando abri o site no meu celular, com o texto espalhafatoso e brilhante e a imagem da Lydia e do George *sorrindo* um para o outro na cama, eu sabia que não havia nada que ele pudesse fazer. E a única coisa que eu podia fazer agora era tentar colocar um pouco de juízo na cabeça da Lydia.

O Darcy insistiu em me colocar num avião imediatamente, comprando passagem no primeiro voo disponível. E foi assim que eu cheguei aqui. Sentada na pista de decolagem do Aeroporto SFO, sem poder ligar para a Lydia ou para a Jane (tentei uma vez, mas parece que ela também não está atendendo — nós, as irmãs Bennet, escolhemos um dia *muito* ruim para ficar offline). O Darcy me colocou no carro dele e instruiu o motorista a me levar até meu apartamento, onde peguei minhas coisas em dez minutos antes de voltar correndo ao carro para pegar o voo.

295

Não consigo acreditar que a Lydia fosse capaz de fazer isso. Que ela fizesse um vídeo erótico e deixasse o George publicar online. Por quê? Por dinheiro? Não tem dinheiro no mundo que pague o fato de algo tão pessoal vazar abertamente, e para sempre.

E a culpa é minha. Eu não estava segurando a câmera, mas com certeza não a alertei sobre o George. Se eu não tivesse sido tão burra e teimosa no mês passado e tivesse *conversado* com minha irmã, eu poderia ter previsto essa situação e conseguido impedir.

Mas como e por que o George iria atrás da Lydia?

Ela não tem nada além de uma pontinha de fama por causa dos vídeos — os dela e os meus.

E isso também é culpa minha.

Eu sabia que a Lydia estava fazendo vídeos enquanto eu estava fora. Os espectadores me mandavam mensagens no Twitter, implorando que eu visse, mas eu não vi. Não podia. Achei que fosse apenas a Lydia sendo a Lydia, alegremente irresponsável e flutuando de uma crise para outra.

Eu nunca achei que ela pudesse fazer algo assim.

Tentei ver um dos vídeos dela com o George enquanto estava no saguão do aeroporto, esperando para embarcar. Mas, quando a cara ordinária dele apareceu, não consegui continuar. Eu só queria entrar na tela e apertar o pescoço dele. Tudo que ele disse fora premeditado. Uma tática de autodepreciação. Minhas entranhas gritavam com a Lydia, perguntando por que ela não enxergava aquilo.

Mas, por outro lado, eu também não tinha percebido no início.

Não sei o que vou fazer quando chegar em casa. Não sei o que vou dizer quando vir a Lydia.

Só sei que preciso vê-la.

SÁBADO, 2 DE FEVEREIRO

Não sei nem por onde começar.

Por mais que fosse ruim pensar que a Lydia e o George fizeram um vídeo erótico e o divulgaram, a realidade era dez vezes pior.

Minha suposição de que a Lydia sabia do site — e concordava com ele — estava terrível e absurdamente errada. Se ela soubesse, por mais perturbador que fosse, pelo menos teria algum controle. Talvez a gente conseguisse convencê-la a não liberar o vídeo quando a contagem regressiva expirasse. Que é daqui a doze dias. Meu Deus, só temos doze dias para resolver isso.

Não, por pior que fosse minha suposição, o cenário do pesadelo não era esse. O cenário do pesadelo era que a Lydia *não sabia* do site.

Ela sabia do vídeo, claro. Ela tinha participado, mas nunca sonhou que o George faria algo assim com o vídeo. Que ele tentaria ganhar dinheiro deixando o corpo e a alma dela expostos para pervertidos anônimos online.

Porque ela o ama.

Quando cheguei em casa, não tinha ninguém lá. A Lydia ainda não estava atendendo, então a única coisa que eu podia fazer era esperar. E, quando ela finalmente voltou para casa... eu fiquei brava com ela. Porque eu pensei...

Não acredito que eu pensei que ela sabia de tudo.

Quando mostrei o site para ela, vi alguma coisa dentro da minha irmãzinha se quebrar. Ela ficou muito pequena e muito, muito nova. Ela correu para o quarto e não saiu de lá até agora.

Isso foi há três dias.

Graças a Deus eu finalmente consegui falar com a Jane, e ela também veio para casa. A Lydia não me deixava entrar no quarto dela, mas eu sabia que deixaria a Jane entrar. Ela está indo lá de hora em hora, com uma quantidade ridícula de chá, só para saber se a Lydia está bem.

Se ela não está se machucando.

— Ela comeu alguma coisa? — sussurrei para a Jane, enquanto ela preparava a quarta bandeja de chá do dia na cozinha.

— Não, mas bebeu um pouco de chá — sussurrou a Jane em resposta.

— Ela está falando com alguém?

— Sei que ela tentou ligar pro George. Ainda está tentando — a Jane respondeu.

— E ele não atende — eu disse.

— É pior que isso. Eu ouvi atrás da porta. Ela ainda acha que é algum tipo de engano. Que o George foi hackeado. Acho que ela tentou todos os amigos dele também, mas...

— Mas ele desapareceu.

Eu sabia disso porque eu tinha feito a mesma coisa. Liguei um milhão de vezes para o celular do George, querendo uma explicação. Tentei todo mundo que eu lembrava que era amigo dele, mas depois descobri que ele não mantinha muito bem as amizades. Dois de seus supostos camaradas me disseram que, se eu encontrasse o cara, era para avisar a eles, porque o George devia algumas centenas de dólares para cada um. Então fui ao Carter's para ver se alguém de lá poderia ter uma ideia de onde estava o George.

Nada.

— Não sei mais o que fazer — sussurrei para a Jane. Eu me senti impotente e com raiva. Sem o George, não tinha jeito de conseguir o vídeo de volta e derrubar o site. Mandei até um e-mail para a empresa que criou o site (Novelty Exposures, afff), com um pedido de retirada do vídeo nos moldes da lei em nome da Lydia, mas não recebi resposta. Claro. A Charlotte diz que a Novelty Exposures é uma empresa de fachada, e que existe um labirinto de empresas de holding e provedores falsos de internet para protegê-la. Não temos a menor ideia de quem está de fato com o vídeo.

— Eu sei — disse a Jane. — Eu também não.

— Como a gente vai ajudar a Lydia a sair dessa? Como vamos impedi-lo?

— Impedir quem? — disse meu pai atrás de nós, fazendo as duas pularem.

— Ninguém — respondi, um pouco alegrinha demais. — A gente só estava discutindo uma coisa... que a Jane e eu vimos na televisão.

Mas meu pai sacudiu a cabeça.

— Não minta para mim, Lizzie. Você não. — Seus olhos voaram para a Jane. — Por que você está em casa? Você tem um emprego em tempo integral e um apartamento em Los Angeles. — Depois se voltaram para mim. — Por que você não está terminando seu trabalho em San Francisco? E por que eu não vejo a minha filha mais nova nem ouço a voz dela há dias?

— A Lydia não está se sentindo bem — tentou a Jane, mas não adiantou nada.

— Meninas — disse meu pai. — Alguma coisa não está certa aqui. Então, só vou perguntar mais uma vez. Ou vocês me contam o que está acontecendo ou vou invadir o quarto da Lydia agora mesmo e perguntar para ela.

Olhei para a Jane. Ela fez que sim com a cabeça. Era hora. Nós duas tínhamos esgotado nossos recursos para lutar contra a situação. Precisávamos de ajuda. Precisávamos do nosso pai.

Mas isso significava que ele precisava saber da história toda. Sobre os vídeos.

— Pai — suspirei. — Não sei nem por onde começar.

— Comece pelo início — disse ele, agora com mais suavidade. — Vai ficar tudo bem. Não importa o que seja, pode me contar.

E foi isso que eu fiz.

TERÇA-FEIRA, 5 DE FEVEREIRO

Eu não quero fazer outro vídeo. Não quero mais expor meu interior nem o interior da vida da minha família.

Foi isso que levou a essa situação. Certo? Meus vídeos me levaram a ter uma vaga fama na internet, o que levou a Lydia a ter uma vaga fama na internet, o que levou o George a achar que podia ganhar dinheiro com ela.

Mas não posso parar agora — contrato com o público e tal.

Além do mais, as pessoas que veem meus vídeos são quase tão envolvidas com a nossa família quanto nós. Todo mundo está comentando e perguntando se a Lydia está bem. Eles se preocupam com ela. Mais do que eu me preocupei com ela nos últimos meses, parece.

Ela ainda não saiu do quarto. A Jane ainda está indo lá com chá e bandejas de comida.

Talvez eu possa usar os vídeos. Implorar às pessoas para não se cadastrarem no site e também implorar por ajuda. Quem sabe, talvez algum gênio tecnológico esteja assistindo e saiba como derrubar um site. É por isso que eu estou rezando. Na verdade, o site já caiu algumas vezes. Mas nunca por muito tempo. Ele volta ao ar, como um ouriço do mal.

Não sei como impedir que isso aconteça.

Meu pai está fazendo tudo que pode para tentar consertar a situação — o que, descobrimos, não é fácil. Ele falou com o tio Phil — mediante sigilo advogado-cliente, para que minha mãe, cunhada dele, não descubra nada. O tio Phil é advogado tributarista, então não sei até que ponto pode ajudar de verdade, mas ele fez umas pesquisas.

Como o site funciona com cadastros, nada ilegal foi publicado até agora. Aparentemente, as autoridades só podem agir depois que alguma coisa acontecer, não antes. Meu pai disse que vai falar com um amigo que é investigador particular para ver se ele consegue encontrar o George. Mas o George praticamente desapareceu da face da terra.

Ele é incrivelmente escorregadio. Mais do que eu achei que fosse. Fico me lembrando de quando o desafiei, no mercado, a ver meus vídeos, para ele saber quanto eu não gostava mais dele. Então me pergunto: Será que ele foi atrás da Lydia para se vingar de mim por isso? Não. Isso seria muito egoísta. Ele simplesmente sabia que a Lydia era um alvo fácil para alguém como ele.

Porque ela estava sozinha.

Porque eu dei um livro para ela, e nós tivemos uma briga idiota, e eu deixei minha irmã sozinha.

Fiz as contas e percebi: o dia do fim da contagem regressiva e da publicação do vídeo é o Dia dos Namorados.

Como se a gente precisasse de mais provas de que George Wickham é um babaca sádico.

SEXTA-FEIRA, 8 DE FEVEREIRO

Entre as outras merdas que aconteceram recentemente, a Jane perdeu o emprego. A volta dela para casa para ajudar a família durante uma das épocas mais agitadas do ano na moda não agradou ao novo chefe. Ou ao ex-chefe, agora.

Ela adorava aquele trabalho. E aposto quanto você quiser que ela também era a melhor coisa que tinha acontecido naquele escritório. No entanto, mesmo sabendo como é ruim o fato de ela perder o emprego, não consigo evitar ser grata por ela estar aqui. Ela é a única pessoa coerente.

E também lida melhor com a minha mãe, que ainda está no escuro em relação à maioria das coisas, incluindo meus vídeos e o vídeo erótico. Embora seja difícil acreditar que alguém possa ser tão alienada das situações que estão acontecendo bem debaixo do seu nariz, aqui está um exemplo das coisas que minha mãe disse ontem à noite, na mesa do jantar:

— Com o cabelo da Lydia e o corpo do George, os filhos deles vão parecer o príncipe Harry. Ah, teremos nossos príncipes e princesas na família! Está vendo como a sua irmã fica perturbada quando o namorado sai da cidade por alguns dias, Lizzie? Isso é amor. Os homens gostam de uma prova de dedicação. Uma coisa que você precisa aprender. Olha, Jane, eu insisto que você leve um pouco desse purê de batatas para a Lydia hoje à noite. Eu sei, eu sei, ela está "indisposta". Mas não quero que ela definhe só porque está com saudade do George.

Enquanto eu estava fervendo por dentro, a Jane simplesmente fazia "ãhã" para minha mãe e mudava de assunto com habilidade, para um tópico mais inócuo. Como política nuclear global.

Todos nós temos discutido se devemos colocar minha mãe no meio dessa confusão. Parte de mim quer que ela saiba, para ela pelo menos parar de defender o George, mas a outra parte sabe como ela vai reagir — se os lamentos e o desmaio no sofá de quando o Bing foi embora forem uma indicação, a situação atual seria incapacitante. Meu pai concorda, porque contar à minha mãe simplesmente atrasaria qualquer progresso em tirar o site do ar.

Uso a palavra "progresso" com generosidade, porque não houve nenhum. O George ainda está desaparecido. A contagem regressiva do site continua. E a Lydia ainda não deixa ninguém entrar no quarto, exceto a Jane.

Mais um motivo para eu estar feliz de a Jane estar aqui.

Eu me sinto tão inútil.

Mas a Jane fez mais uma coisa. Ela me desafiou a assistir aos vídeos da Lydia com o George. Minha tentativa previamente abortada terminou com meu estômago revirando e eu procurando uma habilidade ao estilo *Matrix* para entrar na tela do computador e dar uma surra no George. Mas a Jane diz que a Lydia e eu temos mais em comum do que percebemos. Que nós duas somos teimosas e preferimos falar com a internet do que uma com a outra.

E é isso que eu vou fazer. Os vídeos estão enfileirados, e eu estou bem preparada.

* * *

Uau. Eu...

Preciso de um minuto.

* * *

Tudo bem, agora que não estou mais chorando, talvez eu consiga dar algum sentido a isso. A como estou me sentindo. Mas o mais difícil de admitir é que... eu nunca soube. Eu nunca soube nada sobre a Lydia.

Eu nunca soube quanto magoei minha irmã.

No início dos vídeos da Lydia, quando ela está em Vegas, está toda rebelde, pronta para festejar mesmo que "a Lizzie desaprove". Porque ela é "muito irresponsável" e "louca". Ela estava partindo para o ataque — para me magoar do jeito que eu a magoei. Na época, eu estava com raiva demais para ver isso. Mas agora, com o benefício da retrospectiva dolorosa, eu sei.

Além do mais, eu nunca soube quanto ela estava solitária.

Eu tinha ido embora, a Jane tinha ido embora, a Mary tinha a própria vida. Os amigos dela da faculdade a abandonaram em Vegas quando ela exagerou nas festas. A Lydia se sentiu abandonada. E isso a levou à única pessoa na cidade que parecia querer sair com ela: George Wickham.

E eu nunca soube como o George era realmente manipulador.

Ele tinha respostas para tudo. Contou para minha irmã uma história triste de como, sim, ele tinha gastado todo o dinheiro que o Darcy deu a ele no primeiro ano da faculdade, porque estava tentando impressionar os amigos. Quando ele admitiu que tinha errado, o Darcy — a coisa mais próxima de família para ele — não ajudou. Totalmente plausível, totalmente razoável. E, se eu não soubesse da história dele com a Gigi, talvez até acreditasse.

Sempre que a Lydia tentava fazer piada com ele, ele fingia estar magoado e a fazia voltar atrás. Então ele a fazia duvidar de si mesma. Ele a pressionou para assumir um compromisso — dizendo que "alguém tem que cuidar de você" e a fazendo declarar que os dois estavam namorando. Sempre que eles falavam de mim ou da Jane, ele era o defensor, dizendo que a gente não se importava com a Lydia. Mas *ele* se importava. Ele faria qualquer coisa por ela. A Lizzie e a Jane? Elas não precisam de você — elas têm uma à outra.

E ela acreditou.

E, por fim, eu nunca percebi que ninguém disse à Lydia que ela é amada exatamente do jeito que é.

Foi nisso que o George se apoiou. Nunca ninguém disse à Lydia que ela é amada do jeito que é. Ela sempre peca pelo excesso ou pela falta. Maluca demais, energética demais, selvagem demais. Não séria o bastante, não estudiosa o bastante, não boa o bastante.

Fui eu que disse isso para ela. Isso é coisa minha. Com um maldito livro idiota. Com todos os suspiros decepcionados e olhares desapontados e tentando colocar rédeas nela.

Mas eu disse muitas outras coisas para a Lydia.

Eu censurei a Lydia por ficar bêbada em público. Sabe quem eu não censurei? A Charlotte, quando ela ficou bêbada no casamento dos Gibson.

Eu a repreendi por seu comportamento sexual. Sabe quem eu não repreendi? A Jane, quando a peguei saindo do quarto do Bing em Netherfield ou quando ela me contou das quarenta e oito horas de preocupação.

Várias e várias vezes eu falei para a Lydia que ela estava sendo irresponsável. Sabe quem eu não achei que estava sendo irresponsável? Eu, quando recusei uma boa oferta de emprego do Ricky Collins.

Como eu nunca disse à Lydia que a amo? Exatamente como ela é: irritante, carinhosa, maluca, maravilhosa, tudo isso? Que tipo de irmã eu sou? Como posso ser a pessoa que só implica e implica com a Lydia, até ela sentir tanta necessidade de aprovação que aceita qualquer coisa de qualquer pessoa, não importa onde?

Sinto como se eu não a conhecesse nem um pouco.

Como eu pude não ter enxergado minha irmã esse tempo todo?

SEGUNDA-FEIRA, 11 DE FEVEREIRO

Estou emocionalmente esgotada. O último dia foi muito difícil, mas muito necessário. Eu e a Lydia finalmente conversamos. Ela entrou no meu quarto, e eu fiquei tão aliviada ao vê-la em carne e osso que me esqueci de todo o resto. Quase me esqueci da câmera. Mas a Lydia não esqueceu. Ela queria que eu a ligasse. E acho que foi isso que permitiu que ela falasse comigo.

Ela foi destroçada por ele, mas sobreviveu. Ela estava apaixonada pelo George. E ele a usou e a jogou fora.

E eu fiquei chamando minha irmã de egoísta, maluca e vagabunda nos últimos dez meses na internet.

A gente precisava conversar. A gente precisava perder o controle. Eu precisava dizer que a amava.

Houve muito choro e pedidos de desculpas, e eu não sei por onde começo a conhecer minha irmã de novo. A melhor coisa que posso fazer agora é estar ao lado dela. Depois de nossa longa sessão de choro, fiz a Lydia deitar na minha cama e a abracei enquanto ela caía no sono.

Depois de alguns instantes, ela estava roncando baixinho. Não sei quanto tempo ela dormiu na última semana.

— Como ela está? — a Jane me perguntou, enfiando a cabeça dentro do quarto.

— Não sei. Um pouco melhor, espero, daqui para frente. Você estava certa — eu disse.

— Sobre o quê?

— Sobre ver os vídeos da Lydia. Ela é... Eu fui a pior irmã do mundo. Não tem outro jeito de dizer.

— Lizzie, você não é a pior irmã do mundo. Você, e eu às vezes, a gente simplesmente esquece que a Lydia ouve tudo que a gente diz. E, por trás daquela fachada iluminada e gritante que ela usa, ela é vulnerável.

306

— Tenho quase certeza que ainda vou receber o prêmio de pior irmã.

— Está bem. Então comece a compensar.

E é isso que eu vou fazer daqui para frente.

— O papai voltou — disse a Jane.

— O amigo detetive dele descobriu alguma coisa?

— Não. Só um rastro que some naquela empresa do site.

— Então a gente não pode comprar o vídeo? — concluí, desesperada.

— Acho que não. — A Jane balançou a cabeça. — Além do mais, quem diz que o George não tem cópias? O tio Phil diz que a gente pode processar por eles não terem a permissão da Lydia pra liberar o vídeo, mas, mesmo assim, eles precisam liberar o vídeo primeiro. E ainda não sabemos quem processar. Além disso, pode levar meses para montar um caso como esse, talvez anos. E um monte de dinheiro que nós não temos.

Senti todo o ar abandonar meus pulmões.

— O papai deve estar muito desapontado.

— Acho que ele está mais preocupado com a Lydia. Ela também não tem falado com ele.

Foi nesse instante que meu pai apareceu na porta do meu quarto. Ainda de casaco, com o chapéu na mão. Totalmente derrotado. Ele passou pela Jane e por mim e foi se sentar ao lado da Lydia, que dormia na cama.

— Eu lembro quando ela era pequenininha — ele disse, tirando o cabelo dos olhos dela. — Menor que vocês duas. Ela nasceu prematura. Não quis esperar para conhecer o mundo.

Bem nessa hora, a Lydia abriu os olhos. Piscou e viu meu pai sentado ao lado dela.

— Lydia — ele disse, com a voz entrecortada.

— Me desculpa, papai — ela respondeu, caindo no choro de novo.

— Não, minha menina, não — ele continuou, abraçando minha irmã.

— Não precisa pedir desculpas. A gente vai consertar isso. Você vai ver.

Desde então, sim, algumas coisas estão consertadas... ou a caminho de ser consertadas. A Lydia está falando com a gente de novo e comendo melhor. Não no jantar, claro — minha mãe ainda menciona o George sempre que pode. Meu pai quer ver se a Lydia concorda em falar com um terapeuta. Alguém objetivo, que possa ajudar.

307

Mas o vídeo erótico... não sei se pode ser impedido, a essa altura. Neste momento, faltam três dias para ser publicado.

Estou começando a temer que, às vezes, o vilão consegue escapar.

TERÇA-FEIRA, 12 DE FEVEREIRO

— Lydia, meu amor — disse minha mãe enquanto secava pratos na cozinha —, traga aquela travessa para sua irmã. Estou tão feliz de você ter descido para jantar hoje.

— Obrigada, mãe — disse a Lydia com delicadeza, me dando a travessa. Ela deixou minha mãe abraçá-la e colocar a mão na sua testa.

— Você ainda está meio quentinha. Mas daqui a um ou dois dias vai estar boa para voltar às aulas, ver seus amigos... e talvez convidar aquele George bonitão para uma refeição?

A Lydia congelou onde estava, sem conseguir responder. Então eu fiz a única coisa que podia.

Deixei cair a travessa que eu estava lavando.

— Lizzie! — gritou minha mãe, virando-se para mim. — O que te deu?

— Desculpa — eu disse, enquanto me inclinava para pegar os cacos. Pelo canto do olho, vi a Lydia voltando à realidade e fugindo da cozinha enquanto a atenção da nossa mãe estava em outra coisa.

— Essa é a minha travessa boa! — ela gritou. — Eu juro, com você e o seu pai, vou ter que comprar um conjunto novo de pratos!

Esse mesmo truque também foi utilizado hoje à tarde pelo meu pai, quebrando uma xícara de chá para distrair minha mãe. Mentes brilhantes pensam parecido.

— Você está certa, querida — disse meu pai, se aproximando da minha mãe. — A falta de jeito vem do meu lado da família. Vou ajudar a Lizzie a limpar tudo e você vai descansar os pés.

E, com um beijo na bochecha, minha mãe foi tranquilizada e saiu para a sala de estar.

— Obrigada — sussurrei.

— De nada — ele sussurrou de volta.

— Por quanto tempo você acha que a gente consegue manter isso? — perguntei.

— Quantos pratos nós temos?

— A mamãe vai ter que saber da situação em algum momento. Especialmente quando o site for ao ar. — Por mais que minha mãe não ligue para internet, isso é uma coisa que vai se espalhar. Uma amiga de uma amiga vai falar, e vai chegar aos ouvidos dela. — Pelo menos ela precisa estar preparada.

— Você tem razão — cedeu meu pai. — No mínimo, ela vai querer saber por que estamos vendendo a casa para pagar honorários de advogados.

Minha cabeça deu um salto.

— Você realmente vai fazer isso? Processar a empresa do site e o George?

— Se conseguirmos encontrar o George — ele resmungou. — Mas, Lizzie, se esse site for ao ar, não temos outra escolha. A Lydia é nossa filha. E eu juro para você que a sua mãe ia concordar comigo.

— Verdade. — Olhei para minha mãe, sentada na sala de estar perto da Jane. — A sra. Bennet é uma mãe coruja. Não mexa com as suas filhotas.

Ela parecia estar falando muito sobre alguma coisa enquanto a Jane tricotava. Não tenho certeza, mas acho que ouvi a palavra "Bing" no meio. E, em seguida, um suspiro profundo e triste.

— Mas vamos nos poupar da histeria inicial pelo tempo que pudermos — disse meu pai, se encolhendo com a lembrança do último garoto que partiu o coração de uma de suas filhas.

Uma onda de culpa passou pelo meu rosto. Meu pai deve ter percebido, porque disse:

— O que foi? Não aconteceu nenhuma novidade nos últimos três minutos, não é?

— Não. — Dei um sorrisinho. — É só que... se eu não fizesse vídeos, a Lydia também não faria, e agora você está falando em vender a casa...

— Não. Isso não é culpa sua. Além do mais, eu gosto um bocado dos vídeos. Especialmente daqueles em que você se veste como eu.

— Você gosta? — indaguei, meio chocada.

— Gosto. Eu bem que estava me perguntando por onde andava aquele meu roupão azul, e eu gostaria de tê-lo de volta quando você terminar.

Fiquei vermelha.

— Eu saqueei o seu armário para pegar a fantasia. Desculpa, eu achei que você não usava mais.

— Um homem nunca abandona um roupão, Lizzie. — Ele sorriu para mim. — E, embora a caricatura da sua mãe seja um pouco exagerada demais, dá para ver que você sabe que ela te ama. E que você ama as suas irmãs e os seus amigos.

— Pai... — falei, a voz ficando suave.

— Eu acho... — Ele fez uma pausa, pigarreou e depois começou de novo. — Eu sei que não tenho sido o pai mais atencioso. Eu deixei a sua mãe fazer o trabalho difícil e rotineiro de criar vocês, sem perceber como ele é importante. Mas agora, com os seus vídeos, percebo o que eu andei perdendo. Você criou uma coisa maravilhosa e... estou muito orgulhoso de você.

Passei os braços ao redor da cintura do meu pai, e nos esquecemos dos cacos de louça no chão. A gente ia cuidar disso depois.

Naquele momento, eu estava muito feliz de poder conversar com meu pai de novo.

QUINTA-FEIRA, 14 DE FEVEREIRO

Sumiu! Caiu! O site caiu, e eu não sei como nem por quê, mas quem quer que tenha feito isso merece um beijo. Obrigada, obrigada, obrigada.

A Charlotte está investigando. Eu estou investigando, apesar de meus contatos e meu conhecimento nessa parte da web serem limitados. Mas alguém no mundo acabou de salvar a nossa família, e quero saber a quem agradecer.

A Lydia e eu estamos... melhores. Decidi que vou ficar em casa por um tempo, para ficar ao lado dela. E ela tem a primeira sessão de terapia amanhã. Alguém muito recomendado, com mais habilidade do que nós para ajudar minha irmã a passar por este momento. Meu pai vai levá-la. Eles também precisam de um tempo entre pai e filha.

Senti que estávamos combatendo um dragão e, de alguma forma, o dragão simplesmente morreu na nossa frente, e tudo que eu quero fazer é me jogar numa montanha de exaustão. Ganhamos a batalha, mas não temos ideia de como. E ainda temos que recolher os cacos e tentar voltar à vida normal.

Para mim, isso significa a pós-graduação.

Para a Jane, significa procurar um novo emprego.

Para a Lydia, significa...

SEXTA-FEIRA, 15 DE FEVEREIRO

— Ora, Lizzie — disse a dra. Gardiner quando entrei no escritório dela. — Estou surpresa de te ver aqui.

— É — eu disse, enquanto me sentava. — Não sei se você tem assistido aos meus vídeos ultimamente, mas aconteceu uma crise familiar e eu tive que voltar para casa.

— Eu sei — ela respondeu. — E estou muito feliz que a sua irmã esteja melhor e que aquele site terrível tenha sido derrubado. Mas achei que você fosse voltar para a Pemberley Digital e terminar seu estudo independente.

— Não. Eu decidi ficar na cidade pelo resto do ano escolar. Estou confiante de que consegui o suficiente no mês que passei lá para produzir um relatório minucioso sobre a empresa.

— Tem certeza? Acho que você seria bem-vinda...

— Tenho certeza — respondi. A verdade era que eu não sabia se seria bem-vinda. Não ouvi uma palavra do Darcy, nem da Gigi, nem de ninguém da Pemberley Digital desde minha saída abrupta. E, se eu voltasse... não dava para começar de onde paramos, não é?

Além do mais, a Lydia me pediu para ficar. Então eu vou ficar.

Por sorte, a dra. Gardiner não disse mais nada sobre o assunto.

— Bom, seus dois últimos relatórios foram muito bem recebidos pelo conselho de avaliação. Tenho certeza que você também vai se sair bem com o da Pemberley. E com o último. — Ela sorriu para mim. — Falando nisso, você já sabe qual vai ser?

Respirei fundo.

— Para ser sincera, eu ando hiperconcentrada na minha família, por isso não combinei nada. Vou tentar com todos os meus contatos da VidCon, mas poucos são perto o bastante para as minhas necessidades. E eu sei que você não quer outro acompanhamento a distância.

A dra. Gardiner fez que sim com a cabeça.

— Daria uma impressão muito melhor para o conselho de pós-graduação se você pudesse evitar isso.

— Bom, eu, hum... — Fui evasiva e por fim joguei as mãos para o alto. — Dra. Gardiner, como minha orientadora, o que você me sugere?

Ela me lançou aquele olhar inescrutável característico.

— Lizzie, as aulas vão acabar daqui a poucos meses. Você vai ter que descobrir um jeito de cumprir suas obrigações de crédito, além de entregar sua tese. Pensar numa última empresa para estudar, a essa altura... Você vai precisar de criatividade.

Mordi o lábio e fiz que sim com a cabeça.

— Certo. Faz sentido. Vou pensar no assunto.

Não tenho a menor ideia do que eu vou fazer.

QUARTA-FEIRA, 20 DE FEVEREIRO

Com tudo que estava acontecendo com a Lydia, eu me esqueci de algumas coisas. Tipo: a Jane não estava vendo meus vídeos. O que significa que ela não sabia que o Bing tinha ido a San Francisco.

Quando eu contei, ela reagiu... tão bem quanto se poderia esperar. Surpresa, quase sem fala, mas não totalmente abalada.

Na verdade, o que a deixou completamente abalada foi o Bing aparecer na nossa porta algumas horas atrás.

Não sei como ela lidou com a situação com tanta classe. Se o Darcy aparecesse de repente, não sei o que eu faria. Não que o Darcy e eu tenhamos um relacionamento romântico do jeito que a Jane e o Bing tiveram — nenhum, na verdade. Caramba, nós nem somos amigos de verdade. Quer dizer, talvez em algum momento... Enfim, de volta ao assunto em questão.

Fui eu que vi o Bing enquanto ele entrava em casa. Do meu posto no escritório, eu via a porta e a escada, então eu o puxei para dentro do cômodo imediatamente.

Algumas coisas mudaram desde a última vez que eu vi o Bing. A saber, ele descobriu os vídeos.

Sim. Já era hora.

E agora ele sabe quanto magoou a Jane. Acho que ele veio aqui com a intenção de pedir desculpa, mas não sei até que ponto a Jane está disposta a perdoá-lo.

Porque, para começar, ela não estava disposta nem a vê-lo.

— Jane, o Bing está aqui.

Ela estava com a Lydia no quarto dela, procurando emprego no computador. Mas, quando eu fiz o anúncio sem cerimônias, ela levantou a cabeça.

— O quê?

— O Bing, o cara que partiu seu coração no ano passado. Ele está aqui. Deixei ele no escritório.

315

A Jane olhou da Lydia para mim com as sobrancelhas erguidas.

— Hum... eu... eu não consigo — disse ela, perturbada.

— Está bem — respondi. — Tudo bem. Você não é obrigada.

— Tem certeza? — a Lydia perguntou para ela.

— É. Não consigo. Desculpa.

Quando eu desci e disse a ele que ela estava ocupada e não podia vê-lo, nunca vi ninguém tão arrasado. Parecia que eu tinha matado um cachorrinho. E o cachorrinho era o Bing.

Mas, então, milagre dos milagres, a Jane entrou no escritório.

— Jane! — ele exclamou, enquanto se levantava.

— Oi, Bing — ela respondeu baixinho.

Era como ver os dois se conhecendo de novo.

Eu os deixei sozinhos depois disso, esquivando-me até o corredor, onde encontrei a Lydia na escada.

— Ei — ela sussurrou —, a Jane entrou?

— Entrou — sussurrei de volta. — O que você disse pra ela?

A Lydia deu de ombros.

— Só que ela merecia uma explicação pro modo como foi tratada. Eu ia querer.

E a Lydia está certa. Por mais que ela diga que seguiu em frente, ainda percebo que a Velha Jane está por baixo da fachada da Nova Jane. E, como ela perdeu o emprego e voltou para casa, está praticamente na mesma posição que estava quando conheceu o Bing um ano atrás. Exceto que agora ela sabe que ele é capaz de partir seu coração.

Esperamos por alguns minutos na escada, aguçando os ouvidos para captar alguma pista do que estava acontecendo no escritório.

Quando finalmente ouvimos movimento, a Lydia e eu sumimos de vista imediatamente. (Somos filhas da nossa mãe em alguns aspectos.)

— Obrigada pela visita — disse a Jane, enquanto conduzia o Bing até a porta.

— Obrigado por me receber — ele respondeu. Do nosso posto na escada, o vimos estender a mão para tocar no ombro da Jane, mas parou antes de encostar. — Espero te ver de novo em breve.

— Eu gostaria disso — ela respondeu.

E aí ele foi embora.

— Vocês podem sair agora — a Jane gritou para a escada.

— A gente só, hum... — comecei, quando percebi que a Lydia tinha me abandonado para encarar a Jane sozinha. — Quer dizer, *eu* queria saber se estava tudo bem.

— Foi tudo certo — ela me garantiu.

— Ótimo. Me conta tudo — pedi, sem conseguir deixar a curiosidade de lado. Felizmente, a Jane estava com muita vontade de compartilhar.

Ela disse que ele não implorou perdão.

Droga, eu queria que ele implorasse.

O que eles fizeram foi conversar sobre como não podiam apagar o passado e só podiam ir em frente. Eles ainda gostam um do outro. Então, como o Bing vai estar na cidade por um tempo (Netherfield ainda não foi vendida nem alugada, então é fácil se mudar de volta), parece que eles vão tentar ser amigos.

A Jane e o Bing estão sendo absolutamente adultos em relação à situação. E acho que um relacionamento adulto é assim.

SÁBADO, 23 DE FEVEREIRO

— Bing, ou devo te chamar de dr. Lee? Pode me passar as batatas, por favor? — arrulhou minha mãe, na mesa do jantar.

Falando nisso, ela sabe a resposta para essa pergunta. Ela sabe porque perguntou de alguma forma nas três últimas noites. Porque, se alguém achasse que a volta do sr. Bing Lee à nossa cidadezinha seria mais interessante para a Jane entre todos os Bennet, essa pessoa estaria errada.

Quando o Bing saiu da nossa casa naquele primeiro dia, encontrou minha mãe parando na entrada de carros.

Ela imediatamente se debulhou em cima dele, como se um genro pródigo estivesse retornando.

Tudo bem, isso pode ser um pouco exagerado — não tenho provas de que ela se debulhou. Mas ela o convidou para jantar na mesma noite.

Em defesa da minha mãe, ela se controlou para não fazer tudo ao mesmo tempo dessa vez. Nada de idas ao mercado para fazer quarenta e sete possíveis entradas diferentes, nada de banana flambada. Ela se restringiu a quatro pratos simples: bom, cinco, se a gente contar o sorbet para limpar o paladar.

Meu pai tinha um dedo nessa moderação recém-descoberta. Quando eu disse a ele que minha mãe precisava saber de algumas coisas, ele levou a sério. Ele não contou sobre os vídeos — graças a Deus, não tenho ideia de como eu ia lidar com essa situação, primeiro mostrando para minha mãe como ver vídeos no YouTube, depois com a conversa resultante disso. Mas ele lhe contou que George Wickham não só partiu o coração da Lydia como traiu a confiança dela. Não tenho certeza de quais outros detalhes ele deu, mas, desde então, minha mãe tem apoiado muito a Lydia, a terapia dela, acalmando tudo em casa.

E essa calma incluiu refrear o entusiasmo que ela demonstra pelo emprego, pelo futuro e, mais importante, pela vida amorosa das filhas. Por isso, a refeição moderada.

Estou muito orgulhosa do meu pai. Ele tem falado muito mais ultimamente. E tem conversado um pouquinho com a Lydia todos os dias — quero dizer, conversado de verdade, não o básico "como foi seu dia?" e "já fez os deveres de casa?" que tivemos a vida toda. E eu sei que, se ele pudesse evitar, teria cancelado o jantar com o Bing para evitar o constrangimento da Jane.

O negócio é que o Bing estava mais do que ansioso para jantar conosco. Tanto que minha mãe convidou de novo. E de novo.

E é por isso que ele está passando as batatas para minha mãe sobre a mesa de jantar mais uma vez.

Por mais estranho que fosse, por sorte, nenhuma de nós foi muito chamada para contribuir com a conversa. Bing e minha mãe falavam por todos.

— Não, sra. Bennet, não sou dr. Lee — respondeu o Bing.

— Ainda não — disse ela com um sorriso. — Mas essa sua faculdade tem um cronograma muito estranho. Você disse que ia se formar em abril ou maio?

Na verdade, o Bing nunca disse nada sobre formatura. O que era inteligente da parte dele. Se minha mãe soubesse o dia, conseguiria um convite e se sentaria no meio da primeira fila quando o nome dele fosse chamado.

Bing não respondeu para minha mãe e simplesmente se virou para Jane.

— Você quer mais carne assada? — perguntou com delicadeza, oferecendo-lhe a carne (numa travessa totalmente nova!).

— Sim — ela respondeu. — Obrigada.

— Essa é a minha Jane — minha mãe interferiu. — Ela adora a minha comida caseira. E cozinha muito bem também, você devia saber. Apesar de ela ter ficado tão cosmopolita em Los Angeles, ainda sabe fazer uma casa parecer um lar. — Ela sorriu, e a Lydia e eu compartilhamos um olhar sobre a mesa. — Mas eu devo dizer que a cidade combina com ela. Vocês dois nunca se encontraram em Los Angeles?

— Não — respondeu o Bing. — Para minha infinita tristeza.

— É uma cidade grande, mãe — acrescentei, me metendo na conversa.

— É uma pena ela ter sido demitida. Não tenho ideia do que ela vai fazer agora.

— Mãe, você sabe que estou procurando um novo emprego — alertou a Jane. — Eu até fiz algumas entrevistas por telefone na semana passada.

— Sua filha é incrível — disse o Bing, sorrindo para a Jane. — Tenho certeza que ela vai encontrar um emprego tão incrível quanto ela em pouco tempo.

— Tenho certeza que sim — concordou minha mãe. — Mas me conte: quanto tempo você planeja ficar na cidade?

— Vou ficar por um tempinho — ele respondeu, sem desviar os olhos da Jane. — Tenho tempo e... bom, aqui tem algumas coisas que não tem em Los Angeles.

Estou *chocada* porque minha mãe conseguiu dar um soquinho sutil no ar, por debaixo da mesa.

O negócio é que ela pode ter motivo para comemorar. Pelo modo como o Bing olhou para a Jane durante todo o jantar e quando eu vejo os dois conversando sozinhos, está claro que ele ainda não a esqueceu.

E, pelo modo como a Jane olha para ele... acho que ela tem um certo medo de também não ter esquecido o Bing.

Mas a Jane está agarrada a seus princípios. Até agora, eles são apenas amigos. Nada mais, nada menos. E acho que isso é inteligente. Por que se deixar sonhar com algo maior, quando você não sabe se vai dar certo?

TERÇA-FEIRA, 26 DE FEVEREIRO

— Que tal esse? — perguntou a Jane. — Eu teria que encontrar alguém para dividir, mas minha amiga diz que é na parte segura do Brooklyn.

— É um conjugado — respondi, me inclinando por sobre seu ombro para ver a tela. — Como você vai dividir um conjugado com alguém? Rotatividade na hora de dormir?

— Pelo menos não tem chave do banheiro — disse a Lydia na cama.

— Mais alguém tem uma sensação muito esquisita de, tipo, digadu?

— Digadu é uma palavra que não existe. Mas, se você está querendo dizer *déjà vu*, totalmente — eu disse, e a Lydia jogou um travesseiro em mim.

Sim, havia uma sensação de *déjà vu* nesses procedimentos. Porque, mais uma vez, estávamos ajudando a Jane a procurar apartamento. Só que agora não estávamos procurando em Los Angeles.

Não, a Jane vai se mudar para Nova York.

Ela conseguiu um emprego. Um *ótimo* emprego, parece. Como a Jane perdeu o emprego anterior e como é maravilhosamente raro conseguir trabalho nessa economia, ela se candidatou em todos os lugares, não só em Los Angeles e outras cidades da Califórnia. O emprego em Nova York era um sonho impossível, um tiro no escuro selvagem, do tipo "por que não?", mas eles gostaram dela. Gostaram do seu estilo, do seu álbum de looks, das recomendações que ela recebeu dos clientes e da indicação que ela recebeu do antigo chefe na empresa de design aqui na cidade (ei, parece que o ex-chefe de Los Angeles tem reputação de babaca; vai entender).

Às vezes, quando você aposta no sonho impossível, acaba conseguindo realizá-lo.

Estou incrivelmente feliz pela Jane. E me sinto muito melhor em relação ao seu avanço de carreira desta vez do que no outono, quando ela se mudou para Los Angeles. Talvez porque é assim que deve ser, e finalmente estou em paz. Estamos todas crescendo. E mudando.

— Tanto faz, você só precisa ter um quarto extra pra mim quando eu for te visitar depois das aulas de verão — disse a Lydia. — Meu terapeuta disse que seria uma boa motivação pra mim. Ah, você devia comprar uma coleção de chapéus. É isso que eles fazem no Brooklyn, né? Usam chapéus?

Mas, felizmente, algumas de nós não estão mudando demais.

Estou gostando porque a Lydia está mais parecida com seu velho eu. Uma versão menos alucinada por garotos, mais planejadora, mas a essência do que ela é está saindo da casca assustada e machucada.

— Vou fazer disso minha prioridade — respondeu a Jane. — Logo depois do aluguel. Que é... absurdamente alto.

— Bom, sua amiga da faculdade vai deixar você ficar no sofá dela por algumas semanas, assim você vai ter uma ideia melhor do mercado e do que você pode pagar — respondi. — Além do mais, você vai vender o seu carro.

Uma das primeiras coisas que a amiga de faculdade da Jane disse a ela foi que ninguém precisa de carro em Nova York. E você sabe o que dizem: quando em Nova York...

— Bom, eu não vou levar o meu carro, mas também não vou vender — respondeu a Jane.

— O que você vai fazer com ele, então? — perguntou a Lydia. — Deixar parado na porta de casa?

— Vou fazer uma doação. Pra você.

Quando a Lydia começou a gritar porque não ia mais precisar compartilhar o carro com minha mãe e a esmagar as costelas da Jane num abraço, percebi que o telefone da Jane emitiu um toque personalizado conhecido.

Bing bing bing bong. Bong bing bing bong. BING! BING!

Três chances de adivinhar quem era.

A Jane também ouviu e escapou do sufocamento de gratidão da Lydia. Ela pegou o telefone e, depois de um segundo, o silenciou e voltou a olhar para os apartamentos na tela.

A Lydia e eu nos entreolhamos.

— Eu... vou contar pra mamãe sobre o carro. Ela vai ficar quase tão feliz quanto eu — disse a Lydia, dando mais um abraço apertado na Jane antes de sair do quarto.

— Você ainda não contou pro Bing, né? — perguntei baixinho, depois que a porta se fechou.

— Não — respondeu a Jane, com a voz fraca. — Mas vou contar.

— Você vai embora daqui a três dias.

— Eu sei! — Ela fez um sinal de positivo com a cabeça, sem tirar os olhos do computador. — Eu vou contar pra ele, mas... estou voltando a conhecer o Bing de novo. Não sei como me despedir. Especialmente porque eu não tive chance de me despedir na primeira vez.

Eu sei por que a Jane está relutante em se despedir do Bing. Não é porque ela não sabe como. Acho que ela está com medo de não conseguir, quando chegar a hora. Especialmente considerando como ela se sentiu em relação a ele antes.

— Jane... você tem que parar de não contar as coisas pra ele.

Ela manteve os olhos grudados no computador, mas não estava mais olhando para ele. Quando ela finalmente falou, sua voz estava fraca e insegura.

— Você acha sinceramente que, se eu tivesse contado a ele sobre... as quarenta e oito horas de preocupação, faria alguma diferença?

Agora é a minha vez de encarar o nada, pensando. Será que teria feito alguma diferença? Não sei. Caramba, isso poderia afastar o Bing mais rápido, especialmente se ele estivesse ouvindo um amigo que achava que a Jane só estava usando o Bing. Mas, por outro lado, talvez pudesse ter aproximado os dois. Ter feito os dois se abrirem um para o outro e conversarem sobre o futuro de um jeito que eles não faziam antes.

Pensei na Lydia e em como eu queria que a gente tivesse tentado se entender antes do Natal, em vez de surtar e ficar com raiva. E, sim, também pensei no Darcy e em tudo que não dissemos.

— Acho... que você não ia acreditar nos problemas que poderiam ser resolvidos se as pessoas simplesmente parassem para conversar umas com as outras.

QUARTA-FEIRA, 27 DE FEVEREIRO

— Mãe, não entra aí.

— Mas eu preciso tirar as meias do seu pai do escritório.

Fiquei na frente dela quando ela tentou se esquivar de mim, como um armador bloqueando um ala. (O quê? Eu entendo de basquete. Eu fiz faculdade.)

— Mãe, confia em mim, você não quer entrar aí agora.

— Pelo amor de Deus, Lizzie. — Minha mãe suspirou. — Essa casa também é minha. Eu sei que o seu pai não gosta de ninguém no escritório dele, e agora vocês instalaram o seu clubinho secreto aí dentro...

— Só porque você transformou o meu quarto no seu espaço de meditação zen. Com um aquário.

— ... mas, se eu não tirar as meias do seu pai de debaixo da cadeira, elas vão feder absurdamente até o próximo dia de lavar roupa. Confie em mim.

Ela tentou passar por mim de novo. Então eu fiz a única coisa que eu podia. Falei a verdade.

— Mãe, o Bing descobriu que a Jane vai se mudar pra Nova York, veio conversar com ela, e eles se trancaram no escritório. Então... por mais que eu odeie te falar isso, é possível que todos os seus sonhos em relação à futura felicidade da Jane estejam dependendo desse momento. Assim, por amor a tudo que há de mais sagrado, não entra aí agora.

Minha mãe piscou para mim. Depois piscou para a porta. Depois para mim de novo.

— Nessas circunstâncias, acho que vou pegar as meias do seu pai mais tarde.

Ela foi para a lavanderia, e soltei um sopro de alívio, me empoleirando na escada para esperar. Não para espionar. Só para o caso de haver gritos.

Quando o Bing entrou enquanto eu estava filmando, eu não sabia o que fazer. Do jeito mais delicado possível, ele exigiu falar com a Jane. Então, eu meio que... deixei os dois no escritório.

Não sei o que está acontecendo lá dentro (espero que ele esteja implorando abjetamente), mas não consigo imaginar que daria certo se minha mãe entrasse e visse os dois. Além do mais, todos os meus equipamentos de filmagem estão lá e...

Ai, caramba.

Acho que deixei a câmera ligada!

SÁBADO, 2 DE MARÇO

A Jane acabou de ligar. Ela está abrigada em segurança no sofá da amiga de faculdade no grandioso bairro do Brooklyn, onde se usa chapéu (na parte segura). E, interessantemente... o Bing também.

Não que ele esteja abrigado no sofá. Mas ele *está* em Nova York. Porque ele e a Jane voaram ontem um ao lado do outro.

É isso mesmo. A Jane e o Bing foram para Nova York. Juntos.

Não se preocupe. Eles não estão noivos. Se fosse isso, minha mãe estaria morta, e nós estaríamos planejando um funeral.

A Jane e o Bing também não estão morando juntos — ela impôs algumas regras rígidas a essa ida dele, acho que de um jeito inteligente, e a regra número um é morar separados.

Mas o que eles estão fazendo é dar um ao outro uma segunda chance.

Enquanto eu estava escondida na escada (e, sim, minha câmera estava ligada, gravando tudo), minha irmã e seu ex-namorado estavam tendo a conversa mais sincera e aberta do mundo. E parece que o Bing também andou escondendo algumas coisas da Jane — e de todos nós.

Por exemplo: ao que parece, um aluno do terceiro ano de medicina não tem muito tempo livre para ir até San Francisco fazer "entrevistas", nem pode ir até minha cidadezinha passar um tempo de "apenas amigos" com a Jane. Como foi que o Bing resolveu esse probleminha?

Ele abandonou a faculdade de medicina. Meses atrás.

Pensando bem, faz muito sentido. O motivo para estar em San Francisco foi que ele estava tentando clarear as ideias, e o Darcy lhe deu um lugar para ficar logo depois que ele saiu da faculdade, para ele poder pensar no que fazer em seguida.

Não sei se a Caroline e os pais deles já sabem. Bom, vão saber quando receberem uma ligação dele do apartamento da família em Manhattan. Acho que a Caroline não vai ficar muito feliz. Mas o que ela pode fazer? A vida é dele.

Depois que os dois saíram do escritório, minha mãe caiu em cima deles. Mas tudo bem, porque eles estavam tão felizes e sorridentes que nem uma mãe descontrolada ia perturbá-los.

— Ah, Jane! Pense em todos os restaurantes maravilhosos a que vocês vão! Em todas as festas a que o Bing vai te levar!

— Na verdade, mãe, como sou eu que tenho um emprego no mercado da moda, provavelmente *eu* é que vou levá-lo às festas — respondeu a Jane.

— Querida, dá um tempo para a menina respirar — disse meu pai, ficando entre as duas, obrigando minha mãe a voltar os gritinhos animados para o Bing. — Jane, eu sei que você vai ser feliz, mas eu só quero que você me diga que isso é o que você quer de verdade. Se for, eu vou ser educado e receptivo e vou dar o passo irrevogável de deixar o Bing ver a minha coleção de trens.

— Pai, eu sei o que estou fazendo. — E deu um beijo no rosto dele.

— Vai em frente e mostra seus trens para ele. Vai ser sua última chance durante um bom tempo, já que vamos partir daqui a poucos dias.

A Jane... a Jane simplesmente deu o maior passo da vida dela. Uma cidade nova, um emprego novo e uma segunda chance para o Bing.

Ele não estava feliz sem ela. Ele não estava feliz, ponto. E finalmente reconheceu quanto deixava outras pessoas influenciarem suas decisões, e decidiu tomar uma por conta própria.

E, embora a Jane tenha conseguido sobreviver sem o Bing, ela fica vermelha de amor quando ele está por perto. Mas os dois são pessoas diferentes do que eram antes, e acho que é bom eles estarem longe das suas famílias e de outras influências enquanto tentam aprender a ficar um com o outro do jeito que eles são agora.

Estou tão orgulhosa dela. E me pergunto se algum dia vou ser tão corajosa. Porque eu não sei o que vai acontecer em seguida na minha vida. Tenho a tese para terminar, outro estudo independente para inventar, mas e depois? O que o futuro de Lizzie Bennet lhe reserva?

Comecei a rever meus vídeos para saber se eu tinha deixado alguma pista para mim mesma de qual deveria ser meu caminho (meu Deus, minha maquiagem nos primeiros vídeos estava horrrrrrrível). Mas estou tão sem ideias agora quanto estava na época. Às vezes, acho que tudo que eu consegui no ano passado foi registrá-lo.

Isso e o fato de eu estar muito melhor em fazer vídeos, agora.

Na verdade... eu sou muito boa nisso.

TERÇA-FEIRA, 5 DE MARÇO

A Charlotte está na cidade! Minha linda melhor amiga, depois de terminar a produção de *Game of Gourds*, ganhou uma "semana do saco cheio" do tipo que essa cidade nunca viu! Teremos funil de cerveja e concursos de camiseta molhada, e tomaremos decisões incrivelmente ruins!

Brincadeira. Acho que nós, os Bennet, tomamos decisões ruins suficientes no último ano — por que inventar novas quando nós (bom, pelo menos a Lydia e a Jane) finalmente começamos a tomar boas decisões?

Mas a Charlotte está de volta por algumas semanas, e acho que o mundo está melhor por isso. Exceto por uma coisa.

Como ela acompanhou o drama na casa dos Bennet de longe, está ansiosa para saber de tudo. Sobre a Lydia (a Char ainda não descobriu quem tirou o site do ar), a Jane (ela não acredita que o Bing abandonou a faculdade de medicina!) e principalmente... o Darcy.

— Por que você fica falando do Darcy toda hora? — perguntei, exasperada. Estávamos na biblioteca, de volta às nossas mesas de estudos na faculdade, embora as originais tivessem sido alocadas para outras pessoas e tenhamos sido relegadas às mesas dos fundos, perto dos banheiros, onde ninguém queria ficar. Mas, mesmo assim, foi como nos velhos tempos.

— Porque é a única coisa que não foi resolvida! — respondeu a Char, alto o suficiente para a mandarem falar baixo. — Ah, pode me mandar falar baixo quanto quiser, Norman, eu não estudo mais aqui.

— Falando nisso, você não precisava vir me encontrar na biblioteca. Eu ia te encontrar no teatro

— É, mas eu sabia que você estava aqui e eu estava adiantada. — Ela deu de ombros. — Além do mais, tenho que ir a LA amanhã pra umas reuniões, e você está fugindo do assunto.

— E, por assunto, suponho que você esteja falando da minha tese, que eu estou tentando redigir nesse momento? — respondi.

329

— Não, a menos que você tenha mudado o assunto da tese para um relatório de cento e cinquenta páginas sobre as qualidades recém-descobertas de um certo sr. William Darcy.

— Sabe, não sei se eu gosto quando você não tem o que fazer. Você vira a minha mãe.

— Lizzie...

— Olha, eu já te falei... O Darcy e eu... não somos nada — eu disse por fim. — Não somos amigos e não somos mais do que amigos. Pode ter havido uma época em que poderíamos ter sido, mas não tenho notícias dele desde que saí da Pemberley Digital, e não espero ter.

— Por que não? — perguntou a Charlotte com suavidade.

— Porque... — tentei. — Porque não.

Foi só uma oportunidade perdida. Só isso. E é chato, especialmente porque parecia... parecia que eu não tinha perdido apenas uma oportunidade, e sim alguma coisa importante. Mas não posso voltar no tempo.

— Você sabe que não precisa aceitar isso, né? — disse ela.

— Charlotte, a gente pode conversar sobre outro assunto, por favor? — perguntei, fechando aquela linha de conversa. — Que reuniões são essas que você tem em LA?

— Compras relacionadas ao *Game of Gourds*. Queremos fazer dele a nossa série de lançamento da divisão de entretenimento, expandindo dos vídeos informativos. É um modelo de negócios totalmente diferente, e precisamos de financiamento e marketing adequados.

— Vocês deviam usar a própria plataforma do jogo — sugeri. — Reunir os primeiros cinco episódios num pacote e terminar com um ponto de suspense, assim os investidores vão querer saber o que vai acontecer depois.

— Não um único episódio? — perguntou a Charlotte, pegando uma caneta.

— Não. Os episódios são curtos; deixe eles serem atraídos — respondi. — Isso pode funcionar como estratégia de marketing também: façam um lançamento com pouca expectativa, deixem o boca a boca aumentar e, depois que cinco ou seis episódios forem exibidos, bombardeiem a mídia. Desse jeito, as pessoas vão ter alguma coisa para ver e se divertir e ser atraídas.

A Charlotte me deu um sorriso afetado.

— Quer participar das reuniões por mim? Você é boa nisso.

— Obrigada, mas tenho uma tese para terminar.

— Droga, eu devia te contratar agora mesmo, pra você não abrir sua própria empresa bem na minha cara.

Levantei os olhos do papel para a Charlotte. Mas sua cabeça estava mergulhada escrevendo o que eu tinha dito.

Enquanto isso, o que *ela* falou chamou minha atenção.

* * *

— Dra. Gardiner! — chamei, disparando pelo corredor. Não sei por que estou sempre correndo aqui, mas dessa vez parecia especialmente importante eu alcançar minha orientadora com a maior rapidez.

— Lizzie — respondeu a dra. Gardiner. Ela estava acostumada com minha afinidade com a pressa. — Em que posso te ajudar hoje?

— Acho que descobri.

— Descobriu?

— Quer dizer, acho que entendi qual pode ser o meu último estudo independente. Minha própria empresa.

Isso chamou a atenção dela.

— Você agora tem uma empresa?

— Não... Seria uma empresa fictícia. Mas eu escreveria um relatório completo, como se os meus vídeos e o sucesso deles fossem o projeto de lançamento da minha própria empresa. Metas iniciais, projeções para cinco anos, estratégia de marketing, tudo.

A dra. Gardiner me analisou por um instante. Um instante desconfortavelmente longo.

— Bom, isso certamente pode ser chamado de criativo.

Respirei fundo.

— Escuta, a única coisa universal que eu aprendi na Collins & Collins, na Gracechurch Street e, especialmente, na Pemberley Digital é que eu tenho capacidade para fazer isso — afirmei, cheia de coragem. — Estar nessa indústria. Caramba, construir a minha empresa. Dra. Gardiner... eu consigo fazer isso.

Ela pensou no assunto — e eu entrei em pânico por dentro — até seu rosto mostrar um sorriso.

— Por que não? — disse ela, dando de ombros. — Eu concordei com todo o resto este ano.

— Obrigada! — exclamei, cedendo à necessidade incrivelmente não profissional de abraçar minha professora. — Muito obrigada mesmo!

Ela tropeçou um pouco para trás com a força do meu abraço, mas continuou sorrindo. Por fim, eu percebi como aquilo era agressivo e a soltei.

— Me desculpa — eu disse.

— Tudo bem — ela anuiu. — Lizzie, quero que você saiba que você certamente tornou este ano interessante. Como professora, a gente aprende que bons alunos são raros. Os interessantes? São o que a gente torce para conseguir.

Fiquei vermelha e saí, sabendo que a dra. Gardiner tinha me feito o maior elogio possível.

Agora, tenho que fazer justiça a ele.

SÁBADO, 9 DE MARÇO

— Oi, Mary — eu a cumprimentei quando abri a porta. — Esqueci que você vinha.

Minha prima emo simplesmente me encarou.

— Vou ajudar a Lydia a se atualizar nas aulas de matemática. Ela perdeu algumas semanas com...

— É, eu sei — respondi. — Na verdade, você tem um segundo? Eu queria conversar com você sobre uma coisa.

Eu não tinha esquecido que a Mary vinha. Na verdade, desde que a Lydia mencionou isso ontem, eu só pensava nisso.

Porque era possível que a mal-humorada, seca e que só-tem-roupas-pretas da minha prima tivesse algumas respostas. E eu tinha muitas perguntas, a maioria provocada pelo que a Lydia me disse uns dias atrás.

Todo mundo estava se perguntando quem ou o que tinha feito o Site Que Não Deve Ser Nomeado (marca registrada da J. K. Rowling) desaparecer misteriosamente da internet apenas um dia antes de ir ao ar. A Charlotte não descobriu nada, eu nem sabia por onde começar a procurar, e meu pai ficou tão aliviado que parou de investigar e se concentrou na recuperação da Lydia.

Mas a Lydia não esqueceu. Ela fez uma investigação.

E descobriu que o site deixou de existir por causa de um certo William Darcy.

Como ele fez isso? Ele comprou a empresa para a qual o George vendeu o vídeo. A Novelty Exposures (ou a empresa que ela estava escondendo) agora é de propriedade da Pemberley Digital. E, ao fazer isso, ele comprou todas as suas posses, incluindo o vídeo erótico. A parte mais fantástica é que o George não apenas vendeu o vídeo para a empresa, mas também os direitos universais. Então, se algum dia ele deixar escapar um único frame desse vídeo, estará violando o contrato e será processado tão rápido que vai ter que fugir do planeta para escapar dos incalculáveis prejuízos patrimoniais.

Claro que isso não resolve tudo. O George ainda está livre para correr o mundo. Livre para tentar enganar outras mulheres, embora eu espere que todas as mulheres nessa situação façam uma busca na internet pelo histórico do George e vejam meus vídeos. Mas não posso garantir.

Às vezes, o vilão realmente escapa. Mas, pelo menos dessa vez, ele não conseguiu destruir minha irmã.

No entanto, minha grande pergunta é: Por que o Darcy faria isso? Por que ele salvaria a Lydia? Ele nunca gostou dela, já que ela é "energética" demais para o gosto dele. Tenho pensado muito nisso há dias, e se ele fez isso porque ainda se sente responsável pelo fato de o George ser tão desprezível ou...

Ou se ele fez isso por mim.

O que é impossível de aceitar! Embora a gente possa ter chegado perto de ter acontecido alguma coisa na Pemberley, nada aconteceu, afinal. E, no grande cenário das coisas, eu ainda sou só a garota que o atacou e xingou na internet. Não consigo entender por que alguém na posição dele faria algo tão importante por qualquer motivo, muito menos por mim.

Então eu decidi que ele não tinha feito isso.

A Lydia não revelou nada sobre como descobriu. Pode ter sido apenas um amigo de um amigo pelos cantos da vida na internet. Mas... a Lydia me garante que não está errada. Daí que eu preciso verificar com as minhas fontes.

— Então, Mary — comecei, mais do que um pouco insegura sobre como abordar o assunto. — Como você está? Não te vejo desde a festa de aniversário da Lydia.

— Sério? Eu estive na sua casa no Natal.

— Ah... é mesmo. Estou me lembrando.

— E estive aqui na semana passada, com a sua irmã. A gente passou na escada, e você disse: "Oi, Mary, eu esqueci que você vinha", bem parecido com o que você me falou ainda agora.

— Tá bom, você tem razão. — Eu a interrompi antes que ela pudesse listar as centenas de vezes em que eu tinha me esquecido da existência dela nos últimos vinte e dois anos. — Mas, hum... é sobre isso que eu queria falar. Você e a Lydia estão próximas ultimamente.

A Mary inclinou a cabeça para o lado.

— Acho que sim.

— Então, ela te contou alguma coisa sobre como descobriu... quem tirou o site do ar?

A Mary pareceu genuinamente surpresa.

— Quer dizer que ela não te contou?

— Ela me contou que foi o Darcy, mas não como descobriu. E não faz muito sentido pra mim, então eu achei...

— Foi ele — a Mary me interrompeu. — Nossa fonte é sólida.

— Mary... — Suspirei, de repente cansada. — Eu preciso saber. Por favor.

Ela olhou ao redor rapidamente, depois deu de ombros, colocando a bolsa no chão.

— A Lydia andou pensando muito no site. Na verdade, ela estava obcecada. A única conclusão a que ela chegou foi que o George tirou o site do ar, porque sabia quanto isso ia magoá-la. Que, de alguma forma, o estado em que ela estava chegou até ele.

Senti minha sobrancelha descer e formar uma linha reta.

— O George não entrou em contato com ela, né?

— Não — a Mary me garantiu. — O terapeuta dela disse que essa era uma esperança comum em situações de traição, mas não foi isso. Só que eu sabia que ela ia continuar agarrada a essa esperança até ter certeza. Então, achei que a gente devia entrar em contato com a única pessoa que a gente conhece que também conhece o verdadeiro George.

— Quem?

— Gigi Darcy.

— Espera... — Balancei a cabeça, tentando entender. — A Lydia ligou pra Gigi?

— Não. A Lydia não estava pronta pra isso. Então eu fiquei amiga da Gigi no Twitter, e a gente trocou mensagens. — Os olhos da Mary se iluminaram de raiva. — Ela contou que o irmão dela começou a procurar o George imediatamente, no instante em que soube do vídeo erótico. O George estava se escondendo num resort na praia quando o Darcy o encontrou, bebendo margaritas e gastando dinheiro à custa da dor da Lydia.

335

Eu mal conseguia respirar.

— E o que ele fez?

— O George não se mexeu — continuou a Mary. — Mas o Darcy conseguiu com ele os detalhes da venda para a tal empresa de pornografia, quer dizer, essa para quem ele vendeu o vídeo. Com tão pouco tempo, o Darcy sabia que o único jeito de impedir a empresa era comprá-la. E foi isso que ele fez.

Fiquei parada ali, em choque total, pelo que deve ter sido um minuto inteiro, porque a Mary começou a se contorcer.

— Você precisa de mais alguma coisa? — ela perguntou. — A Lydia provavelmente está se perguntando onde eu estou.

— Hum? Ah, certo — eu disse, sacudindo minha confusão. — Não, tudo bem. E obrigada.

— Por nada. — A Mary deu um longo suspiro de sofrimento.

E eu fiquei para trás para pensar nos meus sentimentos.

De jeito nenhum a Gigi ia mentir sobre o irmão, então isso deve ser verdade. O Darcy comprou uma empresa de pornografia na internet e a desmanchou para impedir que o vídeo erótico da minha irmã fosse liberado.

Estou sentindo aquele mal-estar conhecido no estômago, porque mais uma vez estou oscilando naquela linha tênue entre medo e esperança, achando que o Darcy pode ter feito isso por mim.

Mas, se ele tivesse feito... eu saberia, certo?

Ele não me ligaria?

Talvez ele ligue.

Não, Lizzie. Para de ser boba.

...

...

Ainda assim, é melhor eu ter certeza que meu celular está carregado. E o toque está ligado. Só para garantir.

SEGUNDA-FEIRA, 11 DE MARÇO

Sabe, eu meio que esperava que o drama no lar dos Bennet tivesse terminado. As coisas estavam muito mais calmas com a Lydia se recuperando e a Jane e o Bing na costa Leste. Meu pai chega em casa todo dia depois do trabalho e passa um tempo com as filhas. Minha mãe está ocupada sonhando feliz com o dia em que o Bing e a Jane vão ficar noivos e dar à luz seus netos, e eu estou com o nariz enfiado no computador, escrevendo minha tese e meu último estudo independente ao mesmo tempo. Então, de modo geral, as coisas andam bem calmas por aqui.

Tudo isso mudou ontem, quando Caroline Lee entrou de repente no escritório e me confrontou.

Sim, me confrontou.

Sobre o quê, ainda não tenho certeza. Mas ela estava incrivelmente irada quando entrou e me acusou de arruinar a vida do irmão dela ao estimular o cara a fugir com a Jane e de arruinar agora a vida do Darcy.

Vamos deixar de lado o fato de que eu não tenho absolutamente nenhuma influência na vida do Bing — nem na da minha irmã. E eu disse isso para a Caroline. Mas dizer que eu arruinei a vida do Darcy, quando eu não tenho quase nada a ver com ele neste momento, é totalmente ridículo.

Mas a Caroline estava vendo meus vídeos. E ela despejou tudo, tim-tim por tim-tim.

Ela disse que era coisa minha, e só minha, o Bing ter largado a faculdade e fugido com a Jane. De acordo com ela, a Jane não era forte o suficiente, e o Bing nunca tinha tomado uma decisão dessa magnitude na vida. Claro, ele só descobriu meus vídeos depois de abandonar a faculdade, mas, na cabeça da Caroline, isso não importa.

Ela também disse que o Darcy se afastar da empresa para resolver a crise da minha irmã mais nova pegou muito mal entre os financiadores dele. Especialmente para a tia, Catherine De Bourgh. A Caroline disse

337

que ela estava pensando em retirar seu apoio financeiro, mas, como eu tinha trabalhado na Pemberley, sabia que eles estavam indo bem, e uma mulher de negócios tão esperta quanto a sra. De Bourgh não tomaria uma decisão dessas com base numa desculpa tão fraca.

A Caroline continuou falando e falando sobre como eu era terrível para o irmão dela e para o Darcy, como era *minha* influência que estava fazendo os dois tomarem péssimas decisões.

Ah, é, Caroline? Decisões do tipo fazer o seu irmão terminar com minha irmã?

Foi aí que eu decidi sacar as armas mais pesadas. Era hora de finalmente perguntar à Caroline sobre a suposta "indiscrição" da Jane na noite da festa de aniversário do Bing. Porque, se a Jane não tem ideia, o Bing não tem certeza, e parece que o Darcy não estava totalmente certo também (embora ele diga que tenha visto), a Caroline é a única que sobrou.

— Quer dizer que a sua irmã nunca te contou que beijou outro homem? — disse ela com tanta presunção que eu sabia que, se a Jane *tinha* beijado outro homem, foi a Caroline quem orquestrou. Afinal, ela esteve na companhia da Jane a noite toda.

E ela não negou.

O que a Caroline fez, na festa de aniversário do irmão, foi dar um jeito de a Jane ser beijada por um dos amigos bêbados do Bing, e o Darcy viu e interpretou como uma traição. Foi isso. Esse é o grande mistério. Que poderia ter sido resolvido com PESSOAS CONVERSANDO COM OUTRAS PESSOAS. Como eu sou uma das pessoas que costumam ter problema com esse tipo de comunicação, não devia julgar, mas não consigo evitar de pensar em todo o sofrimento que poderia ter sido poupado se a Caroline não estivesse tão desesperada para afastar seu irmão da Jane.

Ela teve a audácia de dizer que simplesmente estava fazendo o que era melhor para as pessoas com quem ela se importa. Ela "ajuda" essas pessoas.

E lá estava ela me acusando de interferência!

Eu estava com tanta raiva, e sinceramente exausta pela coisa toda, que fiz a única coisa que podia. Contei a verdade. Com tudo que eu tinha em mãos.

338

— Bom, deixa eu te ajudar com uma coisa. Sabe quem controla a vida do Darcy? O Darcy. E sabe quem controla a minha? Eu. O mesmo acontece com o Bing e a Jane. — Respirei fundo. — E agora, apesar de você ter entrado na minha casa para me insultar e insultar a minha família, mais uma vez, considere-se bem-vinda para jantar conosco.

Fiquei especialmente orgulhosa com a última parte. A hospitalidade sulista da minha mãe está arraigada em nós, e tem o agradável efeito colateral de me fazer parecer melhor que os outros.

Ela recusou. E saiu.

Levei apenas cinco segundos para começar a me sentir mal. E a sentir que não tínhamos acabado. Quer dizer, por que a Caroline acha que pode controlar minha vida? Porque era isso que ela estava fazendo — ela estava ali para me fazer sentir mal pelo fato de o irmão dela e minha irmã estarem felizes juntos, e para garantir que eu deixasse minhas "garras gananciosas" longe do Darcy. E, se ela está vendo meus vídeos, sabe que não existe motivo para me pedir isso, porque ele não quer mais nada *comigo*. Mas isso não impediu a Caroline.

É, nós definitivamente não tínhamos acabado.

Rapidamente, dei um pulo e a segui até o carro.

— Caroline — gritei, impedindo que ela abrisse a porta.

Ela manteve a cortina de cabelo preto brilhante na frente do rosto, para não me ver.

— Sabe, se você acha que pode invadir a minha vida e começar a me dar ordens...

Ela levantou a cabeça nesse instante. E estava... chorando.

— Claro que eu *não posso* — ela cuspiu para mim.

— Caroline — eu disse, com muito mais suavidade.

— Você tem a sua vida. O Darcy tem a vida dele. A Jane tem a dela, o Bing tem a dele. — Ela soltou um sopro de raiva. — E O QUE EU TENHO?!?

— Eu... eu não sei — respondi, chocada. — Acho que você tem que descobrir isso por conta própria.

Por um segundo, parecia que ela ia dizer alguma coisa, mas simplesmente acabou murmurando baixinho:

— Claro — antes de entrar no carro e sair cantando pneu.

339

Quando me virei, a Lydia estava na porta.

— O que foi isso? — ela perguntou, franzindo o nariz na direção do carro que desaparecia ao longe.

— Não tenho certeza. É complicado.

Ela cruzou os braços.

— Quer me explicar tomando um frozen iogurte? Eu dirijo.

Foi o que eu fiz. Tomando um frozen iogurte de bolo veludo vermelho com cobertura de lascas de coco.

— Não faz sentido, né? — eu disse quando terminei. — Ela vir aqui e jogar tudo isso na minha cara. Principalmente as coisas sobre o Darcy. Quer dizer, eu sei que a Caroline tem uma queda por ele, mas não é...

— É, não é essa a questão — disse a Lydia, engolindo uma colherada de frozen iogurte.

— Não é?

— A questão é que tudo estava indo bem na Carolinelândia até um ano atrás, depois tudo começou a desabar quando o Bing largou a faculdade.

— Espera... o Bing largou a faculdade há alguns meses, não no ano passado.

A Lydia me deu uma olhada por cima dos óculos escuros.

— Na primeira vez que ele largou a faculdade, quero dizer.

Eu pisquei.

— Na primeira vez que ele largou a faculdade?

— Lizzie, alunos de medicina não têm cinco meses de folga no verão só para passear. E pessoas que não estão, tipo, no meio de uma crise de identidade *total* não acordam e compram uma casa no meio do nada. O Bing abandonou a faculdade. E a Caroline e o Darcy vieram pra cá para colocar o cara nos eixos de novo.

Pequenas peças do quebra-cabeça começaram a se encaixar na minha mente. O Bing podendo simplesmente deixar LA para trás e comprar Netherfield. Os olhares dos pais dele na festa de aniversário. E no fim do verão — toda a pressão sobre ele, a volta a LA para "entrevistas", a falta de comunicação entre ele e a Jane. Ele tinha abandonado a faculdade. E foi pressionado para voltar.

— Mas, se a Caroline viu que o irmão estava infeliz...

A Lydia balançou a cabeça.

— Lizzie, se eu te dissesse que vou abandonar a faculdade, começar uma banda de rock com a Mary e me mudar pro México, o que você faria?

Respondi sem hesitar:

— Eu te trancaria no quarto até seu passaporte expirar.

— Ah, que droga, estraguei meu plano de vida. — Ela me deu um sorriso afetado. — Eu realmente me sinto mal pela Caroline. Por mais que ela seja uma vaca. Especialmente em relação a mim. — Depois enrugou a sobrancelha. — Apaga isso. Não me sinto nem um pouco mal por ela.

— Se sente, sim — respondi, observando a Lydia com cuidado. — Por quê?

Minha irmã deu de ombros e se concentrou no frozen iogurte.

— Não sei. Só que... ela não é perfeita. As pessoas não têm expectativas em relação a ela. E isso pode ser muito ruim. Finalmente pediram pra ela fazer uma coisa importante, e ela conseguiu. Na primeira vez, já foi difícil afastar o Bing da Jane, mas o fato de que ele voltou... e largou a faculdade *de novo*... significa que ela fracassou.

— Como você sabe de tudo isso? — perguntei depois de um instante.

A Lydia me lançou um olhar que falava muito sobre minha atual estupidez.

— Porque eu observei todo mundo. Dã.

Deixei a ficha cair enquanto meu frozen iogurte derretia. Enquanto isso, a Lydia terminou o dela e jogou o pote na lata de lixo com um arco perfeito.

— Enfim, toda a questão com o Darcy parece vir daí. Ela não consegue fazer o irmão ouvir a voz da razão, está vendo a queda que ela tem pelo Darcy ir pelo mesmo caminho e, de repente, ela não tem nada.

— Tudo bem, toda a parte do Bing faz sentido — concordei. — Mas o Darcy não está seguindo o mesmo caminho. Ele não está fugindo nem alterando loucamente a própria vida para ficar... com alguém.

— Claro. A maioria das pessoas compra empresas sem motivos. — A Lydia me deu aquele sorriso afetado de novo. — Continue dizendo isso para si mesma.

— Ele não...

Ela só me olhou e se levantou da mesa.

— Tanto faz. Já acabou com isso ou quer pegar uma tampa? De qualquer jeito, não vou deixar você entrar no *meu* carro com um frozen iogurte pingando.

TERÇA-FEIRA, 12 DE MARÇO

Tenho pensado muito ultimamente. Sobre o que a Charlotte disse, sobre o que a Caroline disse e sobre o que a Lydia disse.

E não cheguei a absolutamente nenhuma conclusão.

Talvez porque eu não tenha falado com a única pessoa que importa nessa situação: o Darcy.

Fico dizendo que eu e o Darcy não estamos envolvidos, que foi um momento de possibilidade que passou. Mas recentemente terminei de rever todos os meus vídeos e... talvez a gente esteja.

Mas, se estamos envolvidos, por que eu não ouvi nem uma palavra dele? Especialmente depois de ele passar por tanta coisa para salvar minha irmã?

A menos que ele não queira que eu saiba.

O Darcy conseguiu me desconcertar totalmente. De novo. Vai entender.

Houve um momento em que eu achei que o conhecia e o dispensei. Depois passei a conhecê-lo e percebi que havia muito mais.

Não quero ficar sentada aqui passivamente, imaginando coisas para sempre. O que significa que talvez eu tenha que cuidar das coisas por conta própria.

SÁBADO, 16 DE MARÇO

— Ele ainda não ligou de volta, né? — perguntou a Charlotte imediatamente, quando eu abri a porta.

— Feliz aniversário adiantado pra você também — respondi. — Por que você não sai da chuva antes de começar a inquisição?

— Mal está garoando — disse ela, entrando e tirando o casaco. — E feliz aniversário adiantado!

Amanhã é o aniversário meu e da Charlotte. Nossas mães entraram em trabalho de parto na mesma reunião do clube de leitura e nos deram à luz com uma diferença de três horas. Acho que o clube de leitura nunca mais foi tão interessante.

Poucas pessoas podem dizer que se conhecem a vida toda, mas a Charlotte e eu podemos. É por isso que ela acha que tem o direito de me bombardear com perguntas pessoais no instante em que entra pela porta.

E provavelmente tem mesmo.

— Então... o Darcy já ligou de volta?

Sim, surpreendentemente, nas últimas semanas, consegui esquecer que não vivo no século XIX. E, enquanto eu estava roendo as unhas por não ter notícias do Darcy e ansiosamente seguindo seus passos no mundo virtual, esqueci que as telecomunicações funcionam nos dois sentidos. (Culpo os filmes por esse ligeiro deslize de gênero.) Então, no desespero, eu liguei para ele. E acabei deixando uma mensagem.

— Oi, Darcy. É a Lizzie... Hum, se você puder me ligar quando tiver um tempinho, eu queria... conversar.

Acho que nunca fui tão ridícula. E, pode acreditar, eu já fui muito, muito ridícula na vida.

Isso foi há três dias.

— Não, eu não tive notícias dele — falei para a Charlotte. — Por que você está carregando o que parece ser a seção completa de sorvetes do mercado?

— Eu estava cobrindo todas as possibilidades — ela respondeu. — Ou você estaria arrasada por não ter recebido uma ligação do Darcy ou ele estaria aqui e vocês estariam se pegando, e nesse caso eu simplesmente ia comer tudo sozinha no caminho para a Sociedade Protetora dos Animais para escolher um gatinho. Talvez um furão.

— Primeira opção — eu disse, pegando um pote de sorvete de cereja.

Depois de três dias, uma garota tem que entender a dica. Não sei o que eu estava esperando quando liguei para o Darcy. Mas sei que a ideia de ouvir a voz dele de novo fez meu coração bater mais rápido, então o fato de eu não ter ouvido só pode ser uma decepção. É tão estranho. Há uns seis meses, eu achava o Darcy esnobe, grosseiro e arrogante. Achei que ele estava convencido de que era melhor que todo mundo e que eu, especialmente, estava abaixo dele e era digna de desdém. Por isso eu o desdenhei de volta.

Mas agora meus sentimentos mudaram tanto. Agora eu sei que ele é tímido e forte e leal. Sim, um pouco desajeitado socialmente, mas isso torna seus esforços ainda mais adoráveis. Agora eu sei que ele não acha que é melhor do que eu. Mas eu sei que ele *é* melhor. E, se eu pudesse voltar no tempo, faria tudo diferente.

Então, sim, estou um pouco triste. Mas tenho muitas outras coisas com as quais me preocupar. Meu último estudo independente, fazer um relatório com base na minha própria empresa de vídeos na web e terminar minha tese. Os vídeos vão ter que acabar daqui a pouco, para eu poder fechar o projeto todo.

Uau. Uma parte enorme da minha vida no último ano está chegando ao fim. Mais uma coisa para me entristecer.

Talvez, em vez disso, eu possa pensar nessa situação como o começo da próxima fase, comigo um pouco mais esperta.

E mais velha.

— Então, o que você vai fazer quando a gente completar vinte e cinco anos amanhã? — perguntei à Charlotte. — Eu sei... Vamos alugar um carro sem motivo!

Ela riu, e a gente foi para a sala de estar e armou acampamento. Apesar da minha distração e de todo o trabalho que eu tenho a fazer, eu tinha conseguido me recompor o suficiente para comprar um presente de aniversário para a Charlotte.

— Ahh... — disse ela, desembrulhando. — É uma caneca. Da nossa faculdade. Você comprou isso na loja de presentes do centro estudantil, não foi?

— Foi — admiti.

— Tudo bem — disse ela, me dando um abraço. — Eu entendo que você está solitária e desesperada agora, portanto não pode fazer coisas como se arrumar e se alimentar. É por isso que eu estou aqui.

— E eu! — disse a Lydia ao entrar. — Posso me juntar a vocês?

— Claro, vem — eu a convidei. — Tem sorvete de banana pra todo mundo.

A Lydia agarrou o pote de sorvete, depois percebeu o papel de presente espalhado na frente da Charlotte.

— Ah, já é hora dos presentes? — ela perguntou. — Eu já volto.

Quando minha irmã saiu quicando da sala, eu me virei para a Charlotte.

— O que mais você trouxe na sacola?

Ela enfiou a mão e pegou dois filmes.

— A distração da noite. Você quer ver pessoas bonitas se apaixonando ou coisas explodindo?

Olhei para os dois.

— Você tem alguma coisa com pessoas bonitas explodindo? — perguntei, e a Charlotte jogou uma almofada em mim.

Isso aqui? É por isso que eu tenho uma melhor amiga.

— Eu voto pela carnificina — disse a Lydia enquanto voltava para a sala de estar, carregando presentes. — Se vocês concordarem, é claro.

— Carnificina, então — disse a Charlotte, me dando um sorriso forçado enquanto se movimentava para colocar o DVD.

— Feliz aniversário adiantado! — disse a Lydia, me entregando os pacotes. — A blusa verde é da Jane, e o colar é meu... e eu também comprei um livro chamado *Onde foi que eu deixei o meu orgulho? O guia da garota nerd para fazer ligações ridículas.*

Encarei minha irmã de boca aberta até ver a Charlotte atrás dela, com os ombros tremendo com a risada reprimida. Eu também caí na gargalhada, e depois foi a vez da Lydia.

É por isso que eu tenho irmãs também.

DOMINGO, 17 DE MARÇO

Hoje foi... incrível. E acho que vou deixar a situação falar por si.

TRANSCRIÇÃO COMPLETA DOS EVENTOS GRAVADOS NO DOMINGO, 17 DE MARÇO

LIZZIE: Graças a Deus pela Charlotte. E pela Lydia. E pela Jane. Que ainda está verdadeiramente feliz com o Bing em Nova York! E isso é ótimo. Eles terem essa segunda chance e estarem conseguindo se entender. E segundas chances... segundas chances são raras. Tenho quase certeza que esgotei as minhas.

(A porta se abre.)

LIZZIE: Ei, você precisa de dinheiro pra gorjeta?

DARCY: Com licença, Lizzie?

(Dou um pulo.)

LIZZIE: Achei que você era... chinês.

DARCY: Eu... entendo a confusão. Você... pode sentar?

(Nós sentamos. É constrangedor.)

DARCY: Você... filma tudo na sua vida?

LIZZIE: Não, eu juro. É que você sempre aparece na hora H.

DARCY: Bom, não posso reclamar dos seus vídeos, isso é certo. Eles têm sido muito úteis, pela minha perspectiva.

(pausa)

DARCY: Fiquei surpreso de ver a Charlotte.

LIZZIE: É nosso aniversário.

DARCY: Desculpa... Eu não sabia que era seu aniversário.

LIZZIE: Não... Como você saberia?

DARCY: Eu... Feliz aniversário.

LIZZIE: Obrigada.

(pausa)

DARCY: Você me ligou.

LIZZIE: Sim, eu deixei uma mensagem.

DARCY: Eu estava em Chicago, por isso...

LIZZIE: Ai, meu Deus... Eu não tinha a intenção... Achei que você simplesmente ia ligar de volta, não precisava vir aqui.

DARCY: Precisava, sim. Eu precisava ver o seu rosto quando te perguntasse... por quê?

LIZZIE: Por quê?

DARCY: Por que você me ligou? Andei vendo os seus vídeos. Sei que você descobriu... algumas coisas sobre acontecimentos recentes.

LIZZIE: "Acontecimentos recentes"? Você comprou empresas inteiras para salvar a minha irmã. Não temos como agradecer o suficiente o que você fez pela minha família.

DARCY: A sua família não me deve um agradecimento. Por mais que eu tenha aprendido a respeitá-los, eu não fiz isso por eles. Eu fiz por você.

LIZZIE: Minha gratidão é eterna.

DARCY: Lizzie, tenho que admitir que estou meio confuso. Porque você disse nos seus vídeos que nós não somos amigos. E eu percebi que você estava certa. Apesar de termos passado tanto tempo juntos em San Francisco, nós não nos tornamos amigos. Mas aí eu achei que você talvez quisesse corrigir isso.

LIZZIE: Eu quero!

DARCY: Então... você quer ser minha amiga?

LIZZIE: Sim! Bom, quer dizer... Meu Deus, não é surpresa você estar confuso.

DARCY: Lizzie, eu ainda me sinto do mesmo jeito que no outono. Mais forte até que naquela época. Então, se você só quer ser minha amiga ou agradecer pelos eventos recentes, eu...

(As vozes de repente ficam mudas, porque estou beijando o Darcy.)

LIZZIE: Isso... esclarece algumas coisas pra você?

DARCY: Algumas... Mas preciso de mais iluminação em alguns pontos.

(Ruídos abafados, mais beijos.)

LIZZIE: Só pra você saber, você não é o único que estava confuso.

DARCY: Sério?

LIZZIE: Bom, a gente estava se dando bem na Pemberley, e depois eu fui embora e só recebi seu silêncio e... eu achei...

DARCY: Eu não sabia se você queria falar comigo. Eu vi seus vídeos, e seu foco estava exclusivamente na sua irmã, como devia ser. Percebi que eu só seria uma distração indesejada.

LIZZIE: Não seria indesejada, eu juro.

DARCY: Então eu ouvi o que você disse para a Caroline, sobre a minha vida ser escolha minha e a sua ser escolha sua, e isso aumentou minhas esperanças de novo. Mas não sei se foi por causa do que você descobriu ou...

LIZZIE: Entendi. Confuso. Meu Deus, pra duas pessoas tão inteligentes, nós sabemos agir como idiotas, não é?

DARCY: Pode-se dizer que é o nosso ponto forte.

LIZZIE: Bom, vou esclarecer as coisas o máximo possível. William Darcy, eu não quero ser só sua amiga E não quero ficar com você só por gratidão. Eu quero ficar com você... por causa de você. Entendeu?

DARCY: Claro como o dia, Lizzie Bennet.

(Barulhos abafados de beijos.)

LIZZIE: Hum, me dá um segundo.

FIM DA GRAVAÇÃO.

SEGUNDA-FEIRA, 18 DE MARÇO

Feliz. Apenas feliz.

TERÇA-FEIRA, 19 DE MARÇO

Ainda absurdamente feliz.

QUARTA-FEIRA, 20 DE MARÇO

Tudo bem, mais um dia só me sentindo feliz, e depois vou encarar a situação e contar para minha mãe.

QUINTA-FEIRA, 21 DE MARÇO

Minha mãe aceitou melhor do que eu esperava. Depois de um tempo.

— Mãe, eu convidei uma pessoa pra jantar — eu disse.

— Claro, querida... Você sabe que a Charlotte é sempre bem-vinda — ela respondeu, cantarolando enquanto colocava a caçarola no forno.

— Na verdade, não é... — Mas, nesse momento, ela ligou o triturador de lixo, abafando minhas palavras.

Bom, eu tentei alertar. Na verdade, eu estava meio ansiosa para ver a cara dela quando o Darcy entrasse pela porta.

E não fui desapontada.

— Mãe, pai — chamei, conduzindo o Darcy até a sala de estar pela mão quando ele chegou. — Vocês se lembram do William Darcy?

— Sra. Bennet, é um prazer vê-la de novo — disse ele, com um leve tom de nervosismo na voz. Tenho quase certeza que só eu percebi. Estou fazendo um estudo sobre isso nos últimos dias.

Minha mãe afastou o olhar da garrafa de vinho que ele estendeu para ela, olhou para o rosto dele, depois para nossas mãos entrelaçadas. Então reuniu cada pedacinho de hospitalidade sulista que tem em seu ser.

— Claro. — Ela sorriu, pegando a garrafa de vinho. (Desconfio que o Bing deu algumas dicas sobre a safra do vinho a comprar.) — É muito bom vê-lo de novo. — Ela pigarreou e se virou para mim. De repente, sua voz assumiu um tom agudo que não se ouve em nenhum lugar, exceto nos Muppets. — Lizzievocêpodemeajudarnacozinhaporfavor?

Fui arrastada com tanta rapidez que devo ter feito barulho de chicote. Eu mal consegui ouvir meu pai cumprimentando o Darcy.

— Não se preocupe, meu jovem... Isso tudo vai se resolver rapidamente. Ou isso ou a minha querida esposa vai ter assassinado a Lizzie, mas as duas opções são empolgantes para começar a noite, não?

Quando chegamos à cozinha, minha mãe se lançou sobre mim.

— Tudo bem, Lizzie, isso é algum tipo de piada? — ela perguntou.

— Não é, não — garanti.

— Porque essa é a única explicação que eu posso encontrar para William Darcy estar na minha sala.

— Bom, outra explicação é que nós estamos namorando.

— Lizzie, por favor, fala sério.

— Mãe, achei que você ia ficar feliz! — respondi. — Afinal, ele é...

— Rico? — minha mãe terminou por mim. — De todas as minhas filhas, achei que você era a única que não ligava para isso.

— Na verdade, nenhuma de nós liga — debochei. — Mas talvez eu tenha expressado essa ideia mais do que a Jane e a Lydia.

— Achei que você só ligava para o *caráter* — resmungou minha mãe. — Que você *nunca* ia querer ficar com alguém tão arrogante e esnobe quanto o Darcy.

— Ele não é arrogante nem esnobe — respondi. — Eu... Todos nós o julgamos mal.

— Ele é legal, mãe. — A voz baixa da Lydia veio de trás da gente. — Você devia dar uma chance pra ele.

A cabeça da minha mãe disparou de um lado para o outro, olhando ora para mim, ora para a Lydia, com a boca escancarada. Por fim, ela se virou para mim.

— Você realmente está namorando o Darcy?

— Sim — respondi, captando o sorriso da Lydia.

Dava para ouvir até uma gota caindo na cozinha. Até que...

— Pelo amor de Deus, por que você não me contou? — ela gritou. — Você traz o seu namorado para jantar e eu vou servir *caçarola*?

— Vai combinar muito bem com aquele vinho. — Mas minha mãe não estava mais ouvindo. Ela já estava vasculhando a geladeira para ver se achava algo mais elegante para preparar.

— Lydia, rápido! Torre umas fatias de pão. Precisamos de bruschettas imediatamente!

O jantar correu muito bem depois disso. Meu pai e o Darcy se envolveram numa conversa sobre a arte do bonsai *versus* a arte do penjing. A Lydia saiu da cozinha quinze minutos depois, carregando uma bandeja de bruschettas feitas às pressas.

354

— Oi, Darcy — disse ela com vergonha, sem conseguir olhar nos olhos dele.

— Lydia — ele respondeu, caloroso. — Como você está?

Nesse momento, ela conseguiu encará-lo.

— Melhor. Muito melhor, agora. Obrigada.

— Fico feliz — ele respondeu.

A Lydia olhou para o lado por um instante, depois largou a bandeja e cedeu ao impulso de abraçá-lo. Ele ficou meio chocado, mas aceitou bem.

Encontrei os olhos do meu pai. Ele simplesmente olhou de mim para o Darcy, depois perguntou:

— Então, meu jovem, você gosta de trens?

A caçarola realmente combinou bem com o vinho. Meu pai só provocou minha mãe duas vezes sobre como o jantar simples milagrosamente se transformou numa refeição com vários pratos, e ela jogou um pãozinho nele. O Darcy pareceu surpreso, mas eu apertei a mão dele e avisei que famílias... a *minha família* é assim: nós nos provocamos.

Depois do jantar, meu pai me puxou para o escritório.

— Como foi que a sua mãe reagiu? — ele perguntou, com um sorrisinho brincando no rosto.

— O jantar não disse tudo? — respondi. Minha mãe realmente devia ser obrigada a cozinhar em cima da hora mais vezes. A vichyssoise estava especialmente excelente.

— Acho que sim. Eu sabia que ela ia aceitar rápido. Devo lembrar que, se eu não tivesse visto os seus vídeos, talvez tivesse ficado tão chocado quanto ela pela sua escolha.

Fiquei vermelha.

— Eu sei que fui meio dura com ele no passado, mas... tudo isso mudou.

— Eu sei. — Meu pai fez um sinal de positivo com a cabeça. — E, quando eu o levei para ver minha coleção de trens, consegui agradecer pelo que ele fez pela Lydia. De jeito nenhum eu vou poder compensá-lo por isso, mas eu só queria garantir que o fato de você estar com ele não é o *seu* jeito de compensá-lo por isso. Entendeu?

— Pai, não é — gaguejei. — Ele é muito melhor do que eu pensava... Ele é inteligente e gentil, e pensa profundamente nas coisas. As pessoas que ele ama... a irmã, os amigos... sabem que ele é uma daquelas pessoas que você quer ter ao lado numa crise. Ou mesmo sem crise. Ele é uma pessoa que você quer ver todo dia, não importa o que aconteça.

— Você quer dizer que ele é a pessoa que *você* quer ver todo dia — disse meu pai.

— Isso — respondi.

— Você realmente gosta dele, então?

— Pai, eu amo o Darcy.

Não havia mais nada a dizer depois disso. Meu pai simplesmente me envolveu num abraço de urso e beijou o topo da minha cabeça.

— Então eu fico muito feliz por você. Eu não ficaria, lembre-se, se fosse alguém com menos caráter.

Ele me soltou e estendeu os braços, como se quisesse abraçar o mundo.

— Bom, eu fico tranquilo, então — disse ele. — Embora eu não tenha ideia do que a sua mãe vai fazer agora, sem a vida amorosa da Jane e a sua para se preocupar. E eu não vou deixar ela perturbar a Lydia com isso. — Meu pai pareceu pensativo por um instante. — Acho que a Kitty ainda não tem um par. Podemos tentar conseguir um belo namorado gatinho e produzir uns netinhos felinos para ela cuidar.

Voltamos para a sala de estar e encontramos o Darcy entre minha mãe e a Lydia. Minha mãe estava falando sobre como "alguém no setor de tecnologia devia simplesmente fazer um tipo de banco de dados de todas as informações. Você não acha que é uma boa ideia?". Quando ele ergueu o olhar e encontrou meus olhos, seu rosto se dividiu num sorriso largo e aliviado.

Percebi que vou me lembrar disso para sempre. Desse momento, em que William Darcy veio jantar e conhecer minha família. Como meu namorado. Como a pessoa mais importante da minha vida. E que ele sobreviveu a isso com serenidade.

Esse é o começo.

SEXTA-FEIRA, 22 DE MARÇO

Para: **Lizzie Bennet** (lizziebennet@...)
De: **Digital Investment Group** (DIGroup@...)
Assunto: Empreendimento de novas mídias

Prezada srta. Bennet,
Como espectador de seus vídeos, fiquei muito interessado em ouvi-la discutir seu projeto final para a faculdade — escrever um relatório para sua própria empresa de internet. Como financiadores de empreendimentos semelhantes, adoraríamos ter uma chance de conversar sobre tornar essa empresa uma realidade. Achamos que você tem um ótimo potencial de mercado...

* * *

Para: **Lizzie Bennet** (lizziebennet@...)
De: **Cyberlife Fund** (CyberlifeMarketing@...)
Assunto: Seus vídeos

Cara Lizzie,
Fui apresentado a seus vídeos pela minha filha, que é sua fã. Há muito tempo eu defendo a internet como meio do futuro e achei seus vídeos engraçados, tocantes e inteligentes. Você mencionou a possibilidade de criar sua própria empresa com base no sucesso dos vídeos, e fiquei muito interessado nesse empreendimento. A Cyberlife é um grupo de investimentos dedicado a novas empresas inteligentes com alto potencial de crescimento, e achamos que "Os diários de Lizzie Bennet" seriam uma ótima contribuição...

* * *

Para: **Lizzie Bennet** (lizziebennet@...)

De: **New Global Hedge Fund** (NGHF@...)

Srta. Bennet,

Nunca vi seus vídeos, mas minha assistente viu. Estou impressionado com a quantidade de visualizações e sua alta classificação devido aos comentários. Minha assistente disse que você pretende criar uma nova empresa em breve, e acho esse tipo de investimento interessante. Por favor, entre em contato comigo assim que puder. Vamos ganhar dinheiro!

* * *

Que diabos são todos esses e-mails? Rolei a barra da minha caixa de entrada — tem mais uma meia dúzia, todos de fundos de risco e grupos de investimento. Uma semana atrás, eu falei nos vídeos que ia fazer meu último estudo independente sobre a minha empresa fictícia, mas metade deles parece achar que eu realmente vou criar uma empresa. E querem investir nela — ou pelo menos conversar sobre o assunto.

Eles acham que minha empresa falsa é de verdade.

Será que minha empresa falsa pode se tornar de verdade?

— Lizzie, o que você está fazendo? — perguntou o Darcy.

— Só vendo meus e-mails — respondi.

— Lizzie... — Ele suspirou, se inclinando para beijar meu ombro. — Volta pra cama.

Acho que os e-mails podem esperar.

TERÇA-FEIRA, 26 DE MARÇO

— Ei, Lizzie — disse a Lydia, se aproximando de mim. — Podemos falar com você rapidinho?

— Claro — respondi, piscando ao ouvir a voz da minha irmã e fechando minha pasta. Eu estava cega o dia todo, montando meu relatório. Sem falar das vinte páginas de uma seção da minha tese que eu digitei na noite passada. Acrescentando a deliciosa e constante distração que era o Darcy, eu estava meio enlouquecida. — Oi, Mary... Não sabia que você vinha.

— Foi você que abriu a porta pra mim — rosnou ela.

— Enfim — disse a Lydia. — A gente queria falar com você sobre o futuro.

Minhas sobrancelhas se ergueram.

— Parece que tem muita gente falando do futuro ultimamente.

— É — disse a Mary. — Especificamente sobre você abrir sua própria empresa e se mudar pra San Francisco.

Mesmo sem o brilho do namorado novo, tem sido uma semana interessante para mim. Quando investidores e fundos de risco começaram a me mandar e-mails, no início eu dispensei. Mas isso ficou remoendo no meu cérebro, essa ideia de que eu poderia abrir minha própria empresa. Tenho um plano de negócios pronto. Tenho muita experiência online, e a esquisita, mas estranhamente gratificante vaga fama na internet. Conversei sobre isso com a Charlotte e com a dra. Gardiner, e as duas me apoiaram.

Mas fiquei meio com medo de falar sobre isso com o Darcy. Não que ele fosse desaprovar. Ele não faria isso. Mas porque ele poderia ficar desapontado. Especialmente porque eu tive que recusar sua oferta de emprego na Pemberley Digital.

Sim, ele me ofereceu um emprego depois da formatura. E eu sei que não foi só porque a gente está namorando, mas esse foi o motivo para

359

eu não aceitar. Eu quero estar com ele, mas não quero ser a garota que namora o chefe. Isso ia diminuir a credibilidade dele na Pemberley Digital e ia me fazer começar com o pé esquerdo com todo mundo da empresa.

Estou muito mais feliz sendo apenas sua namorada. E fazer planos de me mudar para San Francisco quando receber o diploma é uma boa parte dessa felicidade. Eu me apaixonei pela cidade ao mesmo tempo em que estava me apaixonando pelo Darcy. E, de acordo com a dra. Gardiner, pode ser que eu possa cuidar de novo do apartamento da amiga dela, cujo período sabático na América do Sul foi estendido até o próximo ano.

Ainda não contei essa parte para a Charlotte. Ela pode implodir de inveja do apartamento.

— A gente estava pensando — disse a Lydia — se você vai precisar de funcionários.

— Funcionários? — perguntei, perplexa. — Para minha empresa ainda fictícia?

— Isso — disse ela, e a Mary concordou com um movimento de cabeça.

— Tipo quem?

— Tipo eu — disse a Mary. — Eu também vou me formar em maio e vou conseguir meu diploma em contabilidade.

— Seu bacharelado é em contabilidade? — gritei. — Não é em contrabaixo? Ou, hum... poesia?

— Não — ela respondeu, com a voz monótona como sempre. — É contabilidade. Vou passar um ano juntando dinheiro antes de começar a me candidatar pra programas de pós em administração, e acho que a experiência numa empresa de verdade pode me ajudar mais do que trabalhar numa pizzaria. Além disso, espero que você me pague mais.

— De novo... a empresa ainda é fictícia, Mary.

— De qualquer maneira, como estou enfrentando um mercado de trabalho difícil, assim como você, achei que seria melhor atuar em alguma coisa que vai crescer. Posso fazer todo o seu trabalho de orçamento, planilhas, responsabilidade fiscal. E não se preocupe, eu vou morar sozinha.

— Mary... San Francisco é uma cidade cara — alertei. — Você pode pagar...

— Eu estava planejando trabalhar remotamente durante o verão... e depois, quando me mudar pra lá, vou levar uma colega de quarto comigo.

— Quem?

— Eu — interrompeu a Lydia.

— Lydia — eu disse, balançando a cabeça. — Se você quer se mudar pra San Francisco por minha causa... saiba que eu vou voltar aqui pra casa com frequência pra visitar, está bem? Vou estar à distância de uma ligação telefônica, se você precisar...

— Tudo bem, isso é lindo — bufou a Lydia —, mas dessa vez não se trata de você.

— Mas você tem a faculdade aqui...

— Se eu fizer dois cursos intensivos no verão, vou ter créditos suficientes pro meu diploma técnico — ela respondeu. — Que eu posso transferir pra uma faculdade de quatro anos. E tem uma faculdade em San Francisco com um bom programa de psicologia que o meu terapeuta recomendou.

Minhas sobrancelhas agora estavam permanentemente grudadas no teto.

— Psicologia?

— Não sei. — Ela se concentrou em cavar o carpete com o dedão do pé. — Nos últimos meses, eu meio que gostei de descobrir por que as pessoas fazem certas coisas. Sabe, como a mente funciona. A minha mente, para ser mais específica.

— Tudo bem — arrisquei —, mas como você vai pagar?

— Crédito estudantil. — Ela deu de ombros. — É uma tradição na família Bennet.

— E aí? — perguntou a Mary. — O que você acha?

O que eu acho?

Acho que tudo está se ajeitando. E isso é meio impressionante.

SEXTA-FEIRA, 29 DE MARÇO

Uau. Já se passou um ano? Eu me lembro de estar sentada com este diário, frustrada com minha mãe e uma ideia na cabeça se formando para um projeto da faculdade, e sem pensar muito além disso.

E agora parece que, nas últimas duas semanas, minha vida toda se ajeitou — mas isso não vem ao caso. Cada passo me trouxe até este momento.

Um ano atrás, eu nem conhecia o Darcy. E depois passei a odiá-lo. Mas, se eu não tivesse odiado o Darcy, não poderia amá-lo tanto agora. E eu amo. Acho que me apaixonei há muito tempo, mas só agora estou me permitindo sentir. Tenho um plano para minha carreira também — algo que eu não teria sem todo o drama, o trabalho árduo e a introspecção ao longo do último ano.

Um ano atrás, a Charlotte era minha parceira no crime na faculdade. Agora ela cresceu e está no comando da Collins & Collins. O Ricky decidiu se mudar para Winnipeg, Manitoba, para ficar com sua amada e se tornar especialista em Tim Hortons e batatas fritas com queijo. A Char agora controla a própria vida, é chefe de uma empresa — no papel e na realidade — e trabalha muito na própria área. E, mesmo depois de uma briga, ela ainda é minha melhor amiga. E sempre será.

A Jane está feliz. Levou muito tempo para chegar a isso, mas está. Cada vez que nos falamos por telefone, ela me parece mais confiante, mais radiante, mais Jane. E, independentemente de quanto a Caroline interferiu na vida dos dois, não tenho dúvida de que o Bing e a Jane vão perdoá-la. Eles são assim.

A Lydia é uma pessoa diferente do que era no ano passado. Não é melhor nem pior. Só diferente. Fico triste com o fato de nunca ter me permitido conhecer a menina de antes, mas agradeço todos os dias por conhecer essa Lydia. Ela é brilhante, inteligente e divertida. E, sim, energética. Mas energética também é legal.

Quanto a mim — tenho um relatório para escrever, a conclusão da minha tese para redigir, possíveis financiadores com quem me corresponder e um namorado no andar de baixo. Ele está numa conversa informal com meu pai, esperando para me levar para jantar. Ele precisa voltar em breve para San Francisco, e eu já estou lutando contra meus impulsos de me tornar aquela garota que fica toda tristinha quando se separa do namorado. Mas não vai ser por muito tempo. Vou para lá no próximo fim de semana, para me reunir com investidores e deixar a Gigi gritar de felicidade com o nosso relacionamento. E, é claro, passar um tempo só caminhando pela cidade com o Darcy.

A vida... a vida está bem fantástica neste momento.

Mal posso esperar para ver o que vai acontecer em seguida.

Fim

AGRADECIMENTOS

Este livro não existiria sem a série de web *The Lizzie Bennet Diaries*, e a série não existiria sem a paixão e o talento de dezenas de pessoas. Agradecemos muito a Hank Green, primeiro por abordar o Bernie com a semente de uma ideia de como contar uma história de Jane Austen na web, depois por colocar o próprio dinheiro para financiá-la no início e por trazer a sensacional comunidade dos Nerdfighters para nos acompanhar. Depois, Michael Wayne e a DECA apostaram em nós, dando o dinheiro necessário para continuarmos e a bênção da infraestrutura básica (também conhecida como escritórios).

A equipe de redatores da série: Margaret Dunlap, Rachel Kiley, Jay Bushman e Anne Toole, todos moldaram a história e criaram as peculiaridades que fizeram do programa o que ele é. Os atores: Ashley Clements, Laura Spencer, Mary Kate Wiles, Julia Cho, Daniel Vincent Gordh, Christopher Sean, Jessica Andres, Maxwell Glick, Allison Paige, Wes Aderhold, Craig Frank, Janice Lee e Briana Cuoco deram vida aos personagens muito melhor do que poderíamos imaginar. Nossa equipe de produção: Jenni Powell, Stuart Davis, Adam Levermore, Katie Moest e o músico e designer do logo Michael Aranda tornaram o programa possível, maravilhoso e dentro do orçamento (o que, considerando que não tínhamos orçamento, foi uma grande vantagem!). E, é claro, nossa equipe interativa ganhadora do Emmy: Jay Bushman e Alexandra Edwards tiraram Lizzie Bennet de trás das câmeras e a levaram para o Twitter, o Facebook e o Tumblr, ganhando o mundo.

David Tochterman, Bradley Garrett e Annelise Robey cuidaram da parte jurídica que tornou este livro uma realidade, e Lauren Spiegel, da Touchstone, foi a melhor editora e líder de torcida que poderíamos querer. Pessoalmente, eu, Kate, gostaria de agradecer ao meu círculo de amigos escritores, que sentaram na minha frente em cafeterias e fizeram um burburinho calmante enquanto eu digitava furiosamente, e ao meu marido, Harrison, que jogou videogames feliz enquanto eu o ignorava completamente. Isso é amor, pessoal.